Amanda Gruenschild

Die Hüter der siebten Wahrheit

Teil 1: Drei magische Sterne

neu überarbeiteter sowie erweiterter
Inhalt der
»Eichen müssen her! -Trilogie« Teil 1

Untschi-Verlag

Für unseren Planeten Erde …

Klimaneutral
Druckprodukt
ClimatePartner.com/12518-1907-1001

Amanda Gruenschild

Die Hüter der siebten Wahrheit

Teil 1: Drei magische Sterne

Cover, Abbildungen by Florian Becker/ André Thielen
Partnerdruckerei Untschi-Verlag:

WirmachenDruck.de
Sie sparen, wir drucken!

Neu überarbeiteter u. erweiterter Inhalt der
»Eichen müssen her! – Trilogie« Teil 1
1.Auflage Oktober 2023

ISBN 978-3-910717-11-4

Printed in Germany by

Untschi-Verlag

Inhaltsverzeichnis:

Personenverzeichnis

Lia und Finnbar: die Zwillinge leben auf der Burg Eichenfels in Irland im Jahr 822, ihr Bruder: Angus, deren Vater: Ronan, Mutter: Aoife, Amme: Anne, Köchin: Herta, Großmutter von der Seite der Mutter: Katharina,
Burgverwalter: Gilian, ein Bote: Silvio

Das kleine Volk: Ältester: Quiskan, sein Sohn: Querin, dessen Frau: Lucinda, ehemalige Älteste des kleinen Volkes und Mutter von Quiskan: die weise Orlana

Die Elben: Selma und Angar, Jeora und Mandavar: die Kampfpartner der Zwillinge bei den Elben, Patra: eine Bekannte Karlaos

Die Druiden: der Älteste: Soholit, sein Stellvertreter: Kelo

Ein Wesen der siebten Dimension: Asrielos

Osiria: Karlao, ein lustiger Osiriat, seine Großtante Giseao

Pix Hunter Quick Deer: ein weiser Mann der Lakota, jetzt auf Aquarius lebend, aber ursprünglich von der Erde kommend

Auf Aquarius: Cerafine: ein dreizehnjähriges Mädchen, deren Eltern: Vater, Arsentos, Mutter, Saphira, Cerafines Großeltern mütterlicherseits: Amma und Artasan, ihr Teddybär Susana
Der große Rat von Aquarius: Saphira, Arsentos, Stella und Perfod, Hermentus und Glen, Sigar und Alore,
Unterweiser: Fliegen Brenda, Naturgesetze Sadara, Körperkunde und anderes: Tante Lisa
Die Jahrgangs-Geschwister der dreizehnjährigen Teenager: Cerafine, Basilica, Senta, Seline, Paula, Andaria, Siegmund, Thalion, Andor, Leander, Danton, Distiros
Ältester der Selkies auf Aquarius: Kedir, seine Frau: Undine, deren Sohn : Atlantus
Der ovale Kristall: ernährt alle Wesen auf Aquarius mit seinem Licht

Die drei magischen Sterne: Die Herrscherin: Kamila, auch die »Dienerin der Liebe« oder »die Eine« genannt, deren Zwillingssöhne:
der »Herr der Finsternis« und der »Herr des Lichts«

Handlanger des Bösen: Patros und dessen Diener Shay, bestimmte Wesen aus der fünften und sechsten Dimension

Planeten: 1. Die unterentwickelten: Erde, Platana, Osiria,
2. Die höherentwickelten: Aquarius

Symbol des Druiden-Ordens von Soholit

Prolog

In der kleinen, abgelegenen Höhle herrschte eine feierliche und erhabene Stimmung.
Kerzengerade saß der Druide Soholit seit Stunden neben der Lagerstatt seines hochverehrten Meisters.
Dieser hatte soeben bewusst und friedlich nach einem sehr langen Leben seine körperliche Hülle für immer verlassen.
Zuvor hatte der Lehrer noch die Wesen der siebten Dimension angerufen, um Soholit als seinen Nachfolger in das unglaubliche Mysterium der »Hüter der siebten Wahrheit« einzuweihen.
Die gewaltige Energie, die danach im Raum freigeworden war, schien fast zum Greifen.
Soholit spürte diese mächtige Essenz wie ein klärendes Feuer in jeder seiner Zellen wirken.
Etwas Elementares geschah mit ihm.
Kurz verspürte er Angst. Dann jedoch gab er sich vollkommen hin. Mit Haut und Haaren, seiner Seele, mit seinem gesamten Geist …
Später erhob er sich bedächtig, um den anderen Druiden, deren Ältester nun er an der Stelle des verstorbenen Meisters geworden war, würdevoll und demütig vom Ableben des geschätzten Anführers zu berichten.
Schwer lastete ein neues, gigantisches sowie extrem gefährliches Geheimnis, welches jetzt auch er bis zu seinem eigenen Tod mit niemandem teilen durfte, auf

seinen Schultern.
Vor wenigen Augenblicken hatte Soholit unwiederbringlich den Platz seines Vorgängers unter den wenigen Geheimnisträgern um die »siebte Wahrheit« auf der Erde eingenommen und damit auch sein eigenes Schicksal besiegelt.
Er war sich vollkommen bewusst, welche immensen Gefahren das in der Zukunft mit sich bringen würde. Diese nahm er jedoch ergeben auf sich, denn die sagenhafte Begegnung mit Asrielos, dem fremdartigen, emphatischen Wesen der siebten Dimension, welche ihn von Grund auf verändert hatte sowie das edle Ziel der gemeinsamen Mission waren es ihm allemal wert.

Irland im Jahre 822

»Lia, wo bist du? Lia, es nervt langsam. Wo bist du?«
Sichtlich beunruhigt sah sich der zwölfjährige Finnbar suchend nach seiner Zwillingsschwester um.
Sie waren ohnehin schon sehr weit von der Burg des Vaters entfernt gewesen, als die temperamentvolle Lia plötzlich auch noch einen ihrer spontanen Einfälle, nämlich Verstecken zu spielen, gehabt hatte.
Das Ganze war jetzt schon eine Stunde her und er konnte sie immer noch nicht finden.
Finnbar war nicht einmal mehr ganz sicher, in welcher Richtung überhaupt die heimatliche Burg lag.
Er würde es wohl nicht zugeben, aber er hatte langsam, aber sicher Angst.
Was, wenn sie in einen Pilzkreis getreten und für hundert Jahre oder gar für alle Zeit in der Welt der Feen verschwunden war?
So etwas kam immer mal wieder vor.
Finnbar versuchte, sich zu beruhigen und möglichst logisch zu denken. Wenn es ihr gut ging, dann gäbe es eine Möglichkeit, seine Schwester dazu zu bewegen, sich zu zeigen.
Ein verschmitztes Lächeln umspielte seinen Mund.
»Lia, hör zu, du hast gewonnen.
Ich bin nicht in der Lage, dich zu finden. Es wird schon langsam dunkel und wir sind weit weg von zu Hause.
Bitte zeig dich. Ich möchte heim.«
Kurz darauf hörte er ein lautes Rascheln über sich.

Überrascht blickte er in den Wipfel des riesigen Baumes in seiner Nähe.
Hoch oben in der Krone saß seine Zwillingsschwester mit einem breiten Grinsen auf dem Gesicht und ließ lässig ihre Beine von einem großen Ast nach unten baumeln.
Er war zu erleichtert, um sie zu schelten.
»Komm runter, du Nervensäge.«
»Was heißt hier Nervensäge, ich warte seit einer geschlagenen Stunde hier oben und du hast nicht einmal daran gedacht, dich dieser dritten Dimension über dir zuzuwenden«, putzte Lia ihren Bruder schelmisch herunter, während sie sich dabei lachend durch ihr langes, braunes Haar fuhr.
»Du hast nur ständig wie ein Maulwurf auf dem Boden herumgesucht«, kicherte sie ein wenig schadenfroh.
»Da hätte ich dir aber mehr zugetraut.
Die Nervensäge bist also du, zog Lia ihren verdutzten Bruder weiter auf. Mir war es da oben inzwischen schon ziemlich langweilig geworden.«
Behände war sie nebenbei flink wie ein Eichhörnchen vom Baum geklettert.
»Übrigens, da geht's lang und fang mich, wenn du kannst.«
Lia begann, kaum hatte sie wieder festen Boden unter den Füßen, zu rennen und zu lachen.
Finnbars Ärger löste sich auf wie Rauch an der Luft und er beeilte sich, seiner Schwester zu folgen.
Diesen Wettbewerb würde er sicher gewinnen.
Finnbar war schon immer viel schneller als Lia

gewesen, denn er war nicht nur mindestens einen Kopf größer als seine Schwester, sondern auch sehr viel besser trainiert.
Völlig außer Atem kamen die beiden gerade noch in der Dämmerung am äußeren Wachring der Burg Eichenfels an. »Wer da?«, rief eine Wache.
Die Geschwister gaben sich zu erkennen und wurden daraufhin zwar ziehen gelassen, nicht aber ohne ein paar gut gemeinte Ermahnungen, was sie um die Uhrzeit noch allein im Wald verloren hätten.
In der väterlichen Burg beeilten sie sich, möglichst rasch in ihre Zimmer zu huschen. Dort warfen sie sich hastig frische Kleidung über, eine kleine Katzenwäsche folgte und danach rannten sie, mit vor Anstrengung klopfenden Herzen, schnell in die große Halle.
Heute waren der Vater und der ältere Bruder zu Hause – ein sehr seltener Umstand.
Besser, man kam an einem solchen Tag pünktlich zum Essen.
Der Vater blickte rügend auf seine beiden Kinder.
»Wo kommt ihr denn jetzt erst her?«
Finnbar holte tief Luft, um sich ein wenig zu beruhigen.
Er verneigte sich demütig und erzählte anschließend vom Wald und wie sie das Wild dort inspiziert hätten.
Abgelenkt von einer riesigen Hirschherde, deren Standort sie noch vor der Heimkehr hatten genau ausfindig machen wollen, um bei einer späteren Jagd eventuell wertvolle Hinweise liefern zu können, sei es etwas später geworden, als sie es beabsichtigt hätten.
Er hoffe, dem Vater und der Burg damit dienlich

gewesen zu sein und dass sie nicht seinen Unmut auf sich gezogen hätten.
Der Zorn des Vaters schmolz dahin wie Schnee in der warmen Sonne. Sein jüngerer Sohn würde vielleicht nicht so ein guter Krieger werden wie sein älterer Bruder, aber er wusste sich auszudrücken und für den Haushalt zu sorgen.
Er würde sicher einen guten Burg-Verwalter abgeben.
An seine Tochter verschwendete er keinen Gedanken.
Wie immer versuchte er, sie einfach zu ignorieren.
Viel zu schmerzhaft war ihr Anblick.
Viel zu schwer war es zu akzeptieren, dass sie lebte und seine geliebte Aoife nicht.
Aoife- wie glücklich er hier mit ihr gewesen war.
Er hatte das schönste und klügste Mädchen des ganzen Túaths für sich gewinnen können. Ronan konnte damals sein Glück kaum fassen.
Sie gebar ihm einen gesunden Knaben und viele Jahre lang erblühte das Land unter ihrer beider Herrschaft mehr und mehr.
Aber dann, der Knabe war gerade zehn Jahre alt, war sie wieder guter Hoffnung.
Dieses Mal verlief die Schwangerschaft sehr viel schwieriger.
Die Hebamme sagte, dass sie Zwillinge zur Welt bringen würde.
Er hatte alles getan, um ihr das Leben zu erleichtern und sie am Ende nur noch zum Ruhen aufgefordert.
Als der Tag der Niederkunft nahte, machte die Hebamme ein beunruhigtes Gesicht.

»Beide Kinder liegen falsch herum, ich kann sie leider nicht mehr drehen.
Das wird nicht einfach werden.«
Die tagelangen Schreie seiner geliebten Frau würden ihm wohl nie mehr aus den Ohren gehen.
Nach drei qualvollen Tagen gebar sie zunächst einen gesunden Sohn.
Es fehlte aber noch das zweite Kind und im Geburtsraum wurde es erneut hektisch.
Frische Tücher und heißes Wasser wurden verlangt.
Irgendwann hörte er wieder ein Baby schreien.
Neue Hoffnung, dass nun doch noch alles gut ausgehen würde, wuchs in ihm, wie ein zierliches Pflänzchen nach einem sanften Sommerregen.
Als er jedoch in das Gesicht der Hebamme blickte, die gekommen war, um ihn zu holen, stürzte diese zarte Hoffnung sofort wieder wie ein schlecht gebautes Kartenhaus in sich zusammen.
Das Gesicht der Hebamme war aschfahl, die Augen schwarz umrandet von Schlafmangel und Trauer.
Tiefe Sorgenfalten gruben sich in ihre Wangen.
»Herr, ich tat alles, was ich konnte. Beide Kinder, Ihr Erstgeborener und das Mädchen werden leben.
Aber eure Frau …«, sie schlug die Augen nieder.
Ronan stieß die Hebamme unsanft zur Seite und rannte wie von Sinnen an das Bett seiner, über alles geliebten Aoife.
»Liebste«.
Er versuchte krampfhaft sein Entsetzen über das eingefallene Gesicht seiner Gemahlin und den Berg

blutiger Leinen in der Ecke zu verbergen.
Sie winkte ihm schwach, ans Bett heranzutreten.
Er hielt sein Ohr ganz nah an ihren Mund.
Sie flüsterte leise: »Es tut mir so sehr leid, dass ich dich schon so früh verlassen muss, mein geliebter Ronan.
Du warst das Beste, was mir je im Leben passieren konnte und ich danke dir für jeden gemeinsamen Tag.
Bitte kümmere dich gut um die Zwillinge, Finnbar und Lia.
Lass Anne ihre Amme sein.
Bis auf ein Wiedersehen in der anderen Welt, mein Liebster.«
Dann schloss sie die Augen und tat ihren letzten Atemzug.
Es zerriss Ronan schier von innen. Er schwang sich, bis aufs Mark getroffen, auf sein Pferd und ritt ohne Ziel wie ein Gehetzter durch die Nacht.
Als er im Morgengrauen langsam zur Burg Eichenfels zurückkehrte, war er ein anderer Mensch geworden.
Er tat, worum Aoife ihn gebeten hatte.
Die Kinder erhielten Anne, die eine enge Freundin von Aoife gewesen war, zur Amme.
Er ließ es ihnen an nichts fehlen, aber er konnte sie lange nicht einmal betrachten. Hatten sie ihm doch sein, über alles geliebtes Weib genommen.
Vielleicht hätte sie Finnbar noch überlebt, aber die Geburt von Lia hatte ihr auf jeden Fall die letzte Lebenskraft genommen.
Ronan zog sich mehr und mehr in sich selbst zurück und war eigentlich nur noch mit dem Ausfechten von

Grenzstreitigkeiten oder dem großen heiligen Kampf gegen die Briten beschäftigt.
Fanatisch betätigte er sich, nachdem er Gilian an seiner statt als Verwalter der Burg eingesetzt hatte, nur noch als Kriegsführer.
Es war ihm egal, ob er dabei sein Leben verlieren würde. Vielleicht würde er dann ja seine Aoife in einer jenseitigen Welt endlich wiedersehen können.
Seit etwa einem Jahr war sein älterer Sohn so weit, ihn bei den Kriegshandlungen begleiten zu können.
Er war inzwischen ein hervorragender Kämpfer geworden. Das machte ihn stolz.
Nun gut, Finnbar konnte dann ruhig der Verwalter der Burg werden.
Aber Lia, er versuchte den Gedanken an sie schnell wieder wegzuschieben.
Selbst nach so vielen Jahren war es noch immer so schmerzhaft, dass er es kaum aushalten konnte.
Zu allem Überfluss wurde sie ihrer Mutter auch noch jeden Tag immer ähnlicher.
Morgen würde er endlich aufbrechen und dann für mindestens sechs Monate wegbleiben, so hatte er wieder den nötigen Abstand.
Sobald sie heiratsfähig wäre, würde er dafür sorgen, dass sie möglichst weit weg vom Tùath verheiratet werden würde.
Und damit ließ er es gut sein.
Nach dem Essen zog er sich sofort mit einigen Kriegern und dem älteren Sohn, Angus, ins Beratungszimmer zurück.

Lia blickte traurig zu Boden und ließ jetzt die, über die ganze Zeit mit aller Kraft zurückgehaltenen, Tränen fließen.
»Was habe ich ihm nur getan, Finnbar?
Er sieht mich nicht einmal an. Das macht er nur mit mir.
Was muss ich nur für eine schlechte Tochter sein?«
Finnbar rückte näher an seine Schwester heran und legte seinen Arm um sie. »Nun, nun, bitte weine nicht mehr, meine liebe Lia.
Es ist nicht dein Fehler, glaub mir.
Das ist des Vaters Fehde mit dem Schicksal.
Das sollte dich nicht so sehr betrüben.«
Dann öffnete er der Schwester seinen Geist und zeigte ihr zum Trost wieder und wieder eine Auswahl der schönsten Erlebnisse, die sie gemeinsam gehabt hatten.
Langsam versiegten Lias Tränen. Sie atmete ruhiger und war dann bald bereit, sich zur Ruhe zu begeben.
Als sie am Morgen erwachten, waren der Vater und der Bruder schon längst fortgeritten.
Anne klopfte wie jeden Tag an die Zimmertüren der Zwillinge und rief sie zum Frühstück nach unten.
Binnen zehn Minuten waren die beiden bereits in der Küche.
Zu verführerisch roch es in der ganzen Burg.
»Guten Morgen, liebe Herta.«
Die gut beleibte Köchin blickte kurz auf und schmunzelte.
Diesen Ton kannte sie gut.
Die Geschwister hatten also den Honigkuchen

gerochen und umschmeichelten sie, um so schnell wie möglich einen davon zu ergattern.
Aber klar würden sie Honigkuchen bekommen und sogar auch zwei oder drei.
Schnell hatten sich Lias Tränen gestern bei den Dienstboten herumgesprochen und Herta wollte den zweien eine kleine Freude bereiten.
Das arme Ding, sie konnte doch nichts für Aoifes Tod.
Es war schlimm genug für sie, ohne Mutter aufzuwachsen und dann noch so ein Kriegs-vernarrter Vater.
Na ja, er focht seine eigenen inneren Kämpfe aus.
Da konnte man nichts dagegen sagen.
Aber verflucht sollte sie sein, wenn sie den beiden nicht so viel Freude machen würde, wie nur möglich.

Das Verborgene im Wald

Lia und Finnbar liefen am Morgen, noch fröhlich Hertas Honigkuchen kauend, aus der Burg in Richtung des Waldes.
Da man mit vollem Mund schwer reden kann, verfielen sie ganz automatisch und wie selbstverständlich in die Sprache des Geistes, ohne dabei gesprochene Worte zu benötigen.
Sie taten das schon auf diese Weise, solange sie zurückdenken konnten. Es war einfach ganz normal für die beiden, sich über ihre Gedanken zu verständigen.
»Du Finnbar?«
»Hm, was denn?« Finnbar unterbrach nur ungern seine so angenehmen Gedanken an das kommende Mittagessen.
Herta hatte da etwas von gefülltem Fasanenbraten, seinem absoluten Lieblingsessen, angedeutet.
Was mehr konnte man vom Leben verlangen?
Er war außerordentlich zufrieden.
»Du Finnbar, meinst du, dass auch noch andere Menschen so ohne Worte miteinander kommunizieren können, wie wir?«
In der Burg kannten sie jedenfalls niemanden.
Und immer, wenn sie etwas in der Richtung fragten, reagierten alle etwas unwirsch.
Sie murmelten, dass sie niemanden wüssten und außerdem gerade keine Zeit hätten.
Danach begannen sie dann, hektisch irgendetwas zu

erledigen, was den Kindern zum Teil komplett unnötig vorkam.
Auf jeden Fall waren diese Dinge nie so wichtig, dass man nicht vorher noch den Geschwistern eine vernünftige Antwort hätte geben können.
Finnbar war auch nachdenklich geworden.
Er runzelte die Stirn und ging still vor sich hin sinnend, mit gesenktem Kopf noch schweigend eine ganze Weile weiter.
»Alles Stopp!«, rief er plötzlich und blieb daraufhin abrupt stehen.
Was war das denn da auf dem Boden?
Finnbar hatte laut gesprochen. Lia machte auf der Stelle ebenfalls halt und blickte, so wie ihr Bruder, mit weit aufgerissenen Augen und Mund auf den gleichen Ort auf dem Waldboden.
Da unten stand ein Männlein, das den beiden etwa bis zum Knie reichte und in welches Finnbar gerade beinahe aus Versehen hineingelaufen wäre.
Auf dem Kopf trug es eine lange Mütze
Es hatte ein waldgrünes Wams an sowie eine graugrüne Hose.
An den Füßen trug es braune Lederstiefel.
Es war offenbar schon etwas älter, denn von seinem Kinn fiel ein prächtiger, weißer Bart fast bis auf den Boden.
Die Kinder waren von klein an oft im Wald gewesen, aber so ein Wesen sahen sie heute zum ersten Mal.
»Schließt den Mund, es könnten Insekten darin umkommen.«

Verdutzt schlossen die Geschwister beinahe gleichzeitig ihre, bis dahin vor Erstaunen immer noch weit geöffneten Münder.
»Man muss nur die richtigen Fragen stellen und das korrekte Verhalten an den Tag legen, dann kann man auch wirklich sehen«, sprach das Männlein selbstbewusst.
Dann brummelte es noch in seinen Bart: »Nicht dieses oberflächliche Glotzen, das eure Spezies gewöhnlich sonst so an den Tag legt.«
Laut sagte es dann mit einem leichten Senken des Kopfes:
»Mein Name ist Quiskan.
Ich gehöre zum kleinen Volk, das hier schon länger lebt, als ihr es euch überhaupt vorstellen könnt.«
Leise flüsterte er nur für sich selbst: »Jedenfalls leben wir jetzt noch! hier, aber wer weiß, wie lange das noch möglich sein wird.«
Sein Gesicht nahm einen sorgenvollen Ausdruck an.
»Was nun eure gute Frage betrifft: Gibt es auch andere, die sich so von Geist zu Geist unterhalten können?«
Die Zwillinge sahen sich wiederum verdutzt an, denn Quiskan hatte sich direkt in ihrem Kopf, ebenfalls ohne Worte, ausgedrückt.
»Das wäre dann damit wohl geklärt«, murmelte das Männchen trocken.
Lauter sagte es: »Setzt euch nieder und hört mir eine Weile zu.«
Die Geschwister nahmen jeder auf einem, mit Moos

bewachsenen Baumstumpf Platz. Jedoch nicht, ohne sich vorher zu vergewissern, ob sie sich nicht zufällig auf ein Tier oder sonst ein empfindliches Wesen setzen würden.

Quiskan nickte ihnen wohlwollend zu und zündete sich gemächlich ein Pfeifchen, mit etwas Pfefferminztee darin, an.

Sinnend paffte er eine Zeit lang kleine Ringe in die Luft. Lia und Finnbar warteten still und geduldig, wenn auch sehr gespannt.

Dann holte Quiskan tief Luft und begann zu erzählen: »Wir hatten die Erde zuerst entdeckt.

Vor Äonen von Jahren mussten wir unser, sich in der kompletten Zerstörung befindendes Zuhause, den wundervollen Himmelskörper, die Platana, verlassen. Unsere zukünftige Älteste, Orlana, hatte zuvor schon auf ihren Astralreisen die Erde für einen etwaigen Umzug unseres Volkes als vollkommen geeignet erlebt Viele Millionen Lichtjahre war diese von der Platana entfernt und wir waren trotz unserer Fähigkeiten, astral reisen zu können, sehr, sehr lange dorthin unterwegs.

Möglich war das ohnehin nur durch die Unterstützung von höchster Stelle.

Wahrscheinlich wurden durch diese lange Reise durchs Weltall unsere Körper auf der Erde nie mehr so materiell, wie sie es einst auf der Platana gewesen waren.

Finnbar konnte nicht mehr an sich halten und sah genauso verwirrt aus, wie Lia sich fühlte:

»Es gibt tatsächlich noch andere Planeten wie unsere Erde?«
Er sah Quiskan fragend an.
Der winkte unwirsch und nachdenklich ab. »Viele Kind, sehr viele, aber keiner ist so schön, wie es unsere Platana einst war.
Ich war damals zwar noch nicht geboren.
Wir können jedoch in der Zeit reisen oder uns auch mit unseren Verstorbenen über den Geist unterhalten.
So habe ich durch sie die Bilder von dort gesehen.
Unser Planet, hatte ich schon erwähnt, dass er so wunderschön war, dass man es sich kaum vorstellen kann, war komplett mit Pflanzen bevölkert. Tiere gab es nicht, nur noch unser kleines Volk.
Anfangs lebten wir alle so nachhaltig, dass die Platana sich immer wieder regenerieren konnte.
Dann jedoch fingen einige Bäume damit an, wie sie selbst meinten, eine höhere „Intelligenz" zu entwickeln, und eine Weile später vermehrten sie sich ohne Unterlass.
Diese Bäume, müsst ihr wissen, waren innerlich mit einer Art sichtbarem Körper, tatsächlich dem euren gar nicht so unähnlich, belebt. Man könnte sie daher durchaus als Baum-Menschen bezeichnen.
Sie hielten sich offenbar für die Krone der Schöpfung und nahmen sich immer mehr und mehr Raum.
Eines Tages war die Platana so durchwurzelt, dass wir wahrnahmen, wie sie langsam in viele kleine Stücke zu zerbrechen drohte.
Unser Volk hielt Rat und wir entschieden uns

daraufhin, rechtzeitig vor dem, nicht mehr abzuwendenden Untergang der Platana, auf einen anderen Planeten umzusiedeln.
Die Erde schien uns ideal dafür und so wurde, wenn auch voller Wehmut, einstimmig beschlossen, sich gemeinsam dorthin auf den Weg zu machen.
Es waren auf der Platana aber nicht alle belebten Bäume verrückt geworden.
Es gab auch etliche weise Bäume, die ihre Brüder immer wieder ermahnt und gewarnt hatten.
Diese mussten aber, weil sie den anderen wegen der ungebetenen Ratschläge längst lästig geworden waren, seit Längerem auf einem kleinen Areal als Gefangene leben.
Diese weisen Bäume informierten wir im Geiste über unsere Pläne und sie entschlossen sich sofort, ebenfalls mit uns umzusiedeln.
Allerdings stellte es sich für die riesigen, alten Bäume als völlig unmöglich heraus, selbstständig über eine so weite Strecke astral zu reisen.
Dabei helfen konnten wir ihnen wegen der Größe auch nicht. Mal davon abgesehen, dass sie ja gefangen und streng bewacht waren.
Das war eine schlimme Sache damals ...
Daher gaben uns die gütigen Bäume schweren Herzens all ihre kleinen Jährlinge mit, also ihre Baumkinder, die viel besser für diese ungewöhnliche Reise geeignet waren, weil wir sie viel leichter mitnehmen konnten.
Gott sei Dank waren diese so gut versteckt gewesen, dass sie bislang nicht gefangen worden waren.

Sie selbst mussten, dem Tode geweiht, auf der Platana zurückbleiben.
Das war sehr, sehr traurig!
Bei den Jährlingen, die auf die Erde umsiedeln konnten, handelte es sich hauptsächlich um Eichen.
Es waren aber auch einige Birken und Weidenbäume dabei.
Diese waren im Übrigen auch die einzigen Baumsorten auf der Platana gewesen, von denen es noch vernünftige Exemplare gegeben hatte.
Wir erlebten auf der Erde viele glückliche Jahrtausende.
Die Tier- und Pflanzenwelt war in einem komplett nachhaltigen, ewigen Kreislauf miteinander verbunden und alles erschuf sich immer wieder neu.
Jeder der kleinen Baum-Menschen der Platana hatte einen guten neuen Standort bekommen und sie lebten friedlich mit den anderen Bäumen der Erde, die nicht von innen mit einem andersartigen Körper belebt waren, zusammen.
Diese besonderen Bäume waren inzwischen auch schon wieder gigantisch groß geworden.
Dann gab es eines Tages eine schwere Detonation.
Niemand von uns hatte das kommen sehen.
Der gesamte Planet geriet aus den Fugen. Die Atmosphäre veränderte sich und viele Tiere und Pflanzen starben nach und nach aus.
Uns betraf das zum Glück nicht.
Seit wir die Platana verlassen hatten, waren unsere Körper, wie bereits erwähnt, mehr durchscheinend

geworden und wir benötigten weder unbedingt Luft zum Atmen noch Nahrung.
Es betraf auch nicht die Bäume von der Platana, die ebenfalls sehr widerstandsfähig gegen die veränderten Bedingungen waren.
Aber, die auf der Erde schon immer heimischen Arten der Flora und Fauna verzeichneten durch die Veränderungen immense Verluste.
Es begann ganz langsam, dass wir die „Neuen“, die diese Detonation durch ihre Landung auf der Erde ausgelöst hatten, zu Gesicht bekamen. Sie nannten sich selbst das Elbenvolk.
Sie waren fast genauso durchscheinend wie wir, aber um einiges größer gewachsen und von ebenmäßiger Schönheit.
Die Elben hatten ein großes Stück ihres untergegangenen Planeten mitgebracht und dieses inmitten des Meeres als neue Insel platziert.
Das hatte die Detonation auf der Erde bewirkt.
Um diese Insel herum hatten sie einen dichten Nebel entstehen lassen, damit diese verborgen bleiben konnte.
Offenbar hielten sie es anfangs nicht für nötig, bei ihrer Fortpflanzung maßzuhalten und sie wurden daher schnell viel mehr Lebewesen.
So wurde ihnen die eigene Insel bald zu eng und sie begannen auf dem Festland nach neuen Lebensräumen zu suchen.
Am Anfang wurden zuerst wenige und dann etwas später immer mehr von ihnen bei uns gesichtet.

Wir entschlossen uns, mit ihnen offiziell Kontakt aufzunehmen.
Sie erzählten uns, dass sie vom Planeten Osiria, der leider ebenfalls zerstört worden war, gekommen seien.
Während einer friedlichen Konferenz teilten wir ihnen ein wunderbares Stück Land der Erde zu.
Die Bedingung war allerdings, dass sie fortan ihre Anzahl nicht vergrößern durften und so wie wir auch, gut für den Planeten zu sorgen hatten.
Sie beherzigten das sofort und somit ging es über lange Zeit auf der Erde optimal weiter.
Es landeten in den folgenden Jahrtausenden noch einige Schiffbrüchige aus dem Universum bei uns.
Für alle wurde ein herrliches Fleckchen als Lebensraum auf diesem schönen Planeten gefunden.
Tja und dann entwickelte sich der Mensch ...
Anfangs waren wir in engem Kontakt mit ihm.
Es gab dort sogenannte Schamanen, die für die Verbindung des Volkes mit dem Göttlichen und der Natur verantwortlich waren.
Diese sorgten dafür, dass sich nur genommen wurde, was auch wirklich nötig war und dass man der Erde immer genug Zeit ließ, sich zu regenerieren, also der große natürliche Kreislauf nicht gefährdet würde.
Nach und nach kam es jedoch auf der Erde zu einer ähnlichen Entwicklung wie auf unserem alten Planeten auch.
Der Mensch breitete sich aus Gier rücksichtslos immer weiter aus und zerstörte dabei seinen eigenen und den Lebensraum von Pflanzen und Tieren.

Sein Geist hatte sich uns längst verschlossen. Deshalb können sie uns heute nicht einmal mehr sehen. Das ist auch besser so«, murmelte er entrüstet vor sich hin.
»Noch dazu hatte diese Spezies tatsächlich angefangen, sich gegenseitig zu bekriegen, zu bestehlen und auch noch zu töten«, voller Abscheu schüttelte Quiskan den Kopf und sein weißer Bart wippte dabei langsam hin und her.
»Wobei, nicht alle von ihnen hatten den Verstand verloren. Einige Menschen waren und sind weise genug, nicht den Ast abzusägen, auf dem sie sitzen. Dazu gehören in der heutigen Zeit unter anderem die Druiden.
Viele von ihnen leben seit Kurzem bei uns in der Anderswelt.
Wir gewähren ihnen Exil und Schutz, denn sie müssen sich leider verborgen halten, weil sie inzwischen von den Kriegern des Christentums hier in Irland verfolgt werden.
Diese bekämpfen heutzutage die alten Weisheiten der Erdmagie leider vehement und wollen nur ihre eigenen Ideologien durchsetzen.
Aber auch unter den Christen kenne ich gute Menschen.
Jedoch zurzeit sind die meisten von ihnen völlig blind und fast nur noch fanatisch damit beschäftigt, ihren Glauben auf Biegen und Brechen in anderen Ländern zu etablieren.
Ihr solltet aber wissen, es gibt Weise in allen Religionen und Völkern. Es hat nichts mit der Herkunft

oder dem Glauben zu tun. Leider ist es jedoch oft so, dass die Masse einer Spezies zur Dummheit neigt und nicht so gerne auf die Weisen unter sich hören möchte.
Zumeist werden diese Wissenden im Übrigen bei Ihren Studien durch die Natur angeleitet.
Ich nehme an, ihr könnt euch noch an die Druiden, die zu solchen wissenden Menschen gehören, erinnern?
Sicher wisst ihr, dass diese bei eurem Volk immer die Jahresradfeste angeleitet und für die Einhaltung der rudimentären Regeln auf der Erde gesorgt haben?«, fragend wandte er sich den Zwillingen zu.
Finnbar schüttelte den Kopf.
»Hm, nun gut, das ist sicher nicht euer Fehler.
Also dann, erzähle ich euch ein wenig darüber: Wo fange ich am besten an?
Zuallererst muss man darauf achten, wenn man auf einem Planeten lebt, dass man genau aufpasst, dass es diesem gut geht, denn er allein ist die Grundlage allen Lebens. Das ist wirklich die wichtigste Regel und man müsste wohl meinen, dass das jedem Kind schon klar sein sollte.
Keinesfalls darf man die Erde oder andere Wesen dort einfach ausbeuten und sich mehr nehmen, als man benötigt.
Hier auf dem Planeten verläuft nämlich alles in perfekt ausgeklügelten Kreisläufen.
Zum Beispiel: Der Mensch isst die Pflanzen und Tiere.
Wenn er dann stirbt, wird er durch kleinste Lebewesen langsam wieder zu Erde.

Dabei ernähren sich die Pflanzen dann von den Nährstoffen, die dabei aus dem menschlichen Körper entstehen.
Danach kommt vielleicht ein Reh und frisst das Gras und die Kräuter, die dort gewachsen sind und so weiter und so fort.
Dieser ewige Kreislauf ist heilig und darf nicht verändert oder verschoben werden.
Nachdenklich schritt Quiskan eine Weile hin und her.
Gerade, als die ungeduldige Lia etwas einwerfen wollte, sprach er plötzlich weiter:
Dann gibt es in der äußeren Zeit, die nebenbei so zwar nicht existiert, aber sei's drum, dort gibt es also noch innerhalb eines Jahres einen kleineren Kreislauf des Werdens und Vergehens, den sogenannten Jahreskreis oder auch das Jahresrad genannt.
An acht Feiertagen ändert sich dabei jeweils das Thema der Natur.
So wie sich die Themen in der Natur ändern, so sollte sich auch der Mensch in diesen Rhythmus einfügen und sich danach richten.«
»Wie meinst du das?«, fragte Finnbar nun Finnbar, der ebenfalls nicht mehr an sich halten konnte.
»Moment, ich erkläre es euch: Das neue Jahr beginnt immer zuerst mit dem Sterben, also dem Loslassen.
Dies geschieht zu Samhain, dem Beginn der dunklen Jahreszeit gegen Ende Oktober/ Anfang November.
In dieser Zeit wird Platz gemacht für Neues, es ist Loslassen angesagt.
Da kann man nicht einfach anfangen, ein Haus oder so

etwas zu bauen, das wäre vollkommen gegen den Rhythmus. Die Natur macht das genau vor, indem die Bäume die Blätter verlieren und sich viele Pflanzen in die Erde zurückziehen.
Dann kommt die Wintersonnenwende am 21.12., an der das neue Licht geboren wird, die Tage werden wieder länger.
Ende Januar, Anfang Februar wird mit dem Feiertag Imbolc, das bedeutet übersetzt „im Bauch", das Aufsprengen der Samenkörner im Bauch der Erde gefeiert.«
Quiskan hielt wiederum kurz inne, um Luft zu holen, sich zu sammeln und den Geschwister Zeit zu geben, das Gehörte setzen zu lassen.
Als er sah, dass die Zwillinge die Neuigkeiten offenbar verdaut hatten, fuhr er mit seinen Erklärungen fort:
»Am 21. März kommt der nächste Feiertag und dieser heißt Ostara. Zu Ostara durchbricht der Keimling, der zu Imbolc aus dem Samen kam, die Erdoberfläche und kommt ans Licht.
An diesem Tag sind Tag und Nacht gleich lang, daher heißt Ostara auch die Frühlings-Tagundnachtgleiche.
Das wäre dann ein optimaler Zeitpunkt, mit dem Bau eines Hauses zu beginnen, um bei unserem Beispiel zu bleiben, denn nun dehnt sich die Natur auch wieder sichtbar aus. Blumen sprießen, Pflanzen wachsen, Tiere bekommen Nachwuchs ...
Anfang Mai wird Beltane begangen.
Beltane ist das Fest der Fruchtbarkeit. Hier wird die Blüte gefeiert und dass sich alles vermehrt und gedeiht.

Als Nächstes kommt die Sommersonnenwende, diese findet am 21. Juni statt.
An diesem Tag hat man den längsten Tag des Jahres und die kürzeste Nacht, man nennt das Fest auch Johanni.
Durch die lange Sonneneinstrahlung haben die Kräuter in dieser Zeit sehr viel Kraft.
Danach folgt im August das Schnitterfest, auch Lughnasadh genannt, an dem gefeiert wird, dass das erste Brot vom neuen Korn gebacken werden kann.
Am 21. September dann ist der Tag wieder, wie am 21.März auch, genauso lang wie die Nacht.
Das Fest nennt man dann die Herbst-Tagundnachtgleiche oder Mabon und dann schließt sich der Kreis und es folgt wieder Samhain.
Für die Einhaltung jener Kreisläufe und die Ausgestaltung der Feiertage waren in dieser Gegend die Druiden verantwortlich und jeweils gemäß dem Feiertag belehrten sie das Volk über die Themen, die in der Natur und damit auch bei den Menschen, anstanden.
Sie segneten die Felder sowie das Vieh und kümmerten sich darum, dass alles nachhaltig verlief.
Einst waren die Druiden sehr geachtet und sie kamen nicht nur zu den Feiertagen aus dem Wald heraus, sondern sie wurden auch aufgesucht und um Rat befragt, wenn es Probleme, Krankheiten oder Zwistigkeiten gab.
Ansonsten lebten sie sehr zurückgezogen und sehr bescheiden im Wald.

Sie lernten vor allem von den Eichen und wie es sich zutrug, waren das zum großen Teil auch die belebten Eichen, die wir einst von der Platana mitgebracht hatten.
So konnten die Druiden ebenfalls auf die Magie der Platana zurückgreifen und waren dadurch auch in der Lage, die Wesen der Anderswelt, also auch uns, zu erblicken.
Ja, Kinder, das also sind Druiden und deshalb haben wir diesen auch gerne bei uns eine Zuflucht gewährt.
Mit einem Seufzer beendete Quiskan seine ausführlichen Erklärungen.
»Trotz alledem, die gute Frage lautet immer noch, wieso könnt ihr uns auch sehen, was sonst keiner außer den Druiden bei den Menschen heute noch kann?
Wieso konntet ihr mich so einfach erblicken?
Immerhin liegt auf den Menschen ein Bann, sodass sie die Wesen der Anderswelt nicht mehr so direkt wahrnehmen können.«
Er strich sich bedächtig über seinen Bart.
»Ich habe mich nie sonderlich um eure Burg gekümmert und das Kommen und Gehen dort nicht verfolgt.
Wer sind eigentlich eure Eltern und Großeltern?«
Quiskan sah die beiden fragend an.
Lia betrachtete verschämt ihre Schuhe, während sie leise vor sich hin sprach:
»Wir kennen leider nur unseren Vater.
Er nennt sich Ronan und führt viele Kriege.

Unsere Mutter starb bei der Geburt.
Einst sollen die beiden sehr glücklich gewesen sein, aber Vater hat den Verlust seiner geliebten Frau nie überwunden, sagt man.
Viel mehr konnten wir nie herausfinden.«
»Wie hieß eure Mutter und aus welcher Gegend kam sie?«
Jetzt antwortete Finnbar: »Ich habe einmal ein Gespräch der Dienstboten in der Küche belauscht.
Es heißt, unsere Mutter, Aoife, sei seinerzeit das schönste und klügste Mädchen im ganzen Tùath gewesen und Vater hätte sein Glück kaum fassen können, dass sie sich ausgerechnet für ihn entschieden hatte.
Sie sei aus einem guten Hause gewesen und ihre Mutter hätte lange Jahre nach dem tragischen Kriegs-Tod des Ehemannes die heimatliche Burg allein und in großer Weisheit geleitet.
Man munkelte auch, dass Aoife erst recht spät nach dem Tode des Ehemannes zur Welt gekommen wäre.
Vorher sei das Paar über Jahre kinderlos gewesen.«
»Hieß eure Großmutter eventuell Katharina?«, aufgeregt erhob Quiskan seine Stimme.
Finnbar antwortete überrascht: »Ich glaube ja, woher weißt du das?«
Quiskan stand erregt auf und lief wie aufgezogen hin und her.
»Das ist es, das ist die Lösung!« Lachend schlug er sich auf die Oberschenkel.
»Eure Großmutter, Katharina, hatte sich nach dem

Tod ihres Mannes in den Wald aufgemacht, um dort um Hilfe zu bitten.
Absichtlich, obwohl allgemein bekannt war, dass ein Pilzkreis der Eingang zu einer anderen Existenz sein könnte, trat sie dort ein und verlangte Einlass in unsere Welt.
Sie war genau in unserem Gebiet herausgekommen.
Wenn ein Mensch über einen Pilzkreis bei uns auf dem Territorium herauskommt, nimmt er im Übrigen automatisch unsere Größe an.
Katharina verlangte ziemlich barsch den Ältesten zu sprechen. Na ja, das bin und war auch damals schon ich.
Zu der Zeit war es im Übrigen noch einigen Menschen möglich, uns zu erblicken.
Sie wollte, dass ich ihren Mann wieder zum Leben erwecken würde und beklagte ebenfalls, dass sie stets kinderlos geblieben seien.
Da ich dazu nicht in der Lage war, musste ich ihr leider, wenn auch voller Mitgefühl, ihren Wunsch abschlagen.
Sie blieb dann noch eine Weile bei uns. Unsere Heiler kümmerten sich um ihre verwundete Seele.
Mein Sohn Querin, der damals erst 1111 Jahre alt war, also noch ein Jungspund, war gerade bei den Heilern beschäftigt und kümmerte sich mit um eure Großmutter.
Es soll dabei wohl zu einer Liebesaffäre zwischen den Zweien gekommen sein …
Das konnte ich nicht dulden.

Wir sorgten dafür, dass Katharina die Zeit bei unserem Volk vergaß und brachten sie wieder in den Wald in der Nähe ihrer Burg.
Kurz darauf kam Aoife, die auch das Kind von meinem Sohn Querin war, zur Welt.
Wir sind also verwandt!«, abschätzend betrachtete er die beiden, als ob er sie gerade zum ersten Mal sehen würde.
»Ihr seid sozusagen meine Urenkel, das erklärt dann doch einiges«, murmelte er noch selbstgefällig vor sich hin.
Sprachlos saßen die Geschwister auf ihren Baumstümpfen.
Lia sah sich skeptisch um, ob nicht gleich irgendwo jemand hervorspringen und laut: »Ätsch veralbert!«, rufen würde.
Verstohlen zwickte sie sich auch sicherheitshalber noch in ihren Arm, um auszuschließen, nicht sogar zu träumen.
Finnbar erging es ähnlich.
Er versuchte, das Gehörte zu verdauen.
Lange herrschte ein beredtes Schweigen zwischen den dreien.
Um einiges später ergriff Quiskan wieder das Wort: »Ihr braucht eine angemessene Ausbildung, Kinder.
Ich werde mit Soholit, dem obersten der Druiden-Gemeinschaft sprechen, ob er euch in die Lehre nehmen wird. Er ist der absolut Beste, den wir für euren Unterricht finden könnten.
Wir werden die Sache allerdings ganz offiziell angehen

lassen und zunächst euren Vater diesbezüglich befragen.«
Lia ließ enttäuscht die Mundwinkel fallen.
»Er wird mich nie lernen lassen.
Er will mich nur, so schnell wie es geht, gut irgendwohin verheiraten, damit ich aus seinem Blickfeld verschwinde und dabei noch möglichst viel Nutzen für seine Kriegspläne erbringe«, brach es entrüstet aus ihr heraus.
Quiskan sah sie eine Weile an.
»Du bist deiner Großmutter gar nicht so unähnlich.
Wir werden schon eine angemessene Lösung für dich finden.
Kommt Zeit, kommt Rat.
Für heute ist es genug, ihr müsst nach Hause.«
Lächelnd fügte er hinzu, »Finnbar kann ja kaum noch an etwas anderes denken als an den gefüllten Fasanen.
Wir treffen uns genau hier in einer Woche zur selben Zeit wieder.
Bis dahin sollte ich bereits einige Dinge in die Wege geleitet haben. Vielleicht bringe ich auch schon Soholit hierher mit.
Seht zu, dass Ihr einen guten Eindruck macht.«
Abschätzend fiel sein Blick auf die zerschlissene und beschmutzte Kleidung der Geschwister.
»Und Lia, bitte kämme demnächst dein Haar ordentlicher.«
Lia wusste nicht, ob sie sich über diese, bestimmt sehr gut gemeinten Hinweise, nun ärgern oder freuen sollte.
Dann verblasste Quiskan wie aus heiterem Himmel

ganz plötzlich und war kurz darauf verschwunden.
Sie hörten noch ein leises »Lebewohl« aus der Luft, wo eben noch Ihr Urgroßvater gestanden hatte, und dann waren sie wieder allein im Wald.
Finnbar und Lia gingen, tief grübelnd, sehr langsam zurück in Richtung Burg.
Es herrschte absolute Stille zwischen ihnen.
Jeder für sich musste erst mal darüber nachsinnen, welche außerordentliche Neuigkeiten sie soeben erfahren hatten.
Eine richtige Familie, wer hätte gedacht, dass sie zu so etwas gehören würden.
Und was für eine Familie! Ein glückliches Lächeln stahl sich in ihre Gesichter und ließ diese wie kleine Sonnen erstrahlen.
Die Kinder hatten während der Abwesenheit des Vaters und der Brüder sehr viele Freiheiten.
Alle waren vollauf mit den Angelegenheiten des Haushalts beschäftigt.
Solange die Zwillinge also halbwegs ordentlich und vor allem pünktlich zu den Mahlzeiten erschienen, war alles in Ordnung.
Eine Zeit lang hatte es einen Privatlehrer auf der Burg gegeben, der den Kindern Lesen und Schreiben beibrachte.
Obwohl das für Mädchen eigentlich unüblich war, ließ man der Einfachheit halber Lia beim Unterricht ihres Zwillingsbruders stets dabei sein.
Sie lernten gemeinsam Lesen und Schreiben und ein wenig Geschichte.

Das Beste aber war, dass der Lehrer sie in die alte Bibliothek der Burg einführte.
Dort gab es viele, viele Schriftrollen, die die Kinder mangels anderer Beschäftigung wie selbstverständlich in sich aufsogen.
Ihnen war gar nicht bewusst, was es für ein seltenes Privileg war, Zugang zu solch immensem Wissens-Reichtum zu haben.
Der Lehrer war nun schon lange fort.
Aber durch die, so ausgezeichnet bestückte Bibliothek in der heimatlichen Burg, vermissten die Geschwister ihn nie.

Soholit - der Älteste der Druiden

Schnell war die Woche vergangen.
Die Zwillinge konnten es kaum erwarten, zum vereinbarten Treffpunkt mit ihrem Urgroßvater zu kommen. Sie liefen forsch drauflos.
Gesprochen wurde unterwegs dieses Mal gar nichts. Jeder hing seinen eigenen Gedanken, Befürchtungen und Hoffnungen nach und jeder der beiden hielt diese sehr privaten Gedankengänge sorgfältig vor dem, vielleicht neugierigen, Geist des Zwillings geschützt.
Finnbar fragte sich hauptsächlich, wie denn der Vater überzeugt werden sollte, dass er bei jemandem unterrichtet werden würde, der doch als Druide ein Geächteter war.
Lia konnte sich nicht im Traum ausdenken, wie sie überhaupt die Erlaubnis erhalten könnte, bei der Ausbildung dabei zu sein, für den unwahrscheinlichen Fall jedenfalls, dass sie überhaupt stattfinden würde. Sie sah dem Treffen daher nicht gerade optimistisch entgegen. Beiden war die letzte Woche über jedoch klar geworden, wie sehr sie sich genau diese Unterweisungen wünschten.
Und darum waren ihre Befürchtungen, dieses wunderbare Angebot, am Ende doch nicht nutzen zu dürfen, auch so riesengroß.
An dem vereinbarten Platz angekommen, ließen sie sich wieder auf den Baumstümpfen nieder und warteten.

Es dauerte lange und niemand kam.
Irgendwann wurde es Lia zu bunt.
Sie hatte schon die ganze Zeit das Gefühl gehabt, genau beobachtet zu werden.
Entrüstet stand sie auf und rief in die umliegenden Schatten: »Es reicht, kommt endlich raus.
Ihr habt uns jetzt doch schon lange genug aus dem Geheimen beobachtet. Wir sind nicht zum Spaß hier!«
Leises Gelächter kam aus der Luft und langsam formte sich aus dieser zuerst die Gestalt des Urgroßvaters und dann neben ihm noch die einer weiteren Person.
Die Geschwister erblickten in ihr einen großen, aufrechtstehenden Mann, der in ein langes weißes Gewand gehüllt war. Sein ebenfalls vollkommen weißes Haar fiel ihm in vielen kleinen geflochtenen Zöpfen über die Schultern.
»Seid gegrüßt, Lia und Finnbar. Mein Name ist Soholit.
Ich freue mich sehr, euch endlich kennenzulernen.«
Die Zwillinge waren tief beeindruckt von Soholits erhabener Erscheinung.
Trotzdem fragte Lia provokativ: »Und warum hast du dann so lange damit gewartet, dich zu zeigen?«
Soholit lächelte: »Ich wollte euch tatsächlich erst einmal eine Weile inspizieren.
Ich meine, das ist legitim, wenn ich euch ausbilden soll, oder?«
»Bist du denn so sicher, dass wir wirklich bei dir lernen werden?«, fragte Lia.
»Das hängt natürlich davon ab, ob ihr überhaupt wollt.
Wie sieht es damit aus, Finnbar und Lia?«

Irgendwie war Lia total gereizt von dem ganzen Prozedere.
»Was denkst du denn, wer du bist?
Natürlich, ich will nichts sehnlicher als das. Aber ich werde niemals die Erlaubnis dafür bekommen.
Also frag uns nicht nach Dingen, die du uns am Ende gar nicht geben kannst.« Trotzig ließ sich Lia wieder auf dem Baumstumpf nieder.
»Und du Finnbar?«, Soholit sah den Knaben fragend an.
»Natürlich möchte ich bei euch lernen, oh Herr, sogar lieber als alles auf der Welt.
Aber Lia hat vermutlich recht, unser Vater wird bestimmt nicht sein Einverständnis dazu erteilen.«
»Die erste Regel, die ihr euch schon mal hinter die Ohren schreiben könnt, lautet: Sagt niemals nie.
Man muss das scheinbar Unmögliche nur lange genug anschauen, bis es dann schlussendlich zu einer leichten Angelegenheit wird.
Ein Wunder ist immer nur eine Sache des Trainings.
Dort, wo ein Plan in Gedanken entsteht, dieser dann in Worte gefasst wird, da kann er auch mit starker Konzentration ins Materielle gebracht werden.«
Soholit hielt kurz inne, damit diesem wichtigen Satz Genüge getan wurde. Dann fuhr er fort.
»Ich würde mal sagen, ihr vertraut mir einfach, dass ich die Erlaubnis eures Vaters erhalten werde, Finnbar zu unterrichten.«
»Und was ist mit mir?«, Lias Stimme überschlug sich vor Enttäuschung.
Die Fäuste geballt, rannte sie wütend auf Soholit zu.

»Setz dich wieder hin, Mädchen und hör mir noch ein wenig länger zu.«
Mit gesenktem Kopf nahm Lia aufs Neue Platz.
Finnbar nickte ihr so aufmunternd zu, wie er es nur eben vermochte.
»Es ist wie bei dem Kampf eines Kriegers des Lichts«, begann Soholit erneut zu sprechen.
»Ein echter Krieger studiert seinen vermeintlichen Gegner ganz genau. Dann nutzt er dessen Energien und Waffen für sich selbst, um letztlich zu siegen.
Was setzt dein Vater gegen dich für Waffen ein, Lia?«
Lia verstand nicht und schaute nur verständnislos drein. »Er ignoriert dich. Und genau das werden wir uns zunutze machen.
Daher werde ich dich einfach auch ignorieren.
Ich werde ihm anbieten, Finnbar zu unterrichten und dich gar nicht erst erwähnen. Dies wird ihm völlig normal erscheinen, denn das ist genau das, was er schon viele Jahre praktiziert. Er wird dich völlig aus seinem Bewusstsein verbannen und bevor er nicht einen Ehemann für dich gefunden hat, wird er kaum von selbst an dich herantreten.
Wenn Finnbar also die Lehre bei mir antritt, wirst du heimlich immer dabei sein.
Dein Vater wird in der Zukunft, so wie bisher auch, ohnehin viel zu selten zu Hause sein und niemand wird davon Notiz nehmen, wo genau du dich während Finnbars Unterrichtszeit befindest.
Wir werden außerdem immer ganz im Geheimen sehr weit weg von der Burg im Wald lernen.«

Stille trat ein.
Man hätte ein Haar zu Boden fallen hören können, so leise war es. Finnbar ergriff als Ester wieder das Wort:
»Das hört sich wie ein guter Plan für Lia an, aber wie soll mein Vater dich als meinen Lehrmeister akzeptieren? Das Druidentum ist in der heutigen Zeit, wie wir alle wissen, leider geächtet. Er wird nicht wollen, dass ich mich später auch vor dem Gesetz verstecken muss.«
»Ich kann dir nur versprechen, dass dafür gesorgt sein wird«, antwortete Soholit.
»Ich werde euch aber sicherheitshalber im Vorfeld nicht mitteilen, was ich genau geplant habe, damit ihr euch nicht aus Versehen verratet.
Nur eines schon vorab:
Euer Vater wird sehr viel früher zurückkehren, als er es eigentlich wollte.
In einem Monat schon und nicht erst in sechs, wie er es zuletzt angekündigt hatte.
Dann wird unsere Stunde kommen.
Bis dahin bleiben uns noch etwa drei Wochen und ich schlage vor, dass wir so lang eine Art Probe-Unterricht betreiben.
Danach können wir schauen, ob wir wirklich miteinander arbeiten wollen, bevor ich persönlich an euren Vater herantrete. Abgemacht?«
»Abgemacht«, riefen die Geschwister freudig wie aus einem Munde.

Schweiß, Tränen und erste Erfolge

Die Zwillinge gingen jetzt täglich vom frühen Morgen bis zum Mittagessen in den Wald, um Soholit und manchmal auch Quiskan zu sehen und natürlich, um zu lernen.
Anfangs ging es viel um »Sehen« und »Spüren«.
Zuerst musste man lernen, seinen Geist komplett zu leeren, bis keine störenden Gedanken mehr auftauchten.
Dann sollte der Blick unfokussiert geradeaus gerichtet sein.
Keinesfalls sollte man irgendetwas Bestimmtes wahrnehmen, sondern nur diffus alles auf einmal.
Das würde anfangs am besten funktionieren, wenn der Körper vollkommen ausgepowert wäre.
Daher führten sie bis zur Erschöpfung, anstrengende Gymnastikübungen und Kurzsprints aus.
Danach hieß es wieder hinspüren und aufmerksam schauen.
Finnbar fragte sich nicht zum ersten Mal, was das alles sollte, als Lia plötzlich in die Hände klatsche und auf die, etwa zehn Meter entfernte Eiche zeigte. Finnbar, der sogleich voll konzentriert auch dort hinschaute, sah dort einfach nur eine Eiche. »Na und, was ist da schon Besonderes dran?«, murmelte er missmutig vor sich hin. »Was ist das für ein Wesen dort in der Eiche? Es sieht aus, wie ein Geschöpf zwischen einem Menschen und einem Baum.«

Lia sah zuerst fragend zu Soholit und dann wieder zur Eiche. »Ähm, jetzt ist es weg.«
»Es ist nicht weg, es ist schon die ganze Zeit hier und es steht dort übrigens auch immer noch.
Das ist ein Baum-Mensch.
Es liegt daran, ob du richtig hinschaust.«
Lia leerte ihren Geist aufs Neue und blickte nichts suchend in Richtung der Eiche und Umgebung.
»Jetzt sehe ich es wieder, es ist wunderschön. Faszinierend«, zischte Lia befriedigt leise durch den Mundwinkel.
Finnbar war vollkommen genervt.
»Ich gehe jetzt heim, vergesse den ganzen Mist und werde einfach der Verwalter, den Vater sich wünscht«, dachte er laut und ging langsam einige Schritte rückwärts.
»Ist es das, was sich die weiße Eule für dich gewünscht hätte, Finnbar?« Soholit hatte Finnbar im Geiste angesprochen.
Für Lia war das Gespräch allerdings nicht zu hören.
»Habe ich jetzt denn gar kein Privatleben mehr?«
Finnbar reagierte äußerlich patzig, aber im Inneren erbebte er bei der Erinnerung an die weiße Eule und sein Herz klopfte laut.
Es war lange her und es war sein sehr privater und geheim gehüteter Schatz.
Als Finnbar etwa acht Jahre alt gewesen war, war der prächtige, weiße Vogel viele Abende durchs Fenster in sein Zimmer gekommen.

Schnell waren sie richtig gute Freunde geworden und Finnbar nahm es fast wie selbstverständlich hin, dass er sich mit dem Vogel über den Geist verständigen konnte.
Mit seinem neuen Freund hatte Finnbar über Dinge sprechen können, die er selbst mit Lia nicht bereden wollte.
Unverhofft und von einem Tag auf den anderen verabschiedete sich jedoch die weiße Eule von dem Jungen.
»Wir werden uns bestimmt wiedersehen, Finnbar und dann werde ich dich vieles lehren, was du dir heute nicht einmal erträumen kannst. Aber für jetzt muss ich leider fort.«
Wie gerne hätte er ihr geglaubt, aber Finnbar hatte bis heute nie wieder etwas von seinem engen, gefiederten Freund gehört.
Fast fünf Jahre waren inzwischen vergangen.
Als er jedoch zu Soholit schaute, stockte ihm der Atem.
Statt des Lehrers saß dort nun plötzlich die weiße Eule von damals und winkte ihm mit einem ihrer schneeweißen Flügel freundlich zu.
Finnbar wollte gerade aufschreien, als dann, nur einen Moment danach, am gleichen Platz doch wieder nur Soholit stand.
Finnbar war wie vom Donner gerührt, sollte Soholit auch gleichzeitig die weiße Eule von einst gewesen sein?
»Setzt euch bitte mal hin, ihr beiden, ich muss euch etwas Wichtiges sagen. Wie lange üben wir jetzt?

Zweieinhalb Wochen?
Kinder diese kurze Zeit, das ist ein Witz für solche Unterweisungen.
Eine Druidenausbildung dauert normalerweise Jahrzehnte.
Bis jemand die Wesen der Anderswelt erblicken wird, wie beispielsweise Lia eben den Baum-Menschen, können bis zu fünf Jahren vergehen.
Bei euch wird das alles sehr viel schneller ablaufen, weil in euren Adern auch das Blut des kleinen Volkes fließt.
Trotzdem muss ich euch um Geduld bitten.
Finnbar, hast du nicht erst vor ein paar Tagen als Erster euren Urgroßvater erblickt?
Das kam, weil du in dem Moment ganz ziellos, aber innerlich aufmerksam geschaut hast.
Die letzte Zeit hier wurdest du immer stärker in deinem Wollen und Drängen.
Es geht aber bei dem, was wir hier tun, um absichtsloses Sein, darum nur zu nehmen, was freiwillig gegeben wird.
Wollen und Verbissenheit wird bei dieser Art von Arbeit nicht zum Ziel führen.
Es dreht sich eher um Unschuld, um Vertrauen und um absolute Loyalität zur höheren Wahrheit, manche nennen sie auch das Göttliche oder die Liebe.
Du musst lernen, loszulassen. Dann wird dir neues Wissen mitunter von ganz allein geschenkt.
Wir brauchen für die Ausbildung natürlich auch Disziplin, Durchhaltevermögen und Willenskraft.
Aber am meisten könnt ihr auf die kindliche Unschuld

und das stille Sein setzen.
Es ist eher so wie eine wache Wartehaltung, um mitzubekommen, wann einem eine neue Erfahrung oder neues Können geschenkt wird.
Später dann geht es auch viel um Demut und Bescheidenheit, denn alles, was ihr lernen und können werdet, das müsst ihr wieder abgeben, wenn sich euer Lebenskreis einst schließen wird. Es ist sozusagen nur geliehen.«
Beschämt schaute Finnbar auf den Boden. Eine Träne stahl sich heimlich aus seinem Augenwinkel.
Ihm lagen tausende Fragen auf den Lippen. Er hatte jedoch nicht den Mut, sie zu stellen.
Stattdessen beantworte Soholit nun einige seiner Anliegen von ganz allein.
»Ja, ich glaube an euch.
Ich habe euch schon länger beobachtet und euch ganz gezielt ausgewählt.
Und – Kinder, ich brauche euch auch für eine überlebenswichtige Mission.
Es geht um nicht weniger als das Weiterbestehen der Lebensräume unseres gesamten Erdballs.
Um dies zu erreichen, muss ich eine Gruppe von Wesen um mich scharen, die mir dabei helfen werden, unsere Schöpfung zu verteidigen.
Ich finde jedoch kaum noch Schüler und schon gar nicht solche begabten, wie euch.
Unser Wissen darf nicht verloren gehen.
Wir werden es nämlich dringend benötigen, wenn wir uns auf den schweren Weg der Sicherung auch unseres Lebens auf der Erde begeben werden.

Daher bitte ich euch von Herzen, tapfer und demütig, zielstrebig und trotzdem zufrieden mit dem, was ihr tatsächlich gerade erreicht habt, zu sein.
Ich brauche euch und auch die Erde wird euch brauchen.
Freunde, es gibt die Zeit nicht, wie ihr sie bislang kennengelernt habt.
Es ist immer alles schon in diesem Moment verfügbar.
Nur wir Menschen benötigen so etwas wie die Zeit, um alles, das schon da ist, nach und nach zu erfahren.
Es war mir deshalb möglich in der Zeit weit in die Vergangenheit und die Zukunft zu reisen.
Ich möchte auch euch heute einen Blick in den Brunnen der Zeit gewähren, damit ihr ebenfalls wisst, was auf dem Spiel steht.
Sorgt euch nicht, denn wenn wir wieder hier an diesem Platz sein werden, wird es genauso so spät sein, dass ihr exakt zur rechten Zeit wieder in die Burg Eichenfels zurückgehen könnt.
Das ist heute vorläufig unser letztes Treffen.
Ich muss fort und ich werde danach mit eurem Vater Kontakt aufnehmen.
In circa vierzehn Tagen wird er wieder mit eurem Bruder zu Hause eintreffen.
Er wird dich, Finnbar, für ein Jahr zu mir in die Lehre senden und dich, Lia, wird er ignorieren.
Kurz darauf wird er erneut aufbrechen und dann wird es wieder so ähnlich sein, wie ihr es jetzt kennengelernt habt.
Ein Jahr Ausbildungszeit ist aber viel zu kurz.
Daher werden wir die Zeit dehnen und in diesem Jahr

dadurch so viel schaffen können, wie vielleicht in zehn Jahren.
Was ihr gleich bei der Zeitreise sehen werdet, darf euch nicht allen Mut nehmen.
Die Zukunft ist nämlich veränderbar.
Wir werden gemeinsam alles daransetzen, dass es nie so weit kommen wird.
Kein Wort zu niemand über eure Erlebnisse.
Das ist oberstes Gesetz, wenn wir die Mission nicht gefährden wollen. Und nun folgt mir bitte.«
Eilig ging Soholit in Richtung der Eiche des Baum-Menschen davon.
Beide beeilten sich, um mit ihm Schritt zu halten.
Der Wald wurde nebliger und dunkler.
Dann blieb Soholit an einer kleinen Felsquelle, auf die die Sonne schien, stehen.
»Das hier, meine Lieben, ist ein Schwellentor.
Man findet es dort, wo die Elemente Licht für Feuer, Wasser, Erde, Luft und manchmal auch Stein sich treffen.

Zentriert euch bitte und achtet dabei auf euren Atem, so wie wir es geübt haben.
Und jetzt folgt mir bitte.«
Plötzlich tat sich etwas, wie ein Torbogen aus belaubten Zweigen vor den Geschwistern auf und die drei Menschen schritten forsch hindurch.
Den Zwillingen bot sich augenblicklich ein atemberaubender Anblick.
Bäume so hoch, dass man die Spitzen kaum noch sehen konnte.
Unzählig viele bunte Farben gab es ringsumher.
In der Luft schwirrten, wie Insekten, wundersame kleine Wesen mit goldenen Flügeln umher.
Überall roch es fremdartig und berauschend.
Willkommen in der Anderswelt, meine Lieben.
»Achtet weiterhin auf euren Atem.
Für dieses Mal müssen wir uns leider sputen.
Ich verspreche euch aber, ihr werdet später noch viel Zeit bekommen, euch hier genauestens umzusehen.«
Soholit ging zielstrebig auf einen alten, gemauerten Brunnen zu, den die Zwillinge in einigen Metern Entfernung erblickten.
Sie folgten ihm eilig.
Der Brunnen war bis oben an den Rand mit klarem Wasser gefüllt.
Mit leiser Stimme hörten sie nun Soholit vor sich hinmurmeln.
Es klang fast so wie ein Gedicht.
Plötzlich begann sich das Wasser zu bewegen.
Kleine Bläschen und Wellen wurden nach und nach zu

einem großen Strudel.
»Seht genau hin, Lia und Finnbar und fürchtet euch nicht.
Ihr seid immer in Sicherheit und werdet bald unversehrt hierher zurückkehren.«
Aus dem Strudel tauchten zunächst nur einzelne Bilder auf.
Die Geschwister erkannten darin auch ihre heimatliche Burg wieder.
Sie beugten sich, bis aufs Äußerste gespannt, instinktiv tiefer in Richtung des Strudels.
Es war jetzt fast so, als wären die beiden mitten im Geschehen.
Nicht weit sahen sie ein junges Paar, ausgelassen und sich verliebt an den Händen haltend, durch die Wiesen laufen.
Das Mädchen hatte bunte Bänder in den langen, braunen Haaren.
Es waren die gleichen Haare, wie Lia sie heute hatte. Es musste ihre Mutter Aoife sein.
Der Bursche trug ein Festtags-Gewand. Das Lachen der beiden hallte weit über das Land.
Als sie näherkamen, erkannten die Geschwister in dem glücklichen Burschen ihren eigenen Vater in jungen Jahren.
Er war es und er war es auch wieder nicht, denn sein Gesicht war hier offen, hoffnungsvoll und voller Freude.
So hatten ihn Finnbar und Lia bislang nie kennengelernt.

Dann verschwammen die Bilder.
Die Burg verfiel und der Wald wurde immer lichter.
Statt der Burg standen nun dort mehr und mehr Gebäude aus Stein. Diese verfielen erneut und waren dann durch modernere Gebäude, die viel höher und zahlreicher waren als ihre Vorgänger, ersetzt worden.
Bäume gab es nur noch vereinzelt.
Der gesamte Wald war inzwischen verschwunden.
Irgendwann bestand der ganze Boden nur noch aus Beton.
Pflanzen waren überhaupt keine mehr zu sehen.
Es wurde sehr heiß.
Im Himmel sahen die beunruhigten Geschwister riesige Gefährte aus einem, ihnen unbekannten Material umherfliegen.
Je weiter sich die Zeit in die Zukunft bewegte, desto heißer wurde es. Den Zwillingen lief der Schweiß in Strömen am Körper herunter.
Sie hatten außerdem den Eindruck, kaum noch atmen zu können.
Sie nahmen keine Bewegungen mehr wahr. Weder waren Menschen noch irgendwelche Gefährte oder auch Pflanzen zu sehen.
Stattdessen sahen sie plötzlich heiße, alles vernichtende Lavaströme überall aus der Erde heraustreten.
Das war zu viel.
Instinktiv rissen sich Lia und Finnbar mit aller Kraft von den Ereignissen los und mit einem Ruck landeten sie rücklings vor dem Brunnen der Zeit auf dem Boden.

Verstört und atemlos sahen die Geschwister einander an.
Sie hörten noch, wie Soholit ihnen zurief: »Wir sehen uns bald wieder.«
Und dann fühlten sie sich wie durch einen mächtigen Luftstrom an den Platz zurückversetzt, an dem vorhin die Unterweisung stattgefunden hatte.
Mit weit aufgerissenen Augen und zitternd, standen die beiden jetzt in der Nähe ihrer Sitz-Baumstümpfe.
»Finnbar kann es sein, dass die Erde dieses schreckliche Schicksal erleiden wird?«, fragte Lia ihren Zwillingsbruder alarmiert.
»Ich weiß es nicht, Lia.
Aber ich erinnere mich, dass Soholit gesagt hat, es muss nicht so weit kommen.
Man kann die Zukunft verändern.
Vielleicht können sogar wir einen Beitrag dazu leisten und deshalb brauchen wir die Ausbildung bei ihm.
Lass uns unsere Lippen fest verschließen, sodass kein Mensch von unserem heutigen Erlebnis erfährt.
Und lass uns daran nicht verzweifeln, kommt Zeit, kommt Rat.
Jetzt gehen wir zunächst nach Hause und werden dort ein gutes Mittagessen zu uns nehmen.«
Finnbar hatte versucht, so zuversichtlich wie möglich zu klingen. Allerdings hätte selbst ein Tauber am Klang seiner Stimme bemerkt, dass auch er von den Erlebnissen am Brunnen der Zeit bis ins Mark getroffen war.
Die Geschwister gingen mit gesenkten Köpfen ohne

weitere Worte nachdenklich durch den Wald nach Hause.
Gelegentlich sahen sie sich verstohlen an, dann reichten sie sich die Hände und fanden Trost, einer an dem anderen.
Hand in Hand gingen sie zurück zur heimatlichen Burg.
Ihr Geburtstag stand kurz bevor. Sie wurden jetzt dreizehn Jahre alt.
Es war nicht geplant, dass der Vater zu diesem Datum zu Hause sein würde, denn der Geburtstag war schon in der nächsten Woche.
Lia und Finnbar freuten sich, so wie alle jungen Menschen, schon sehr darauf.
An diesem Tag gab es immer schöne Geschenke und eine kleine Feier wurde ausgerichtet.
Herta übertraf sich jedes Mal mehr bei der Zubereitung von leckeren Gerichten.
So war es auch diesmal.
Morgens erwachten die Zwillinge schon früher als sonst.
Und noch bevor Anne, ihre Amme, an die Türen klopfte, waren sie schon fertig angezogen und standen, sich gegenseitig breit angrinsend, draußen im Flur.
Gemeinsam rannten sie in die Küche. Sie waren sich sicher, dass Hertha bestimmt etwas Wunderschönes für sie gezaubert hatte und richtig, es stand schon ein sehr schmackhafter Geburtstagskuchen auf dem Tisch.
Kleine Kerzen, die Herta selbst gezogen hatte, waren oben auf dem Kuchen.
Sie brannten schon.

»Nun pustet sie aus und wünscht euch was, ihr zwei Racker.
Herzlichen Glückwunsch zum dreizehnten Geburtstag.«
Alle Dienstboten klatschen und die treue Anne blickte voller Stolz auf ihre, so geliebten Sprösslinge.
Bruder und Schwester bliesen gemeinsam die Kerzen aus und dann wurde noch ein wenig geredet und gefeiert.
Kurz bevor man sich zum Mittagessen niederlassen wollte, kam ein Bote schweißgebadet mit einem völlig erschöpften Pferd im Burghof an.
»Ich bringe eine überaus wichtige Nachricht vom Heer zu Ronan.
Bringt mich bitte unverzüglich zu ihm.«
Alle sahen sich fragend an.
»Er ist doch noch im Krieg und wollte erst in circa fünf Monaten zurückkehren«, sprach Gilean, der die Burg in Ronans Abwesenheit leitete.
Der Bote ließ sich enttäuscht sowie völlig erschöpft vom Pferd hinabgleiten.
Sein Ross wurde in den Stall gebracht, um es zu tränken, abzutrocknen und ihm etwas Heu zu geben.
Dann wurde der Bote langsam nach drinnen geleitet.
Man gab ihm ein Glas Wasser zu trinken.
Betretenes Schweigen herrschte.
»Und jetzt bitte noch einmal, Silvio, was hast du da eben gesagt? Du bringst Botschaft für Ronan zu uns in die Burg? Wie kann das sein, er ist doch gar nicht hier?«, fragend sah Gilean zu Silvio und setzte sich

bedächtig neben ihn. »Ronan war vor einigen Tagen in Richtung der Burg aufgebrochen«, antwortete Silvio. »Er und Angus waren von einer vergifteten Klinge verletzt worden und wollten beim Heilkundigen auf der Burg um Hilfe ersuchen.
Sie müssten doch längst hier eingetroffen sein?«, panisch sah sich der Bote in der Menge um.
»Nein, sie sind nicht hier. Wir haben auch nichts gehört. Was sollen wir nun tun?«, sprach Gilean.
Da es wegen eines dichten Nebels, der wie aus dem Nichts heraufgezogen war, keine Möglichkeit gab, sofort etwas zu unternehmen, zogen sich die Männer zu einer Beratung zurück.
Nachdem sich Silvio wieder erholt hatte, stieg er trotz des schlechten Wetters auf sein Ross, um zurückzureiten und das Heer schleunigst zu informieren, dass Ronan noch nicht zu Hause angekommen war.
In der Burg wusste man nicht genau, ob man das Schlimmste vermuten sollte oder ob sich alles noch aufklären würde. Doch die meisten tendierten dazu zu glauben, dass Ronan und seinem Sohn etwas geschehen sein musste. Da aber noch immer ein außergewöhnlich starker Nebel über dem Wald hing, entschied man sich, mit einer Suchaktion noch etwas zu warten.
Alle hofften, dass Silvio bei diesen Verhältnissen gut bei den anderen Kriegern ankommen würde.
Dieser jedenfalls hatte sich trotz aller gut gemeinten Einwände nicht aufhalten lassen.

Nebel und Visionen

Ronans Männer waren in einen, wilden Kampf gegen die Briten verwickelt gewesen.
Dabei wurde Ronan vom Schwert eines feindlichen Kriegers am Arm schwer verwundet.
Sein Sohn, Angus, war darüber so außer sich vor Zorn, dass er sich todesmutig dem Feind entgegenwarf, um seinen Vater zu rächen.
Noch in seinen letzten Atemzügen schaffte es der Gegner jedoch, Angus ebenfalls erheblich am Bein zu verletzen.
Am Abend zeigte sich an den Wunden eine zornige Röte und beide bekamen hohes Fieber.
Der besorgte Heiler des Heers sprach aus, was alle schon befürchtet hatten: »Herr, die Klinge muss vergiftet gewesen sein.
Ich habe dies schon bei anderen Kriegern erlebt.
Wenn wir jetzt nicht alsbald etwas unternehmen, so werdet Ihr in drei Tagen tot sein.
Ihr müsst sofort nach Hause reiten, damit dort vom Heiler der Burg ein Kraut besorgt wird, welches ich hier unterwegs nicht finden kann. Dieses kann das Gift aus der Wunde herausleiten.
Er wird auch wissen, was dann noch weiter zu tun ist.«
Fünf fähige Krieger aus dem Heer wurden als Eskorte ausgewählt.
Eine Weile konnten sich die beiden Verletzten noch

auf dem Pferd halten, aber dann wurden sie zu schwach und es mussten für sie zwei behelfsmäßige Tragen gefertigt werden, die jeweils hinten an ein Pferd gebunden wurden.
Sie waren inzwischen schon einen Tag unterwegs und nur noch einen halben Tagesritt von der heimatlichen Burg entfernt.
Urplötzlich kam im Wald jedoch ein dichter Nebel auf.
Mystisches Flüstern und Wispern war von allen Seiten aus dem Nebel zu hören.
Selbst den gestandenen Männern wurde es nun unheimlich zumute.
Solch einen dichten Nebel hatten sie dort noch nicht erlebt. Man konnte inzwischen die Hand nicht mehr vor Augen sehen und es dauerte nicht mehr lange, da wussten sie nicht einmal mehr, in welcher Richtung die beheimatete Burg überhaupt lag.
Daher wurde vorgeschlagen, zu verschnaufen und zu warten, bis der Nebel sich lichtete, denn was für einen Zweck würde es machen, sich jetzt in den undurchdringlichen Schwaden auch noch zu verirren.
Also wurde gerastet. Nach einem halben Tag hatte sich der Nebel noch immer nicht gelichtet und Ronans sowie Angus' Zustand verschlechterte sich zusehends.
Man musste mit dem Schlimmsten rechnen.
Plötzlich tauchte aus der Ferne etwas Weißes aus dem nebligen Dunst auf und als das Weiße näherkam, sahen sie, dass es sich um eine männliche Gestalt

handelte.
Sie war in ein strahlend helles, langes Gewand gehüllt und von ihrem Kopf hingen viele weißliche, kleine geflochtene Zöpfe hinab.
Zur Eskorte der kleinen Schar gehörte auch ein, schon älterer Soldat.
»Ein Druide«, murmelte dieser ehrfurchtsvoll.
Er erinnerte sich gut an die Feste, die damals von den Druiden angeleitet worden waren und tief in seinen Adern saß noch die Ehrfurcht vor diesen Weisen.
Der Druide war Soholit und als er näherkam, sprach er: »Seid gegrüßt, liebe Brüder, was hat euch hierher verschlagen?«
Kurz wurde dem Druiden berichtet, was geschehen war.
Er entgegnete: »Wenn ihr erlaubt, würde ich mir die Kranken gerne ansehen.«
Er ging zu Angus und Ronan, besah sich die Wunden, schüttelte den Kopf und sah den Heiler direkt an.
Dieser senkte alsbald den Blick.
Dann wandte er das Wort an Ronan:
»Du weißt, wie es um euch steht?
Ihr benötigt dringend Hilfe und für das Kraut, welches dein Volk dafür immer benutzt, ist es jetzt leider schon zu spät.
Ich mache dir einen Vorschlag: Ich werde euch beide heilen und als Lohn werde ich euren jüngsten Sohn, Finnbar, für ein Jahr unterrichten.
Er wird diese Heilkunst und noch viele andere wichtige Dinge für dein Volk bei mir erlernen, was

ihm als Verwalter deines Túaths in Zukunft sehr von Nutzen sein kann.«
Soholit war einige Schritte zurückgetreten und erwartete Ronans Antwort.
Dieser bat sich eine kurze Bedenkzeit aus und fiel dann sogleich in eine tiefe Ohnmacht.
Ronan lief im Traum durch das Reich der Schatten. Dort sah er in der Ferne von Weitem immer wieder etwas aufblitzen. Er fühlte sich wie magisch davon angezogen.
Als er endlich näherkam, erblickte er seine geliebte Aoife.
»Warte Liebste, ich bin endlich wieder mit dir vereint.«
Aoife blieb stehen und drehte sich um: »Ronan, Liebster, deine Zeit ist noch nicht gekommen, du musst wieder zurück.
Ich werde hier auf dich warten. Für mich wird es nur einen Augenaufschlag dauern, bis wir hier wieder für immer vereint sind. An diesem Ort vergeht die Zeit anders.
Für dich wird es sich noch etwas länger anfühlen.
Ich freue mich auf dich.
Aber für jetzt kehr um und lass den Druiden wissen, dass er Finnbar für das eine Jahr unterrichten soll und lass dich und Angus von ihm heilen. Es wird das Beste für alle sein.«
Dann verblasste sie langsam.
Ronan fühlte einen unbändigen Abschiedsschmerz und wollte gerade vor Pein laut aufschreien, als beim

Erwachen die Vision abrupt endete.
Schwach winkte er den Druiden näher.
Dieser wandte ihm sein Ohr zu, in welches Ronan flüsterte:
»Ich bin einverstanden. Du kannst Finnbar unterweisen.
Bitte heile meinen Sohn, Angus, als Ersten.«
Soholit beeilte sich, zu Angus zu gelangen und legte ihm konzentriert seine beiden Hände auf die Brust.
Ein leiser Singsang erfüllte alsbald die Luft.
Der Heiler blickte achtungsvoll und wie gebannt auf die Wunde, deren tiefrote Farbe nach und nach verblasste und die sich dann, wie von selbst, wieder verschloss.
Langsam kehrte auch die gesunde Färbung in Angus' blasses Gesicht zurück. Nicht lange darauf öffnete dieser seine Augen und erhob sich vollkommen geheilt von seinem Krankenlager.
Ein tiefes, ehrfurchtsvolles Raunen war von den Kriegern zu hören.
Soholit aber trat gemessenen Schrittes auch zu Ronan und vollführte dort das gleiche Ritual, wie zuvor bei dessen Sohn.
Auch Ronan war binnen kurzer Zeit wieder vollständig hergestellt.
Dieser wandte nun das Wort an Soholit:
»Ich danke dir, du weiser Mann, für das Leben meines Sohnes und das meine.
Dafür hast du mehr gut bei mir, als meinen Sohn,

Finnbar, zu unterweisen, was für mich nur noch eine weitere, unbezahlbare Gabe für uns ist.
Hab tausend Dank.«
Soholit verneigte sich lächelnd und sprach:
»Auch ich danke dir für dein Angebot, vielleicht werde ich es irgendwann einmal einlösen.
Für jetzt werde ich mich jedoch zurückziehen.
Sendet mir euren Sohn zum nächsten Neumond im Morgengrauen an den Waldrand in der Nähe eurer Burg.
Ich werde ihn dort erwarten.
Er wird täglich immer zur Mittagsstunde wieder zurück auf der Burg Eichenfels sein.«
Soholit ging jetzt einige Schritte rückwärts und verblasste vor den Augen der Kämpfer langsam im weißen Dunst.
Kaum war Soholit fort, kam die Sonne heraus, der Nebel verschwand und die Männer sahen schon von Weitem ihre heimatliche Burg liegen.
Sie bestiegen ihre Pferde und in weniger als einer Stunde wurde ihre Ankunft in der Heimat erleichtert gefeiert.
Es gab ein herrliches Festmahl und als abends Geschichten erzählt wurden, nahm Ronan seinen jüngsten Sohn, Finnbar kurz beiseite, um ihn über den künftigen Unterricht bei einem Druiden in Kenntnis zu setzen.
Finnbar nahm die Information scheinbar demütig und erfreut entgegen.
Bescheiden dankte er seinem Vater dafür.

Sobald es ihm möglich war, wandte er sich jedoch jubilierend im Geiste an seine Zwillingsschwester.
»Lia, Lia, Soholit hat tatsächlich Wort gehalten.
Am nächsten Neumond werden unsere Unterweisungen offiziell beginnen.
Ich bin so glücklich.«
Auch Lia schlug im Geiste vor Freude Purzelbäume.
Finnbar aber wurde jetzt nachdenklich.
»Du Lia, geh lieber sofort ins Bett, besser niemand erinnert sich an dich, damit du auch ohne Weiteres mitkommen kannst.
Nicht, dass dir noch irgendeine andere Aufgabe zugeteilt wird.«
»Du hast recht, Finnbar. Ich werde mich sofort zurückziehen und erst in der Frühe, so spät wie möglich wieder herauskommen.
Ich hörte, dass die Männer schon morgen wieder zum Kampf zurückkehren wollen.
Der Bote von gestern hatte offenbar eine wichtige Botschaft, die dies nötig macht.
Gute Nacht Finnbar, auf einen neuen Anfang und ein großes Abenteuer.«
Lia machte kehrt und verschwand sofort in Richtung ihrer Schlafkammer.
Als auch Finnbar zu Bett gegangen war, lag er noch lange wach und sann über die Zeit nach, die sie beide nun erwartete.

Aller Anfang ist schwer

Es war der Abend vor Neumond. Lia und Finnbar unterhielten sich noch über ihren Geist, als sie schon längst in ihren Betten lagen. Keiner von beiden konnte einschlafen, so aufgeregt waren sie. Morgen sollte der offizielle Unterricht mit Soholit beginnen.
Zum hundertsten Male begann Lia davon zu sprechen, wie das Erlebnis im Brunnen der Zeit gewesen war und welche Rolle sie in der ganzen Geschichte wohl spielen sollten.
Auch Finnbar wollte nichts sehnlicher wissen als dies, ihm war aber klar, dass man sich heute Abend mit dieser Frage nur endlos im Kreis drehen würde.
Darum sprach er freundlich zu Lia: »Komm, lass uns die Augen zu machen, wir werden das jetzt ohne Soholit doch nicht lösen können.
Morgen ist auch noch ein Tag.
Schlaf gut.«
Mit diesen Worten drehte sich, der rechtschaffen müde Finnbar auf die Seite und war auch schon bald eingeschlafen.
Lia benötigte, aufgeregt, wie sie war, dafür noch etwas mehr Zeit, aber irgendwann glitt auch sie endlich ins Land der Träume hinüber.
Beide wurden am Morgen von Anne geweckt und waren noch gar nicht wirklich ausgeschlafen.
Wichtig war nun, dass Lia sich so unauffällig wie möglich verhielt, damit sie später zu Finnbar

hinzustoßen konnte.
Anne hatte sich schon gefragt, was Lia wohl den ganzen Vormittag über machen könnte, denn die Zwillinge waren bislang immer unzertrennlich gewesen.
Dafür hatten sich die findigen Geschwister schon eine gute Ausrede zurechtgelegt.
Sie ließen in der Küche nebenbei verlauten, dass Lia vorhatte, sich endlich wieder dem Flötenspiel zu widmen.
Sie wollte sich dafür in den Wald begeben, um nicht gestört zu werden.
Seinerzeit hatten Lia und Finnbar beide darin Unterricht bekommen. Finnbar war aber so untalentiert dafür gewesen, dass der Unterricht bald wieder abgebrochen worden war.
Lia war damals sehr enttäuscht gewesen, da ihr die Flöte durchaus gelegen hatte.
Jeder nahm ihr heute also diese Erklärung ohne Weiteres ab und Anne, ihre Amme, war insgeheim froh, dass es eine so hervorragende Lösung für die Angelegenheit gab.
Sie ließ es damit gut sein und beschäftigte sich, wie an allen anderen Morgen auch, wieder mit ihrem Tagwerk.
Bald verschwendete sie keinen weiteren Gedanken mehr an ihre Zöglinge.
Diese machten sich, mit einem guten Frühstück gestärkt, jeweils getrennt auf den Weg in Richtung Wald.
Herta hatte jedem noch ein klein wenig Wegzehrung

mitgegeben.
Als sie außer Sichtweite waren, trafen sie sich, wie vereinbart, an einer bestimmten Weggabelung, lachten glücklich darüber, dass ihr Plan so reibungslos funktioniert hatte und nahmen sich das letzte Stück Weg bis zum Unterweisungsplatz gemeinsam vor.
Sie hatten kaum auf ihren Baumstümpfen Platz genommen, da erschien auch schon Soholit, begleitet von Quiskan, wie aus dem Nichts vor den Geschwistern.
»Guten Morgen, ihr beiden und herzlich willkommen zur ersten Stunde.«
Breit grinsend ging Soholit auf die Geschwister zu und umarmte einen nach dem anderen.
Quiskan, der auf einem hohen Baumstumpf stand, tat es ihm sogleich nach.
»Ich bin sehr erfreut, wirklich außerordentlich erfreut, dass unser Plan so gut aufgegangen ist«, hörten sie Quiskan nun schon zum wiederholten Male sagen.
Nach einer kurzen Pause kam plötzlich eine ernstere Stimmung auf.
Lia durchbrach die Stille als Erste: »Wegen des Brunnens der Zeit …«.
Soholit gebot ihr mit leicht erhobener Hand, noch zu schweigen und blickte fragend zu Quiskan.
Dieser erhob sich etwas schwerfällig und begann langsam zu sprechen: »Auch wir sind sehr besorgt über die düsteren Zukunftsaussichten der guten Mutter Erde.
Aber Soholit hat euch ja schon wissen lassen, dass die

Zukunft auch veränderbar ist.
Was ihr da am Ende in dem Brunnen gesehen habt, soll sehr wahrscheinlich im Jahr 2124 geschehen, wenn es nicht vorher verhindert werden kann.
Ihr fragt euch vielleicht, wie sollen wir etwas verhindern, das wir gar nicht mehr erleben werden?«
Er sah die Geschwister nachdenklich nicken.
»Das hat mit der Unwirklichkeit der Zeit zu tun, wie sie durch die Menschen berechnet wird.
In Wirklichkeit existiert so etwas wie die Zeit gar nicht.
Es ist immer schon alles in diesem Moment präsent.
Wenn man sich das zunutze macht, kann man auch durch die Zeit reisen und dann Einfluss auf die Geschehnisse nehmen.
Aber ich glaube, es ist besser, wenn Soholit euch jetzt kurz einen groben Überblick gibt, was er alles für eure Lehrzeit geplant hat.
Immerhin ist er es, der die große Mission zur Rettung der Erde gerade vorbereitet.«
»Als Erstes einmal ist ein Jahr bekanntlich viel zu wenig für die Ausbildung, die vor uns liegt, daher werden wir die Zeit, wie zuvor besprochen, verzehnfachen«, hob Soholit an zu sprechen.
»Das wird auf der Burg niemandem auffallen, da ihr immer pünktlich mittags wieder dort sein werdet.
Wir werden sechs Tage in der Woche lernen.
Den siebten Tag sollt ihr ruhen und das Gelernte sinken lassen.
Es wird immer wieder um richtiges Sehen und

Wahrnehmen gehen, dann natürlich um die Kreisläufe, die Kräfte der Elemente und wie man sie sich zunutze machen kann, sowie das Gleichgewicht der beiden großen Mächte.«
Sie hörten, wie Quiskan scharf die Luft einsog.
Er sah Soholit kopfschüttelnd an und sprach:
»Denk daran, das sind meine Urenkel, wie sollen sie sich binnen zehn Jahren mit den Kräften der „Herren der Finsternis und des Lichts" messen können?
Das vermögen ja nicht einmal die Mitglieder meines Volkes nach Tausenden von Jahren.
Erinnere dich an die schlimmen Verluste, die uns einst schon nur einer der sechzehn Diener des „Herrn der Finsternis" zugefügt hatte.«
»Das wird funktionieren, indem sie die Kräfte des Lichts zu sich einladen und indem sie die Kräfte der Finsternis lieben lernen«, erwiderte Soholit bedächtig.
»Es geht um das Gleichgewicht beider Kräfte und dadurch um die Liebe. Sie steht über absolut allem«, führte Soholit weiter aus.
»Die Liebe ist unbesiegbar.
Ich hätte auch gerne mehr Zeit, aber die haben wir nicht, das weißt du doch!«, fügte der Druide noch hinzu.
Zu den Zwillingen gewandt, ergänzte er jedoch:
»Aber euer Urgroßvater hat recht, es wird nicht ungefährlich sein und es ist keineswegs gewiss, dass wir Erfolg haben werden.
Daher muss ich euch der Fairness halber fragen, ob ihr diese Gefahren überhaupt auf euch nehmen wollt.

Niemand wird es euch verdenken, wenn ihr jetzt ablehnt.«
Soholit verstummte abrupt und wartete auf die Antwort der beiden. Er bemühte sich um eine neutrale Erscheinung, aber es war genau zu erkennen, wie sehr ihn diese Angelegenheit offenbar mitnahm.
»Ich will das tun, trotz der Risiken«, platzte Finnbar sofort heraus, während er vor Aufregung ganz gerötete Wangen hatte.
»Ich auch«, kam es sofort von Lia, die nicht minder bewegt war.
»Gut, dann hätten wir das geklärt«, die Erleichterung war aus Soholits Stimme deutlich herauszuhören.
»Wir werden uns also weiterhin sehr viel mit Liebe, Vergebung und Akzeptanz beschäftigen«, fuhr er konzentriert mit seinem Überblick des Lehrplans fort, als wäre nichts gewesen.
»Des Weiteren werden wir Zeitreisen, Traumwandeln ohne den Leib und das astrale Reisen mit dem physischen Körper üben.
Es kommen noch ein paar Kampftechniken hinzu, sowie die Erdmagie. Da lernt ihr, alles zu nutzen und einfach nur zu verändern, was ohnehin schon vorhanden ist.
Ob noch mehr dazu kommen kann, das werden auch unsere gemeinsamen Lehrer, die alten Eichen von der Platana mitentscheiden oder andere Mächte mitentscheiden, wenn die Zeit gekommen ist.
Das jedenfalls ist der grobe Fahrplan.
Gibt es dazu noch Fragen?«

Die Zwillinge wirkten ziemlich beeindruckt und auch ein wenig erschlagen, von den vielen Dingen, die sie lernen sollten.
Lia erlangte als Erste die Fassung wieder.
»Alles klar, wenn's weiter nichts ist, wann fangen wir an?«, keck grinsend wandte sie sich an Soholit und alle fingen an, laut über Lias schelmischen Einwurf zu lachen.
»Gut, dann wollen wir heute zur weiteren Aufmunterung mit rudimentärer Erdmagie beginnen. Es gibt vier Grundelemente plus eines, das wären: Wasser, Feuer, Erde und Luft, sowie der leere Raum als erweitertes, fünftes Element. Wir wollen heute einmal probieren, mit der Luft zu arbeiten.
Seht einmal her.«
Soholit schloss kurz die Augen, zentrierte sich und streckte die Hand fast unmerklich aus.
Lia spürte einen angenehmen Luftzug im Gesicht, der ihr Haar ganz sanft bewegte.
Soholit drehte sich ein wenig. Schon ergriff eine heftige Windböe Finnbars Hut und trug ihn davon.
Im nächsten Moment kam der Hut zurückgeflogen und setze sich wieder ganz sacht auf Finnbars Kopf.
Die beiden Lehrlinge waren tief beeindruckt.
»So nun kommt her, ich erkläre es euch näher.
Und eines gleich vornweg, das lernt man keinesfalls an einem oder zwei Tagen, also Geduld und üben, üben, üben.«
Soholit lächelte die zwei wohlwollend an und wissbegierig sogen sie die weiteren Hinweise ihres

Lehrers in sich ein.
Viele Stunden vergingen. Die Geschwister standen schweißgebadet, mit ausgestreckten Armen da und bemühten sich vergeblich, die Luft in Bewegung zu bringen.
Quiskan hatte sich schon vor einiger Zeit mit dem Versprechen, sie gelegentlich zu besuchen, verabschiedet.
Wenig später sprach Soholit: »Schluss für heute, das waren jetzt zehn halbe Tage, die ihr praktisch hintereinander geübt habt.
Ihr wart sehr fleißig. Aber jetzt wird es Zeit für euer Mittagessen in der Burg.
Dort ist, wie ihr wisst, nur ein einziger Vormittag vergangen.
Denkt daran, kein Wort darüber, was wir hier lernen, Finnbar.
Wenn du gefragt wirst, dann antworte, dass du nicht darüber reden darfst.
Also bis morgen um die gleiche Zeit.«
Lia und Finnbar wollten sich gerade auf den Weg machen, als Soholit, Lia eindringlich zurückhielt.
»Lia, du hast ja deine Flöte vergessen!
Es ist dringend notwendig, dass du im Kopf behältst, dass du heute Morgen angeblich im Wald Flöte üben warst.
Und demnächst brauchst du auch noch ein paar weitere Anlässe, um die Vormittage mit uns verbringen zu können.
Also dann«, Soholit hob nochmals die Hand zum

Gruße und verblasste alsbald auf seine gewohnte Weise.
Die Zwillinge waren vollkommen erschlagen, aber sehr glücklich.
Außerdem freuten sie sich diebisch auf Hertas leckeres Mittagessen.

Zwei Lehrjahre vergehen wie im Flug

Finnbar übte gerade sehr angestrengt, eine Eidechse in einen Fliegenpilz zu verwandeln, als er von hinten spürte, dass ihm eine beachtliche Heuschrecke langsam in den Kragen kroch.
Abrupt drehte er sich um und bekam eine große Ladung Wasser ins Gesicht.
Schallendes Gelächter ertönte. Finnbar befreite sich vorsichtig von der Heuschrecke, hob lässig die Hand und sandte eine überaus starke Windböe in Richtung seiner Schwester, Lia.
Diese fand sich daraufhin überrascht auf einem Ast, des in der Nähe stehenden Baumes wieder.
Elegant schwebte sie auf einer eigenen Windböe zurück zur Erde und hatte sich gerade eine weitere Schelmerei für ihren Bruder ausgedacht, als beide Lehrlinge plötzlich von den Ästen der Bäume an den Beinen gepackt wurden.
Hilflos baumelten die Zwillinge mit dem Kopf nach unten etwa zwei Meter über der Erde.
»Wenn sich zwei streiten, dann freut sich der Dritte.« Lachend kam Soholit, der die Geschwister schon eine Weile amüsiert beobachtet hatte, hinter einem Baum hervor.
Er klatschte kurz in die Hände. Auf der Stelle ließen die uralten Bäume die zwei mehr oder weniger sanft auf den Erdboden fallen.
»Ihr habt in den letzten beiden Jahren wirklich

ausgezeichnete Fortschritte gemacht.«
Die Zwillinge freuten sich riesig über das so seltene Lob ihres Lehrers.
Sie strahlten förmlich.
»Ihr beherrscht die Elemente schon recht gut, auch könnt ihr Tiere dazu bringen, bestimmte Dinge für euch zu tun.
Das Jahresrad habt ihr ebenfalls gelernt.
Allerdings am Wahrnehmen können wir noch weiter feilen, denn man darf sich nicht so einfach von hinten überrumpeln lassen. Stellt euch vor, ein Feind hätte euch gerade so leicht überwältigen können, wie ich es soeben tat.«
Ungläubig sahen ihn seine Zöglinge daraufhin an.
Soholit übersah diese Reaktion der Zwillinge einfach und fuhr weiter fort: »Ich glaube, ich möchte mit euch eine kleine Zwischenprüfung veranstalten.
Zuerst werdet ihr euch dabei einzeln einigen Aufgaben stellen müssen und den zweiten Teil dürft ihr dann gemeinsam lösen«, Soholit rieb sich, vor Vorfreude lächelnd, die Hände.
»Nach bestandener Prüfung werden wir uns dann endlich dem Reisen zuwenden.
Wir üben zuerst das Traumwandeln ohne den physischen Körper, danach das astrale Reisen mit demselben.
Das wird wahrscheinlich einige Jahre in Anspruch nehmen, denn das astrale Reisen ist für Menschen schwierig zu erlernen, wobei …«, Soholit murmelte etwas, von auch das Blut des kleinen Volkes in sich

tragen, leise vor sich hin.
»Wie dem auch sei, es gibt dann noch folgende Reisemöglichkeiten und ich weiß wirklich nicht, ob wir je so weit kommen werden.
Aber dennoch …
Etwas schwieriger also ist es, sich auf den Flügeln des Windes, den Flammen des Feuers, unter der Erde an den Wurzeln entlang oder über die Wogen des Wassers blitzschnell und unsichtbar an verschiedenste Teile des Landes zu begeben.
Ja, das geht«, mischte sich Soholit nun kurzerhand in die Sprache des Geistes der Zwillinge, die sich dabei gerade ungläubig angesehen hatten, ein.
»Später könnte man sich auch noch an das erweiterte Element, den leeren Raum, beziehungsweise das Bewusstsein, heranwagen. Das ist noch sehr viel fortgeschrittener und wird für das Reisen von Planeten zu Planeten über das Weltall gebraucht.
Das ist die höchste Form des astralen Reisens überhaupt. Leider gibt es kaum noch Überlieferungen darüber.
Gut, gut, jetzt aber noch einiges zu der morgigen Prüfung.« Soholit lief nachdenklich auf und ab.
Das tat er immer, wenn er mit etwas sehr Wichtigem beschäftigt war.
Mit einer Mischung aus Freude, Aufgeregtheit, aber auch einer leichten Besorgnis, blickten die Schüler ihren Lehrer abwartend an.
»Also Folgendes«, Soholit schien seine Entscheidung offenbar getroffen zu haben, »für heute beenden wir

unsere Unterweisungen.
Morgen, am Samstag, kommt ihr wieder wie gewohnt hierher. Finnbar wird für die Route, die er für die Prüfung nehmen soll, blaue Bänder an den Bäumen vorfinden.
Lias Bänder werden rot sein.
Ihr werdet dadurch in entgegengesetzten Richtungen verschiedene Stationen durchlaufen, an denen ihr euer bisher Gelerntes einerseits unter Beweis stellen könnt und andererseits aber auch selbst improvisieren müsst. Das wird gut«, murmelte er weiter geheimnisvoll lächelnd vor sich hin.
»Irgendwann im Laufe der Prüfung werdet ihr euch hoffentlich begegnen, denn für die letzte Aufgabe solltet ihr besser zu zweit sein.«
Soholit schlug sich lachend auf die Knie.
»Jedenfalls werden sich die roten und die blauen Bänder für die Abschluss-Aufgabe treffen.
Am Sonntag, nach der Zwischenprüfung, habt ihr dann Zeit, euch zu erholen.
Bitte zieht euch für morgen unbedingt gut gewählte Kleidung an, die für alle Gelegenheiten taugt und bringt auch etwas Proviant, vor allem auch Wasser zum Trinken mit.
Eine Waffe ist definitiv erlaubt, aber nutzt sie weise.
Jeder darf auch eine Art Talisman dabeihaben.
Diesen dürft ihr vorher so präparieren, wie ihr möchtet.
Auch dabei lasst bitte äußerste Sorgfalt walten.
Dann also bis morgen, wobei, ihr werdet mich

wahrscheinlich doch erst am Montag wiedersehen.
Ich muss nämlich kurzfristig verreisen.
Es ist zwar bestimmt eine Routine-Angelegenheit, aber ich weiß nicht sicher, ob ich noch bis zu eurer Prüfung wieder hier sein werde.«
Mit diesen Worten verblasste er wie immer und die Geschwister blieben auf einmal, mit noch tausend Fragen im Kopf, ganz allein auf der Waldlichtung zurück.
Sie brauchten noch ein Weilchen, bis sie in der Lage waren, einen vernünftigen Gedanken zu fassen und wieder zu sprechen.
»Ich denke, wir sollten sofort nach Hause gehen und die nötigen Vorbereitungen treffen.
Was er wohl mit dem Talisman meinen könnte, und wozu soll der gut sein?«, murmelte Finnbar besorgt.
Lia verfiel in tiefes Grübeln.
Irgendwann, als sie gar nicht mehr weit von der Burg weg waren und es Zeit wurde, auf getrennten Wegen nach Hause zurückzukehren, sprach sie: »Falls wir einen Talisman aus dem Wald wollen, dann sollten wir den jetzt noch schnell suchen oder hast du zu Hause etwas Passendes?«, fragend wandte sie Finnbar ihr Gesicht zu.
Finnbar hatte auch immerzu darüber nachgedacht.
»Ich bin mir einfach nicht sicher, aber es scheint ja wichtig zu sein.
Ich habe noch keine Ahnung.«
Lia hatte eine Art Geistesblitz, »warte Mal, ich versuche etwas.«

Sie streckte den Arm aus und sandte einen stummen Befehl in Richtung Wald.
Plötzlich fiel ihr ein Tannenzapfen auf die Hand.
»Ähm, ein Tannenzapfen«, enttäuscht blickte sie auf den kleinen Gegenstand.
»Ich hatte den Wald um einen Talisman gebeten.«
Finnbar grinste breit, »nun ja, ich glaube, jetzt solltest du den auch mitnehmen.«
Leise kichernd und ein ganz klein wenig schadenfroh, schlug er seinen eigenen Weg zur Burg ein.
Er beschloss, obwohl er auch schon daran gedacht hatte, jetzt keineswegs das Gleiche zu probieren wie seine Schwester, sondern irgendwie anders zu seinem Talisman zu kommen.
Lia drehte den Tannenzapfen ratlos und nachdenklich in der Hand herum und ging dann auch in Richtung der Burg nach Hause.
Mein Gott, hatte sie schon wieder einen Hunger!
Die Geschwister waren heute sehr nach innen gekehrt und konzentriert mit den Vorbereitungen der Prüfung beschäftigt.
Gott sei Dank fiel das niemandem in der Burg auf, denn es war gerade die Zeit, das Korn vom Feld zu holen. Groß und Klein hatten damit mehr als alle Hände voll zu tun.
Lia und Finnbar hatten schon mit viel Bedacht die Kleidung, das Schuhwerk und die Verpflegung für den morgigen Tag zusammengestellt.
Sie hörten sich sicherheitshalber auch nochmals zu den wichtigsten Themen, die sie gelernt hatten, gegenseitig

ab.
»Ob bei der Prüfung wohl so etwas wie Fragebögen sein werden, die wir ausfüllen müssen?«, sprach Finnbar grübelnd vor sich hin.
»Ich habe keine Ahnung, ich glaube aber, dass bestimmt auch viel Praxis drankommen wird.
Er hat etwas von Improvisieren gesagt.
Du, mir ist irgendwie ein wenig schlecht.«
Lia machte ein ziemlich besorgtes Gesicht.
Plötzlich platze es aus Finnbar heraus: »Und ich habe immer noch keinen Talisman. Was soll ich da nur machen? Hast du deinen schon präpariert?«
Lia schüttelte den Kopf.
»Ich wüsste nicht, wie.«
»Weißt du was, ich gehe morgen einfach nicht hin und fertig«, Lia warf sich trotzig auf ihr Bett.
»Das wäre eine Möglichkeit«, Finnbar lächelte, »aber ich glaube dir kein Wort«.
Und dann schmiss er ihr übermütig ein Kissen an den Kopf.
Die Zwillinge fingen an, sich so ausgelassen zu balgen, wie schon lange nicht mehr und irgendwann ließen sie sich erschöpft zu Boden fallen.
»Ich weiß jetzt, was ich mache, komm mit.« Finnbar rannte zu seiner Kammer und Lia tat es ihm gleich.
Der Junge kramte in seiner Truhe und holte dort von ganz tief am Boden ein aus Holz geschnitztes Tier hervor.
Dieses war früher sein absolutes Lieblingsspielzeug gewesen.

Es war Theo, sein Holz-Eichörchen.
»Das wird mein Talisman sein«, verkündete Finnbar fröhlich.
»Wenigstens passt der zu deinen Tannenzapfen, oder?«
Sich wiederum vor Lachen krümmend, fielen die Geschwister auf den Boden und kringelten sich dort eine Weile umher. Sie hatten inzwischen schon richtige Bauchschmerzen vor lauter Lachen.
»So und jetzt müssen wir die Talismane nur noch präparieren. Was kann er damit nur gemeint haben?«, Lia war wieder ernst geworden.
Beide sahen ratlos aus.
»Komm, wir gehen jetzt ins Bett, vielleicht fällt uns noch etwas ein und vielleicht auch nicht.
Mehr, als morgen durchzufallen, kann uns doch nicht passieren, oder?«
Ein klein wenig ängstlich hatte diese Äußerung von Finnbar schon geklungen, aber Lia entschloss sich, das einfach zu übergehen.
»Ja, gut, du hast recht, wir sehen uns dann morgen beim Frühstück, schlaf schön.«
Lia ging in ihre eigene Kammer. Danach war dann jeder Zwilling für sich allein und sann noch eine Weile über die Angelegenheit mit dem Talisman nach.
Lia lag jetzt schon recht lange im Bett. Je später es wurde, desto verzweifelter grübelte sie über das Talisman-Problem nach.
Plötzlich überkam sie eine unmenschlich große Sehnsucht nach ihrer Mutter.

Diese Sehnsucht hatte seit dem Abenteuer im Brunnen der Zeit nun auch ein echtes Gesicht, denn sie hatte dort Aoife, ihre Mutter, zum ersten Mal erblickt.
Wie gerne hätte sie sich jetzt in die Arme der Mutter geworfen, ihr alles gebeichtet und sie um Rat befragt. Sicher hätte sie Verständnis gehabt, dass auch Lia, obwohl sie ein Mädchen war, lernen wollte und sie hätte sie bestimmt nicht verraten.
Vielleicht, ja vielleicht hätte sie auch eine Lösung für den Talisman gewusst.
Lias Herz schmerzte immens und eine Träne stahl sich heimlich aus ihrem Augenwinkel.
»Fühlte sich so echte Liebe an?«, sprach sie zu sich selbst.
Lia saß plötzlich kerzengerade in ihrem Bett.
Sie erinnerte sich, wiederholt von Soholit gehört zu haben, dass die Liebe, die aller stärkste Kraft im Universum sei.
Nichts konnte sich ihr widersetzen, denn sie kämpfte nicht.
Sie liebte einfach alles und jeden.
Dem konnte niemand auf Dauer widerstehen.
Das musste die Lösung sein.
Sie wollte den Zapfen mit aller Liebe tränken, die sie aufbringen konnte. Sie hielt den Tannenzapfen ganz dicht an ihr Herz und ließ alle Liebe, die sie in sich finden konnte, auf den Talisman überfließen. Dann sprach sie zu den fünf Elementen und wandte sich zuletzt noch an das Universum an sich, dass alle verfügbare Liebe dem Talisman zu eigen werden sollte.

Sie wartete noch eine Weile und dann sank sie dankbar in ihre Kissen. Im Traum sah sie das Gesicht ihrer Mutter, Aoife, welche ihr freundlich und ermutigend zunickte - ein schöner Traum.
Auch Finnbar lag noch lange schlaflos in seiner Kammer.
Er zerbrach sich wieder und wieder den Kopf, über die Aufgabe, den Talisman zu präparieren.
Er hielt Theo in der Hand und erinnerte sich, wie lieb er das Spielzeug in frühen Kindertagen gehabt und wie sehr er sich immer gewünscht hatte, Theo möge lebendig und sein bester Freund sein.
Nun kam auch ihm die erlösende Idee.
Er setze sich auf, rief die fünf Elemente, die Tier- und Pflanzenwelt und alle anderen Geschöpfe des Universums auf, echtes Leben in Theo fließen zu lassen.
Dann schlief auch er, noch mit seinem Eichhörnchen auf der Brust, endlich ein.
Er träumte, wie er mit Theo, welches jetzt ein richtiges, lebendiges Tier war, auf den Bäumen herumkletterte.
Ein glückliches Lächeln breitete sich auf seinem schlafenden Gesicht aus.
Am nächsten Morgen ging alles ganz schnell.
Sie aßen und tranken ausgiebig und Finnbar machte sich als Erster auf den Weg zum Wald.
Tief versteckt in seinem Rucksack steckte neben einem Kurzschwert jetzt auch Theo, das Holz-Eichhörnchen.
Lia hatte gestern auf dem Heimweg viele Steinpilze

gesehen und sich davon einen ziemlich großen Pilz mitgenommen.
Herta, wie Lia genau wusste, liebte diese Pilze über alles. Das Mädchen hatte der Köchin den Pilz recht unschuldig gezeigt und gefragt, ob das wohl ein Steinpilz sei.
»Ja, das ist einer und es ist wirklich ein ganz besonders schöner.
Wo hast du den Pilz denn gefunden?«, fragte Herta.
»Ich war gestern ziemlich tief im Wald und dort waren noch ganz viele genau solche.
Wenn du möchtest, dann gehe ich sie heute holen und du kannst sie für das Abendessen zubereiten?«
Schon hatte Lia ihr Alibi und noch dazu eine tolle weitere Wegzehrung, die Herta ihr jetzt vorsorglich einpackte, für sich organisiert.
Nun machte sich auch Lia auf den Weg. An der vereinbarten Weggabelung, außerhalb der Sichtweite der Burg und deren Wachring, wartete schon ihr Bruder.
»Hast du eine Waffe dabei, Lia?«, fragte Finnbar ernst.
»Offen gesagt nicht, ich wüsste auch wirklich nicht, wofür ich eine brauchen sollte.
Ich verlasse mich lieber auf die Instinkte einer Frau«, entgegnete sie mit einem Augenzwinkern.
Finnbar, der so etwas schon erwartet hatte, streckte Lia einen guten Holzstock entgegen.
»Hier, bitte schön, den habe ich unterwegs für dich gefunden. Nimm ihn einfach an dich, nur für alle Fälle.«
Lia nahm den Stock Finnbar zuliebe an, wusste aber

nicht, wofür dieser gut sein sollte.
»Na dann, wollen wir mal«, sagte Finnbar und ging mutig voran in Richtung der üblichen Waldlichtung.

Die Zwischenprüfung

»SHAY! Herkommen, sofort!« Laut dröhnte der herrische Schrei durch das dunkle Schloss.
Patros trommelte immer wieder mit seinen langen, spinnenartigen Fingern auf den Tisch, während er ungeduldig auf die Ankunft seines Dieners wartete.
Unterwürfig und vollkommen außer Atem betrat Shay das Allerheiligste seines Herrn.
Selten wurde er in diesen Raum gerufen, es musste wohl eine wichtige und sehr dringende Angelegenheit sein.
»Zu euren Diensten, Herr«, sprach Shay scheinbar zu seinen eigenen Füßen, so tief hatte er sich verbeugt.
Patros betrachtete zunächst geschmeichelt, aber dann doch angewidert, seinen verschlagenen Diener.
»Herkommen und zuhören!«
Shay trat einige Schritte hervor.
»Näher, du Tropf, niemand darf uns hören.«
Dann zischte Patros leise eine Zeit lang Befehle in das Ohr seines Untergebenen.
»Es darf keine Spuren geben, hast du verstanden?«
»Jawohl, mein Herr, es wird genau so geschehen, wie ihr es befehlt«, entgegnete Shay und entfernte sich eilig.
Als Shay den Raum verlassen hatte, blickte Patros voller Sorge gen Himmel zu den »Drei magischen Sternen«.
Es musste wirklich essenziell sein, sonst hätte sich der

Herr niemals direkt an ihn gewandt.
Normalerweise hatte er bisher immer nur Kontakt mit einem seiner sechzehn Diener gehabt.
Diese waren aber nun offenbar komplett übergangen worden. Stattdessen war ein gefährliches Wesen aus fernen Welten gerufen worden.
Hoffentlich würde er seinen mächtigen Herrn nicht enttäuschen, denn sonst gnade ihm Gott …
Er schüttelte diesen Gedanken zitternd ab.

Finnbar und Lia kamen rasch am Unterweisungsplatz an.
Niemand außer ihnen selbst war zu sehen.
Aber sie sahen links und rechts, wie angekündigt, die blauen und roten Bänder in den Bäumen hängen.
»Na dann, Brüderchen, ich wünsche dir viel Glück.
Wir sehen uns ja bald wieder.
Ich gehe jetzt los«, sagte Lia und machte sich sofort auf den Weg.
Auch Finnbar brach nun in die entgegengesetzte Richtung, den blauen Bändern folgend, auf.
Lia ging den Roten nach und sah, etwa einen halben Kilometer entfernt, in der Krone eines Baumes eine Schriftrolle hängen.
Sie bat um eine Windböe, um diese nach unten zu holen. Die Rolle jedoch kam leider nicht, so wie es Lia beabsichtigt hatte, ordentlich zu ihr nach unten geflogen.
Offenbar war sie fester verankert, als es von unten auf den ersten Blick aussah.

Hochklettern war unmöglich, denn die Äste der Baumkrone waren zu schwach.
Also richtete Lia alle Konzentration auf das Element Luft und ließ sich selbst nach oben schweben.
Sie ergriff die Rolle und gelangte auf dem gleichen Weg wieder nach unten.
Dann setzte sie sich auf einen umgefallenen Baum und öffnete die Schriftrolle.
Tatsächlich waren dort einige Fragen formuliert und in der Mitte steckten eine Feder und ein kleines Tintenfass.
Lia begann zu lesen:
1. Wie viele Feiertage im Jahreskreis der Natur gibt es,
Lia lächelte und trug eine »8« ein.
2. Welche zwei Sorten der Feiertage kennst du?
Lia überlegte kurz und schrieb dann:
Es gibt vier Sonnenfeiertage.
Hier ist das Datum immer jedes Jahr gleich, weil es sich nach dem Sonnenstand richtet.
Dazu gehören die Frühlings- und Herbst-Tagundnachtgleiche am 21.3. und am 21.9. sowie die Sonnenwendfeste im Sommer am 21.6. und im Winter am 21.12.
Dann gibt es noch die sogenannten Kreuzfeiertage.
Diese richten sich nach dem Mondstand, nämlich dem Neumond und daher fallen sie jedes Jahr auf einen anderen Tag.
Dazu gehören Samhain Ende Oktober/Anfang November, Imbolc Anfang Februar/ Ende Januar, Beltane Anfang Mai und Lughnasadh Anfang August.

So beantwortete Lia insgesamt zehn Fragen und war am Ende recht zufrieden mit sich.
Dann stand da noch, »nimm die Schriftrolle mit, du wirst sie bei der nächsten Aufgabe benötigen.«
Lia folgte wieder den roten Bändern und kam an einen, gar nicht so kleinen Fluss.
In der Mitte ruhte ein gigantischer Stein, auf dem eine zylinderförmige Lederhülle lag.
Lia wollte in den Fluss waten, um die Hülle zu holen.
Der Untergrund war jedoch so glitschig und die Strömung so stark, dass ihr dies vollkommen unmöglich war.
Sie überlegte eine Weile. Dann probierte sie, das Element Wasser zu nutzen.
Sie versuchte praktisch auf dem Wasser einherzuschweben, landete dann aber mitten im Fluss.
Sie schwamm an den Rand zurück, froh, der starken Strömung, die in Richtung des Steins sogar immer stärker geworden war, wieder entkommen zu sein
Das war also auch keine Lösung
In der Nähe hörte sie einen Falken rufen.
Sie nahm Kontakt zu dem Tier auf und bat darum, ob es ihr gerne die Lederhülle holen würde.
Lia hatte Glück.
Der Falke brachte ihr die Hülle. Sie bedankte sich und öffnete diese gespannt.
Sie war leer.
Ratlos blickte sie eine Weile auf den Gegenstand, drehte und wendete ihn, warf in die Luft und grub ihn zum Test sogar kurz in die Erde ein.

Die Hülle blieb weiterhin leer.
Geistesgegenwärtig steckte Lia irgendwann die Papierrolle der ersten Aufgabe hinein und plötzlich tat sich etwas.
Rauch stieg auf.
Lia holte die Rolle heraus und entdeckte, dass sich weiter unten auf der Seite neue Schrift entwickelt hatte.
Lia las: »Die nächste Aufgabe befindet sich unter dem großen Stein im Fluss.«
Na toll, ob Soholit das wohl mit Improvisieren gemeint hatte?
Lia hatte keine Ahnung, was sie jetzt tun sollte.
Wie konnte sie unter den Stein gelangen? Das Element Wasser war weiterhin im Weg und der Stein lag auch gleichzeitig auf dem Element Erde.
»Nutze, was schon immer da war«, dachte Lia laut nach.
»Könnte man die Elemente auch gemeinsam nutzen, so wie beim Nebel etwa? Hier gehören ja Wasser und Luft zusammen«, Lia sprach mit sich selbst.
»Ich brauche einen Tunnel bis zum Stein und das Wasser muss ich weghalten.« Sie versuchte es, blieb aber ohne Erfolg.
Lia überlegte weiter. »Wenn ich ein Fisch wäre, der auch noch graben könnte.«
Aber das war Quatsch. Sie konnte sich ohnehin noch nicht in ein Tier verwandeln. Das Mädchen war nahe daran, die Prüfung aufzugeben.
Im Geiste versuchte sie jetzt, ihren Zwillingsbruder zu

erreichen.
Das funktionierte normalerweise selbst über sehr weite Strecken immer tadellos, aber Fehlanzeige.
Lia ärgerte sich ein wenig.
Wahrscheinlich hatte Soholit es irgendwie geschafft, diese Fähigkeit während der Prüfung auszuhebeln.
Nun gut, das war ja an und für sich auch verständlich.
Lia gab das Schmollen auf.
»Ich frage mal meinen Talisman, das kann ja nicht schaden«, murmelte Lia vor sich hin.
Sie nahm den Zapfen nachdenklich in die Hand: »Jetzt wäre eine Möglichkeit, dass du dich mal nützlich machst«, sprach sie zu dem Gegenstand in ihrer Hand, ohne zu erwarten, dass von dort wirklich Hilfe kommen könnte.
Aber sie hörte ihn umgehend in ihrem Geist:
»Du musst tief vertrauen, dass dir stets gegeben wird, was du wirklich brauchst.
Deshalb kannst du dich auch aus ganzem Herzen schon dafür im Voraus bedanken.«
Da ihr ansonsten auch nichts mehr Besseres einfiel, beschloss Lia, den Ratschlag einfach zu befolgen.
Sie schloss die Augen und versuchte aus ganzem Herzen, darauf zu vertrauen, dass der Stein, das, was so Wichtiges darunter lag, auf irgendeine Weise von selbst freigeben würde.
Dann bedankte sie sich dafür, als wäre genau dies schon geschehen.
Lia hatte eigentlich keine Lust, die Augen wieder zu öffnen.

Was, wenn es nicht funktioniert hatte?
Ihre Angst vor der Enttäuschung war groß.
Nach einer Weile öffnete sie dann doch ganz vorsichtig und zunächst auch nur ihr rechtes Auge einen winzigen Schlitz weit.
Vor ihren Füßen saß ein kleiner Frosch und sah sie recht vorwurfsvoll an.
»Wie lange soll ich denn noch darauf warten, dir meine Botschaft zu überbringen? Ich habe hier nicht ewig Zeit.«
Lia riss ihre beiden Augen sofort weit auf.
»Deine zweite Aufgabe lautet ...«, sprach der Frosch, »gehe bitte etwa tausend Meter nach rechts über die nächste Brücke.
Dort werden dich die roten Bänder weiterführen.
Du musst aber unbedingt spätestens in fünfzehn Minuten über die Brücke gegangen sein, sonst gilt die Aufgabe nicht als erfüllt.«
Kaum hatte der Frosch das letzte Wort ausgesprochen, hüpfte er auch schon in Richtung des großen Steins im Fluss, seinem aktuellen zu Hause, davon.
Überrascht schaute Lia auf den Tannenzapfen in ihrer Hand und murmelte: »Danke, das war echt toll!«
Wie geheißen rannte Lia sofort wie der Blitz in Richtung der Brücke los.
Finnbar war inzwischen auch bei der dritten Aufgabe, ganz in der Nähe des gleichen Flusses, angekommen.
Auch er hatte ein Zeitlimit gehabt, um an einer bestimmten Felsformation am Fluss anzukommen.

Er konnte den Felsen schon sehen und legte deshalb nochmals einen Endspurt ein.
Auf einmal hörte er vom Boden ein leises Wimmern. Finnbar stoppte kurz und sah seitlich vom Weg ein kleines, weißes Häschen, das in eine böse Eisenfalle geraten war.
Es blutete und sah sehr mitgenommen aus.
»Hilf mir, sonst sterbe ich«, hörte Finnbar das Tier wispern.
Finnbar musste sich schnell entscheiden, es waren nur noch wenige Sekunden Zeit, die Felsformation noch rechtzeitig zu erreichen.
Wie gerne wollte er die Prüfung bestehen.
Aber nein, er konnte dafür nicht einfach das Tier hier sterben lassen.
Er hielt an und beugte sich in Richtung der Falle. Sie ließ sich nicht öffnen.
Dann fiel ihm sein Schwert ein. Wie gut, dass er es dabeihatte. Er benutzte es wie einen Hebel und konnte so das Bein des kleinen Hasen befreien.
Er riss ein Stück von seinem Taschentuch ab, reinigte die Wunde und verband anschließend mit dem übrig geblieben Stück Stoff das Bein des kleinen Häschens.
Danach holte er noch etwas Wasser aus dem Fluss und gab dem Tier zu trinken. Gierig nahm das Häschen das Wasser zu sich und sah dann fragend auf den Rucksack des Jungen.
»Ach ja, bestimmt hast du auch Hunger.«
Finnbar holte eine große schöne Karotte von seinen Vorräten und gab sie seinem weißen Schützling. Der

fraß genüsslich.
In dieser Zeit zerstörte Finnbar ganz gründlich die widerliche Falle, sodass zumindest mit diesem Gerät niemand mehr ein Tier derart verletzen konnte.
Traurig sprach Finnbar zu sich selbst und dem Tierchen: »So, die Prüfung habe ich zwar nicht bestanden, aber Hauptsache, dir geht es besser.«
Da hob zu Finnbars Erstaunen das Häschen an zu sprechen: »Lieber Finnbar, das war die Prüfung und du hast dich mit deinem guten Herzen der Aufgabe mehr als würdig erwiesen, folge nun weiter dem Fluss.
Die Bänder werden dich führen.
Hab Dank und auf Wiedersehen.«
Kaum hatte das Tier die letzten Worte gesprochen, verblasste es auch schon vor den Augen des Jungen.
Dieser ging hocherfreut weiter am Fluss entlang.
Hier waren inzwischen blaue und rote Bänder gemeinsam aufgehängt und er fragte sich, wann er wohl wieder auf Lia treffen würde.
Lia hatte ebenfalls eine ähnliche Aufgabe mit einem, im Fischernetz gefangenen Fisch erlebt und war nun auch auf dem Weg der roten und blauen Bänder.
Endlich sahen sich die Geschwister und liefen sich glücklich entgegen.
Sie tauschten kurz, mit vor Aufregung geröteten Wangen, die letzten Erlebnisse aus und machten sich dann aber schnell gemeinsam auf den weiteren Weg.
Die gemischten Bänder endeten an einem Teich.
Dessen Wasser war recht undurchsichtig und ziemlich trübe. Die Zwillinge, die hier noch niemals zuvor

gewesen waren, gingen einmal, um das Gewässer herum und versuchten herauszufinden, was es hier wohl für sie als nächste Aufgabe zu tun gab.
Plötzlich wurde es ganz fürchterlich kalt und ein heftiger Wind kam auf. Das Wasser des Teichs fror auf der Stelle zu und eine starke Windböe trieb Finnbars Hut mitten auf das Eis.
Lia und Finnbar liefen in die Mitte des zugefrorenen Teichs, um den Hut zurückzuholen.
Dann geschah zunächst einmal zweierlei:
Erstens bildete sich am äußeren Rand des Teichs ein hoher und mächtiger Feuerring, der es dem erschrockenen Geschwisterpaar unmöglich machte, wieder an Land zu kommen und zweitens begann das Eis des Teichs von außen, jetzt, durch das heiße Feuer nach innen hin, immer weiter zu schmelzen.
Die Zwillinge standen mit vor Angst weit aufgerissenen Augen dicht aneinander gedrängt in der Mitte des Gewässers.
Das war irgendwie eine ganz andere Hausnummer als die Aufgaben von davor.
»Finnbar, um Himmels willen, was ist das denn?«, schrie die panische Lia abrupt und wies mit dem Finger auf ein schauriges Wesen, das langsam aus den Tiefen des trüben Teichs genau dort auftauchte, wo das Eis schon geschmolzen war.
Finnbar traute seinen Augen nicht. »Das kann doch unmöglich wahr sein, das hier ist doch nur eine einfache Zwischenprüfung.
Soholit würde uns doch nie einer solchen Gefahr

aussetzen.«
»Vielleicht ist es nur eine optische Täuschung«, wandte Lia mit zitternder Stimme ein, glaubte aber selbst nicht an das, was sie gerade gesagt hatte.
Zu echt und auch extrem bedrohlich wirkte die ganze Situation. Lia stellten sich die Nackenhaare auf.
Aus dem Wasser erhob sich nun ein schrecklicher Kopf, der offenbar zu einer Art gigantischem Seeungeheuer oder Drache gehörte.
Das Ungeheuer blickte sich suchend um und als es seine Opfer ausgemacht hatte, spie es einen riesigen Feuerstrahl in Richtung der Zwillinge. Dieser verfehlte die beiden nur um Haaresbreite.
Lia fing an zu schreien: »Soholit, wo bist du? Wir geben auf, hilf uns. Hilfe!!«
Es kam keine Antwort.
»Lia, hier stimmt etwas nicht, das passt nicht zu einer Prüfung. Wir müssen sofort von hier weg. Irgendetwas Unvorhergesehenes ist passiert.«
Hektisch sah Finnbar sich in allen Richtungen nach einem Ausweg um. Rings um den Teich loderte das riesige Feuer, also blieb nur die Flucht nach oben. Finnbar wandte seinen Blick angsterfüllt in diese Richtung und entdeckte zu seinem Entsetzen, dass sich inzwischen über dem ganzen Teich eine Art milchig-undurchdringliche Glocke gebildet hatte, die den Teich, inklusive des Feuers zu einer Art, auch nach oben abgeschlossenem Arial werden ließ. Sie waren gefangen. »Ich glaube, wir müssen kämpfen«, schrie Finnbar panisch.

Wieder kam eine Feuersbrunst auf die Zwillinge zu. Hätte Finnbar, Lia nicht im letzten Moment mit aller Kraft weggerissen, wäre sie jetzt tot und verbrannt gewesen.
Lias Herz pochte bis an die Schläfen. Sie versuchte einen klaren Gedanken zu fassen, hatte aber durch den Schock einen totalen Blackout. Sie stand da, wie erstarrt.
»Lia, reiß dich zusammen«, Finnbar schüttelte seine Schwester heftig. »Mach was gegen das Feuer, damit ich näher herankann.« Tapfer zog er sein Schwert.
Lia dachte kurz daran ihren, für alle Fälle mitgenommenen Stock ebenfalls herauszuholen, verwarf diese absurde Idee aber sogleich, als völlig nutzlos.
Wie, in Gottes Namen, sollte sie etwas gegen das Feuer speiende Echsentier, welches immer mehr anzuschwellen schien, machen?
Alles Wissen war aus ihrem Kopf wie weggeblasen.
Als das Untier jedoch gerade versuchte, ihren Bruder durch weitere Flammen zu töten, erfasste sie ein so starker Zorn, dass sie nur die Hand heben musste und schon kam statt Feuer aus dem Maul des Ungeheuers nur noch eine Wasserfontäne.
Lia war zurück im Spiel. Sie versuchte, sich die Elemente zunutze zu machen.
Zunächst einmal sorgte sie dafür, dass das Eis, auf dem sie standen, nicht weiter schmelzen konnte.
Gegen den äußeren Feuerring jedoch konnte sie nichts tun.

Dieses Flammenmeer schien, wie nicht von dieser Welt zu sein.
Es reagierte nicht, wie das Element Feuer, das Lia kannte.
Daher verschwendete sie keine weiteren Kräfte in diese Richtung, sondern konzentrierte sich einzig und allein darauf, das Leben ihres Bruders zu schützen, während er mit dem Ungeheuer kämpfte.
Mit dem Mut der Verzweiflung näherte sich Finnbar der Bestie.
Dankbar dachte er an die Nahkampf-Übungen, die Soholit die Zwillinge wieder und wieder hatte durchführen lassen, obwohl Finnbar sich stets von Neuem dagegen gesträubt hatte.
»Ich werde ohnehin nie das Schwert gegen ein anderes Wesen erheben, also was sollen diese dummen Übungen?«, hatte er immer wieder zu sagen gepflegt, wenn Soholit sie zum Kämpfen aufforderte.
»Sage niemals nie«, das waren dann oft dessen Worte gewesen.
Wie recht er hatte, schoss es Finnbar, während er mit angespannten Nerven um die Bestie herumtänzelte, durch den Kopf.
Je näher Finnbar dem Ungeheuer kam, desto schwerer fiel ihm das Atmen.
Aus dem Maul des Drachen schossen schwefelhaltige Gase und auch der Gestank des ganzen Tierkörpers war schier unerträglich.
Und dann noch die immense Hitze, die aus jeder Zelle des Feindes ausströmte.

Finnbar war binnen kürzester Zeit schweißnass und sein Schwert drohte ihm aus der feuchten Hand zu rutschen.
Lia bemerkte dies und sandte ihm sofort eine kühlende Brise.
Ermutigt wagte sich Finnbar nun Schritt für Schritt weiter vor.
Das Feuerspeien hatte Lia durch das Element Wasser verhindern können, aber gegen die spitzen Zähne im Maul des Ungeheuers war sie mit ihrem Können machtlos.
Finnbar hatte geplant, dem Drachen den Kopf mit seinem Schwert abzutrennen.
Dieser tat ihm aber nicht den Gefallen, ihn so dicht an sich heranzulassen.
Wie wild bewegte er sich in gebührendem Abstand um Finnbar herum.
Erst jetzt bemerkte Lia, was der Drache vorhatte.
Allein durch seine Körpertemperatur wurde das Eis, welches er berührte, zu Wasser.
Er wollte Finnbar daran hindern, weiterzukämpfen, indem er ihm buchstäblich den Boden unter den Füßen wegzog.
Da das Untier sowohl an Land als auch im Wasser gut atmen konnte, wäre es Finnbar in dem Gewässer haushoch überlegen gewesen und hätte ihn dort mit Leichtigkeit töten können.
Lia sprach ein Gebet an die Elemente und schaffte es, die Temperatur direkt über dem schwindenden Eis so weit abzusenken, dass der Untergrund für Finnbar

stabil genug zum Kämpfen blieb.
Finnbar war so in den Kampf vertieft, dass er dies gar nicht bemerkte.
Aber der Drache war einen Moment irritiert, weil sein Plan offenbar von dem zweiten Menschenkind durchkreuzt wurde, sodass Finnbar nah genug herankam, um dem Ungeheuer seinen schrecklichen Kopf abzuschlagen. Zuckend lag dieser nun auf dem Eis und bot den Geschwistern einen gruseligen Anblick.
Schnell zog sich Finnbar zu seiner zitternden Schwester zurück.
»Lass uns sofort von hier fliehen, Lia«, waren seine verzweifelten Worte.
Suchend sahen sich die beiden nach einem Ausweg um.
In alle Richtungen war ihnen jedoch die Flucht versperrt.
Oben war die Glocke, die hart wie Panzerglas war, seitlich um den ganzen Teich herum, befand sich das magische Feuer.
Es gab für sie kein Entrinnen.
Pures Entsetzen packte die Geschwister, als sie plötzlich
ein fürchterliches Getöse und ein schmerzerfülltes Gebrüll von dem, bereits tot geglaubten Drachen hörten. Wie gebannt blickten die Zwillinge zu dem grausigen Geschehen.
Neben der Stelle des abgeschlagenen Kopfes begann die Haut des Ungetüms laut krachend zu zerplatzen.
Langsam schoben sich dann dort zwei, noch viel schrecklichere, Köpfe heraus.

Die spitzen Zähne waren doppelt so lang, wie die des abgeschlagenen Kopfes, der inzwischen leblos, aber immer noch schaurig, in der Nähe, noch immer ein wenig zuckend, auf dem Boden lag.
Rasend vor Zorn näherte sich das Ungeheuer Finnbar, um Rache für die soeben ausgestandenen Qualen zu nehmen.
Er packte den Jungen mit einem seiner neuen, riesigen Mäuler und schleuderte ihn wie wild in der Luft umher.
Lia war wie gelähmt.
Sie hörte mehrmals ein unschönes Knirschen, so als ob Finnbars Knochen gebrochen wurden.
Der Rucksack ihres Bruders flog herunter und zerriss.
Vor Lias Füßen landete mit einem Knall das Holz-Eichhörnchen Theo, Finnbars einstiges Lieblingsspielzeug.

Lia fühlte heiße Tränen an ihren Wangen hinunterlaufen,
denn sie spürte instinktiv, wie das Leben aus ihrem Zwillingsbruder gewichen war.
Trotzdem setzte das Ungetüm seine grausige Arbeit weiter fort.
Es zerstörte Finnbars Körper immer weiter und ließ dabei seine immense Wut an dem völlig wehrlosen und hoffentlich schon verstorbenen Jungen aus.
Für Lia schien dieses barbarische Schauspiel endlos zu dauern und sie hatte das Gefühl, dadurch für immer innerlich zerbrochen zu sein.
Erst viel später warf die abscheuliche Kreatur Finnbar wie eine unwichtig gewordene Puppe achtlos beiseite.
Gierig wandte sie sich nun dem Mädchen zu.
Der Drache hatte Blut geschmeckt und wollte jetzt nur noch weiter töten.
Lia hatte ihre zitternde rechte Hand um den Tannenzapfen, ihren Talisman, in ihrer Jackentasche geschlossen.
Sie richtete mit laut klopfendem Herzen ein flehendes Gebet gen Himmel und bat inständig um Hilfe, dann schleuderte sie den Zapfen in Richtung des Ungeheuers.
Dieses hatte gerade Feuer spucken wollen.
Mit letzten Kräften wandelte Lia das Feuer wiederum in eine Wasserfontäne um.
Dadurch wurde aber auch der Tannenzapfen zurückgeschleudert, welcher dann ganz dicht neben dem Spielzeug-Eichhörnchen landete.

Dieses begann nun golden zu leuchten und dabei stetig zu wachsen. Es war lebendig geworden.
Theo stieß einen keckernden Ruf aus und als hätten sie nur auf diesen Befehl gewartet, stürzten sofort tausende, kampfbereite Vögel vom Himmel auf die Schutzglocke über dem Teich herab.
Die tapferen Spechte waren die Ersten, die die harte Hülle erreichten.
Mit ihren spitzen Schnäbeln gelang es den gefiederten Freunden gemeinsam, die Glocke so zu beschädigen, dass
mehr und mehr Vögel in das, jetzt nicht mehr ganz abgeschlossene Areal, um den Teich eindringen konnten.
Das Eichhörnchen schrie Lia zu: »Flieh und nimm den geschundenen Körper deines Bruders mit.«
Lia sprang zu Finnbar, hielt ihn umschlungen und erschuf für beide eine starke Windböe, die sie über das magische Feuer in eine sichere Entfernung von dem Teich beförderte.
Dann wandte sich Lia Finnbar zu.
Er lag dort wie eine verdrehte Gummipuppe, die meisten Knochen und vor allem sein Rückgrat waren gebrochen.
Arme und Beine lagen in unnatürlichem Winkel vom Körper abgespreizt und überall an ihm war Blut zu sehen.
Es war kein Leben mehr in ihm.
Lia warf sich über seine Brust und weinte bitterlich um ihren Bruder.

Danach sah sie rot und wollte nur noch Rache.
Blind vor Zorn lief sie, nur bewaffnet mit ihrem Stock, zurück zum Teich.
Sie wollte das Ungeheuer sterben sehen, und zwar genauso grausam wie ihren Bruder.
Nichts als das war mehr wichtig, nichts anderes zählte noch.
Ihr eigenes Leben war ihr völlig egal.
Sosehr sie es aber auch wollte, sie konnte nicht mehr auf den Teich gelangen.
Das Feuer ließ weder jemanden heraus noch herein.
Die Glocke hatte sich inzwischen auch wieder geschlossen und erwies sich für Lia als undurchdringlich.
Wie von Sinnen rannte sie wieder und wieder um den Teich und hatte sich gerade entschlossen wie ein Kamikaze, einfach durch das magische Feuer hindurchzulaufen, als sie von hinten einen festen Griff an ihrer Jacke verspürte.
Lia wirbelte, völlig wild geworden von dem Adrenalin, das gerade so zahlreich durch ihre Adern floss, angriffslustig herum, um dem vermeintlichen Angreifer mit ihrem Stock gehörig zuzusetzen.
Da fühlte sie eine weitere Hand sanft, aber bestimmt, ihr Handgelenk halten.
Lia hielt kurz inne und blickte jetzt in zwei braune, friedliche Mandelaugen. Diese gehörten zu einer schlanken und wunderschönen Frau.
Der Mann, der Lia von hinten an der Jacke gehalten hatte, trat nun ebenfalls hervor.

Er war nicht minder schön als seine Gefährtin.
Plötzlich kamen von allen Seiten nun solche, in schlichtes Grün gekleidete und stark bewaffneten Krieger näher an Lia heran.
Einer lief sogleich zu Finnbars Körper, hielt die Hand prüfend an dessen Halsschlagader und dann seinen Kopf lauschend auf dessen Brust.
Traurig schüttelte er in Richtung seiner Kameraden den Kopf.
Die Frau, die Lia gegenüberstand, begann zu sprechen.
»Mein Name ist Selma.
Wir gehören zum Volk der Elben.
Wir wünschten, wir hätten eure Hilferufe früher vernommen. Es tut uns so leid um deinen Bruder.
Was für eine Verschwendung von so jungem und vielversprechendem Leben.«
Lias Tränen begannen wieder zu fließen und damit senkte sich das Rot von ihren Augen und sie konnte plötzlich wieder klar denken.
Traurig ließ sie den, sowieso wahrscheinlich völlig nutzlosen Stock, ganz sinken.
Mit dem Verschwinden des übermächtigen Zorns, der sich Lias bemächtigt hatte, kam wie eine unaufhaltsame Lawine jetzt der Schmerz zurück.
Schier unmöglich war es ihr, zu akzeptieren, dass mit Finnbar ein Teil ihrer selbst gegangen war.
Lia war, als drohte das Leid ihr Herz in tausend Stücke zu zersprengen. Mit stockendem Atem fiel sie vor Schmerz auf die Knie und wollte nur noch eines: genauso tot wie ihr Bruder zu sein.

Nur auf diese Weise, so erschien es ihr, würde sie sich von der unerträglichen Pein befreien können.
»Schau zum Teich, liebes Mädchen«, begann nun Selmas Gefährte zu sprechen.
»Der Tod deines Bruders wird bald gesühnt sein.«
Lia wandte langsam den Kopf in Richtung des Kampfschauplatzes.
Abertausende Vögel bekämpften dort gerade zusammen mit dem, inzwischen riesig gewordenen Eichhörnchen, den Drachen.
Dieser war durch die zahlreichen Schnabelhiebe der Vögel unterdessen vollkommen erblindet und an vielen Stellen seines großen Körpers mit Wunden übersät.
Das Eichhörnchen, das ganz golden leuchtete, schien jedoch immer noch weiter zu wachsen.
Gigantisch, wie es jetzt war, stieß es nun schon oben an die Glocke an.
Es war inzwischen so gewaltig, dass es lediglich seinen Rachen zu öffnen brauchte und die Vögel, den vor Schmerz schreienden Drachen nur noch dort hineintreiben mussten.
Das Eichhörnchen schloss daraufhin sein Maul, schluckte und der Drache war verschwunden und für immer besiegt.
Theo reckte sich danach noch weiter in Richtung Himmel und gemeinsam mit den spitzen Schnäbeln der Vögel zerstörten sie abermals die Schutzglocke über dem Teich.
Währenddessen hatten sich auch die Elben rings um das Gewässer verteilt.

Mit ausgestreckten Händen murmelten sie gemeinsam uralte magische Sprüche und es dauerte nicht lange, dann war auch das dämonische Feuer verschwunden. Der Teich war jetzt wieder, was er immer gewesen war, einfach nur ein Weiher im Wald.
Die Vögel flogen nun in alle Richtungen davon und hatten dabei eine traurige Weise zu Ehren von Finnbars Tod auf den Lippen.
Dann watete das riesige Eichhörnchen in Richtung Ufer.
Das tiefe Wasser des Teiches reichte kaum an seine Waden, so gewaltig war das Tier inzwischen geworden. Traurig, wie noch nie in ihrem Leben zuvor erwartete Lia Theos Rückkehr an Land.
Dieser nickte Lia kurz freundlich und voller Mitgefühl zu und ging dann weiter zu Finnbars Körper.
Er nahm seinen ehemaligen Freund zärtlich auf die Arme und setzte sich dann dorthin, wo eben noch Finnbars Körper gelegen hatte.
Nun begann sich zuerst ganz langsam und danach immer schneller, das goldene Licht, das Theo von innen her erhellte, in Finnbars Richtung zu bewegen.
Je länger das anhielt, desto kleiner wurde das Eichhörnchen wieder.
Als beide etwa gleich groß waren, ließ Theo Finnbars Körper sanft auf den Boden gleiten und legte sich ganz dicht daneben.
Je mehr Licht zu Finnbar floss, umso straffer wurde dessen Körper und es sah tatsächlich so aus, als würden seine Glieder wieder in die ursprüngliche Lage

zurückkehren.
Lia wollte es zunächst nicht glauben, als sie wahrnahm, dass sich zuerst ganz wenig und dann mehr und mehr der Brustkorb des Bruders, so als ob er atmen würde, hob und senkte.
Das konnte doch nicht sein!
Als Theo dann wieder, als das ursprüngliche Holzspielzeug, das er einst gewesen war, neben Finnbar lag, öffnete Lias Zwillingsbruder seine Augen und sah sich ungläubig um.
Keine Sekunde verging und Lia war neben ihrem Bruder und hielt hoffnungsvoll und mit klopfendem Herzen seine Hand.
Finnbar setzte sich auf und Lia sah die unausgesprochenen Fragen in Finnbars Blick.
Leise erzählte sie ihm, was in den letzten Stunden geschehen war.
Voller Dankbarkeit nahm Finnbar sein Spielzeug-Eichhörnchen auf die Arme und flüsterte leise: »Danke für alles, du guter, guter Freund.
Ich werde dich immer in Ehren halten und dir niemals vergessen, was du heute für mich getan hast. Uns kann nichts mehr trennen.«
Selma trat vor und sprach: »Was für eine sehr alte und tiefe Erdmagie ihr da angewandt habt.
Ein Leben für ein Leben.
Das war sehr wirksam, wenn auch wohl nicht bewusst geplant, wie ich an euren Reaktionen erkennen konnte.
Mein Name ist übrigens Selma und das ist mein Gefährte Angar. Wir alle hier gehören dem Volk der

Elben an«, begrüßte die freundliche Elbenfrau auch Finnbar. Sie verbeugte sich dabei leicht in Richtung des Jungen.
Finnbar sagte nichts zu alledem, er hielt lediglich das Eichhörnchen und flüsterte dann leise zu seiner Schwester: »Ich möchte nach Hause.«
Selma und einige ihres Volkes begleiteten die Zwillinge bis kurz vor Sichtweite der heimatlichen Burg.
Ein Elbenmann reichte Lia augenzwinkernd zum Abschied einen großen Korb, gefüllt mit den besten Steinpilzen.
Das hatte Lia inzwischen ganz vergessen.
Sie wandte sich noch an Selma:
»Wo sind eigentlich Soholit und Quiskan, warum kamen sie uns nicht zu Hilfe?«
»Sie wurden in einer offensichtlich ganz dringenden Angelegenheit abgerufen.
Soholit hatte die Aufgaben so gut vorbereitet, dass ihr sehr gut allein damit hättet zurechtkommen müssen. Er hatte ja schon angekündigt, dass er erst am Montag wieder für euch da sein würde.
Mit so einem Vorfall, - so einer Manipulation der letzten Aufgabe - hatte niemand von uns gerechnet. Kommt am Montag wieder zu eurem Unterweisungsplatz. Wir werden auf alle Fälle in der Nähe sein, sollte wieder etwas Unvorhergesehenes passieren. So ein Vorfall wie heute wird sich nicht mehr wiederholen, dafür werden wir sorgen«, sprach die freundliche Elbenfrau.
Damit machten sich die Zwillinge auf das letzte Stück

Weg. Zu Hause angekommen verkündete Lia, dass Finnbar einen sehr anstrengenden Ausbildungstag hinter sich hatte und jetzt in seiner Kammer allein gelassen werden sollte.
Sie selbst schaute noch kurz bei Herta in der Küche vorbei und überbrachte, so munter sie es vermochte, die versprochenen Steinpilze.
Herta freute sich sehr und wollte Lia ein großes Mittagessen servieren. Diese winkte jedoch ab.
»Deine Wegzehrung war so reichlich bemessen, dass ich jetzt noch vollkommen satt bin.
Ich bin hundemüde und möchte mich gerne ein kleines bisschen niederlegen.« Lia verschwand in Richtung ihrer Kammer und war heilfroh, als sie die Tür hinter sich geschlossen hatte. Sie legte sich auf ihr Bett und sprach dann ihren Bruder von Geist zu Geist an:
»Finnbar, bist du noch wach?«
»Weißt du was?«, entgegnete Finnbar, »ich bin nicht sicher, ob ich nach dem heutigen Ereignis den Unterricht im Wald noch fortsetzen möchte.«
»Ich auch nicht. Lass uns jetzt erst mal schlafen und morgen darüber beratschlagen«, antwortete Lia.
»Ich habe dich unendlich lieb und bin so froh, dass du wieder da bist«, schob sie noch nach.
»Ich habe dich auch unglaublich lieb.
Gute Nacht, meine teure Schwester.«
Und damit überließen sich die Zwillinge dem wohlverdienten Schlaf.

»Drei magische Sterne«

Am nächsten Morgen wurden sie wie immer von Anne geweckt.

»Aufstehen, ihr kleinen Faulpelze. Das Frühstück ist schon längst fertig.«

Lia und Finnbar beeilten sich, rasch in die Küche zu kommen.

Es war Sonntag und Herta hatte zur Feier des Tages leckere Pfannenkuchen für die beiden bereit.

Nach dem Frühstück suchten sie sich ein beschauliches Fleckchen innerhalb des weitläufigen Burggeländes für ihren Aufenthalt - den alten, friedlichen Kräutergarten ihrer Mutter.

Auf keinen Fall wollten sie heute auch nur in die Nähe des Waldes gehen.

Der Garten wurde immer noch bewirtschaftet.

Die Geschwister hatten jedoch gehört, dass dieser zu Lebzeiten der Mutter sehr viel schöner und vielfältiger gewesen wäre.

Am Rande dieses Gartens stand auch eine junge Eiche.

Diese war, so hatten die Kinder es erzählt bekommen, zu Ehren ihrer Mutter nach deren Tod dort angepflanzt worden.

Die Zwillinge lehnten sich still an den Stamm des Baumes und suchten beieinander Trost.

Vor allem Finnbar, aber auch Lia waren noch sehr mitgenommen von dem gestrigen Erlebnis.

Sie saßen schon lange schweigend auf dem Boden, als

Lia endlich das Wort ergriff: »Du, Finnbar, war es schlimm, als der Drache dich auf so grausame Weise getötet hat?
Für mich sah es von außen unglaublich schrecklich aus.«
Finnbar ließ sich lange Zeit mit der Antwort.
»Am Anfang, als der Drache mich packte, war ich sehr erschrocken und es tat auch unglaublich weh.
Bald aber fiel ich in eine erlösende Ohnmacht.
Ich habe gar nichts mehr gespürt, bis ich wieder die Augen aufschlug. Da hatte mich Theo bereits geheilt und alles war schon vorbei.
Aber ich stelle es mir furchtbar vor, wie es für dich gewesen sein muss, dabei zuzusehen und mich später zu betrauern.
Wenn ich mir ausmale, es wäre ich gewesen, der dich sterben sah ...
Ich kann diesen Gedanken kaum ertragen.«
Die Geschwister verfielen wieder in langes Schweigen.
»Weißt du Finnbar, ich wollte mich auch in den Tod stürzen, als ich dachte, du seist für immer gegangen.
Der Schmerz um deinen Verlust erschien mir schier unerträglich.
Jedoch kam alsbald Hilfe durch die Elben, die mich zurückhielten und mir dadurch das Leben retteten.
Und als dann später Theo das goldene Licht auf dich strömen ließ, da war mir, als ob dieses Licht auch durch mich fließen würde und ich fühlte mich getröstet, so als ob die inneren Wunden wieder heilen würden.

Ich glaube, dass es in Wirklichkeit nie ganz so schlimm ist, wie man es sich von außen vorstellt.
Es scheint mir, als gäbe es immer irgendeine Hilfe, zum Beispiel wie bei dir gestern die rettende Ohnmacht.«
Finnbar nickte dazu, erwiderte aber nichts.
Ein plötzlich aufgekommener Windhauch ließ die Krone der Eiche, an der die beiden saßen, leise wispern und es fühlte sich an, als wäre die Wahrnehmung der Kinder damit durch den Baum der Mutter bestätigt worden.
Als die Zeit zum Abendbrot gekommen war, ergriff Finnbar nochmals das Wort.
»Lia, ich schlage vor, wir gehen morgen früh zur Waldlichtung und hören uns an, was Soholit zu dem Vorfall zu sagen hat.
Dann können wir uns immer noch entscheiden, ob wir die Ausbildung fortsetzen wollen oder auch nicht.
Was meinst du dazu?«
Lia antwortete ganz spontan: »Ja, das sehe ich genauso.«
Hungrig gingen die Zwillinge zum Abendessen.
Da Sonntag war, aßen viel mehr Menschen zusammen als sonst.
Deshalb wurde nicht in der Küche, sondern in der großen Burghalle gegessen.
Herta fragte später in die Runde, was Lia wohl morgen Vormittag vorhätte.
Statt ihrer erhob sich Finnbar und antwortete für seine Schwester:
»Ich habe Lia für morgen zu meiner Ausbildung

eingeladen.
Es gibt von dort ein Angebot einer alten Dame, die Lia in allerlei wichtigen Haushaltsangelegenheiten ausbilden möchte.
Ich habe das zugesagt und sofern es Lia gefällt, wird sie mich fortan begleiten.
Morgen ist sozusagen ein Probetag dafür.«
Finnbar setze sich wieder und aß ruhig weiter.
Keiner erwiderte etwas.
Finnbar hatte mit einer Autorität wie ein Burgherr gesprochen und genauso wurde seine Entscheidung auch von allen Anwesenden akzeptiert.
Als Finnbar und Lia am nächsten Tag in Sichtweite des Ausbildungsplatzes kamen, sahen sie schon von Weitem, jemanden ungeduldig hin und her laufen.
»Da seid ihr ja endlich, ich habe bereits auf euch gewartet.« Diese Worte hörten die Geschwister schon lange, bevor sie den Platz überhaupt erreicht hatten.
Sie waren ziemlich überrascht, da sie heute sogar viel früher dran waren als üblich.
Soholit jedenfalls hatte sie immer erst ein wenig warten lassen, bis auch er erschien.
An diesem Morgen empfing sie jedoch zu ihrer Überraschung Querin, der Sohn des Quiskan und damit also auch ihr eigener Großvater.
Dieser war um einiges bunter und auffälliger gekleidet als sein Vater, Quiskan, den die Zwillinge ja schon gut kannten.
»Setzt, euch, setzt euch.

Ich bin sehr, sehr froh, euch endlich wieder gesund hier an diesem Ort zu sehen.«
»Wo ist Soholit?«, fragte Finnbar.
Querin antwortete, »das wissen wir leider auch nicht. Quiskan und Soholit erhielten am Freitagmorgen einen dringenden Hilferuf der Inuit, über den sie mit uns nicht näher gesprochen haben. Die Inuit, das sind die Eskimos des hohen Nordens.
Direkt nach dem Unterricht sind sie dann zusammen in diese Richtung losgezogen.
Ich nehme an, dass es in der Botschaft um den zukünftigen Rückgang des Eises am Nordpol ging. Die Inuit werden auf jeden Fall die Ersten sein, die es am Eis direkt bemerken müssen, wenn die Erde sich sichtbar in Richtung einer gravierenden Änderung entwickelt.
Sie haben sehr weise Schamanen unter sich, die regelmäßig Botschaften aus fernen Dimensionen empfangen, auch um ihr Volk vor möglichen zukünftigen Gefahren zu warnen.
Vielleicht hatten sie in einer Vision eine ähnlich schlimme Nachricht erhalten, wie wir aus dem Brunnen der Zeit. Ihr habt das schreckliche Ende dort ja auch sehen können, worauf es im Moment hier auf unserem Planeten leider noch hinausläuft.
Jedenfalls, wenn wir nichts dafür unternehmen, dass dies am Ende doch nicht geschehen wird.«
Querin war ganz leise geworden, sodass nur der aufmerksame Zuhörer bemerken konnte, dass seine Stimme brach. Verstohlen wischte er sich eine Träne

aus den Augen.
»Ich habe sie liebgewonnen, die Mutter Erde.
Ich bin hier geboren, ich nehme an, ihr versteht mich.«
Während die Geschwister nachdenklich und bejahend mit ihren Köpfen nickten, hatte sich Querin abgewandt, um sich erst wieder zu sammeln.
»Auf jeden Fall machten sich Soholit und Quiskan gemeinsam am Freitagabend schon auf den Weg.
Sie wollten spätestens 24 Stunden später wieder zurück sein.
Wir sind inzwischen wirklich sehr in Sorge.
Es ist absolut nicht normal, dass sie uns so gar keine Mitteilung zukommen ließen, in der sie ihre Verspätung erklären.
Wir müssen deshalb davon ausgehen, dass ihnen unterwegs etwas Ungewöhnliches passiert ist.
Demzufolge war es ihnen offenbar nicht möglich, uns zu informieren.
Eventuell ein Unfall oder sie wurden gefangen genommen.
An Schlimmeres möchte ich gar nicht erst denken.«
Querin strich sich sorgenvoll und nachdenklich über seinen langen Bart.
»Und dann noch der schreckliche und für uns alle unerklärliche Vorfall während eurer Prüfung am Samstag«, fuhr er weiter fort.
»An und für sich war bei der letzten Aufgabe lediglich geplant, dass ihr aus der Mitte des Teiches nur noch eine alte Schatztruhe von dessen Grund heben solltet.
Dafür musstet ihr zu zweit sein, denn einer allein hätte

die Elemente nicht dazu bringen können, die schwere Truhe nach oben zu bringen.
In der Kiste wären dann einfach euer bestandenes Zwischenzeugnis und ein paar nette Worte als Gratulation gewesen.
Hier wurde eindeutig von außen manipuliert, wenn ihr mich fragt. Jemand wollte euch absichtlich töten.
Ich nehme an, das plötzliche Verschwinden unserer beiden Reisenden hat definitiv auch damit zu tun.
Man wollte sie aus dem Weg haben, da bin ich mir sicher.
Ein Ungeheuer im Waldteich, das hat es zuvor noch nie gegeben!«, murmelte er noch entrüstet vor sich hin.
»Ich habe da so einen Verdacht.
Habt ihr schon einmal die Geschichte der „Drei magischen Sterne" gehört?« Querin wandte sich wieder direkt an die Zwillinge.
»Nein, das haben wir leider nicht«, antwortete Lia für sie beide.
»Schaut mal zum Himmel, selbst bei Tag kann man die drei Sterne gut sehen, wenn man ganz genau hinschaut.«
Er wies mit dem Finger weit in Richtung Osten.
Die Geschwister folgten der geforderten Blickrichtung und erkannten, erstaunlicherweise heute zum ersten Mal, die besagten Gestirne.
Die Himmelskörper waren ganz genau zu sehen.
»Komisch, diese Sterngruppe ist uns früher noch nie aufgefallen«, sprach Finnbar.

»Das ist kein Wunder.« Querin lief wieder aufgeregt auf und ab. »Kein Wesen kann sie von allein sehen. Das geht nur dann, wenn man sie von einem Eingeweihten gezeigt bekommt.
In der Mitte befindet sich der Mutterstern.
Dieser hat das Helle und das Dunkle komplett ins Gleichgewicht gebracht.
Er leuchtet angenehm golden.
Es heißt, dieser Stern ist die Heimat der Schirm-Herrin der höher entwickelten Planeten.
Sie wird auch „Die Dienerin der Liebe“ oder auch „Die Eine“ genannt.
Man sagt, sie steht über allem.«
»Den höher entwickelten Planeten?«, warf Finnbar überrascht ein.
Leicht irritiert und auch vorwurfsvoll schaute Querin zu den Zwillingen. »Ich hätte nicht gedacht, dass ihr doch noch so schlecht informiert seid.«
Es folgte ein betretenes Schweigen.
Die Geschwister schauten ein wenig beleidigt auf den Waldboden und beobachteten dort scheinbar mit großem Interesse das Leben der Ameisen.
»Nicht euer Fehler, nicht euer Fehler«, beeilte sich Querin zu sagen.
»Also gut: Es gibt niedrig entwickelte Planeten und weiterhin noch solche, auf denen die Bewohner sehr viel weiser sind. Ich spreche hier nur von belebten Planeten.«
Querin hob die Hand, um die jungen Besucher schon vorab zum Schweigen zu bringen.

Beide waren gerade aufgesprungen, um erneut aufgeregt nachzufragen.
»Setzt euch bitte wieder hin und hört mir wenigstens mal für eine Weile ruhig zu.«
Er schmunzelte, »ich höre mich schon genauso an wie mein eigener Vater.
Es gibt selbstverständlich im Universum noch viele andere Planeten, die ebenfalls belebt sind.
Bei den niedrig entwickelten unterscheiden wir drei Sorten.
Niedrig entwickelte Planeten werden aus Unwissenheit immer nach einer gewissen Zeit von den Bewohnern selbst zerstört, müsst ihr wissen.
Einmal gibt es also jene, die bereits zugrunde gerichtet wurden und schon gar nicht mehr existieren.
Dazu gehörte auch die famose Platana, über diesen, einstmals wundervollen Ort habt ihr ja schon so einiges gehört?«
Lia und Finnbar nickten zum Zeichen, dass sie Bescheid wussten, still vor sich hin.
»Gut, gut, aber die Platana war längst nicht der einzige weitere belebte Planet außer der Erde, die übrigens zur zweiten Sorte der niedrig entwickelten Planeten gehört.
Das sind nämlich diejenigen, auf denen einige Bewohner gerade noch dabei sind, sie zu zerstören.
Wo war ich stehen geblieben?
Ach ja, also es gibt erstens die Planeten, die schon zugrunde gerichtet wurden und zweitens diejenigen, wo es gerade noch passiert.

Für diese Planeten ist der „Herr der Finsternis“, dessen Wohnort ist der linke Stern, der etwas dunkler ist, verantwortlich.
Er hat auf diesen Planeten die Macht und kann sein Zerstörungswerk von dort aus in Ruhe beobachten.
Er ist leider momentan auch für die gute Erde verantwortlich ...
Dann sind da drittens noch belebte, niedrig entwickelte Planeten, die gerade im Aufbau sind.
Es gibt dort am Anfang kaum sogenannte Intelligenz oder diese befindet sich noch in einem sehr frühen Stadium. Jenes ähnelt fast dem Leben auf den höher entwickelten Planeten.
Dafür ist der „Herr des Lichts“ verantwortlich.
Er liebt es, zu erschaffen und lebt auf dem rechten Stern, der sehr viel heller erstrahlt als die anderen zwei.
Der „Herr des Lichts“ und der „Herr der Finsternis“ sind zweieiige Zwillinge und gleichzeitig auch die Kinder der „Dienerin der Liebe“, die, wie zuvor erwähnt, vom neutralen Stern der Mitte aus regiert.
Der Stern in der Mitte ist weder sehr hell noch sehr dunkel.
„Die Eine“ hält alle Polaritäten weise im Gleichgewicht und unterteilt nicht in Gut und Böse.
Sie liebt einfach alles, was ihr Licht erreicht, aber auch alles, was im Dunkeln liegt.
Sie zieht auch keines ihrer beiden Kinder dem anderen vor und lässt sie in ihrem Tun stets gewähren.
Es gibt aber auch ein paar Regeln:

Die Bewohner der Planeten dürfen stets ihren freien Willen behalten und können immer wieder selbst entscheiden, ob sie ihren Lebensraum zerstören wollen, dort lieber im Aufbau sein möchten oder aber auch, sich zu höher entwickelten Wesen zu entfalten. Seinen Himmelskörper zu einem höher entwickelten Planeten werden zu lassen und somit unter die Schirmherrschaft „Der Einen“ zu gelangen, ist jedoch an bestimmte Bedingungen geknüpft.

Das geht nur, wenn alle dort ausschließlich von der Liebe regiert werden, sich gegenseitig beistehen und mit allen Kreisläufen und Kräften komplett im Gleichgewicht sind.

So ein Planet kann sehr, sehr lange und vor allem immer in Frieden leben.

Die einzelnen Schirmherren können zwar ihre jeweilige Energie auf ihre Planeten, die zu ihnen gehören, senden, sie dürfen dort aber niemals direkt eingreifen.

Der freie Wille der Bewohner muss stets gesichert sein.

Offenbar gibt es einen Wettbewerb zwischen den Zwillingen, wer mehr zerstören oder aufbauen kann. Dabei nehmen sie sich oft gegenseitig ihre Spielplätze weg.

So kann der „Herr der Finsternis“ damit beginnen, einen fast fertig aufgebauten Planeten mit seiner Energie zu vergiften und damit dann wieder dessen Zerstörung einleiten.

Er braucht dafür den Wesen, die dort leben, nur die

Gier ins Herz einzupflanzen.
Dann nehmen sich diese Kreaturen mehr, als sie eigentlich brauchen und beginnen damit, sich gegenseitig und ihre Umwelt nach und nach zu vernichten.
Genau das passiert leider gerade mit unserer geliebten Erde.
Oder aber ein Planet wird zerstört und der „Herr des Lichts" verhindert, dass er letztlich ganz verschwindet und beginnt dann dort wieder erneut mit dem Aufbau von Leben in vielfältigster Couleur.
Soweit ich es bei meinen Blicken in die Zukunft erkennen konnte, scheint der „Herr des Lichts" genau das mit der Erde vorzuhaben, sobald einmal die gesamte Spezies Mensch und alles andere an Leben von ihrer Oberfläche getilgt wurde.
Offenbar sind sich beide Herren zumindest darin einig, dass die Spezies Homo sapiens - also wir Menschen - früher oder später von der Erde verschwinden müssen.
Jeder hat dafür jedoch seine eigenen Gründe.
Der Zerstörer will nicht nur die Menschen, sondern einfach alles, was er finden kann, ohnehin vernichten.
Der Aufbauer hingegen kann sich auf jeden Fall nicht vorstellen, mit den Menschenkindern auf der Welt, wieder etwas Schönes und vor allem Längerfristiges auf der Erde errichten zu können.
Er hält sie durch die Energie des „Herrn der Finsternis" für vollkommen verdorben und von ihrer Gier verblendet.

Die „Dienerin der Liebe“ vom Stern der Mitte hingegen nimmt, wie ihr schon gehört habt, nur solche Planeten unter ihre Fittiche, auf denen bereits erkannt wurde, dass lediglich durch die Balance von Licht und Dunkel und durch die Liebe zu allem und jedem ein dauerhaftes Leben an einem Ort möglich ist.
Diese Planeten sind dann keine Spielplätze mehr für ihre Kinder.
Sie sind absolut tabu für die Zwillinge.
Es heißt, dass „Die Eine“ auch schon einzelne Lebewesen von anderen, weniger privilegierten Planeten unterstützt haben soll.
Das passiert aber nur, wenn diese die absolute Wahrheit in sich verwirklicht haben, also ganz reinen Herzens sind. Oder besser gesagt, wenn sie zumindest vollkommen danach streben dies zu tun, denn offenbar kennt die Wahrheit und die absolute Reinheit niemand in einem physischen Körper so ganz genau.
Solchen Geschöpfen zeigt sie manchmal einen Weg heraus aus dem ewigen Auf und Ab durch Aufbau und Zerstörung.
Sehr selten ermöglicht sie diesen Individuen auch die persönliche Rettung, indem sie ihnen eine Umsiedlung auf höher entwickelte Planeten ermöglicht.
Sie soll auch schon ganzen Gruppen von würdigen Kreaturen neue Planeten zur Verfügung gestellt haben.
So war es auch damals mit unserem Volk auf der Platana gewesen.
Das kleine Volk durfte ja bekanntlich vor vielen, vielen Jahren auf die Erde umsiedeln.

Es obliegt dann jedoch den jeweiligen Wesen wieder vollkommen selbst, den neuen Planeten zu ehren und zu bewahren.
Mitunter gelingt das auch auf Dauer.
Das ist bei den sogenannten höher entwickelten Planeten so.
Manchmal aber auch nur auf Zeit, so wie jetzt gerade auf der Erde.
Diese ist nun leider den Spielen des „Herren der Finsternis“ ausgesetzt.
Aber, da der Wille aller Wesen ja unangetastet bleiben soll, ist es ziemlich lange offen, ob ein Planet am Ende wirklich zerstört wird oder ob er sich doch noch weiter entwickeln kann.
Tja und deshalb seid ihr hier.
Ihr sollt, als würdige Vertreter der Menschen, sozusagen dabei helfen, auf der Erde noch rechtzeitig das Ruder wieder herumzureißen.
Ich frage mich wirklich«, dabei begann Querin wieder an seinem langen Bart herunterzustreichen, »ich frage mich, ob hier nicht während eurer Prüfung die universellen Regeln der „Drei magischen Sterne“ verletzt wurden.
Es sieht fast so aus, als ob ihr dem „Herrn der Finsternis“ ein Dorn im Auge wart und er euch deshalb mit Absicht beseitigen lassen wollte, damit er ungestört sein Werk der Zerstörung fortsetzen kann.
Das ist eindeutig ein Regelbruch.
Er darf nicht direkt Befehle erteilen, sondern nur durch seine Dunkelheit die Seelen zur Habgier

verführen.
Normalerweise zerstören sie sich dadurch ohnehin schon alsbald ganz von selbst.
Aber so direkt, euch anzugreifen, so einfach aus dem Nichts heraus - es erscheint mir undenkbar, dass dies von irgendjemand anderem geplant gewesen war.
Denn so gut wie niemand weiß doch von eurem Unterricht hier und gleichzeitig auch noch vom Brunnen der Zeit.
Außerdem sieht man im Jahr 822, also der Zeit, in der wir uns gerade auf diesem Planeten befinden, noch gar keine negativen Veränderungen auf der Erde.
Ich verwette meinen Bart darauf, dass der „Herr der Finsternis“ hier auf die eine oder andere Weise, völlig gegen die Regel, persönlich eingegriffen hat.
Zwar haben alle drei, der „Herr der Finsternis“, der „Herr des Lichts“ sowie die „Dienerin der Liebe“ jeweils sechzehn Diener zur Verfügung.
Aber auch diese dürfen nicht einfach so in die tatsächlichen Geschehnisse eingreifen.
Sie sind lediglich der verlängerte Arm ihrer Gebieter und dürfen auch nur deren Energien weiterverbreiten.
Trotzdem werde ich den Verdacht nicht los, dass am Samstag gegen diese ehernen Gesetze gehandelt wurde.«
Querin war offenbar am Ende seiner Ausführungen angelangt und schwieg nun ganz abrupt.
Nach einer Weile, als die Zwillinge meinten, es wäre an der Zeit, auch wieder etwas zu sagen, fragte Lia:
»Was soll denn jetzt weiter geschehen?«

Überrascht sah Querin die beiden an: »Ich dachte, es sei klar, dass ihr das jetzt zu entscheiden habt.«
Betreten blickten die Geschwister einander an.
Sie hatten ganz vergessen, dass sie ja heute darüber befinden wollten, ob sie die Ausbildung überhaupt fortsetzen würden.
Lia nickte Finnbar zu und dieser ergriff jetzt, stellvertretend für beide, das Wort.
»Es stimmt, wir wollten erst heute entscheiden, was weiter geschehen soll.
Die Erlebnisse am Teich waren wirklich sehr beängstigend und auch ungeheuer gefährlich für uns zwei.
Nur wie durch ein Wunder überlebten wir das Ganze überhaupt.
Allein die Energie des goldenen Lichtes schützte uns davor, über all das den Verstand zu verlieren.
Wir sind uns mit unserer Entscheidung noch nicht sicher.
Welche Optionen hätten wir denn derzeit für die weiteren Unterweisungen und wie könnte in Zukunft während der Lehrzeit unser Schutz gewährleistet sein?«
»Das sind wirklich zwei sehr gut überlegte Fragen.«
Anerkennend nickte Querin mit dem Kopf.
»Wir wissen nicht, wann und ob wir mit der Wiederkehr eures Lehrers, Soholit und auch eures Urgroßvaters, meinem Vater, rechnen können.
Es sind verschiedene Truppen zu Fuß, per Traumreise oder auch in den höheren Sphären unterwegs, um

nach den beiden zu suchen und wir warten täglich auf Nachricht von ihnen.
Bislang gelten sie aber noch als verschollen.
Daher haben wir uns überlegt, dass ich bis zu deren Wiederkehr eure Ausbildung übernehmen könnte.
Unterstützung bekäme ich dabei, für den Fall, dass euch das recht wäre, von meiner Frau.«
Als er Finnbars fragendes Gesicht erblickte, fügte er hinzu: »Ich habe Lucinda, meine teure Gefährtin, etwa zehn Jahre nach meiner kurzen Zeit mit Katharina, eurer Großmutter, kennengelernt.
Sie ist mir nicht nur eine wundervolle Partnerin und Geliebte, sondern auch eine echte Freundin geworden und sie ist sehr modern in ihren Ansichten.
Dabei übertrifft sie mich noch bei Weitem«, bemerkte er noch spitzbübisch lächelnd.
»Meiner Ansicht nach benötigen wir unbedingt auch weibliche Energie für eine wirklich ausgeglichene Ausbildung.
Allein schon für das Gleichgewicht, das, wie ihr ja gehört habt, so ungeheuer wichtig für alles ist.
Dann ist es aber auch so, dass manche Dinge Frauen besser können und manche die Männer.
Daher ist eine Teamarbeit von Männern und Frauen zusammen die effektivste, wie wir in unserem Volk festgestellt haben.
Nun ja«, er blickte schmunzelnd zu den Zwillingen, »ihr seid ja auch fifty-fifty.
Ich möchte bei der Ausbildung gerne zunächst mit dem Traumwandeln und dann mit dem astralen Reisen

fortfahren.
Eure Sicherheit würde durch die wahrhaftig fähigen Krieger der Elben, die sich extra dafür angeboten haben, mehr als gewährleistet.
Damit wir mit dem Unterricht schneller werden, würde ich die Zeit gerne noch weiter strecken.
Soholit hatte diese von eins zu zehn verlängert.
Ich würde gerne auf eins zu einhundert gehen.
Das bedeutet, dass wir an einem Vormittag knapp zwei Monate Ausbildung veranstalten und somit länger am Stück arbeiten könnten.
Ich denke, wenn ihr dann mit den Reisefähigkeiten so weit seid, könntet ihr auch beim Suchen nach den zwei Vermissten mithelfen, für den Fall, dass sie bis dahin weiterhin nicht gefunden wurden.
Die Elben haben ebenfalls angeboten, euch für die fast zwei Monate, die ihr dann immer in unserer Welt seid, bei sich ein schönes Obdach zu gewähren.
Sie besitzen einen wirklich wundervollen und gut geschützten Gäste-Wohnbaum, in dem sie euch gerne zwei geräumige Kammern zur Verfügung stellen würden. Wir hätten euch auch sehr gerne beim kleinen Volk untergebracht. Jedoch bei uns wäre euer Aufenthalt längst nicht so komfortabel wie bei den Elben.
Allein schon die Deckenhöhe unserer Wohnhöhlen wäre euch sicher viel zu niedrig.«
Wiederum verstummte Querin urplötzlich und sah die Zwillinge wartend an.
Jetzt antwortete Lia: »Wir danken dir, lieber

Großvater, Querin, für das wirklich großartige und gut durchdachte Angebot.
Gerne möchten wir jetzt nach Burg Eichenfels zurückgehen und das Gehörte erst einmal sacken lassen, dort gemeinsam alles überdenken und uns in Ruhe dazu besprechen.
Morgen werden wir um die gleiche Zeit wie heute hier sein und dir oder auch gleich euch beiden«, Lia zwinkerte dem Großvater kurz zu, »unsere diesbezügliche Entscheidung verkünden.«
»So soll es geschehen. Ich freue mich auf morgen.
Habt noch einen schönen Tag.
Die Elben werden euch zu eurem Schutz noch bis kurz vor Sichtweite der Burg begleiten.
Auf Wiedersehen meine Kinder und Gott behüte euch.«

Die neuen Lehrer

Lia und Finnbar hatten sich nach dem Mittagessen wieder in den Kräutergarten hinter der Burg zurückgezogen.
Angelehnt an die Eiche der Mutter, wollten sie noch kurz Kraft tanken, um dann nochmals über ihre weitere Ausbildung bei den magischen Völkern des Waldes zu sprechen.
Keiner von beiden wollte die Stille stören und keiner von beiden tendierte zu einem eindeutigen Ja oder Nein, was ihre anstehende Entscheidung betraf.
Irgendwann meinte Lia: »Ich weiß einfach nicht, was richtig ist. Einerseits möchte ich schon dabei helfen, dass die Erde eine Zukunft hat, andererseits ist das zu unserer Lebenszeit doch noch gar nicht relevant. Wir haben nur das eine Leben und der Schreck vom Teich sitzt mir noch immer in den Knochen.
Ich möchte ehrlich sein: Wir sind gerade erst dreizehn Jahre alt und hätten unter normalen Umständen noch ein ganzes, langes Leben vor uns.
Ich hatte noch eine Menge vor, wie zum Beispiel heiraten, eigene Kinder haben und vielleicht noch vieles mehr«, gestand Lia ihrem Bruder.
»Die Welt retten, war bei meinen Plänen bislang jedenfalls nicht dabei.
Das hört sich nicht so vergnüglich und außerdem ziemlich gefährlich an. Und überhaupt wollte ich nicht schon so schnell erwachsen werden.«

»Ich verstehe dich, mir geht es ähnlich.
Ich dachte immer, mein Leben würde es sein, in einigen Jahren als Verwalter hier in diese Burg wieder mehr Leben, blühende Farben und auch Lachen zu bringen.
Ich weiß einfach nicht, wie wir uns entscheiden sollen.«
Eine Weile herrschte wieder Stille, aber die Zwillinge waren dieses Mal dabei in tiefes Grübeln getaucht.
Dann, fast gleichzeitig platzten sie heraus:
»Wir brauchen ein Zeichen, irgendeine Hilfe von außen.
Wir können allein durch Nachdenken nicht mit dieser Angelegenheit zurechtkommen.«
»Aber was für ein Zeichen?«, fragte Lia
»Wir könnten einfach mal Verschiedenes ausprobieren«, antwortete ihr Bruder.
»Lass uns als Erstes innehalten und dann die klare Frage ans Universum stellen:
Sollen wir die Ausbildung weiterführen?
Am besten, wir sprechen diese Frage gemeinsam laut aus.
Mal sehen, ob eine Antwort kommt«, führte Finnbar weiter aus.
Lia und Finnbar erhoben sich von ihren Plätzen an der Eiche und traten einige Schritte zurück. Dann sandten sie ein stilles Gebet um Hilfe in den Himmel.
»Also gut, bei drei stellen wir gemeinsam und gut hörbar unsere Frage«, schlug Finnbar bald darauf vor.
Lia nickte stumm.
»Gut, eins, zwei, drei.«

»Sollen wir die Ausbildung weiterführen?«, riefen die Geschwister im Chor und warteten dann gespannt.
Zunächst tat sich gar nichts.
Enttäuscht schauten sich die Zwillinge an und zuckten mit den Schultern.
Dann aber spielte urplötzlich ein sanfter Windhauch in den Ästen von Aoifes Eiche, obwohl nirgends woanders in der näheren und der weiteren Umgebung auch nur das kleinste Lüftchen wehte.
Aus den Blättern der jungen Eiche leuchtete daraufhin sanft das gleiche goldene Licht, das Finnbar und Lia schon von dem Eichhörnchen Theo kannten.
Je länger Bruder und Schwester in das Licht schauten, desto zuversichtlicher wurden sie, was die weitere Ausbildung betraf.
Ganz tief in sich wussten sie jetzt, dass genau das der einzig richtige Weg war, den sie beschreiten sollten.
Sie hatten tatsächlich eine eindeutige Antwort erhalten, wenn sie auch nicht wussten von wo und wieso.
Irgendwie war dazu jetzt nichts mehr zu sagen.
Morgen würden sie auf alle Fälle wieder auf der Waldlichtung erscheinen und weiter lernen.
Daran war nicht mehr zu rütteln.
Die Zwillinge blieben noch ein wenig im Garten und begaben sich dann zum Abendessen in die Burg.
Am nächsten Morgen entdeckten sie unweit des letzten Wachrings schon die Elben, die ihnen, wie versprochen, sicheres Geleit zur Waldlichtung gaben.
Dort angekommen, erschien sofort mit ernstem und

leicht besorgtem Gesicht Querin.
Höflich wartete er, bis die Geschwister bereit sein würden, ihre Entscheidung kundzutun.
»Wir machen weiter, Großvater, Querin«, sprach Finnbar schlicht.
»Das freut mich, das freut mich mehr, als ihr es euch vorstellen könnt, aber bitte lasst ab sofort den Großvater weg.
Querin wird völlig ausreichen.
Jeden Moment müsste auch Lucinda hier eintreffen.
Sie hat ihre eigenen Methoden von hier nach dort zu gelangen und lässt sich da von niemandem, inklusive mir, hereinreden.«
Wie aufs Stichwort hörten sie jetzt, wie sich leise Schritte aus dem Wald näherten.
In einem elastischen Laufstil kam Lucinda herangelaufen und schloss sich der kleinen Gruppe an.
Sie bot tatsächlich einen völlig anderen Anblick als ihr Gefährte oder dessen Vater.
Lucinda hatte fast die Statur einer Turnerin.
Sie war gut durchtrainiert. Ihr gesamter Körper wirkte geschmeidig, wie der einer Katze.
Die neue Lehrerin sah sehr jung aus und trug von Kopf bis Fuß grüne Kleidung im Männerstil.
Den Kopf zierte ein verwegenes, ebenfalls grünes Hütchen und ihr Haar war in einem kecken Pferdeschwanz nach hinten gehalten.
An den Füßen hatte sie erdfarbene Stiefel, die offenbar so weich waren, dass sie kaum einen Laut erzeugten, wenn Lucinda über den Waldboden lief.

Bei den Dreien angekommen, musterte sie die Jugendlichen kurz und dann überzog sich ihr Gesicht mit einem bezaubernden Lächeln.
Freundlich streckte sie Finnbar und Lia ihre Hand zum Gruß hin:
»Ich freue mich, euch endlich persönlich kennenzulernen.
Ich bin Lucinda und würde euch gerne einiges über das Reisen beibringen.«
Als sie die verdutzten Gesichter der Zwillinge sah, brach sie in ein glockenhelles Gelächter aus.
»Keine Angst, wir werden nicht überall zu Fuß hinlaufen müssen.
Es gibt auch andere, noch schnellere Möglichkeiten der Fortbewegung.«
Ernster fügte sie noch hinzu, »aber die Ertüchtigung des Körpers durch Sport, zum Beispiel auch durch Laufen, ist unablässig und wird auch einen guten Teil unseres Trainings ausmachen.
Das hält jung und fit und nicht nur den Körper beweglich.« Sie warf ihrem Gefährten einen liebevoll neckenden Blick zu.
Die Zwillinge mochten Lucinda auf der Stelle.
Besonders Lia freute sich über die weibliche Verstärkung in ihrem Bunde.
Sie hatte sich immer eine Frau gewünscht, die ihr ein Vorbild sein könnte und war gleich zu Anfang schon davon überzeugt, dass Lucinda dafür genau die Richtige war.
»Das ist also meine Gefährtin, Lucinda«, stellte Querin

völlig überflüssigerweise seine Frau den zukünftigen Schülern nochmals vor.
Lucinda grinste nur dazu.
Die Zwillinge warteten sehr neugierig darauf, was jetzt als Nächstes passieren würde und blickten gespannt von einem zum anderen.
Querin nickte Lucinda zu und diese ergriff daraufhin das Wort.
»Es ist mir eine Ehre, bei eurem Unterricht meinen Anteil leisten zu dürfen.
Ich werde dabei für das Traumwandeln zuständig sein und auch für eure sportliche Ausbildung.
Das Träumen und überhaupt die fantasievolle Vorstellungskraft sind Eigenschaften, die in der Regel den Frauen besser liegen.
An und für sich sollte der Sport ebenso eine Männerangelegenheit sein«, wieder blickte sie spitzbübisch auf ihren Gefährten.
Hatten die Geschwister sich das nur eingebildet oder war Querin nach einem kurzen Blick auf seinen, noch im Wachstum befindlichen, aber auch schon jetzt recht üppigen Bauch, tatsächlich eine leichte Röte ins Gesicht geschossen?
Taktvollerweise taten die Zwillinge so, als sei ihnen nichts weiter aufgefallen und hefteten ihren Blick nun ganz fest und weiterhin erwartungsvoll auf Lucinda.
»Andere Ausbildungsbereiche liegen im Großen und Ganzen den Männern besser.
Dazu könnte auch das Kämpfen gehören.
Diese Sparte sowie auch das astrale Reisen wird dann

Querin als seinen Part des Lehrens übernehmen.
Ich denke, wir werden uns mit dem Unterricht immer wieder abwechseln?«, fragend wandte sie sich ihrem Gefährten zu und dieser nickte bejahend.
Lucinda bemerkte Lias inneren Widerstand und wandte sich dieser deshalb nochmals liebevoll zu: »In einer höher entwickelten Gemeinschaft, das könnte sogar einen ganzen Planeten betreffen, sollte jedes Individuum seine besten Fähigkeiten zum Wohle aller einbringen dürfen. Keine Fähigkeit wird dabei als besser oder schlechter bewertet und keine Eigenschaft oder Tätigkeit bleibt einer bestimmten Personengruppe verwehrt.
Somit hat es niemand nötig, etwas anderes zu wollen, als er oder sie gut kann.
Außerdem ist es undenkbar, dass jemand zum Beispiel nur wegen seines Geschlechts irgendetwas nicht tun dürfte.
Wenn das also so organisiert ist, dann kann man als Frau ruhig zugeben, dass man etwas nicht so gut kann wie ein Mann.
Wenn man aber in einer weniger entwickelten Gesellschaft lebt, so wie du bisher, in welcher die Mädchen fast nichts lernen dürfen oder die Frauen vollkommen unterdrückt werden, dann kann ich schon verstehen, dass das Thema für dich im Moment noch ziemlich geladen ist.
Ich denke, mit der Zeit wird sich das aber geben.
Bei uns haben Frauen und Männer nämlich absolut die gleichen Rechte.

Wir setzen jeden im Team, gemäß seinen Fähigkeiten, optimal ein.« Lucinda lächelte Lia freundlich zu.
Diese entspannte sich jetzt ein wenig.
Ihre neue Lehrerin ging inzwischen weiter zur Tagesordnung über.
»Ich stelle es mir in Einzelnen bei meinen Unterweisungen folgendermaßen vor:«
Dann folgte ein üppiger Redeschwall von ausschweifenden Erklärungen der einzelnen Übungsschritte, die Lucinda für die kommende Zeit geplant hatte und die sich die Geschwister, sosehr sie sich auch bemühten, einfach nicht alle merken konnten.
Langsam begannen sie mit ihren Gedanken abzuschweifen.
Finnbar bemerkte, dass er hungrig wurde.
Er fragte sich, wann und was es eigentlich heute zu essen geben würde.
Lia dachte ziemlich angestrengt über die spannende Frage nach, wie alt Lucinda wohl sei.
Die zahlreichen Worte ihrer Lehrerin flossen wie warmer Regen über die Schüler und perlten, genau wie dieser an guter Regenbekleidung, einfach an ihnen ab, ohne dass er sie irgendwie tangieren konnte.
Ein recht deutliches Räuspern Querins riss die Zwillinge abrupt aus ihren Tagträumen.
Auch Lucinda hielt plötzlich in ihren ausführlichen Erklärungen inne.
Sie wandte sich mit einem fragenden Gesicht überrascht an ihren Gatten.

Dieser musste ihr wohl von Geist zu Geist die Situation erklärt haben.
Jedenfalls war es nun an Lucinda zu erröten.
Bei ihr geschah das sehr viel deutlicher als zuvor bei Querin.
Jener lächelte ihr aufmunternd und sehr liebevoll zu, woraufhin Lucinda sich wieder fasste und sich erneut an die beiden Schüler wandte.
»Das war jetzt ein perfektes Beispiel, wie hilfreich es ist, wenn wir im Lehrerteam Männer und Frauen gemeinsam haben.
Wir Frauen tendieren manchmal dazu, zu schnell und zu viel auf einmal zu reden.
Durch unser überschäumendes Temperament und die Schnelligkeit unserer Gedankengänge sind wir dem Moment oftmals viel zu weit voraus.
Damit erreichen wir, wie ihr ja gerade gemerkt habt, nicht das, was eigentlich geplant war.«
Sie hatte wieder ihr spitzbübisches Lächeln auf den Lippen.
»Ich danke dir, dass du mich unterbrochen hast, Querin.
Ich würde jetzt für circa eine halbe Stunde etwas Gymnastik mit euch machen.
Dann, lieber Finnbar, gibt es auch endlich etwas zu essen, und zwar einen deftigen Bohneneintopf.«
Verlegen blickte Finnbar wie fasziniert auf seine Schuhe.
»Für dich liebe Lia noch folgende wichtige Information: Ich bin genau, 844 Jahre alt.

Das ist noch recht jung für uns vom kleinen Volk. Ich wurde erst vor 44 Jahren in den Kreis der Erwachsenen aufgenommen.«
Nachdem nun jeder der vier einmal an der Reihe gewesen war, etwas zu erröten, ließ Lucinda noch lachend fallen, »folgt mir bitte und tut das Gleiche wie ich.«
Sie verfiel daraufhin in einen lockeren Dauerlauf, den sie sporadisch in kurze, schnelle Sprints steigerte, worauf dann einige interessante Gymnastikübungen folgten.
Die Zwillinge taten ihr Bestes, es ihr gleichzutun.
Sie spürten, wie sie schnell wieder munterer und aufnahmefähiger für weiteren Lernstoff wurden.
Erfrischt ließen sich alle zum gemeinsamen Essen nieder.
Nachdem sie das Mahl fast beendet hatten, materialisierte sich plötzlich ein Bote wie aus dem Nirgendwo.
»Ich komme mit einer wichtigen Nachricht«, sprach dieser und sah Querin und Lucinda fragend an.
»Du kannst hier offen vor uns allen sprechen«, gebot ihm daraufhin Querin.
»Es hat überhaupt keine Botschaft der Inuit an irgendjemand vom kleinen Volk gegeben.
Weder wurden Soholit und Quiskan dort erwartet noch sind sie jemals bei den Eskimos eingetroffen«, meldete der Bote.
»Alle sind in großer Sorge. Wir wissen nicht, wo wir sie nun noch suchen könnten.

Deshalb haben wir weitere Späher in alle nur möglichen Richtungen ausgesandt, um sich zu erkundigen, ob irgendwer etwas über den Verbleib der Vermissten zu sagen hat«, fügte er noch hinzu.
»Das sind wahrlich schlimme Nachrichten, obwohl ich insgeheim schon so etwas vermutet hatte«, sprach Querin.
»Sucht überall, sie können sich nicht sofort in Luft aufgelöst haben.
Es muss einfach irgendwelche Spuren geben.
Danke für deine Botschaft und haltet uns bitte weiterhin auf dem Laufenden.«
Damit verabschiedete Querin den Boten.
Ohne ein weiteres Wort und jeder für sich nachdenklich, beendeten die vier ihr gemeinsames Mahl.

Das Reisen ohne Körper

Der erste Unterrichts-Tag mit Lucinda und Querin war vorüber.
Selma, sowie einige andere Elben holten die Zwillinge am späten Abend ab, um sie sicher zu ihrem Wohnbaum zu begleiten.
Die Geschwister waren ziemlich müde, aber trotzdem auch sehr neugierig auf die Lebensweise des geheimnisvollen Volkes der Elben, von dem sie noch so gut wie gar nichts wussten.
Selma brachte die erschöpften Zwillinge direkt zu ihren Kammern.
Diese waren hoch oben in einem Baum und alles, was es dort gab, war aus dem Baum genauso gewachsen.
Ein Jammer, dass es schon so dunkel war. Finnbar hätte gerne gesehen, wie der Wohnbaum im Einzelnen von außen und innen aussah.
Lia hatte ebenfalls noch so viele Fragen, aber die Elbenfrau schnitt diese mit den Worten: »Schlaft jetzt erst einmal und zu Tagesbeginn sehen wir uns bei der gemeinsamen Morgen-Mahlzeit wieder«, freundlich, aber bestimmt ab.
»Dort werdet ihr alle Fragen beantwortet bekommen.«
Kaum lagen Lia und Finnbar in ihren Betten, fielen ihnen auch schon die Augen zu und sie sanken in einen tiefen und traumlosen Schlaf.
Lia erwachte sehr früh und sprang sogleich auf ihre

Füße.
Sie zog sich rasch an und wollte ihr Haar mit der goldenen Spange, die sie stets trug und die ein seltenes Erbstück von ihrer Mutter war, wie gewohnt zusammenfassen.
Sie konnte die Spange jedoch nirgends finden.
Lia war sich sehr sicher, sie gestern Abend neben ihr Bett gelegt zu haben. »Sehr, sehr merkwürdig«, sprach das Mädchen verwundert zu sich selbst.
Nachdenklich stieg sie die lange Hängeleiter, die von ihrer Kammer in der Baumkrone nach unten auf die Erde führte, hinunter.
Sie folgte dann einfach dem deutlich zu hörenden Stimmengewirr.
Auf einer bunten Blumenwiese stand eine lange Tafel, an der viele Elben saßen, die miteinander scherzten und gemeinsam aßen.
Auch Finnbar war schon dort. Er winkte seiner Schwester freudig, sich doch neben ihn zu setzen.
Lia nahm den vorgeschlagenen Platz gerne an.
Sofort wurden ihr ein Kelch mit köstlich süßem Blütennektar und ein außergewöhnlich schmackhaftes Brot gereicht.
Am Tisch herrschte eine wunderbare Atmosphäre der freudigen Leichtigkeit.
Von Weitem hörte sie sehr sinnliche Harfenmusik herüberwehen.
Als sie näher hinsah, erblickte sie dort auch einige, in weiße, lange und luftige Kleider gewandete Elbenfrauen, die sich anmutig zur Musik bewegten.

Es war der schönste Tanz, den Lia jemals gesehen hatte.
Sie entspannte sich sichtlich und glitt wie von selbst in die allgemeine paradiesische Stimmung mit hinein.
Als alle genug gegessen und getrunken hatten, wandte sich Selma freundlich an Lia: »Jetzt wäre ein guter Zeitpunkt, deine Fragen zu stellen.«
Lia überlegte kurz und fragte dann: »Wir haben gehört, dass auch ihr von einem fernen Planeten zu uns auf die Erde gekommen seid?
Wir würden gerne etwas über eure frühere Heimat erfahren.«
Angar, Selmas Gefährte, räusperte sich kurz, trank noch einen Schluck von dem köstlichen Nektar und begann dann zu erzählen:
»Wir bewohnten einstmals einen wundervollen Ort, der voll von den schönsten Blumen und Bäumen war, die man sich überhaupt vorstellen kann.
Der Name unseres Planeten war Osiria.
Wir teilten ihn uns mit dem Volk der Osiriaten.
Diese hatten den Planeten schon bewohnt, lange bevor unsere Spezies überhaupt entstanden war.
Die Osiraten sind sehr einfache, aber unglaublich gutmütige Wesen, die niemals altern und etwas kleiner von Wuchs sind als wir.
Sie bekommen nur dann ein Kind, wenn dafür jemand anders bereit ist, freiwillig den Planeten zu verlassen.
Osiriaten kennen die Bedeutung von persönlichem Besitz überhaupt nicht.
Sie teilen und nehmen sich einfach alles, was in ihrer

Nähe ist.
Sie sind sehr freundlich und überraschend spontan.
Anfangs hatten wir alle unsere angestammten Plätze auf Osiria und es herrschte Frieden zwischen den beiden Spezies und auch die Natur wurde in Ehren gehalten.
Irgendwann, niemand könnte heute sagen, wie und wodurch das passieren konnte, begannen einige Elben zu glauben, dass sie mehr Platz benötigen würden.
Es kam auch in Mode, dass nicht mehr jede Familie weiterhin nur ein Kind bekommen durfte, was dringend notwendig war, damit der Planet nicht übervölkert wurde, sondern man entschied sich jetzt stattdessen für drei Kinder.
Dadurch wurden wir immer zahlreicher und irgendwann bildeten sich diese Elben ein, die Herrenrasse zu sein und vertrieben daraufhin die Osiriaten mit Waffengewalt von ihren angestammten Gebieten.
Sie mussten fortan in einem unfruchtbaren Teil Osirias und dort noch dazu unter der Erde leben.
Nicht alle Elben teilten diese überhebliche Meinung und so kam es zu einer Spaltung unseres Volkes.
Es gab nun die Herren- und die Wild-Elben.
Die Wild-Elben wollten weiterhin im Einklang mit der Natur und in einer bescheidenen Personenanzahl in Frieden mit den Osiriaten leben.
Die Herren-Elben jedoch beuteten den Planeten mehr und mehr aus.
Um sich und ihre Gebiete zu schützen, entwickelten

jene Elben immer ausgeklügeltere Waffen.
Eines Tages hatten sie so viele und gefährliche Kriegswerkzeuge angehäuft, dass sie den Planeten mehr als einmal hätten damit zerstören können.
Die Propheten der Wild-Elben sagten genau diese Zerstörung von Osiria auch innerhalb der nächsten zehn Jahre voraus.
Das Volk der Wild-Elben entschied sich daher schweren Herzens, gemeinsam von der Osiria noch rechtzeitig vor der Zerstörung auszuwandern.
Die Osiriaten, die sie im Geheimen über ihr Vorhaben informiert hatten, wollten allerdings ihre geliebte Osiria unter keinen Umständen verlassen und zogen es vor, lieber zurückzubleiben.
Wir Wild-Elben beteten alle zusammen und baten um eine Vision, wie wir nun vorgehen sollten.
Diese wurde uns nach wochenlangen Gebeten und Meditationen auch zuteil.
Es war noch sehr viel Arbeit, insgeheim ein Stück unseres Planeten abzutrennen und uns dann damit ins Weltall aufzumachen.
Den Rest hat man euch ja schon erzählt.«
Atemlos hatten die Geschwister dieser schier unglaublichen Geschichte zugehört.
Plötzlich sahen sie von Weitem eine kleine Person in kunterbunten und ungewöhnlichen Kleidern näherkommen.
»Guten Morgen allerseits«, zwitscherte sie fröhlich.
Es war nicht zu erkennen, ob die Person männlichen oder weiblichen Geschlechts war.

Sie trug jedenfalls längeres Haar, das mit einer goldenen Haarspange zusammengehalten wurde.
»Ähm, du hast ja meine Haarspange im Haar«, meldete sich Lia überrascht zu Wort.
»Ups, ich dachte, es wäre meine«, antwortete die kleine Person munter, zog die Spange aus ihrem Haar und reichte sie strahlend, der verdutzt dreinschauenden Lia.
»Bitte schön, ich schenke sie dir von Herzen gerne.«
Lia war sprachlos.
Sie konnte dem kleinen Dieb einfach nicht böse sein, so entwaffnend war seine verdrehte Logik.
Selma trat hinzu: »Darf ich vorstellen, das ist Karlao.«
Die kleine Person verneigte sich wiederum fröhlich.
»Sehr angenehm«, Karlao streckte Lia seine kleine Hand entgegen und schwups hatte er auch schon Lias Armband am eigenen Arm.
Lia wusste zuerst nicht, was sie dazu sagen sollte.
Dann hatte sie eine Idee.
»Du hast da aber wirklich ein wunderschönes Armband an.«
Karlao strahlte wiederum über das ganze Gesicht.
»Oho, ja, das stimmt«, stolz betrachtete er »sein« Armband.
»Dieses wunderschöne Schmuckstück habe ich ganz besonders gerne.
Es wäre mir eine außerordentliche Freude, dir dieses Armband zu schenken.«
Galant band er Lia ihr Armband wieder um.
Selma lachte und klatsche dem Mädchen Beifall.

»Du hast schnell gelernt, Lia.«
Erklärend fügte sie noch hinzu:
»Karlao wohnte damals, ohne dass wir es bemerkt hatten, in einer unterirdischen Höhle des Stücks unseres alten Planeten, den wir auf die Erde mitgenommen hatten.
Dadurch ist er versehentlich mit uns zusammen hierher ausgewandert.
Er ist wahrscheinlich der einzige und letzte seiner Art.
Karlao ist ein Osiriat.
Bei den Osiriaten gibt es keine eindeutige Festlegung des Geschlechts. Sie können sich immer aussuchen, was sie in diesem Moment sein mögen, und sie haben, wie du ja schon bemerkt hast, eine völlig andere Auffassung von persönlichem Besitz.
Karlao ist schon unendlich alt und trotzdem noch so jung und spontan wie ein kleines Kind.
Vielleicht kommt das auch daher, dass er sich immer wieder neu erfindet und stets alles Materielle schnell wieder loslässt.
Er behält kaum etwas je länger als einen Tag.«
Lia und Finnbar waren sehr beeindruckt von den wundersamen und ungewöhnlichen Geschichten, die sie heute gehört hatten.
»Jetzt wird es aber wirklich Zeit, wieder an den Ausbildungsplatz zu gehen«, sprach Angar.
Er stand schon eine Weile wartend bereit, um die Schüler zum Unterricht zu geleiten.
Einige weitere Krieger gesellten sich zu deren Schutz der kleinen Gruppe hinzu.

Auf der Waldlichtung angekommen, grinste Lucinda breit.
»Guten Morgen, ihr Lieben, ich habe gehört, ihr habt Karlao schon kennengelernt.
Ich finde, er ist ein unglaublich faszinierendes Wesen.
Von ihm könnt ihr eine ganze Menge lernen.
Ich mag ihn wirklich von ganzem Herzen.«
Heute begannen sie mit Theorie für Traumwandeln.
Lucinda hatte inzwischen einiges dazu gelernt.
Sie sprach maximal zehn Minuten und ließ Lia oder Finnbar dann wiederholen, was sie davon behalten hatten.
Gegebenenfalls wiederholte sie den Stoff so lange, bis sie sicher war, dass die Zwillinge ihn auch verstanden hatten.
Nach zwei solchen Blöcken gab es dann ein paar Gymnastikeinlagen oder anderen Sport.
Beim Traumwandeln ging es darum, sich zunächst einmal überhaupt an einen seiner Träume zu erinnern.
Lia und Finnbar sollten deshalb künftig ein Traumtagebuch führen.
Später sollte man sich im Traum bewusstwerden können, dass man träumt.
Dadurch wäre es dann im fortgeschritteneren Stadium auch möglich, den Traum mit seinem Willen zu beeinflussen und dann am Ende dadurch auch zu reisen.
Offenbar ging das dann sogar so weit, dass man beim Traumwandeln durchaus von anderen Wesen wahrgenommen werden und mit ihnen kommunizieren

konnte.
Bis dahin war aber noch ein langer Weg.
Finnbar konnte sich nicht einmal daran erinnern, überhaupt jemals geträumt zu haben und machte sich daher einige Sorgen, was er denn in sein Traumtagebuch schreiben könnte.
Dann war Nahkampf bei Querin an der Reihe.
Dafür hatten sich eigens zwei Elben, ein Mann für Finnbar und eine Frau für Lia, bereit erklärt, mit diesen zu üben.
Querin oder Lucinda wären dafür ja viel zu klein gewesen.
Keiner der Zwillinge konnte diesen Abschnitt der Unterweisungen gut leiden, denn das Kämpfen entsprach einfach nicht ihrem Naturell.
So stöhnten und schimpften sie dabei still vor sich hin.
Das entging dem Lehrer nicht und daher bat er die Zwillinge zu einem Gespräch beiseite.
»Ich verstehe, dass ihr euch nicht vorstellen könnt, jemals einen Kampf zu beginnen.
Hier geht es aber darum, dass ihr in die Lage versetzt werdet, euch selbst oder auch euch gegenseitig und vielleicht auch einmal andere Wesen, die ihr vielleicht liebt, zu verteidigen und dabei zumindest am Leben zu bleiben.
Gut wäre auch, wenn ihr dann diese Freunde auch wirklich beschützen könntet.
Ich muss euch doch nicht daran erinnern, wie gut es war, dass du, lieber Finnbar, bei dem Kampf mit dem Drachen am Teich ein Schwert dabeihattest und dieses

an diesem Tag, Gott sein Dank, nicht zum ersten Mal gezogen hast.
Und du, liebe Lia, wie weit wärst du mit deinem Stock ohne jegliche Kenntnisse über das Kämpfen, nur mit blinder Wut als weiteres Hilfsmittel damals am Teich gekommen?
Wem hätte dein Tod genützt?
Bei diesem Teil der Ausbildung geht es darum, euch zu wahren Kriegern des Lichtes auszubilden.
Dazu gehört weit mehr als die reine Kampfkunst an sich.
Eure innere Haltung ist hier das A und O.
Es geht zum Beispiel darum, sich niemals mit Zorn im Herzen mit jemandem anzulegen oder diesen gar zu töten.
Ihr müsst dazu fähig sein, mit Gnade und Liebe, aber trotzdem konsequent, eure Waffe zu führen.
Dazu kann auch gehören, jemanden zu töten oder zu verletzen.
Das muss aber immer aus dem inneren Gleichgewicht heraus geschehen, auch wenn das zu den schwierigsten Aufgaben gehört, die ich kenne. Blinde Wut, Hass oder Zorn haben beim Kampf eines Kriegers des Lichtes nichts zu suchen.
Es gehört die direkte Verbindung zu eurem Herzen und zum Göttlichen dazu, damit ihr gelenkt werden könnt.
Wenn das eintritt, dann gibt es für euch keine Bedenken und auch kein „niemals".
Nur dann kann der Kampf zum Nutzen aller

stattfinden.
Alles, was ihr tut, sollte ohnehin stets zum Wohle aller Wesen geschehen.
Aber, um zu wissen, was das genau ist, darf man nicht auf seine eigenen oder irgendjemandes Gedanken hören, sondern muss direkt mit dem Göttlichen verbunden sein.
Ja, ja, ich weiß, Gott, das ist ein großes Wort.
Ich gebrauche es normalerweise nie.
Wer sollte schon wissen, was oder wer das ist.
Vielleicht wäre Liebe oder Unendlichkeit oder sogar „Das Nichts" ein besserer Ausdruck für dieses Namenlose.
Auf jeden Fall erreiche ich sicher nicht mit meinem Vortag aus Worten, euch zu vermitteln, was ich meine.
Möglicherweise könnt ihr die Bedeutung zwischen den Lücken meiner Worte erspüren.«
Querin hielt kurz inne und es entstand eine ganz besondere Atmosphäre.
Am ehesten war diese noch mit der Situation zu vergleichen, als das goldene Licht, das die Geschwister jetzt schon zweimal erlebt hatten, sich in ihnen ausgebreitet hatte.
»Also Schluss für heute mit den praktischen Übungen.
Danke Jeora und Mandavar für eure große Hilfe.«
Querin verbeugte sich ehrfurchtsvoll vor den beiden Elben, die so geduldig bei der Kampf-Ausbildung der Geschwister behilflich gewesen waren.
»Wir würden euch morgen gerne erneut hier begrüßen, wenn es euch recht ist.«

Die beiden Elben verneigten sich nun ebenfalls freundlich in Richtung Querins und der Zwillinge und mit einem wissenden Lächeln auf den Lippen zogen sie sich fast lautlos zurück.
Dann verschwanden sie alsbald in den geheimnisvollen Schatten des Waldes.
»Was ich jetzt von euch möchte, ist, dass ihr euch ein möglichst bequemes Plätzchen sucht und euch dort hinsetzt.
Dann hätte ich gern, dass ihr euren Gedanken keinerlei Beachtung schenkt. Lasst sie kommen oder auch wieder gehen, wie Wolken, die stetig am Himmel vorbeiziehen.
Stellt euch vor, sie wären einfach wie diese Wolken, ohne bleibende Bedeutung oder Form.
Sie kommen von selbst und gehen auch wieder von allein.
Konzentriert euch lediglich auf die stillen Lücken zwischen zwei Gedanken.
Eine Hilfe könnte auch noch sein, den eigenen Atem bewusst wahrzunehmen.
Ach so Finnbar, du kannst vorher gerne deine Pausenverpflegung noch zu dir nehmen und Lia, ja du kannst noch kurz in den Wald verschwinden, um dich zu erleichtern.
Es ist hilfreich, dass bei einer solchen Übung, zumindest am Anfang nichts wirklich Störendes im Weg ist, das euch abhalten könnte, mühelos in der Stille zu versinken.«

Breit grinsend reichte er daraufhin Finnbar seine Verpflegung.
Als Lia zurück war und Finnbar aufgegessen hatte, ging es los.
Auch Querin lehnte sich bequem an einen Baum und begann mit der Übung.
Anfangs waren die Zwillinge völlig verwirrt.
Es schien, als würden plötzlich tausende Gedanken, einer wichtiger als der andere, auf sie einstürmen.
Dann erinnerten sie sich an das Bild mit den Wolken.
Lia legte sich sogar auf den Rücken und schaute sich den Himmel direkt an.
Langsam, aber sicher wurden die Zwillinge ruhiger und ruhiger.
Nach etwa einer Stunde ließ Querin die Geschwister die Übung beenden und bat sie aufzustehen.
»So nun schüttelt euch noch ein wenig und macht mal zehn Kniebeugen.
Und jetzt möchte ich nur noch, dass ihr zu den Elben zurückkehrt.
Der Nachmittag und der Abend sind heute frei.
Habt einfach ein wenig Spaß.
Ich kann euch nur empfehlen, euch mit Karlao näher anzufreunden.
Wir sehen uns morgen wieder.« Freundlich nickend, verschwand Querin vor den Augen der Zwillinge.
Wie aufs Stichwort erschien sodann eine Gruppe bewaffneter Elben, um die beiden in ihr Gebiet zurückzubegleiten.

Es war zunächst ungewohnt für Finnbar und Lia, so viel freie Zeit zur Verfügung zu haben.
Als Erstes betrachteten sie ihren und auch die Wohnbäume der Elben näher.
Sie waren unglaublich hoch und mächtig.
Die jeweiligen Wohnbereiche waren auf natürliche Weise in den Bäumen untergebracht.
Es sah fast so aus, als ob das schon immer so gewesen wäre.
Zwischen den Wohnbäumen gab es auch eine ganze Menge von Bäumen, die einfach nur Bäume waren.
Alles hier war wunderschön und alles war umgeben von einer friedlichen und harmonischen Schwingung.
Ziellos schlenderten die Geschwister umher.
Da hörten sie von Weitem, das ihnen schon bekannte Stimmchen Karlaos:
»Wartet mal kurz, ich habe etwas ganz, ganz Tolles für euch.«
Aus seinem, für seine Größe recht umfangreichen, Rucksack fingerte er mit einer feierlichen und extrem gönnerhaften Miene ein wundervolles Diadem hervor.
Das Schmuckstück war aus purem Gold gearbeitet und mit vielen, in allen Farben schimmernden, Diamanten besetzt.
Es war ein meisterhaftes handwerkliches Unikat und musste wohl unglaublich wertvoll sein.
Vielleicht ein jahrtausendealtes Erbstück, dachte sich Lia.
Betreten lächelnd, ließ sie sich das Diadem aufs Haar setzen.

Hektisch sah sie sich sofort nach dem eigentlichen Besitzer um.
»Du kannst es gerne geschenkt haben«, sprach Karlao unschuldig zu Lia.
Schon war er wieder durch vorbeifliegende Schmetterlinge abgelenkt und hatte die Zwillinge auf der Stelle ganz vergessen.
Finnbar und Lia sahen sich beunruhigt an.
Keiner von ihnen wollte wegen des Diebstahls eines so wertvollen Kleinodes Ärger mit den Elben bekommen.
Da weit und breit niemand zu sehen war, liefen sie Karlao hinterher.
»Habt ihr diese bemerkenswerten Schmetterlinge gesehen?
Toll, oder?« Begeistert hüpfte Karlao auf und ab.
Sein Haar hatte er heute mit einer anderen Spange zu einem kurzen Pferdeschwanz zusammengebunden.
Dieser wippte beim Hüpfen ständig hin und her.
»Oh, ihr wollt mich begleiten, das ist aber ganz prima.«
Munter ging der Osiriat voran.
Dann blieb er stehen und fischte etwas aus seinem Rucksack heraus.
Er hielt einen recht unscheinbaren kleinen Kieselstein in den Fingern.
»Ist der nicht beeindruckend?
Wollen wir tauschen, Finnbar?« Schon hatte er von Finnbars Hals dessen Amulett, das an einem starken Lederband befestigt war, abgenommen und es sich selbst umgehängt.
Der verdutzte Finnbar hatte stattdessen nun den

besagten Kieselstein in der Hand.
»Ähm Karlao, das Amulett ist das Einzige, was mir von meiner verstorbenen Mutter hinterlassen wurde.«
»Da ist das Amulett ja wirklich etwas ganz Besonderes! Ich freue mich jetzt umso mehr, dass wir getauscht haben.«
Munter lief Karlao weiter die Blumenwiese entlang.
»Schaut mal, was hier für glänzende Käfer herumfliegen.
Die sind ja schillernd grün.«
Jetzt wippte nicht nur sein Pferdeschwanz, sondern auch das neue Amulett, lustig an Karlao herum.
Finnbar war einfach nur sprachlos, dachte sich aber, dass Karlao ja nicht so weit mit dem Amulett kommen könnte.
Die Geschwister ließen den kleinen Osiriaten nicht aus den Augen und folgten ihm immer weiter.
Finnbar hielt seinen Blick stets auf das Amulett gerichtet und Lia blickte sich wieder und wieder besorgt um, ob sich eventuell jemand näherte, der auf der Suche nach seinem gestohlenen Diadem war.
Karlao jedoch genoss das Leben scheinbar in vollen Zügen.
Sie hörten ihn mal hier und mal da vor Entzücken laut jauchzen, wenn er etwas, für ihn Herausragendes, gesehen hatte.
Und anscheinend war so gut wie alles für ihn etwas ganz Besonderes.
In der Ferne sahen sie eine Elbenfrau kommen, welche sie bisher noch nicht näher kannten.

Karlao rannte wie der Blitz auf diese zu. Lia versteifte sich in Erwartung der eventuell kommenden Strafe für den Diebstahl des wertvollen Diadems.
Abwartend blieben die Zwillinge stehen.
Das ungleiche Paar kam, in ein Gespräch vertieft, näher.
Die Elbenfrau grüßte die Geschwister sehr freundlich und würdigte das Diadem auf Lias Haupt keines besonderen Blickes.
»Schaut mal, das ist meine liebe Freundin Patra, und das sind meine besten Freunde Lia und Finnbar«, stellte Karlao sie einander vor.
»Patra und ich haben gerade beschlossen, zu tauschen.«
Freudig hielt er einen frisch gewundenen Blumenkranz empor.
Mit Entsetzen erkannte Finnbar jetzt sein geschätztes Amulett am Hals der wunderschönen Elbenfrau wieder.
Diese hatte es offenbar eilig und verschwand alsbald in entgegengesetzter Richtung.
Den Blumenkranz trug nun Karlao stolz auf seinem Kopf.
Bald schon hatte er den Kranz vergessen und war von einem Mäuschen, das munter an einer Walnuss nagte, komplett hingerissen.
»Wie wunderschön sie ist, schaut doch nur.«
Langsam entspannten sich Finnbar und Lia ein wenig.
Die kleine Maus war wirklich ganz entzückend.
Immer mehr übernahmen sie Karlaos unschuldiges

Wesen und bald waren sie zu dritt von den elementaren Dingen der Natur gefesselt.
Finnbar und Lia verbrachten mit Karlao einen wundervollen, magischen Nachmittag und waren nach und nach, so wie der muntere Osiriat, von den einfachsten Dingen komplett fasziniert.
Sie fühlten sich am Ende des Tages reicher beschenkt, als sie es durch ein Diadem oder Amulett je hätten sein können.
Als es langsam dunkel wurde, verkündete Karlao, dass er mächtigen Hunger hätte.
»Wollt ihr auch an dem prächtigen Abendessen teilnehmen?«, lud er die Zwillinge ein, so als ob er allein das Mahl eigens für die beiden zubereitet hätte.
Dankbar nickten die zwei Karlao zu.
Besonders Finnbar, der ebenfalls schon wieder heftigen Hunger hatte, war von dieser Idee mehr als begeistert.
Das Amulett hatte er inzwischen vollkommen vergessen.
Auch Lia war sich des Gewichts des wertvollen Diadems auf ihrem Haupt gar nicht mehr bewusst.
Als sie später mit den Elben und Karlao, wie am Vormittag auch, wieder an dem großen Tisch Platz genommen hatten, nahm niemand auch nur die geringste Notiz, von dem Schmuckstück auf Lias Haar.
Nachdem alle am späten Abend mehr als satt waren, bot sich Selma an, die Geschwister in ihre Kammern zu begleiten.
Ganz spontan erinnerte sich Lia an das wertvolle Kleinod und reichte es Selma mit den Worten:

»Ich habe da ein wundervolles Diadem, ich würde es dir wirklich sehr gerne schenken.«
Selma nahm es still lächelnd entgegen.
Als Lia und Finnbar endlich müde in ihren Betten lagen, schliefen sie mit einem glücklichen Lächeln ein.
So einen schönen Tag hatten sie schon ewig nicht mehr erlebt.
Die Ausbildungstage und auch Wochen vergingen wie im Flug.
Die Körper der Zwillinge hatten sich verändert.
Sie waren viel durchtrainierter und sie hatten jetzt einen fast so elastischen Gang wie Lucinda.
Alles in allem kamen sie gut voran.
Nur das Traumwandeln fiel Finnbar sichtlich schwer.
Weil er sich nie an seine Träume erinnern konnte, hatte Lucinda die Nachtwache gebeten, Finnbar zweimal pro Nacht zu wecken.
Das hatte zwar insoweit geholfen, als Finnbar dann tatsächlich noch von seinen Träumen wusste.
Aber er musste sie sofort aufschreiben, sonst waren sie am Morgen wieder aus seinem Gedächtnis verschwunden.
Jedoch weiter war er bis jetzt nicht gekommen.
Lia konnte nun schon bewusst auf ihre Träume einwirken, allerdings war auch sie noch meilenweit davon entfernt, ihren Körper zum nächtlichen Reisen verlassen zu können.
Querin hatte kürzlich in Aussicht gestellt, dass sie ab heute parallel bei ihm auch mit dem astralen Reisen beginnen würden.

Mit großer Sorge dachte Finnbar auf dem Weg zum Ausbildungsplatz an diese neue Aufgabe.
»Es geht darum, dass ihr ganz einfach euren Körper im Geiste in seine kleinsten Bestandteile zerlegt, in Licht verwandelt und dann am Ort eurer Wahl den Leib in umgekehrter Reihenfolge wieder genauso aufbaut, wie er sich gehört«, begann Querin zu erklären.
»Eure Körper sind sozusagen zuerst einmal aus Fleisch, Blut und Knochen.
Es gibt dort Organe, Blutgefäße und so weiter.
Diese sind jeweils aus einem bestimmten Gewebe aufgebaut.
All das besteht aus kleinsten Molekülen und diese wiederum aus ganz verschieden aufgebauten Atomen«, bemühte sich Querin weiter redlich, seinen Schülern das astrale Reisen zu erklären.
»In einem Atom, sagen wir mal, das wären kleine Kugeln, gibt es drei Sorten von noch kleineren Teilchen.
Die nennt man Elementarteilchen und diese sind das kleinste, was überhaupt bekannt ist.
Dazu gehören einmal die Elektronen, die sind in der Hülle der Kugel und dann noch die Neutronen, die sind im Kern.
Dann gibt's auch noch die Protonen, auch diese sind meist im Kern. Je nachdem wie viele davon in einem Atom sind, entsteht daraus ein ganz anderes Element, welches die Grundlage aller Dinge ist.«
Querin wischte sich den Schweiß aus dem Gesicht und blickte Hilfe suchend zu Lucinda, die sich bisher dezent

im Hintergrund gehalten hatte.
Diese nickte ihm ermutigend zu und langsam fuhr Querin nun fort.
»Also noch mal, der Körper muss zuerst in seine allerkleinsten Teilchen zerlegt werden, die sogenannten Elementarteilchen.
Je nachdem, wie diese angeordnet sind, so ist dann auch der jeweilige Körper beschaffen. In einem Atom ist zu
99 % gar nichts, also leerer Raum, nur weniger als ein Prozent sind dann diese Teilchen.
Die Sache ist nun die, wenn man auf diese Elementarteilchen schaut, sind sie auch als Teilchen zu erkennen.
Wenn man sich aber von ihnen abwendet, dann werden sie zu Wellen, also zu Licht.
Das machen wir uns beim astralen Reisen zunutze.
Ihr müsst zunächst also ganz tief in euch hineinspüren und alle Teilchen und ihre exakte Position genau wahrnehmen.
Wenn ihr ganz sicher darin seid, aber wirklich nur dann, könnt ihr euch abwenden, und die Teilchen zu Licht werden lassen.
Danach verschwindet ihr vor den Augen der anderen.
Jetzt müsst ihr euch bloß noch den Ort und die Zeit vorstellen, wo ihr hinmöchtet und dort dann die Teilchen ganz genau wieder so zusammensetzen, wie es sich für euren Körper gehört.
Ich mache es euch einmal vor.«

Die Zwillinge sahen Querin vor ihren Augen verschwinden und etwa zehn Meter weiter wieder auftauchen.
»Es ist gar nicht so schwer, wie man vielleicht denken würde.
Natürlich braucht es viel Zeit und Übung, bis ihr das beherrschen werdet.
Das Wichtigste ist die richtige Position aller Teilchen, sonst kann es passieren, dass Lia verschwindet und zum Beispiel als rostiger Nagel oder sonst irgendetwas Verrücktes wieder erscheint.
Also dürft ihr noch so lange nicht verschwinden, bis absolut sicher ist, dass ihr eure Körperanordnungen bis ins Kleinste realisiert habt.
Gibt es dazu noch Fragen?«
Es entstand eine kurze Pause, dann schauten sich die Zwillinge in die Augen und prusteten los.
Sie lachten wie schon lange nicht mehr und fielen dabei sogar auf den Boden. Sie konnten sich ewig gar nicht mehr einkriegen.
Lucinda und Querin sahen sich ratlos an.
Irgendwann, als den Geschwistern schon die Bäuche vom Lachen wehtaten, stand Finnbar auf und sprach:
»Es tut mir leid, Querin, wir tun wirklich alles, was wir können.
Aber unser Gehirn könnte sich niemals, und das meine ich auch so, wirklich niemals so etwas Umfassendes, wie die Anordnung aller Atome mitsamt ihren Elementarteilchen in unseren Körpern merken.
DAS IST UNMÖGLICH«, sprach Finnbar ganz laut und

deutlich.
Lia nickte nur bestätigend dazu.
Querin setzte sich und wirkte jetzt ziemlich niedergeschlagen.
»Ich wünschte so sehr, Soholit wäre hier bei uns.
Er ist auch ein Mensch, so wie ihr.
Er wüsste, was zu tun ist.
Ich habe ihn einmal genau das Gleiche zu einem anderen Schüler sagen hören und jener hatte es tatsächlich auf diese Weise gelernt.
Wisst ihr, wir vom kleinen Volk müssen solche Sachen nicht erlernen. Wir werden schon mit diesen Fähigkeiten geboren.
Wenn wir alt genug sind, werden wir von einem nahen Verwandten, der das gleiche Geschlecht hat, in einer sogenannten Tandemreise nur noch eingeführt und an alles erinnert.
Wenn ich ehrlich sein soll, ich weiß nicht, wie ich euch das astrale Reisen beibringen könnte.
Es wäre aber dringend notwendig, dass ihr es euch aneignet.
Schon allein, um ebenfalls nach Soholit und Quiskan suchen zu können.«
Lange herrschte betretenes Schweigen.
Irgendwann durchbrach Lucinda die Stille:
»Und wenn du, lieber Querin, Finnbar einfach zu einer Tandem-Reise mitnimmst?
Ihr seid beide männlich und auch noch sehr nah verwandt.
Was meinst du?«

»Das Risiko ist groß, stell dir vor, er käme komplett verändert wieder zurück.«
»Fragen wir ihn doch selbst, wie er dazu steht.«
Lucinda sah Finnbar abwartend an.
Dieser räusperte sich mehrmals, als ob er zu sprechen beginnen wollte, überlegte sich es aber jedes Mal wieder anders.
»Ach was soll's, ich möchte ehrlich sein.
Ich bin schon länger komplett frustriert, dass ich das Traumwandeln nicht erlernen kann.
Jetzt auch noch diese verzwickte Sache mit dem astralen Reisen.
Ich brauche dringend ein Erfolgserlebnis.
Ich bin auf jeden Fall für einen Tandem-Versuch.«
Lia war angstvoll aufgesprungen. »Und was soll aus mir werden, wenn dir etwas passiert?«
Finnbar legte liebevoll seinen Arm um Lia. »Ich muss es einfach versuchen, ansonsten sind wir vielleicht auf immer in einer Sackgasse gefangen.
Es scheint mir die einzig richtige Möglichkeit zu sein.
Ich habe ein gutes Gefühl dabei und dem möchte ich jetzt auch trauen.«
Nachdem Lia verstummt war, übernahm Querin wieder die Führung.
»Also ich würde sagen, wenn es weiter keine Einwände mehr gibt, lasst es uns sofort versuchen.
Es bringt nichts, die Sache noch unnötig weiter aufzuschieben.«
Er sah noch mal jedem fragend ins Gesicht und als kein weiterer Widerspruch kam, bat er Finnbar ganz nah zu

sich heran.
»Stell dich bitte vor mich, Finnbar.«
Er umfasste Finnbar von hinten um die Beine, höher konnte er wegen seiner kleinen Körpergröße nicht kommen und dann verblassten sie auch schon beide vor Lias und Lucindas Augen.
Lucinda setze sich neben ihre Schülerin und nahm tröstend deren Hand in die ihre.
Finnbar war, wie berauscht.
Es war ein Wahnsinns-Gefühl, so ganz plötzlich jegliches materielle Gewicht zu verlieren und so frei wie das Licht zu sein.
Es war mit Abstand das Schönste, das er bisher jemals erlebt hatte, und er fühlte sich noch dazu wie in seinem Element.
Kurze Zeit später bemerkte er, wie die Schwere des Körpers wieder in seine Wahrnehmung eintrat.
Querin und Finnbar hatten sich gerade an einem entfernten Platz des Waldes erneut materialisiert.
Eilig trat Querin vor Finnbar, betrachtete diesen forschend und fragte dann: »Wie geht es dir, ist alles bei dir richtig?«
Finnbar verstand die Sorge seines Lehrers zuerst gar nicht, doch dann kam die ganze Erinnerung zurück.
Nun betrachtete auch er seinen Körper ganz genau.
Er bewegte seine Finger und Zehen und ging ein paar Schritte hin und her.
Er hüpfte sogar mehrmals in die Luft.
»Es scheint alles völlig normal zu sein. Wie sehe ich aus?«, fragte er seinen Lehrer.

»So wie immer«, antwortete dieser trocken.
»Ich glaube, du hast es gepackt.
Lass es uns zur Sicherheit nochmals versuchen.«
»Und Lia, sie wird sich ängstigen?«
Keine Sorge, wir können auf diese Weise auch in der Zeit reisen.
Diese Art Licht ist frei von Ort und Zeit.
Wenn wir zu den beiden zurückkehren, werden dort nur wenige Sekunden vergangen sein.
Ich schlage vor, wir üben noch ein wenig, bevor wir das freudige Ergebnis verkünden werden.«
Finnbar war einverstanden.
Querin trat erneut hinter ihn und sie wiederholten das Prozedere von eben.
Erneut durchströmte Finnbar die Schwerelosigkeit des Lichts wie flüssiges Gold.
Er fühlte sich unsagbar glücklich und frei.
Urplötzlich verstand er auch ganz tief im Inneren, was Querin ihnen beiden vorher hatte erklären wollen.
Er sah die Anordnung all der verschiedenen Bereiche seines Körpers bis ins Detail und voller Staunen nahm er selbst die kleinsten Teilchen-Konstellationen der Atome, die ihn als Person ausmachten, wahr.
Es war ganz einfach.
Gerade erschienen sie wieder in ihren materiellen Körpern in der Nähe des Teichs, wo, so fühlte es sich für Finnbar an, vor Urzeiten der Kampf mit dem Ungeheuer stattgefunden hatte.
Wiederum trat Querin vor seinen Schüler und musterte ihn von Kopf bis Fuß.

»Es scheint alles in Ordnung zu sein«, meldete er.
Finnbar hatte es dieses Mal nicht nötig zu überprüfen, ob das wahr war. Er wusste es einfach, denn er fühlte, dass alles am richtigen Ort war, bis auf das kleinste Teilchen.
Querin war sehr erfreut.
»Ich meine, du könntest es nun einmal allein ausprobieren.
Allerdings musst du den ganz festen Willen aufbringen, dich von dem Glücksgefühl des Lichts wieder zu lösen und genau hier neben mir wieder in dieser Zeit zu erscheinen.
Meinst du, du bekommst das hin?«
Finnbar dachte kurz nach.
»Ich denke ja, auch wenn ich am liebsten für immer so schwerelos bleiben würde.
Aber ich möchte Lia so etwas nicht antun.«
»Gut, dann los, ich warte hier und komm mir ja gesund und in einem Stück zurück.«
Finnbar besann sich auf den Atlas seines ganzen Körpers und prägte sich jeden Ort und Konstellation bis auf das Kleinste genau ein.
Dann wandte er sich von dem Anblick ab und tatsächlich spürte er, während er vor Querin verblasste, wie sein Körper zu Licht wurde.
Er genoss kurz diesen Zustand und stellte sich dann den Ort und die Zeit von eben, sowie seinen Körper in seiner gesamten Zusammensetzung vor und siehe da, er erschien wieder vor Querin, nur einen Meter davon entfernt, wo er gerade zuvor verblasst war.

»Gut gemacht, Junge.
Lass uns das Ganze noch eine Weile festigen.«
Finnbar verschwand noch viele Male und tauchte immer wieder im Stück an der richtigen Stelle auf.
Querin experimentierte nun noch ein wenig mit Zeitverschiebungen und als Finnbar auch dies bravourös gemeistert hatte, sprach er:
»Jetzt ist es genug.
Wir werden nun wieder bei Lia und Lucinda auftauchen, und zwar genau acht Sekunden nachdem wir vorhin verschwunden sind.
Du zuerst und ich zwei Sekunden später.
Komm auf drei.« Finnbar nickte zustimmend.
»Eins, zwei, drei.«
Finnbar gab sich kurz dem berauschenden Gefühl der Freiheit hin und konzentrierte sich dann auf den richtigen Ort, die richtige Zeit und seinen Körper.
»Finnbar!«
Das Gewicht seiner glücklichen Schwester, die sich ihm sofort an den Hals geworfen hatte, riss ihn fast um.
Neben ihm materialisierte sich gerade Querin.
»Das sind ja ganz famose Neuigkeiten«, sprach Lucinda, die sofort bemerkt hatte, dass Finnbar für sich allein zurückgereist war.
Sie hatte sich ebenfalls erhoben und war, wenn auch etwas ehrwürdiger als Lia, inzwischen auch zu der Dreiergruppe gegangen.
»Lia, Mensch Lia«, platzte es aus Finnbar heraus.
»Das war mit Abstand das Beste, was ich je erlebt

habe.
Du musst das unbedingt sofort auch ausprobieren«, erwartungsvoll sah er Lucinda an.
»Das wird so einfach nicht gehen«, entgegnete Lucinda ernst.
»Die erste Tandemreise kann man nur mit einem ganz nahen Verwandten des gleichen Geschlechts vollziehen.
Du vergisst offenbar, dass ich nicht mit euch blutsverwandt bin.
Es mag vielleicht ganz Erfahrene unseres Volkes geben, die das auch so vollbringen könnten.
Mir fehlen jedoch leider dafür noch die nötigen Fähigkeiten«, sprach Lucinda schlicht.
Finnbar war wie vor den Kopf geschlagen.
»Das ist aber sehr, sehr traurig«, antwortete er und setzte sich langsam hin.
»Gibt es denn gar keine andere Möglichkeit für Lia?«
»Meine Mutter, die Gemahlin Quiskans, ist leider schon vor Jahren von uns gegangen, antwortete Querin.
Quiskans Mutter, die berühmte Orlana, die auch schon bei dem Wechsel von der Platana zur Erde zugegen war, lebt zwar noch, ist aber wirklich bereits unglaublich alt.
Ich weiß nicht, ob sie sich so eine Tandemreise noch zutrauen würde.
Sie wäre allerdings die einzige, lebende Verwandte, die dafür noch infrage käme.
Wenn Lia es möchte, werde ich sie für morgen

hierherbitten und dann können wir ja sehen, wie sie dazu steht.«
Er sah Lia fragend an.
»Ja, ich würde unsere Ur-Urgroßmutter sehr gerne einmal kennenlernen.
Alles andere sehen wir dann morgen.«
»So sei es, dann euch eine angenehme Nacht, wir sehen uns hier in der Frühe, wie gehabt.«
Querin und auch Lucinda, welche den Zwillingen noch kurz: »Und habt auch schöne Träume«, zurief, verblassten und waren alsbald verschwunden.
Finnbar redete den ganzen Rückweg zum Wohnbaum über sein Erlebnis beim körperlosen Astralreisen als Licht.
Selbst als sie schon in ihren Betten waren, sprach er Lia wieder und wieder über den Geist an.
Diese musste irgendwann ein wirkliches Machtwort sprechen, um endlich Ruhe zu haben.
Sie hatte ihre eigenen Kämpfe zu kämpfen, denn morgen würde sich entscheiden, ob sie je das astrale Reisen erlernen könnte und ob ihr erster Versuch auch so gut verlaufen würde wie der von Finnbar.
Sie schlief daher sehr unruhig und träumte immer wieder von riesigen Spinnennetzen, die sie beim Fliegen bedrohten.
Lia wachte ziemlich gerädert und auch schlecht gelaunt auf.
Finnbar war offenbar schon beim Frühstück.
»Bestimmt erzählt er dort schon allen von seinen wundervollen Reiseerlebnissen«, dachte Lia laut und

missmutig.
Am Tisch angekommen, erkannte sie jedoch ihren Irrtum, denn Karlao war gerade der Mittelpunkt aller Aufmerksamkeit.
Offenbar hatte eine Elbenfrau gestern ihr Haustier, einen noch sehr jungen Waschbären, verloren und war untröstlich darüber.
Sie hatte schon überall nach ihm gesucht und auch die hilfsbereiten Mitbewohner hatten das Bärchen nirgends finden können.
Karlao hatte davon Wind bekommen und fragte der Dame nun Löcher in den Bauch.
Die Fragen kamen allerdings allen recht unsinnig vor. Höflicherweise wurden sie jedoch beantwortet.
Er fragte zum Beispiel: »Was hat das Tierchen als Letztes gegessen, welche Farbe hatten seine Mutter und sein Vater, wie fühlte sich sein Bauch an, was war sein Lieblingsfutter, woher kam seine Kuscheldecke?«, und vieles mehr in dieser Richtung.
Am Ende bat er noch darum, das Spielzeug des Waschbären zu sehen.
Mit dem Spielzeug in der Hand drehte sich Karlao wie wild im Kreis, murmelte unverständliche Dinge und lief dann ohne ein weiteres Wort davon.
Obwohl hier die größtmögliche Toleranz herrschte, so schüttelte der ein oder andere doch den Kopf, denn das Verhalten von Karlao hatte hiermit heute eine neue Dimension erreicht.
Man fuhr mit dem Frühstück fort und Lia setzte sich wie immer zu Finnbar.

Dieser war heute ziemlich nach innen gekehrt und sprach kaum ein Wort.
Für Lia, die mit sich selbst beschäftigt war, kam das gerade recht.
Schweigend, jeder in seine eigenen Gedanken versunken, aßen die Zwillinge und als sie gerade zum Ausbildungsplatz aufbrechen wollten, sahen sie von Weitem Karlao zurückkommen.
Er hatte etwas bei sich, das er ganz feierlich vor sich hertrug.
Als er näherkam, erkannte die Dame ihren jungen Waschbären in seinen Armen.
»Ich habe da etwas ganz Schönes, möchtest du es geschenkt bekommen?«, fragte Karlao mit seinem brillantesten Lächeln.
Dankbar und sehr beeindruckt, nahm die Dame ihren Liebling beglückt wieder an sich.
Im nächsten Moment war Karlao auch schon wieder freudig woandershin unterwegs, denn er hatte auf der Wiese eine besonders ungewöhnliche Blume entdeckt.
Die Zwillinge brachen schweigend in Richtung Ausbildungsplatz auf.
Lia war wegen der bevorstehenden Ereignisse innerlich vollkommen in Aufruhr.
Querin und Lucinda waren schon vor ihnen am Platz angekommen.
Auf einem riesigen Sessel saß heute aber noch, wie gestern schon angekündigt, eine weitere, sehr beeindruckende Person.
Der Körper der Ur-Urgroßmutter, Orlana, erschien

auf den ersten Blick zwar schon sehr gebrechlich.
Aber eine Aura von ungewöhnlicher Kraft, die fast zum Greifen war, umgab die eindrucksvolle Erscheinung.
Ihre tiefblauen Augen blickten wach und gütig in Richtung ihrer Urenkel.
»Das ist meine Großmutter Orlana«, stellte Querin, die Ehrfurcht gebietende Matriarchin, den Geschwistern vor.
»Sie war viele Jahre die Anführerin unseres Volkes und hat damals sogar die Umsiedlung von der Platana auf die Erde geleitet.«
Orlana sah Finnbar eine Weile aufmerksam an und sprach dann zu ihm: »Möchtest du uns nicht erzählen, was dich heute so bedrückt, lieber Finnbar?«
Finnbar fühlte sich komplett ertappt und blickte Hilfe suchend zu Querin.
Dieser nickte ihm aufmunternd zu.
Da gab sich Finnbar einen Ruck und begann zu erzählen.
»Gestern Abend war ich so glücklich, weil das astrale Reisen mein bestes Erlebnis war, das ich jemals erfahren durfte.
Dann aber in der Nacht hatte ich einen furchtbaren Traum.
Es ging darum, dass Lia genau bei diesem Reisen tödlich verunglückt war.«
Lia zog die Luft scharf ein und sah ihren Bruder erschrocken an.
»Ich möchte keinesfalls, dass Lia etwas zustößt, und würde ihr am liebsten verbieten, diesen Versuch heute

mit dir, verehrte Orlana, zu wagen.
Andererseits hat sie mich gestern, mit den gleichen Ängsten, die ich heute habe, doch auch gehen lassen.
Dieser Kampf in mir zerreißt mich fast von innen.«
»Und was bekümmert dich, liebe Lia?«, sprach Orlana nun die Zwillingsschwester an.
»Ich mache mir einerseits große Sorgen, dass ich diese Art von Reisen niemals erlernen könnte.
Andererseits hatte auch ich heute Nacht schreckliche Albträume.
Ich war im Traum tatsächlich genauso am Reisen, wie Finnbar es mir beschrieben hatte, da wurde ich zuerst von einem sehr strahlend, hellen Licht geblendet.
Daraufhin fühlte ich mich von einem riesigen Spinnennetz wie magisch angezogen, obwohl mir klar war, dass die gigantische Spinne darin mein sicherer Tod sein würde.
Jedoch hatte ich nicht die geringste Chance, dagegen anzukämpfen.
Zitternd und schweißgebadet erwachte ich am Morgen und war vollkommen erschlagen.«
Orlana hatte sich erhoben, ihr Gesicht sah sehr besorgt aus.
»Das allerdings sind miserable Nachrichten, mein Kind, denn diese Gefahr könnte eine sehr reale sein.
Ein helles, sehr weißes Licht, sagtest du?« Lia nickte stumm.
Orlana verfiel eine geraume Zeit in tiefes Grübeln.
Als sie dann erneut zu sprechen begann, hatte sie ihre frühere Zuversicht wiedergewonnen.

»Eure Ängste beschäftigen sich mit offenbar dem gleichen Problem.
Das zeigt mir, wie eng ihr doch miteinander verbunden seid.
Lia, wenn du es möchtest, werde ich gerne mit dir deine erste Tandemreise durchführen und dich einiges lehren.
Dir Finnbar verspreche ich, dass ich deine Schwester wieder heil und in einem Stück zu dir zurückbringen werde.
Außerdem werde ich sie mit dem bestmöglichen Schutz ausstatten, der im Universum für uns überhaupt erreichbar ist.
Ich schlage vor, dass ihr euch jetzt beratet und uns dann eure Entscheidung mitteilt.«
Die Zwillinge brauchten nur einen kurzen Blick auszutauschen und schon teilte Lia den Versammelten ihren Entschluss mit.
»Ich möchte sehr gerne mit dir reisen, liebe Orlana«, war alles, was Lia dazu zu sagen hatte.
»Sehr mutig von euch beiden«, Orlana nickte ihren Ururenkeln anerkennend zu.
»Wir werden es genauso machen, wie Querin und Finnbar am Tag zuvor.
Für diejenigen, die hier warten, werden nur wenige Sekunden verstreichen, bis wir hierher zurückkehren.
Wir beide jedoch, liebe Lia, werden einige Zeit miteinander unterwegs sein.
Komm, stell dich vor mich, wir gehen besser sofort los.«

Lia tat, wie ihr geheißen.
Orlana umfasste Lias Beine und schon verblassten die zwei und ließen die anderen allein am Ausbildungsplatz zurück.
Es war genauso wie Finnbar es beschrieben hatte, nur noch tausendmal besser.
Lia genoss die Erfahrung in vollen Zügen.
Die Reisenden tauchten alsbald in einem unbekannten Waldstück wieder auf.
So wie zuvor Querin mit Finnbar, ließ auch Orlana Lia immer wieder üben, bis diese mit Lias Fortschritten ganz zufrieden war.
Lia gefiel das Reisen genauso gut wie ihrem Bruder.
»So mein liebes Kind, ich glaube, du hast es verstanden.
Jetzt möchte ich dir noch eine sehr alte Freundin von mir vorstellen.
Lass uns dazu aber bitte wieder zusammen reisen.«
Kurz darauf materialisierten sie sich an einem höchst wunderlichen Ort.
Lia sah überall nur roten Sand.
Die recht karge Gegend war einzig durch Dünen aus weiterem rötlichem Sand aufgelockert.
Es gab keinerlei Vegetation, bis auf einige gedrungene Flechten, die versuchten, sich am Boden vor der unerbittlich heißen Sonne gegenseitig zu verstecken.
Von Weitem näherte sich langsam eine Gestalt.
Sie sah alt und verschrumpelt aus und hatte einen leicht gebückten Gang.
Ihre Bekleidung war mehr als spärlich, doch ihr Körper

war trotz des Alters sehnig und gesund.
»Orlana, was für eine große Freude, dich zu sehen. Was verschafft mir denn die Ehre und wen hast du uns denn da mitgebracht?«, sprach die Gestalt, die sich inzwischen als alte Frau entpuppt hatte.
»Liebste Kamila, auch ich freue mich unglaublich, dich noch einmal wiedersehen zu können.
Das hier ist meine Ur-Ur-Enkelin.
Sie hat heute das astrale Reisen gelernt.
Stell dir vor, sie hat vorher geträumt, ein sehr weißes Licht hätte sie geblendet und daraufhin sei sie magisch von einem gefährlichen Spinnennetz angezogen worden.«
Kamila zog die Augenbrauen ganz weit nach oben, ihre Augen blickten wachsam.
»Ist es denn wirklich sicher, dass es ein weißes Licht war?«
»Ja, dieses Mal war es weiß. Ich war auch sehr erstaunt darüber.
Die Absicht scheint mir allerdings die Gleiche zu sein wie damals.
Ich möchte dich um deinen Schutz für Lia bitten, liebste Kamila.
Meine Enkeltochter ist reinen Herzens.
Sie ist mit ihrem Zwillingsbruder, Finnbar, in einer essenziellen Mission für uns alle unterwegs«, entgegnete Orlana.
»Nun ja, du hast mindestens noch einen Wunsch gut bei mir.
Wenn es dein Wille ist, dann löse ich ihn hiermit ein.

Das muss allerdings unter uns bleiben.
Und noch mal, so ganz nebenbei bemerkt«,
Kamila kicherte spitzbübisch, »hatte ich auch schon längst einen Narren an ihr gefressen, bevor ich wusste, dass sie deine Enkelin ist.
Sie hat etwas ganz Besonderes an sich, möchte ich mal sagen.«
Orlana nickte wissend.
»Also gut Lia, du stehst fortan unter meinem persönlichen Schutz und wenn dein Bruder bei dir ist, so wird auch er dadurch in Sicherheit sein.
Du wirst das hier aber alles wieder vergessen müssen.
Einen Rat von mir darfst du jedoch im Gedächtnis behalten.
Suche auf der Erde die Hilfe eines bestimmten Volkes, nämlich der Aborigines, wenn ihr in Gefahr seid.
Sie werden das letzte höher entwickelte Volk auf diesem Planeten sein, wenn ihr dereinst wieder zur Erde zurückkehren werdet.
Sie verfügen noch über geheimes Wissen und Riten, die sie euch lehren können.
Der gut versteckte Ort, an dem sie leben, ist tief in der Wüste Australiens zu finden.
Er ist diesem Gebiet, das du hier gerade siehst, nicht so unähnlich.
Wenn ihr einmal gar nicht mehr weiterwisst, wirst du dich an meinen Rat erinnern.
Grüße sie von Kamila, dann werden dir alle Türen offenstehen.
Ich liebe es, von Zeit zu Zeit so zu leben und so

auszusehen, wie sie. Mich verbinden wunderbare Erlebnisse mit diesem weisen Volk.«
Sie kicherte wiederum schelmisch.
»Ich glaube fast, wir beide werden uns in dieser Form so nicht mehr wiedersehen, liebe Orlana.
Aber Formen haben uns noch nie sonderlich interessiert, was meine alte Freundin?«
Jetzt kicherte auch Orlana.
»Es ist Zeit, meine Lieben, ich muss wieder.«
Vor Lias Augen verschwand der ganze rote Sand mitsamt den Dünen und Kamila verwandelte sich von der alten Frau in ein wundervolles, aber unscheinbares goldenes Licht.
Lia war, als würde sie dieses schon seit Urzeiten ganz genau kennen.
Dann flog das Licht hinaus ins Universum und blieb in der Ferne als kleiner, nicht sonderlich heller Punkt am Firmament kleben.
Orlana wedelte mit ihrer zierlichen Hand einmal kurz in der Luft herum und schon vergaß Lia alles, was sie die letzten Minuten erlebt hatte.
Zwei Sekunden später materialisierten sich die beiden wieder am Ausbildungsplatz und wurden von Finnbar, Querin und Lucinda stürmisch und freudig begrüßt.
»Es war genauso wunderbar wie du es beschrieben hast, Finnbar.« Lia lag ihrem Bruder, vor Glück bebend, in den Armen.
Finnbar wirkte sichtlich erleichtert und brauchte noch einen Moment, um sich zu fassen und zu verdauen, dass alles so gut gelaufen war.

Querin hob bedächtig seine Hand, woraufhin die Zwillinge allmählich verstummten.
»Nachdem ihr diese wichtige Hürde genommen habt, ist es endlich Zeit geworden, mit euch näher über das Verschwinden von Soholit und Quiskan zu sprechen. Aus unseren regelmäßigen Berichten wisst ihr ja schon, dass die beiden bislang nicht zu finden waren.
Was ich noch nie so direkt ausgesprochen habe ist, dass wir tatsächlich mit unserem Latein am Ende sind. Keiner, aber auch keiner hat bislang nur die geringste Spur eurer Lehrer entdecken können.«
Die weise Orlana bestätigte nickend die Aussage ihres Enkels.
»Wir hatten gehofft, dass vielleicht ihr, mit frischen Ideen und eurem jugendlichen Schwung, uns bei der Suche irgendwie weiterhelfen könntet.
Wenn auch das nichts bringen sollte, so befürchte ich, dass wir die Nachforschungen schon zeitnah erfolglos abbrechen müssen.«
Querin war sehr leise geworden.
Die Zwillinge waren überrascht.
Einerseits wegen der Ernsthaftigkeit der Situation und andererseits wegen der Hoffnungen, die allgemein in sie gesetzt wurden.
»Wo habt ihr denn bis jetzt schon gesucht?«, fragte Finnbar.
»Frag mich lieber, wo wir noch nicht nachgeschaut haben.
Da hätte ich eine kurze Antwort: Ich glaube nämlich nirgends.«

Verzagt ließ Querin seinen Kopf hängen.
»Das ist allerdings sehr schlimm«, entgegnete Lia mit bekümmerter Miene.
»Es ergibt wohl kaum Sinn, jetzt einfach nochmals überall aufs Geratewohl hinzureisen und die gleichen Stellen wiederum zu kontrollieren, wo ihr vielleicht zuvor schon mehrfach gewesen seid.
Daher schlage ich vor, dass Finnbar und ich uns für heute zurückziehen und eine andere, für uns altbewährte Methode ausprobieren werden.«
Finnbar schaute nicht unbedingt sehr wissend drein, denn er hatte, genauso wie die anderen drei auch, überhaupt keine Ahnung, was Lia wohl damit meinen könnte.
»Gut, dann hoffen wir, dass eure Methode, etwas mehr Licht ins Dunkel bringen wird.«
Trotz des Ernstes der Lage brachte es Querin noch fertig, Finnbar, dessen Mund vor Überraschung immer noch offenstand, ein wenig schelmisch zuzuzwinkern und demonstrativ seinen eigenen Mund zu schließen.
Finnbar errötete leicht und schloss dann ganz dezent den seinen.
»Bevor wir uns heute verabschieden, noch bitte auf ein ernstes Wort, liebe Kinder.«
Orlana hatte sich von ihrem Sessel erhoben.
»Ich habe Lia mit einem hocheffektiven Schutz versehen und dieser erstreckt sich auch auf dich, lieber Finnbar, solange du mit Lia zusammen bist.
Aber merkt euch eines unbedingt: Dieser Schutz wirkt nur, solange ihr reinen Herzens seid und eure Taten

zum Wohle aller geschehen.
Mit „aller“ meine ich nicht nur die Menschen, Elben oder uns vom kleinen Volk.
Hiermit sind tatsächlich alle Wesen, vom kleinsten Wurm bis zum größten Wal und auch sämtliche Pflanzen sowie ebenfalls Wesen ohne Körper gemeint.
Daher übt euch unbedingt weiterhin emsig in den Regeln der Krieger des Lichts.
Wenn ihr danach handelt, dann kann euch gar nichts passieren.
Aber habt Acht!
Solltet ihr jemals von diesem Pfad abweichen und egoistisch handeln, sei es für euch selbst oder auch nur für eine bestimmte Gruppe, dann erlischt dieser universelle Schutz sofort.
Lasst es bitte nie so weit kommen, denn ihr geht einen höchst gefährlichen Pfad.
Mächte von höchstem Einfluss sind offenbar bereits auf euch aufmerksam geworden.
Ich werde, solange ich kann, immer mal wieder im Geiste nach euch sehen.
Ich bin wirklich sehr froh, euch in unserer Familie zu haben.
Und nun lebt wohl meine Lieben.«
Orlana, Querin und Lucinda verblassten langsam.
Nachdenklich gingen die Zwillinge mit einer Gruppe von Elbenkriegern alsdann in deren Territorium zurück.

Wer hätte das erwartet?

Es war noch etwas Zeit bis zum gemeinsamen Mittagsmahl.
Daher schlenderten die Geschwister noch eine Weile ziellos in der wunderbaren Welt der Elben umher.
Lia konnte sich nie an den kleinen bunten Wesen mit ihren goldenen Flügeln sattsehen, die wie Insekten herumflogen, aber in Wirklichkeit winzige Feen waren.
Finnbar gefielen die vielen verschiedenen herrlichen Düfte in dieser Welt außerordentlich.
Gegenwärtig war er besonders vom Geruch frisch gebackenen Brots begeistert.
In Vorfreude auf das kommende Mittagsmahl fragte er Lia:
»Was genau hast du mit „die, für uns altbewährte Methode ausprobieren“ eigentlich gemeint?
Hast du da nicht mehr in Aussicht gestellt, als wir später auch halten können?«
»Ich glaube nicht«, entgegnete Lia, während sie ein wenig unsicher ihr Haar nach hinten strich.
»Erinnerst du dich noch, als wir nicht wussten, ob wir unsere Ausbildung weiterführen sollen?
Da haben wir doch einfach die Frage ans Universum abgegeben und eine eindeutige Antwort erhalten.«
Lia hatte zwar recht selbstbewusst gesprochen, war sich jedoch selbst nicht mehr ganz ihrer Sache sicher.
Finnbar war sprachlos, »Du glaubst doch nicht wirklich, dass wir einfach fragen: Wo sind Soholit und

Quiskan und dann kommt so eine Art Karte vom Himmel gefallen, in der der genaue Standort eingetragen ist? Das kann doch wohl nicht dein Ernst sein?

Du hast uns ja vollkommen vor den anderen blamiert.«

Finnbar war vor Aufregung ganz rot im Gesicht geworden und lief beunruhigt hin und her.

Lia war beleidigt.

Aber langes Schmollen war nicht ihr Ding und so wandte sie sich kurz darauf wieder an ihren Bruder.

»Glaubst du, nur die komplizierten und anstrengenden Wege können die richtigen sein?

Warum sollte es nicht auch einfach gehen?

Ich nehme nicht an, dass tatsächlich eine Karte vom Himmel fallen wird.

Aber wir könnten es doch einfach mal versuchen.

Was haben wir schon zu verlieren?«

Finnbar war froh, dass Lia wieder mit ihm sprach und entgegnete halb scherzend: »Na gut, aber erst nach dem Mittagsmahl.«

Lia entgegnete lachend: »Natürlich nach dem Essen, ich brauche doch einen entspannten Kompagnon für unseren Versuch.«

Feixend rannten die Geschwister zur Tafel, die schon reich mit den köstlichsten Speisen gedeckt war.

Die Zwillinge sahen jenes wundervoll aromatische Brot, das Finnbar vorhin schon gerochen hatte, köstlichen Blütennektar zum Trinken und verschiedenen Pudding aus Getreide, Nüssen und Honig.

Tierische Produkte gab es bei den Elben weder zu essen, noch wurden sie für irgendetwas anderes verwendet.
Das wäre völlig gegen ihr Verständnis des Miteinanders von Menschen, Elben und Tieren gewesen.
Selbst bei Pflanzennahrung verlegten sie sich auf solche, die freiwillig, wie unter anderem Samen, Obst oder Nüsse, von den Pflanzen gegeben wurden.
Nur beim Honig machten sie eine kleine Ausnahme.
Die Bienen hatten ein Abkommen mit den Elben und genossen im Austausch für einen kleinen, für sie entbehrlichen, Teil des Wintervorrats von ihrem Honig den Schutz des Elbenvolkes.
Nachdem die Geschwister endlich mit dem Essen fertig waren, Lia schien am Ende ungeduldig jeden weiteren Bissen in Finnbars Mund zu missbilligen, entschlossen sich die Zwillinge mit ihrem Projekt zu beginnen.
Finnbar hätte zwar noch eine Weile weiteressen können, gab sich aber unter Lias ungeduldigen Blicken letztlich geschlagen.
»Gut, dann lass uns loslegen«, sprach er grinsend zu seiner Schwester, »sonst ersticke ich noch an irgendeinem Bissen.«
Er lachte fröhlich, während er schnell noch zwei Haselnuss-Kekse in seiner Jacke verschwinden ließ.
Sie wollten sich zuerst ein Stück von dem allgemeinen Versammlungsort entfernen und dieses Mal ihre Bitte nach Informationen über den Verbleib ihrer Lehrer dort im Stillen und jeder für sich ans Universum senden.

Gesagt, getan.
Der Wunsch war bereits von beiden, unhörbar für andere, ins Universum abgeschickt worden.
Sie waren daraufhin kaum ein paar Schritte weitergegangen, da hörten sie hinter sich Karlaos aufgeregtes Stimmchen.
»Huhu Finnbar, warte bitte.
Schau mal, was ich hier wirklich Wundervolles habe.«
Er hielt das Amulett von Finnbars Mutter mit einer Miene, als ob er selbst eine wunscherfüllende Fee in Person wäre, strahlend vor das Gesicht des Jungen.
»Möchtest du es geschenkt bekommen?«, fragte er munter.
Finnbar war überhaupt nicht in Stimmung für diese Art von Spielen und reagierte nicht so, wie Karlao es sich erhofft hatte.
»Was ist denn mit dir los?
Ich dachte, das sei das einzige Erbstück, was dir von eurer verstorbenen Mutter noch geblieben ist?«
Die Zwillinge sahen sich überrascht an.
»Das hast du dir gemerkt?«
Lia sah Karlao nachdenklich an.
»Hör mal, wie hast du das übrigens gestern gemacht, als du als Einziger den kleinen, vermissten Waschbären finden konntest?«
Karlao betrachtete Lia, als ob sie ihn gefragt hätte, ob er schon jemals einen Elben gesehen habe.
Freundlich, aber ganz langsam und deutlich antwortete er ihr so, als ob sie geistig etwas zurückgeblieben wäre:
»I n d e m   i c h   d e n   F u ß a b d r ü c k e n   f o l g

t e.«
»Karlao, da waren auf dem Erdboden überhaupt keine Fußabdrücke zu sehen oder denkst du, dass dann nicht irgendjemand anderes auch das Bärchen hätte finden können?«, entgegnete Lia.
»Doch nicht auf dem Boden, du Dummerchen«.
Karlao war es schon wieder leid geworden, so langsam zu sprechen.
»Ich rede von dem astralen Fußabdruck.
Den kann man gar nicht verfehlen.
Jedes Wesen hat da einen ganz individuellen.«
Ein kleines bisschen verdrehte Karlao, bei so viel Einfältigkeit der Geschwister, nun doch die Augen.
»Gut, noch einmal, damit wir dich auch richtig verstehen.
Du könntest also anhand des astralen Fußabdrucks jedes Wesen wiederfinden?«
»Ja natürlich, was denkt ihr denn?«
»Und warum hast du dich dann nie angeboten, bei der Suche nach Soholit und Quiskan zu helfen?«, fragte Lia streng.
Karlao hatte offenbar jetzt den Glauben an die Zurechnungsfähigkeit der Zwillinge komplett verloren.
Er schüttelte mitleidig den Kopf, murmelte noch so etwas Ähnliches wie: »Mein Gott, diese armen Kinder«, und schickte sich danach an, wieder nach einer interessanteren Beschäftigung zu suchen.
Hatte er da nicht eben auf der Wiese ein ganz besonders wunderbares Insekt gesehen?
Lia hielt ihn an seiner Jacke fest, »Bitte Karlao warte

noch einen Moment.
Warum also hast du nun nicht beim Suchen geholfen?«
Ein ganz kleines bisschen genervt antwortete Karlao:
»Ich werde doch den Zweien nicht ihr Versteckspiel verderben.
Offenbar haben sie sehr viel Spaß daran, sonst wären sie doch schon längst wieder herausgekommen.«
Die Kinder verstanden Karlao noch immer nicht.
Dieser versuchte nun direkter zu werden, »warum soll ich jemanden suchen helfen, der gar nicht weg ist??«
Er betonte die Frage ganz besonders.
Nachdem die Zwillinge wiederum keinerlei Anzeichen gegeben hatten, dass sie ihn verstanden, fasste Karlao mitfühlend den Entschluss, noch einen letzten Versuch mit den beiden, »etwas Zurückgebliebenen« zu wagen.
»Kommt mit, ich zeige es euch.«
Schnell hüpfte er in Richtung des Ausbildungsplatzes voraus.
Die Zwillinge folgten ihm ungläubig.
Sie glaubten wirklich nicht, dass diese verrückte Idee überhaupt etwas bringen könnte.
Ungefähr fünfhundert Meter vom Platz entfernt, blieb Karlao abrupt stehen, deutete in die leere Luft und sprach:
»Bitte schön, da sind sie doch.
Es ist mir sowieso ein Rätsel, wieso sie während so einer langen Zeit noch keiner der anderen Mitspieler da oben entdeckt hat.«
Etwas leiser murmelte er noch, »bei uns auf Osiria wäre uns keiner mit so einem klobig simplen Trick

beim Versteckspiel durchgekommen.«
Lia entschloss sich, einfach ganz ehrlich zu sein:
»Danke, lieber Karlao.«
Gnädig sah dieser die kleine »Zurückgebliebene« an.
»Leider können meine Augen Soholit und Quiskan nicht erkennen und Finnbar geht es genauso«, dieser nickte ein wenig übertrieben mit dem Kopf, damit Karlao es ja auch verstehen würde.
»Jetzt wollt ihr mich aber auf den Arm nehmen?«, fragte Karlao misstrauisch, blickte aber gleichzeitig auch sehr mitleidig in Richtung des, offenbar sehr minderbemittelten, Finnbars.
»Nein, das ist die absolute Wahrheit.
Ich nehme mal an, dass kein anderer außer dir sie sehen kann und wahrscheinlich können sie sich auch nicht mehr sichtbar machen, sonst hätten sie bestimmt alle schon längst das Spiel beendet.«
Einen Versuch war es ja wert, dachte sich Lia und tat so, als würde sie Karlao tatsächlich Glauben schenken.
Dieser dachte sich etwas Ähnliches und überlegte, was er tun könnte, um den »armen Blinden« das Sehen zu ermöglichen.
»Was hätte meine Großtante, Giseao, an meiner Stelle jetzt wohl hier getan?«, fragte sich Karlao im Stillen.
Die alte Tante Giseao war nämlich für ihn der Inbegriff von Weisheit.
»Einen kleinen Moment bitte, ich muss noch überlegen«, sagte er wieder ziemlich langsam und deutlich zu dem Geschwister-Paar.
Dann schien er eine Eingebung zu haben.

Mit weit aufgerissenen Augen, damit er sich der Aufmerksamkeit der zwei »Armen« gewiss sein konnte, artikulierte er, so deutlich es ihm mit seinem kleinen Mund möglich war, eine Botschaft und hoffte inständig, von den Geschwistern auch verstanden zu werden:

»Ich«, dabei zeigte er mehrmals mit dem Finger auf sich, »gehe jetzt zu den beiden nach oben«, er deutete mit noch weiter aufgerissenen Augen nach oben in die leere Luft.

Die Geschwister bemühten sich, einfach nur still sitzenzubleiben und ganz normal zu schauen.

Sie kamen sich allerdings vor, als hätten sie es mit einem komplett Durchgedrehten zu tun.

Karlao fuhr fort, »ich muss erst die beiden Mitspieler fragen, ob es ihnen recht ist, dass ich sie an euch und die anderen verrate.

Je nachdem, wie die Antwort ausfallen wird, sehen wir weiter.

Ihr bleibt derweil hier sitzen«, er zeigte jetzt erst auf Finnbar, dann auf Lia, dann auf sein eigenes Gesäß und danach sehr eindringlich auf den Boden, auf dem die Zwillinge saßen.

»Ich werde dazu kurz weg sein. Ihr bleibt bitte unbedingt hier, bis ich zurückkomme.

Ich möchte nicht daran schuld sein, wenn euch hier etwas passiert. H a b t i h r d a s v e r s t a n d e n ?«, rief er so laut er konnte und versuchte dabei seine Mundbewegungen so deutlich, wie möglich ausfallen zu lassen?

Die Geschwister nickten sicherheitshalber auch recht übertrieben zurück.
»Wie traurig, wie traurig, was es alles Schlimmes auf der Welt gibt, die armen Kinder«, hörten sie Karlao noch murmeln und dann verschwand er vor ihren Augen.
»Wenn du mich fragst, der ist doch völlig durchgeknallt«, flüsterte Finnbar leise seiner Schwester zu.
Diese nickte grinsend.
»Stimmt, aber wir haben ohnehin nichts Besseres vor und das hier werden wir bestimmt nicht so schnell vergessen.«
Beide versuchten krampfhaft, das, schon die ganze Zeit unterdrückte, Lachen, mit Macht zurückzuhalten.
Und dann geschah das Unerklärliche.
Karlao tauchte nach etwa fünf Minuten mit ernster Miene wieder auf.
Hektisch zischte er: »Kommt sofort her und helft mir.«
Der Ton ließ keine weiteren Fragen zu.
Binnen Sekunden standen Lia und Finnbar an seiner Seite.
»Helft mir ziehen.«
Er drückte ihnen ein unsichtbares Seil in die Hand.
Wenn sie nicht genau gespürt hätten, dass es sich um ein Seil handeln musste, so hätten sie Karlao wieder nicht geglaubt, denn das Seil war für sie absolut nicht zu sehen.
»Ich hätte nicht gedacht, dass es den beiden so

schlecht geht.
Wir brauchen sofort weitere Hilfe.
Lia, kannst du bitte im Geiste Querin und noch einige Helfer herrufen. Es ist sehr dringend.«
Lia tat, wie ihr geheißen, dann zog sie weiter mit den anderen aus Leibeskräften an dem Geisterseil.
Schon waren Querin, Lucinda und noch einige andere zur Stelle.
Karlao fasste nun für alle zusammen:
»Soholit und Quiskan hängen dort oben bereits, seit sie damals verschwunden sind.
Ich dachte, das Ganze wäre ein Versteckspiel und wollte ihnen die Freude nicht verderben.
Daher tat ich immer so, als ob ich sie auch nicht sehen könnte.
Das war aber ein Trugschluss.
Man hat die beiden gelähmt. Sie können sich gar nicht mehr bewegen oder sprechen.
Außerdem wurde ihr Aussehen komplett der äußeren Umgebung angepasst.
Daher konnte sie keiner außer mir sehen.
Uns Osiriaten kann man nicht so leicht täuschen.
Wir sehen immer das, was wirklich ist.
Na ja, fast immer«, fügte er noch mit einem kecken Seitenblick auf die Zwillinge hinzu.
»Bei euch beiden dachte ich, dass ihr wirklich ein wenig, na ja, schwachsinnig oder geistig unterentwickelt seid.«
Er zwinkerte Lia und Finnbar zu.
»Auf jeden Fall habe ich von Geist zu Geist Kontakt zu

Soholit aufnehmen können.
Es steht sehr schlecht um seinen Körper.
Nur durch ein Wunder konnte er seinen Stoffwechsel so weit herunterfahren, dass er noch nicht ganz verdurstet oder verhungert ist.
Aber es steht auf Messers Schneide mit ihm.
Quiskans Geist hat offenbar unter der Einsamkeit enorm gelitten.
Ich konnte ihn überhaupt nicht mehr erreichen.
Vielleicht ruft ihr auch noch die weise Orlana, alle verfügbaren Heiler und einige Elben mit Wasser und Nahrungsmitteln her.
Wir anderen müssen versuchen, den Lähm-Zauber zu brechen.
Ich habe ein starkes Seil, das ich in ihren Sachen gefunden hatte, an den beiden befestigt und hoffe, wenn sie den Boden berühren, dass dann die Verwünschung aufgelöst wird.«
Nach und nach traf weitere Verstärkung ein und inzwischen saß auch Orlana auf ihrem Sessel in der Nähe des Geschehens und verfolgte auf, die ihr eigene Ehrfurcht gebietende Art, still den weiteren Verlauf des Geschehens.
Unter Aufwendung aller magischen und auch der vorhandenen Muskelkräfte der anwesenden Helfer schaffte es die Gruppe gemeinsam, die Vermissten auf den Boden zu bringen.
Dort wurden sie, wie von Karlao vermutet, für jeden wieder sichtbar.
Es dauerte aber noch bis zum frühen Morgen, bis der

Lähm-Zauber von ihnen gelöst werden konnte.
Zuvor hatten die Heiler schon angefangen über ein dünnes, sehr langes Röhrchen, Soholit Honigwasser in kleinen Portionen einzuflößen.
Anfangs konnte er nicht schlucken und die Helfer ließen das nahrhafte Wasser direkt in seinen Magen fließen.
Er war ganz fürchterlich abgemagert und sah fast so verschrumpelt wie eine ägyptische Mumie aus.
Nachdem der Lähm-Zauber endlich von den zweien abgefallen war, konnte Soholit wieder selbstständig schlucken.
Dadurch wurde die Prozedur, ihm kleine Mengen von weiterem Honigwasser zu verabreichen, für alle einfacher.
Quiskans Körper schien zwar äußerlich unversehrt, denn er benötigte ja nicht unbedingt Nahrung und Flüssigkeit, so wie Soholit.
Aber er war leider überhaupt nicht mehr ansprechbar.
Es war, als hätten sie nur seine leere Hülle geborgen.
Er wurde in einen separaten und ganz geschützten Genesungsbereich gebracht.
Auch Soholit benötigte noch Betreuung.
Es reichte aber aus, ihn in einen öffentlichen Teil des Genesungsortes der Elben zu bringen.
Alle waren sehr müde und auch Karlao schickte sich deshalb still an, die Gemeinschaft jetzt zu verlassen.
»Hab tausend Dank, lieber Karlao«, sprach ihn Orlana freundlich an.
Dieser drehte sich kurz um, »dankt nicht mir, dankt

lieber den beiden jungen Leuten«, entgegnete Karlao und wollte nun wirklich gehen.
Finnbar rannte zu ihm und sprach: »Vielen, vielen Dank auch noch mal für das Amulett. Ich habe mich sehr über dieses wundervolle Geschenk gefreut.«
Über Karlaos Gesicht breitete sich sein gewohntes Strahlen aus, verschmitzt antwortete er: »Aber immer gerne doch.«
Schelmisch lächelnd drehte er im Gehen noch kurz seinen Kopf in die Richtung der Zwillinge, sodass die Geschwister Lias goldene Spange in seinem Haar aufblitzen sehen konnten.
Das junge Mädchen winkte ihm mit offenem und im Wind wehendem Haar noch so lange freundlich zu, bis er am Horizont verschwunden war.

Ein langer Weg zurück

Nach der großen Rettungsaktion hatte das normale Leben wieder begonnen.
Die Geschwister gingen daher morgens, wie gehabt, zum Unterricht.
Viel Lob hatten sie von ihren Lehrern für die simple, aber wirksame Methode, einfach das Universum bei der Suche nach den beiden Vermissten um Hilfe zu bitten, geerntet.
Und viel gelacht wurde auch über das komische Missverständnis, das es zwischen den Zwillingen und Karlao gegeben hatte.
Aber dann hatte der Alltag sie endlich wieder.
Neue Kampfkünste, weiteres Reisen, Wahrnehmen und in ein bis zwei Monaten sollte nun auch noch die eigene Verwandlung dazu kommen.
Darauf freuten sich die Zwillinge schon sehr.
Heute ging es aber nochmals ums Traumwandeln.
Durch das astrale Reisen hatte sich deren Unterbewusstsein um einiges geweitet.
Daher waren sie jetzt auch schon alle beide im Traumwandeln viel besser geworden.
Diese Methode, so hatte Lucinda ihnen erklärt, konnte angebracht sein, wenn man beabsichtigte, dass der Körper schlafend an Ort und Stelle bleibt und man trotzdem unterwegs sein wollte.
In Gefangenschaft beispielsweise, in welcher astrales Reisen manchmal durch einen Schutzwall oder Fesseln

verhindert würde, wäre das eine gute Alternative.
Offenbar war die Kunst des Traumwandelns bislang nicht so allgemein bekannt wie das astrale Reisen.
Das leuchtete den Geschwistern zwar ein, aber das mit dem Gefangennehmen erschien ihnen dann doch ein wenig weit hergeholt.
Täglich nach dem Mittagsmahl gingen die Zwillinge jetzt zum Genesungsort der Elben, um dort Soholit und Quiskan zu besuchen.
Soholit machte gute Heilungs-Fortschritte.
Er konnte sich jetzt schon auf seinem Lager aufsetzen und führte lange Gespräche mit den beiden.
Er ließ sich wieder und wieder alles erzählen, was während seiner Abwesenheit passiert war, und fragte die jungen Leute stets aufs Neue nach deren Albträumen vor Lias erster astraler Reise aus.
Er hoffte wohl auf ein, bisher übersehenes wichtiges Puzzleteil zu stoßen, das es ihm möglich machen würde, das Ganze zu verstehen.
Der Druide konnte sich nicht helfen, aber genau diese Träume erschienen ihm als ein essenzieller Schlüssel, alles bisher Geschehene richtig einordnen zu können.
Er selbst konnte überhaupt nichts Erhellendes dazu beitragen, wer ihn und Quiskan gelähmt sowie verzaubert hatte und wieso.
Es war alles unglaublich schnell und lautlos vonstattengegangen.
Er wusste nur noch, dass er sich plötzlich nicht mehr bewegen konnte und dort über lange Zeit hilflos in der Luft hing, wo sie seinerzeit gefunden worden waren.

Gott sei Dank hatte sich die Lähmung nicht auch auf die inneren Organe ausgewirkt, sodass er zumindest noch hatte atmen können.
Für heute war der Besuch lange genug gewesen und Soholit, der noch immer leicht ermüdete, legte sich erschöpft in seine Kissen zurück.
Anschließend schauten sie, wie immer, auch bei Quiskan herein.
Finnbar war es nie sehr wohl dabei, wenn sie ihren Urgroßvater besuchen gingen.
Dieser lag stets völlig teilnahmslos auf seinem Lager und hätte auch ohne Weiteres als eine hölzerne Spielzeugpuppe durchgehen können.
Das war Finnbar ziemlich unheimlich.
Daher hatte er meistens eine Ausrede parat, um den Raum möglichst schnell verlassen zu können.
Heute murmelte er etwas davon, dass er vollkommen vergessen hätte, seinen neuen Bogen ordentlich wegzuräumen.
Seit Kurzem bekamen die Zwillinge nämlich auch Unterricht in der Kunst des Bogenschießens.
Angar war nicht nur ein hervorragender Lehrer dafür, er war auch, so wie alle Elben, unübertroffen gut darin.
Als Finnbar sich eilig zurückgezogen hatte, bemerkte Lia Orlanas Sessel in einer versteckten Ecke des Genesungsraumes.
Die Geschwister hatten Orlana schon manches Mal an Quiskans Genesungslager getroffen.
»Komm, setz dich ein wenig zu mir und leiste mir ein bisschen Gesellschaft, liebe Lia«, sprach sie das

Mädchen jetzt in ihrer freundlichen Art an.
Lia setzte sich auf einen freien Stuhl neben Orlana und hing eine Weile ihren eigenen Gedanken nach.
»Vielleicht ist das der Grund, warum ich so alt werden durfte«, begann Orlana nach einer geraumen Zeit zu sprechen.
»Ich glaube, ich bin die Einzige, die die Kraft besitzt, Quiskan jetzt noch so tief in seinem Inneren zu erreichen.
Aber er möchte nicht wieder herauskommen.
Das alles hier ist sehr traurig, sehr, sehr traurig«, sprach Orlana weiter.
»Warum mag er denn nicht wieder herauskommen?«, fragte Lia überrascht.
»Er hält den ganzen Kampf für sinnlos und ist sich sicher, dass wir alle ohnehin dem Untergang geweiht sind.
Das miterleben zu müssen, ginge über seine Kräfte.
Darum hat er sich entschlossen, lieber freiwillig schon vorher zu gehen.
Nicht mehr lange, dann hat er das auch geschafft.
Er liegt im Sterben, liebe Lia.«
»Wenn ich irgendetwas tun kann?«, fragte Lia schüchtern.
»Ich hoffe, du kannst, denn ich bin gerade am Ende mit meinen Ideen.
Nicht einmal mehr zwei Tage und er wird die Schwelle zwischen Leben und Tod überschritten haben.
Dann kann auch ich ihn nicht mehr erreichen«, bekümmert verstummte die weise Frau.

»Vielleicht fällt dir ja etwas ganz Simples ein, so wie damals, als du Soholit und Quiskan, mit Finnbar und Karlao zusammen gefunden hast?«
»Ich werde darüber nachsinnen und morgen wieder zu dir und Quiskan hierherkommen«, versprach Lia.
»Darf ich dich mal etwas ganz anderes fragen, weise Orlana?«
»Aber selbstverständlich, mein liebes Kind.«
»Wie hast du das geschafft, dass du so alt werden konntest?«, fragte Lia mit Ehrfurcht in ihrer Stimme.
»Oh, das Altern«, erwiderte Orlana nachdenklich.
»Das ist so eine Sache.
Als Erstes solltest du wissen, dass jedes Ding, das einen Anfang, also zum Beispiel eine Geburt hatte, auch wieder ein Ende haben wird.
So wird das auch bald mit meinem Körper geschehen, denn nur die Unendlichkeit kann unendlich sein.«
Sie hob freundlich die Hand, um Lias Einwände im Keim zu ersticken.
»Ich bin bereit dafür und freue mich auf einen langen, ruhigen Schlaf oder aber auch vielleicht auf viele neue Abenteuer in einer anderen Form.
Was ich sagen wollte, ist, dass sich das Altern nicht gänzlich aufhalten lässt.
Das liegt an dem sogenannten „Entropiegesetz“.«
»Woran?«, warf Lia gerade ein.
»Ich schlage Folgendes vor, du lehnst dich zurück und hörst mir erst einmal aufmerksam zu und solltest du am Ende immer noch Fragen haben, so wird dann später Zeit dafür sein, ja?«

Lia war errötet und nickte jetzt zustimmend.
»Also, wo waren wir gleich stehen geblieben, ach ja, das Entropiegesetz.
Dieses Naturgesetz besagt, dass alle Teilchen danach streben, sich möglichst unordentlich im Raum zu verteilen.
Unsere Körper sind für dieses Bestreben der Teilchen viel zu ordentlich.
Also wird sich der physische Leib irgendwann wieder in winzige Staubkörnchen verwandeln und später in noch kleinere Teilchen, die überall schön unordentlich herumfliegen können.
Das heißt übersetzt, der Körper altert, stirbt und zersetzt sich dann.
Solange das Wesen noch lebt, wird daher sehr viel Energie benötigt, um die Teilchen in der Ordnung des Körpers halten zu können.
Diese Energie muss der Körper selbst aufbringen.
Und es braucht, wie zuvor erwähnt, wirklich eine ganze Menge Kraft dafür. Deshalb kommt es darauf an, seinen Körper dabei bestmöglich zu unterstützen.
Man muss ihn also sehr gut behandeln. Das heißt, man darf ihn nicht vergiften.«
Jetzt sah Lia überrascht auf.
»Gift ist nicht nur ein Pulver oder Ähnliches, das man schluckt und dann vergiftet wird.
Gift befindet sich mehr oder weniger in fast jeder stofflichen Nahrung.«
Nachdem Lia weiterhin nicht überzeugt aussah, änderte Orlana ihre Strategie.

»Pass auf, ich erkläre es dir nochmals anders.
Sagen wir einmal, ihr habt ein leckeres Mahl bei den Elben gegessen.
Dann müsst ihr euch danach doch auf die eine oder andere Weise erleichtern, oder?
Beim Menschen filtern unter anderem die Haut, der Darm, die Leber und die Nieren die Gifte aus der Nahrung heraus.
Dadurch kann der Mensch anschließend das Toxische als Schweiß, Stuhlgang oder Urin wieder ausscheiden.
Diese Gifte hinterlassen jedoch trotzdem ihre Spuren im Körper und schwächen diesen im Laufe der Zeit immer mehr.
Wenn dann auch noch ein Wesen absichtlich schlimmere Gifte, die nun wirklich nicht zur Nahrung gehören, wie zum Beispiel Rauschgifte oder sogenannten Alkohol zu sich nimmt oder aber auch in einer verschmutzten Luft atmen muss, dann geht das Altern viel, viel schneller.
Das Volk der Elben wird auch schon sehr alt, aber längst nicht so alt wie wir.
Das liegt daran, dass die Elben noch viel stoffliche Nahrung zu sich nehmen.
Allerdings sind deren Mahlzeiten aus guter stofflicher Nahrung.
Sie essen keinerlei tierisches Eiweiß und auch nur solche Pflanzen, die sich ihnen gerne schenken und die Freude am Wachsen in einer schönen Umgebung hatten.

Daher nehmen die Elben viel weniger Gifte als etwa die Menschen zu sich.
Ein weiterer Punkt für schnelles Altern ist es, sich ständig Sorgen zu machen.
Die Elben leben in einer wundervollen, friedlichen Atmosphäre und in einer intakten Natur.
Dadurch unterstützen sie ebenfalls den Kräftehaushalt ihres Körpers sehr.
Ein Wesen, das andauernd grübelt, nachdenkt, sich sorgt oder vor allem auch im Stress lebt, verliert stetig an Kraft und wird deshalb schon viel früher seinen Körper wieder hergeben müssen als etwa die Elben.
Unser kleines Volk und auch andere ähnliche Völker, die ich aus dem Universum noch kenne, haben das Verzehren von stofflicher Nahrung, auch wegen der Gifte darin, fast komplett aufgegeben, obwohl wir es noch können und manchmal auch tun.
Diese Völker ernähren sich, ähnlich wie die Pflanzen, nur noch von Licht.
Dieses Licht hinterlässt keine Gifte im Körper und ist stets genügend verfügbar.
Solche Wesen können daher noch sehr viel älter werden.
Aber auch sie müssen irgendwann ihren Körper, der immer nur geliehen ist, wieder zurückgeben.
Achte also stets darauf, was du zu dir nimmst und womit du dich umgibst.
Welche Nahrung isst du, wo lebst du, mit welchen Wesen umgibst du dich, was tust du für dich, um ein erfülltes Leben zu führen? Wie sieht die Natur aus, in

der du lebst?
Hast du überhaupt noch genügend Kontakt zur Natur?
All das sind essenzielle Fragen, wenn du das Altern verlangsamen möchtest.
Auch ein kreatives Hobby kann hilfreich sein, aber auf jeden Fall sollte dir dein tägliches Tun Freude bereiten.
Nicht zu unterschätzen ist das Bedürfnis eines Körpers nach Bewegung. Das bedeutet, Sport ist auch sehr, sehr wichtig.
Ein letzter wichtiger Punkt bei der Lebensspanne ist noch der höhere Wille.
Selbst ein Wesen, das Gifte zu sich nimmt, kann ziemlich alt werden, wenn das Göttliche es so für es geplant hat.
Und auch ein, noch so gesund lebendes Geschöpf, kann früh sterben, wenn sich sein Schicksal bereits erfüllte.«
Orlana legte eine kurze Verschnaufpause ein.
»Ich fasse es noch mal für dich in Kürze zusammen«, fuhr sie nun weiter fort.
»Von folgendem hängt ab, wie alt man werden kann:
1. vom höheren Willen
2. von einer gesunden Ernährung, möglichst ohne tierische Eiweiße oder gar nicht stofflich
3. von innerer Ausgeglichenheit, keinen oder nur guten Gedanken, Freude und einer schönen Umgebung
4. von genügend Bewegung
Lass mich am Schluss noch eine wichtige Sache bemerken.
Ein Wesen, dessen Körper auf normale stoffliche

Nahrung eingestellt ist, kann sich nicht einfach so auf Lichtnahrung umstellen.
Es besteht die Gefahr, zu verhungern und zu verdursten.
Es mag da einige Ausnahmen geben, aber diese sind außergewöhnlich selten.
Bei so einem tiefgreifenden Übergang muss eine höhere Kraft helfen.
Bei uns geschah das durch die Umsiedlung auf die Erde und durch die Hilfe einer sehr alten Freundin.
Andere Völker erhielten dafür bestimmte göttliche Geschenke.
Aber einfach so geht das fast nie.
Ach, eines noch: Selbst das Leben einer Eintagsfliege kann erfüllt und das Leben eines Hundertjährigen mag die reinste Qual gewesen sein.
Es liegt nicht an der Dauer des Lebens in einem Körper, sondern an dem, was jeder daraus macht.
Ich für meinen Teil hatte ein wirklich recht langes Leben in meinem Leib. Ich glaube, es wird bald Zeit, diese Form gehen zu lassen.
Also geh nun und genieße deine Zeit, meine liebe Lia.
Lass meine Worte noch ein wenig auf dich wirken.
Wir treffen uns morgen hier wieder und dann magst du deine, noch verbliebenen Fragen, gerne stellen.
Hoffentlich hast du dann auch eine Idee für meinen lieben Sohn, Quiskan.
Auf bald und gehab dich wohl.«
Mit diesen Worten verschwand Orlana aus dem Genesungsraum.

Lia trat noch eine Weile still an Quiskans Lager und hielt dessen Hand.
Wie könnte sie hier nur behilflich sein, fragte sie sich inniglich.
Dann ging auch sie und machte sich auf, ihren Bruder zu suchen.
Lia fand ihn beim Nachmittagstee an der langen Tafel.
Mit Genuss verspeiste er gerade einen köstlichen Dattelkuchen.
»Ach, da bist du, hast du deinen Bogen schon weggepackt?«, fragte Lia.
Finnbar sah betreten zu Boden, das hatte er ja völlig versäumt.
»Ähm, das habe ich vergessen«, gestand er kleinlaut.
»Gehen wir eben gleich zusammen hin, ich muss dir auch unbedingt etwas ganz Wichtiges erzählen«, sagte Lia und nahm sich auch einen Kuchen.
Nicht lange darauf waren die Zwillinge in Richtung ihres Wohnbaums unterwegs, an dem Finnbar zuletzt mit dem Bogen geübt hatte.
»Weißt du was?«, kam er Lia mit dem Reden zuvor.
»Ich habe heute an zu Hause, an Burg Eichenfels gedacht und mich geschämt, dass ich alle Menschen dort völlig vergessen hatte.
Wir sind einfach schon zu lange und auch zu oft hier.
Weißt du noch, wann wir das nächste Mal zurückgehen werden?«
»Nein, ich habe auch den Überblick verloren.
Diese fast zwei Monate hier, gegen einen halben Tag dort, sind einfach zu übermächtig.

Wir können ja morgen früh Lucinda fragen, sie wird es sicher wissen.
Und dann machen wir für Herta und Anne ein paar schöne Geschenke zurecht, die wir ihnen mitbringen können.
Wollen wir?«, fragte Lia
»Oh ja, das ist eine ausgezeichnete Idee.«
Finnbar war erneut überrascht, wie Lia durch einfache Dinge alles wieder ins Lot bringen konnte.
»Was ich auch noch sagen wollte«, fuhr er weiter fort:
»Ich habe über den Begriff „Genesungsort" nachgedacht. Dieser gefällt mir sehr viel besser als das Wort „Krankenhaus".
Die Menschen werden die Plätze, an denen Kranke wieder gesund werden sollen, wie ich hörte, später, so nennen.
Wenn man von dem Gesetz ausgeht, dass ein Gedanke und ein Wort der Anfang des Erschaffens von Materie und Ereignissen sind, dann ist der Begriff Genesungsort sehr viel optimistischer und vielversprechender für jemanden, dem es nicht so gut geht, als der Ausdruck Krankenhaus.
Meinst du nicht auch?«
Lia nickte geistesabwesend und Finnbar erinnerte sich, dass er anfangs seine Schwester unterbrochen hatte, als sie ihm etwas Wichtiges hatte mitteilen wollen.
»Was wolltest du mir eigentlich vorhin erzählen?«, fragte Finnbar daraufhin etwas beschämt.
Lia erzählte ihm in groben Zügen, was sie alles von Orlana erfahren hatte.

»Das ist ja furchtbar, hast du irgendeine Ahnung, was Quiskan noch helfen könnte, Lia?«
»Nein, ich komme mir viel zu klein für eine so große Aufgabe vor. Wenn schon die weise Orlana keinen Rat mehr weiß, was soll ich denn da tun?«
Finnbar überlegte kurz und antwortete ganz schlicht: »Wenn hier noch jemand etwas richten kann, dann bist es du!«
Lia war ehrlich verblüfft über so viel Vertrauen seitens ihres Bruders. Sie freute sich jedoch sehr darüber.
»Hat Orlana gesagt, dass Quiskan es nicht aushalten könnte, wenn seine Freunde alle untergehen müssen und er deshalb nicht mehr an dem Kampf, den er schon verloren glaubt, teilnehmen möchte?«, fragte Finnbar.
»Ja, so in etwa hat sie es ausgedrückt.«
»Weißt du, an so einem ähnlichen Punkt waren wir doch auch schon mal, damals, als wir gegen das Seeungeheuer gekämpft hatten.«
Lia dachte nach, »du hast recht. Vielleicht ist das die Lösung.«
Am nächsten Tag konnte Lia kaum erwarten, am Nachmittag ins Genesungshaus zu gehen.
Sie sagten Soholit nur kurz guten Tag und gingen dann geradewegs zu Orlana und Quiskan.
Orlana sah müde aus.
Wahrscheinlich wollte sie in den letzten Tagen der Entscheidung, ob ihr Sohn, Quiskan, leben oder sterben würde, jetzt keine Minute mehr mit etwas anderem vergeuden, als an seiner Seite zu sein.

Fragend sah sie zu den Geschwistern.
»Es war gestern Finnbars Idee«, begann Lia zu erzählen, »dass wir einmal in einer ähnlichen Situation waren, wie es heute Quiskan ist.
Finnbar und ich stehen uns selbst für Zwillinge sehr nahe«, still nickte Orlana vor sich hin.
»Jedenfalls mussten wir bei dem schrecklichen Kampf mit dem Seeungeheuer sehr schlimme Dinge aushalten.
Ich sah hilflos mit an, wie Finnbar auf bestialische Weise von dem Untier getötet wurde und Finnbar stellte sich später vor, wie entsetzlich das wohl für mich gewesen sein müsste.
Wir waren fast so weit, unseren Unterricht komplett aufzugeben, damit keiner von uns je wieder solche Schmerzen erleiden müsste.
Aber dann sprachen wir darüber und stellten fest, dass es tatsächlich gar nicht so furchtbar gewesen war, wie wir es uns als Außenstehende vorgestellt hatten.«
Orlana blickte fasziniert von einem zum anderen, schwieg aber weiterhin.
»Es war immer Hilfe da, als wir sie brauchten.
Finnbar fiel in eine gnädige Ohnmacht, sodass er nicht mehr spüren konnte, wie ihm alle Knochen gebrochen wurden und ich wurde später von einem wunderbaren goldenen Licht getröstet.
Dieses Licht oder sollte man es eher als eine liebevolle Kraft bezeichnen, war es auch, welches uns später die Gewissheit gab, dass wir den Mut haben können, den Unterricht und damit auch den Kampf für unsere Mutter Erde fortzuführen.

Denn wir konnten darauf vertrauen, dass wir mithilfe dieser Kraft alles aushalten könnten, was das Schicksal für uns vorgesehen hatte.«

Lia war mit ihren Ausführungen am Ende und schwieg nun bescheiden.

Orlana hatte sich erhoben.

»Ich danke euch beiden von ganzem Herzen.

Diese Informationen sind vielleicht genau das Heilmittel, wonach ich gesucht hatte.

Jetzt hat er zumindest noch eine kleine Chance.

Ich werde mein Bestes tun, aber ihr solltet wissen, dass er bereits schneller gegangen ist, als ich es gestern noch glaubte.

Er steht nun schon mit einem Fuß auf den Pfaden des Todes.

Ich werde mich sofort aufmachen, um ihm eure Erfahrungen noch zu vermitteln.

Es mag sein, dass ich dabei Hilfe brauchen werde.«

Lia antwortete sofort: »Ich werde bei dir bleiben.«

Finnbar trat verlegen von einem Fuß auf den anderen.

»Lias Hilfe reicht vollauf, lieber Finnbar.

Du hast doch bestimmt noch etwas Wichtiges zu tun, oder?«, kam ihm Orlana zu Hilfe.

Dankbar nickend, verließ Finnbar schleunigst den Raum.

Orlana schloss die Augen, um sich tief in sich selbst zu versenken.

Lia nahm an, dass sie über den Geist nun versuchte, in Kontakt mit Quiskan zu treten.

Daher setzte sich auch Lia möglichst gedankenfrei hin

und besann sich ebenfalls auf ihr Inneres, um im Notfall sofort zur Hilfe bereit zu sein.
Sie schloss dafür, so wie zuvor Orlana, ihre Augen
Plötzlich nahm sie ganz verschwommen und sehr weit weg in ihrem Geist ein Bild wahr.
Sie versuchte sich mit aller Kraft darauf zu konzentrieren, woraufhin sich die Situation langsam schärfer einstellte.
Offenbar hatte Orlana sie bereits hinzugerufen.
Lia sah Quiskan an einem dunklen Fluss stehen.
Der mächtige Strom teilte das riesige Land, auf dem sich dieser befand, in Hell und Dunkel.
Auf der Seite, auf der ihr Lehrer noch stand, war es hell und man konnte eine, wenn auch nur noch spärliche Vegetation wahrnehmen.
Jenseits des Flusses war alles in Schatten gehüllt.
Lia sah verschiedene schemenhafte Gestalten dort im Dunkel auf und ab gehen. Offenbar warteten auch sie gespannt auf den Ausgang des Geschehens.
Lia nahm Orlana wahr und bemerkte, dass Quiskan sofort näher zum Fluss ging, wenn Orlana sich näherte oder ihren Sohn ansprach. Inzwischen hatte er schon einen Fuß im Wasser.
Orlana wich daraufhin wieder etwas zurück und sah Lia Hilfe suchend an.
Lia wusste überhaupt nicht, was sie hier noch tun könnte.
Daher beschloss sie, die Entscheidung komplett an eine höhere Kraft abzugeben.

Im Stillen fragte sie daher: »Wenn ich jetzt wüsste, was zu tun wäre, was könnte das sein?«
Sie war bereit, alles auszuführen, was ihr als Erstes in den Sinn kommen würde.
Eine leise Stimme in ihr wisperte: »Sing ein Lied«.
Schon hörte sie die ersten Zeilen eines alten Wiegenliedes, das ihnen Anne, ihre Amme, immer vorgesungen hatte, als sie noch sehr jung gewesen waren, in sich erklingen.
Lia begann nun zart dieses Lied zu singen.
Es war eine sanfte Weise, dazu gedacht, kleine Kinder in einen behüteten Schlaf zu begleiten.
Anfangs sang Lia sehr zaghaft, dann aber wurde ihre Stimme fester und sie legte alle Zuversicht, die sie aufbringen konnte, mit hinein.
Sie sang für Quiskan und erzählte ihm, allein durch das Gefühl, welches sie in dieses einfache Wiegenlied legte, eine lange Geschichte von Vertrauen und Liebe, und von Mut und Trost.
Quiskan hatte inzwischen seinen Fuß wieder aus dem Fluss gehoben, war ein Stück zurückgegangen und nahm auf einem alten, bemoosten Baumstumpf Platz.
Lia sah, wie von seinem Gesicht langsam Tränen tropften.
Irgendwann hatte er dann sein Antlitz in seine Hände gelegt und weinte so sehr, als ob in ihm der Kummer der ganzen Welt stecken würde. Und vielleicht war das ja auch so.
Lia sang immer weiter und konzentrierte sich innerlich ganz fest auf das tröstende goldene Licht, das ihr einst

so sehr geholfen hatte.
Nach einer Weile wurde das Schluchzen Quiskans leiser. Zaghaft nahm er seine Hände wieder vom Gesicht.
Das war der Moment, an dem Orlana es wagte, langsam auf ihren Sohn zuzugehen.
Lia sang und sang und dachte dabei weiterhin, so konzentriert, wie sie nur konnte, an Liebe, an Vergebung, an Leid und vor allem an Trost.
Orlana war nun bei Quiskan angekommen.
Einen kurzen Moment schreckte dieser noch zurück, aber dann nahm er die Hand, die seine Mutter ihm gereicht hatte, an und gemeinsam gingen sie in Richtung des Lichtes zurück.
Lia getraute sich nicht, mit dem Singen aufzuhören. Selbst als alle Bilder schon längst verschwunden waren, sang sie immer noch weiter.
Dann fühlte sie eine warme Hand auf der eigenen und hörte eine leise Stimme:
»Liebste Lia, du kannst jetzt aufhören zu singen und deine Augen wieder öffnen.
Es ist alles gut.
Quiskan ist zurück.
Das hast du gut gemacht. Ich danke dir wiederum von ganzem Herzen.«
Vorsichtig öffnete Lia ihre Augen und von Quiskans Genesungslager blickten sie zwei wache Augen, die noch ein wenig verweint aussahen, freundlich an.
Lia vergaß alle Etikette und warf sich ihrem geliebten Urgroßvater stürmisch an den Hals.

»Du bist zurück, oh du bist endlich wieder zurück.«
Und dann ließ auch sie ihren Tränen freien Lauf.
Quiskan brauchte noch einige Zeit, bis er auch noch für weitere Begegnungen bereit war.
Von da an konnte er sich vor Besuchern gar nicht mehr retten.
Verstohlen wischte er sich am Abend eine Träne aus dem Gesicht, so gerührt war er von der allgemeinen Anteilnahme.
Die Geschichte von Quiskans Rettung hatte sich schnell herumgesprochen, sodass Lia nun die Heldin des Tages war.
So viel Aufmerksamkeit war gar nicht ihre Sache und daher verkrümelte sie sich verstohlen sehr bald allein an einen versteckten Platz in der Natur.
Für den kommenden Sonntag war ein riesiges Freudenfest zu Ehren der Rückkehr sowie der Gesundung Soholits und Quiskans geplant.
Alle waren emsig mit den Vorbereitungen beschäftigt.
Zur Feier des Tages wollte dann auch Soholit sein Genesungslager wieder vollständig verlassen.
Als Lia in ihrem Versteck einfach so die Seele baumeln ließ, sah sie plötzlich von Weitem Lucinda herankommen.
Diese hatte sie offenbar schon erspäht.
Lia musste daher also notgedrungen ihre Ankunft abwarten.
Lucinda grinste über beide Ohren.
»Hier hast du dich also versteckt.
Keine Sorge, von mir kommt kein weiteres Wort über

deine unglaublich tollen Heldentaten.« Sie lachte nun noch breiter. Lia verdrehte demonstrativ ihre Augen.
»Was hältst du davon, wenn wir zusammen einen kleinen Spaziergang machen?«
Lia willigte ein und die beiden schlenderten langsam los.
Es wurde ein richtig schöner Ausflug von zwei Freundinnen und Lia fühlte sich am Ende dadurch richtig gestärkt.
Das Mädchen hatte unterwegs auch Lucindas Rat eingeholt, bezüglich der Geschenke für Herta und Anne.
Grundsätzlich fand Lucinda dies eine tolle Idee, warnte aber davor, das Ganze zu groß ausfallen zu lassen.
Immerhin waren die Geschwister für die Bewohner der Burg ja nur etwa drei Vormittage in Folge weg gewesen und immer am Nachmittag desselben Tages gleich wieder nach Hause gekommen.
Lia war froh, dass Lucinda sie an diese Tatsache erinnert hatte, denn daran hatten die Zwillinge überhaupt nicht mehr gedacht.
Sie kamen sich eher wie Menschen vor, die lange in der Fremde waren und dann nur für eine kurze Zeit nach Hause zurückkehren konnten.
Und aus ihrer Sicht war das ja auch so.
Endlich war Sonntag.
Das Fest war schon in vollem Gange.
Zu Finnbars großer Freude gab es überall die köstlichsten Speisen und glücklich aß er, soviel er nur konnte.

Das gesamte Gelände war auch mit wunderschönen Blumengirlanden geschmückt.
Bisweilen hingen sich dort immer wieder bunt schillernde Feen dazwischen und gaben dadurch der Dekoration noch eine ganz besondere Note.
Es gab im Laufe des Tages die verschiedensten Darbietungen.
Lieder wurden vorgetragen, Kunststücke vorgeführt, Spiele gespielt und vieles mehr.
Karlao lockerte alles noch weiter auf, indem er immer wieder seine, gerade brandneu erstandenen, Geschenke verteilte und dadurch für sehr viel Gelächter sorgte.
Zusammen mit den, in die schönsten Kleider gewandeten Elbenfrauen, tanzten die Geschwister bis in den tiefen Abend hinein.
Das Fest war ein voller Erfolg und hatte die Gemeinschaft noch mehr zusammengeschweißt, als sie es vorher schon gewesen war.

Lucindas Geschichte

Weil der gemeinsame Spaziergang Lucinda und Lia so gefallen hatte, beschlossen sie, dies künftig regelmäßig zu wiederholen.
Oft waren sie über weite Strecken schweigend miteinander unterwegs und schöpften lediglich durch das reine Zusammensein von zwei Frauen neue Kraft für die Aufgaben, die sie täglich erwarteten.
Zu anderen Zeiten jedoch erzählten sie sich, was sie gerade bewegte oder was sie in der Vergangenheit schon alles erlebt hatten.
So kam es, dass Lia eines Tages während eines Spaziergangs Lucinda nach ihrer Kindheit beim kleinen Volk befragte.
Lucinda schwieg sehr lange. Lia dachte schon, sie würde überhaupt nicht mehr antworten.
Doch dann hob sie an zu sprechen.
»Ich rede normalerweise nicht von früher, denn die Erinnerungen daran sind immer noch sehr schmerzhaft für mich.
Aber es könnte an der Zeit sein, nochmals einen Versuch zu starten, darüber zu sprechen.
Ich wurde vor 844 Jahren in genau dem Tal geboren, in dem auch jetzt noch das kleine Volk zu Hause ist.
Meine Eltern bewohnten damals eine schöne kleine Wohnhöhle, unweit der anderen Familien.
Da wir sehr alt werden und unsere Population aus Rücksicht auf die Erde, nicht zu groß werden lassen

wollen, bekommen wir höchsten ein Kind pro Familie. Nachwuchs ist daher ein recht seltenes Ereignis. Deshalb gab es in meinem Alter auch keine Spielgefährten für mich.
Ausgeglichen wird das aber dadurch, dass, wenn schon einmal ein Baby geboren wird, plötzlich alle Frauen der Umgebung aus allen möglichen wichtigen oder auch sinnlosen Gründen zu Besuch kommen, nur um das Baby zu sehen oder es einmal halten zu dürfen.
Wie alle Babys des kleinen Volkes war ich also eine kleine Sensation und wurde mit Liebe und Aufmerksamkeit von allen Seiten nur so überschüttet.
Meine Eltern waren seinerzeit sehr, sehr glücklich miteinander und auch ganz besonders froh über ihren kleinen Nachwuchs.
Meine Mutter hatte sich für die erste Zeit vorgenommen, ihre Arbeit aufzugeben, um diese einmalige Gelegenheit des Mutter-Seins vollends auszukosten und zu genießen.
Sie hatte früher mit meinem Vater zusammen einen kleinen Handel zwischen unserem Volk und den Menschen, die zu dieser Zeit noch rege miteinander in Kontakt waren, gehabt.
Diesen betrieb mein Vater seit meiner Geburt nun allein weiter.
Bei dem Handel wurden von unserer Seite zumeist Metallwerkzeuge, wie Hämmer oder Äxte, die wegen ihrer hervorragenden Qualität weit über die Grenzen hinaus berühmt waren, angeboten.
Die Menschen offerierten dagegen gewebte Kleidung,

genau in unserer Größe oder auch Lebensmittel zum Tausch.
Über viele Jahre lief dieser Tauschhandel sehr fair und zum Wohle beider Seiten ab.
Es herrschte Freundschaft und gegenseitiger Respekt vor.
Dann tauchte irgendwann in einer Menschen-Taverne ein, in einen schwarzen Mantel gehüllter, mysteriöser, großer Mann auf.
Sein Antlitz hatte er mit einer schwarzen Kapuze, die er tief in sein Gesicht gezogen hatte, komplett verborgen.
Ängstliche jedoch berichteten, dass er über gar keines verfügen würde, sondern anstelle des Gesichts sei da nur pure Dunkelheit gewesen.
Dieser finstere Bursche fing an, nach und nach die Waren des kleinen Volkes schlechtzureden und den Menschen den Floh ins Ohr zu setzen, dass ihre Produkte sehr viel wertvoller seien.
Sie müssten dringend das Dreifache dafür verlangen.
Darüber waren unsere Leute sehr empört und es kam zu einem handfesten Zerwürfnis.
Das ging sogar so weit, dass einige Menschen bewaffnet in unser Tal einfielen und für, bereits früher getauschte Waren, noch horrende Nachforderungen stellten.
Mein Vater und meine Mutter hatten die Idee, dass man den Mann mit dem schwarzen Mantel dafür zur Rechenschaft ziehen sollte, dass er solche Zwietracht zwischen unseren beiden Völkern gestiftet hatte.

Meine Mutter gab mich, um dieses eine Mal ihren geliebten Gefährten begleiten zu können, in die Obhut einer Nachbarin, die sich sehr über diese Gelegenheit freute und machte sich dann mit meinem Vater auf, die besagte Taverne aufzusuchen.
Der widerliche Bursche war auch tatsächlich dort und schwang gerade wieder seine bösartigen Reden.
Mutig ging mein Vater geradewegs zu dem schwarzen Mann hin und stellte ihn zur Rede.
Dieser machte sich über ihn lustig und verhöhnte meine Eltern auf das Übelste.
Schlimm war auch, dass einige der früheren guten Handelspartner, die gerade auch in der Taverne zugegen waren, dabei sogar mitmachten.
Mein Vater wurde zornig und forderte den rätselhaften Fremden auf, ihm wenigstens ins Gesicht zu sehen, wenn er schon solche Lügen verbreitete.
Als dieser sich nicht um die Aufforderung kümmerte, stieg mein Vater kurzerhand auf einen Stuhl, der neben dem dunklen Burschen stand und riss diesem beherzt die schwarze Kapuze vom Kopf.
Alle waren wie vom Donner gerührt, denn unter der Kapuze befand sich gar nichts.
Aus diesem „Gar nichts“ ergoss sich nun eine undurchdringliche Dunkelheit, die zuerst meinen Vater und dann meine Mutter auf Nimmerwiedersehen verschlang.
Dann begann jene Kraft, auch Menschen in seiner Umgebung in sich aufzunehmen.
Panisch vor Angst flohen die anderen aus der Taverne

und konnten dadurch gerade noch so dem Tod entkommen.
Diese Nachricht veränderte sich, je öfter sie weiter erzählt wurde, immer mehr und letztlich lief es dann darauf hinaus, dass das kleine Volk das Unglück über die Menschen gebracht haben sollte.
In aller Eile entschied unser Ältester, Quiskan, dass wir fortan für alle Menschen unsichtbar sein würden und unser Land für diese auch nicht mehr zu finden sein sollte.
Seither waren sich die Menschen und das kleine Volk spinnefeind.
Ich, jedoch, hatte meine beiden Eltern verloren und war jetzt eine Waise.
Alle im Dorf wollten mich an der statt meiner Eltern nun großziehen.
Da man sich nicht friedlich einigen konnte, wer mich nehmen durfte, entschied Quiskan, dass ich ein Kind des ganzen Dorfes werden sollte.
Daraufhin richtete mir jede Familie einen kleinen Wohnbereich in ihrer Wohnhöhle ein und ich lebte immer abwechselnd einen Monat bei diesen.
So war ich tatsächlich eine Art Vagabunden-Kind geworden.
Auf diese Weise bekam ich aber sehr viele verschiedene Ansichten über das Leben mit.
Quiskans Entscheidung war sicherlich nicht zu meinem Schaden.
Aber meine Eltern habe ich dennoch sehr vermisst.«
Lucinda schwieg und ging eine Weile still neben Lia

weiter.
»Was ist aus dem dunklen Burschen geworden?«, fragte Lia.
»Der war plötzlich verschwunden und wurde niemals wieder gesehen.
Orlana machte sich darüber ihre eigenen Gedanken und sprach über ihren Verdacht mit einer alten Freundin.
Gemeinsame Nachforschungen ergaben, dass der dunkle Mann einer der sechzehn Diener des „Herrn der Finsternis“ gewesen war.
Er hatte im Auftrag seines Herren direkt auf der Erde gehandelt und damit eindeutig gegen die ehernen Gesetze des Universums, die besagen, dass sich die Herren der „Drei magischen Sterne“ nicht persönlich auf ihren Planeten einmischen dürfen, verstoßen.
Offenbar war es dem „Herrn der Finsternis“ ein Dorn im Auge gewesen, dass zwischen unseren Völkern große Freundschaft herrschte. Es wurmte ihn, dass wir nicht offen waren für die Gier, mit deren Hilfe er stets die Planeten zerstörte, die unter seiner Schirmherrschaft standen.
Es gab großen Ärger auf den drei Sternen deswegen und man hat so einen dunklen Burschen seitdem nie wieder gesehen.«
»Meinst du, dass der jetzt wieder am Werk ist?«, fragte Lia ängstlich und dachte an die zahlreichen mysteriösen Vorfälle der letzten Zeit.
»Wir nehmen es ganz stark an, haben aber keine Beweise, die ein Eingreifen der „Dienerin der Liebe“,

die die Macht auf den „Drei magischen Sternen“ innehat, so wie damals, möglich machen würde.«
Die beiden jungen Frauen machten sich schweigend auf den Rückweg.
»Es wird Zeit, dass wir nach Hause kommen.
Ihr wollt doch morgen auf die Burg Eichenfels.
Sicher habt ihr dafür noch einiges vorzubereiten«, sagte Lucinda.
Eilig schritten die beiden nun aus und kamen daher schon bald zu Hause an, wo sie sich ganz herzlich voneinander verabschiedeten. Lucinda wünschte am Schluss Lia und Finnbar noch viel Spaß für den morgigen Tag.

Abschied, Erinnerungen und ein Plan

Die Zwillinge waren nach einer, gefühlt endlos, langen Zeit wieder in der heimatlichen Burg Eichenfels zurück. Es war gar nicht einfach, so zu tun, als seien sie nur für wenige Stunden zur allmorgendlichen Ausbildung im Wald gewesen.

Sie versuchten sich in der Burg so leicht und fröhlich wie früher zu bewegen, aber es wollte ihnen nicht so recht gelingen.

Zu viel war inzwischen schon passiert und zu schwer lasteten die ausgestandenen Erlebnisse sowie auch die Verantwortung für zukünftiges Tun auf den Geschwistern.

»Weißt du Finnbar, ich werde den Eindruck nicht los, dass die Zeit der unbeschwerten Kindheit endgültig vorüber ist.

Außerdem belastet mich die Vorstellung, dass wir vielleicht nie mehr hierher zurückkehren könnten«, sprach Lia, die gerade liebevoll die Bettdecke in ihrer Kammer streichelte, am Abend im Geiste zu Finnbar.

Finnbar, der ebenfalls schon zu Bett gegangen war, antwortete nachdenklich: »Ich glaube, du hast recht.

Ich trage auch so ein tiefes Abschiedsgefühl in mir.

Lia, wir müssen deshalb unbedingt Vorsorge treffen.

Wir werden den anderen morgen früh eine Geschichte erzählen, die sie zumindest schon im Vorfeld etwas beruhigt und wir sollten schauen, ob es hier noch wichtige Dinge gibt, die wir mitnehmen möchten.

Ich habe mir gerade Theo, das Eichhörnchen, eingepackt und auch noch einige andere kleine Erinnerungsstücke an glückliche Zeiten.
Gut, dass wir gestern so schöne Geschenke für Anne und Herta dabeihatten.
Es war wirklich an der Zeit, sich einmal für alles Gute zu bedanken, das sie in all den Jahren für uns getan haben.«
Lia hatte jetzt Tränen in den Augen.
Irgendwie hatte sie gehofft, mit ihrer Wahrnehmung der Abschiedsstimmung, danebenzuliegen.
Umso mehr war sie davon betroffen, dass Finnbar es genauso empfand wie sie und bereits mit konkreten Maßnahmen für ein unabänderliches Lebewohl beschäftigt war.
Finnbar fühlte den Schmerz in Lia und tröstend sprach er weiter: »Sieh mal Lia, wir können doch so unmöglich weitermachen.
Anne und Herta haben sich heute Mittag zwar wirklich sehr über die kunstvoll gearbeitete Haube und das meisterhaft bestickte Deckchen, das wir für jede von ihnen mitgebracht hatten, gefreut.
Aber sie haben bereits Verdacht geschöpft.
Ich habe Herta gehört, wie sie zu Anne flüsterte: „Wenn ich es nicht besser wüsste, würde ich sagen, ich hätte die Kinder ewig nicht gesehen. Sieh doch nur, wie sich ihre Körper verändert haben.
Der Gang ist vollkommen anders, sie sind muskulöser und erwachsener. Ich könnte schwören, dass Finnbar allermindestens einen Kopf größer geworden ist.

Das gibt's doch gar nicht.
Und dann das Benehmen.
Was machen die da mit den Kindern im Wald?
Ist das ein Kriegs-Ausbildungslager, in welchem sie auf Streckbänken die zwei größer ziehen, damit sie schneller erwachsen werden?
Gilean ist leider heute nicht zugegen, aber morgen werde ich ihn deswegen auf ein Wort zur Seite nehmen.
Soll er doch übermorgen einmal mit in den Wald reiten und dort nach dem Rechten sehen."
Siehst du, Lia, wir können nicht hierher zurück. Mir tut es auch sehr weh.
Aber erinnere dich an den Brunnen der Zeit.
Die Burg wird letztlich vergehen und es gibt im Moment wichtigeres als unsere gutmütige Köchin und unsere geliebte Amme.
Aber auch mir zerreißt es das Herz, unsere treuen Beschützerinnen zu verlassen.
Ich habe mir deshalb überlegt, dass wir sie des Nachts beim Traumwandeln besuchen könnten und ihnen dann mitteilen, dass alles bei uns in Ordnung ist, wie lieb wir sie haben und wie dankbar wir für alles sind, was sie uns Gutes getan haben.
Morgen früh werde ich ganz am Schluss kurz fallen lassen, dass wir dieses Mal über Nacht wegbleiben werden.
Dann gehen wir zügig los, sodass keiner mehr Zeit hat, uns aufzuhalten.
Das verschafft uns ein wenig Vorlauf, das mit dem

Traumwandeln in Ruhe vorzubereiten.
Dadurch werden auch Herta und Anne kaum Zeit haben, sich um uns Sorgen zu machen.
Gut, dass Gilean gerade abwesend ist, denn dann hätten wir jetzt ein entschiedenes Problem.
Bist du einverstanden, Lia?«
Lia nickte stumm. Sie war wieder aufgestanden und blickte sich voller Wehmut in ihrer kleinen Kammer um.
Ihr wurde jetzt erst klar, was sie, trotz des frühen Verlustes der Mutter, doch für schöne Kindheitserlebnisse auf der Burg, der näheren Umgebung und auch in dieser Kammer gehabt hatte.
Suchend schaute sie umher.
Was könnte sie noch mitnehmen?
Es musste klein sein, denn die Zwillinge konnten sich während ihres bevorstehenden Abenteuers nicht auch noch mit großen Dingen beschweren.
Sie wählte etwas Wäsche und ihr bestes Kleid. Das war zwar für den Zweck ein recht großes Kleidungsstück, aber Lia konnte es einfach nicht hier zurücklassen.
»Wer weiß, wofür ich es noch benötigen werde«, flüsterte sie leise zu sich selbst.
Sie bemerkte, wie Finnbar, der all ihre Emotionen aufmerksam verfolgte, im Geiste freundlich Zustimmung bekundete.
Dann blieb sie an ihrer Kommode stehen. Lia betrachtete ihre Sammlung an Haarspangen, Broschen und Bändern.

Lächelnd dachte sie an Karlao und packte sie alle zum Kleid in ihre robuste Wandertasche.
Zuletzt nahm sie noch eine Kette mit einem kleinen Medaillon zur Hand und öffnete es.
Darin war eine, schon sehr verblichene, filigrane Zeichnung von Aoife, ihrer verstorbenen Mutter.
Dieses hängte sie sich noch um den Hals und war dann mit ihrer Auswahl zufrieden.
Lia ging zurück in ihr Bett.
»Bist du noch wach, Finnbar?«
»Ja, Lia, was ist denn?«
»Ich wollte dir nur sagen, dass ich bereit bin. Und das mit dem Besuchen unserer Lieben im Traum finde ich eine richtig gute Idee von dir.
Ich habe dich lieb und bin so froh, dass wir uns haben.
Gute Nacht, Finnbar, schlaf gut.«
»Ich habe dich auch lieb, schlaf gut, bis morgen Lia.«
Daraufhin schliefen die Zwillinge die letzte Nacht in ihren heimatlichen Betten.
Am Morgen ging dann alles recht schnell.
Frühstück und ein rascher Aufbruch.
Draußen umarmten sie Anne und Herta heftig und gaben ihnen noch einen dicken Kuss.
»Wenn ich es nicht besser wüsste, würde ich sagen, das hier war ein richtiger Abschied«, murmelte Herta leise in Richtung ihrer Freundin.
Anne nickte mit dem Kopf und wischte sich verstohlen eine Träne mit dem Ärmel ihres Kleides aus dem gutmütigen Gesicht.
Als die Geschwister schon ein Stück gegangen, aber

noch in Hörweite waren, rief Finnbar den winkenden Frauen noch zu: »Heute schlafen wir im Wald, erwartet uns bitte erst übermorgen Mittag zurück. Auf Wiedersehen, ihr beiden.«
»Diese zwei Strolche«, flüsterte Anne leise und schickte sich an, wieder nach drinnen zu gehen. Das reiche Tagwerk wartete auf sie.
Als die Geschwister am Ausbildungsplatz ankamen, waren sie in bedrückter Stimmung.
Lucinda und Querin waren ratlos und konnten sich keinen Reim darauf machen, was mit den beiden passiert sein könnte.
Sie wollten aber abwarten, ob sich die Zwillinge ihnen von selbst anvertrauen würden.
Nach einer Weile begann dann auch tatsächlich Lia damit, das auf der Burg Erlebte zu schildern und weinte dabei bitterlich.
Lucinda legte tröstend einen Arm um sie und sprach: »Wenn alle damit einverstanden sind, schlage ich Folgendes vor: Wir lassen den Unterricht für heute ausfallen.
Lia und Finnbar könnten zu ihrem Wohnbaum gehen, in Ruhe ihre Sachen auspacken und sich dort einfach ganz gemütlich für dauerhaft einrichten.
Dann ist also bis morgen früh Freizeit. Unternehmt etwas Schönes, ihr beiden.«
Lucinda sah sich noch fragend um, ob jemand Einwände dagegen vorbringen würde, dann machte sie sich mit Querin ebenfalls auf den Heimweg.
Lia und Finnbar schlenderten mit einigen Elben

zusammen in deren Gebiet zurück.
Unterwegs hatten sie besprochen, heute alles gemeinsam zu tun.
Sie gingen als Erstes in Finnbars Kammer und dieser begann mit dem Auspacken.
Zuerst kam Theo auf das Bett und danach legte Finnbar noch den einen oder anderen »Schatz« seiner Kindheit auf seinen Nachtschrank.
Dann kamen noch ein Wechselhut und ein wenig Wäsche in den Schrank und schon war er fertig.
Danach war Lia dran und auch sie brachte recht schnell alles unter, was sie aus der Burg mitgebracht hatte.
Inzwischen war es, wie Finnbar an seinem deutlichen Magenknurren feststellte, schon wieder Zeit für das Mittagsmahl.
»Ich habe Hunger, wollen wir zum Essen gehen?«, fragte er seine Schwester.
»Wie kann man nur so verfressen sein?«, entgegnete Lia lachend.
»Ich bin halt in einem Wachstumsschub«, erwiderte Finnbar und rannte eilig zur Mittags-Tafel der Elben.
Die beiden verbrachten einen angenehmen Nachmittag.
Auch Karlao leistete seinen Beitrag dazu, indem er begeistert einige von Lias neuen Schätzen freudig überall verschenkte.
Lia und Finnbar waren froh, dass sie hier in der Anderswelt eine neue Familie gefunden hatten, denn das half ihnen über den Verlust von heute Morgen

etwas hinweg.
Lucinda nahm sich in den kommenden Tagen sehr viel Zeit, um mit den Zwillingen das Traumwandeln so weit zu festigen, dass diese zur rechten Zeit sicher zu ihren ehemaligen Ziehmüttern gelangen und auch unversehrt wieder zu ihren Körpern zurückfinden konnten.
Dabei erfuhren die Geschwister auch die Neuigkeit, dass das Traumwandeln, wie auch das astrale Reisen in dieser Art nur immer innerhalb des eigenen Planeten funktionierte.
Es war offenbar, nach Lucindas heutigem Wissensstand, unmöglich, auf diese Weise von einem Planeten zum anderen zu gelangen. Es sei denn, eine höhere Macht würde sich einschalten, hatte sie noch ehrfurchtsvoll hinzugefügt.
Um im Universum zu reisen, musste das erweiterte Element des leeren Raums unbedingt noch dazu kommen. Dies hatten die Zwillinge auf jeden Fall bisher nicht gelernt.
Lucinda fügte noch hinzu, dass man auch ihr bis jetzt nicht gezeigt hätte, wie das bewerkstelligt werden könnte.
Allerdings habe es in der Geschichte schon den einen oder anderen Fall gegeben, in welchem besonders begabte Wesen, das geschafft haben sollten. Genau wie, darüber gab es leider nur noch ganz wenige Überlieferungen.
Soholit sei dem Ganzen aber, vor seiner und Quiskans Entführung, schon ganz dicht auf den Fersen gewesen.
Die Geschwister beschlossen, noch heute Nacht Anne

und Herta aufzusuchen.
Beim Traumwandeln war eine Zeitverschiebung sehr leicht möglich und daher konnten sie genau die Nacht abpassen, an der sie am nächsten Mittag auf der Burg zurückerwartet wurden.
Sie teilten den beiden ganz behutsam mit, sie wollten ja keinen Herzanfall provozieren, dass es ihnen gut ginge, dass sie leider nicht mehr wiederkommen könnten, weil sie eine bedeutungsvolle Aufgabe zu erledigen hätten und wie dankbar sie für alles seien, was Anne und Herta für sie im Laufe der Zeit getan hatten.
Als Herta und Anne am nächsten Morgen erwachten, hielten sie das Ganze zunächst für einen intensiven, aber ganz normalen Traum.
Als dann ihre Zöglinge jedoch nicht, wie angekündigt, zum Mittagessen erschienen, fasste sich Herta ein Herz.
Sie nahm Anne zur Seite und sprach: »Ich habe da so eine Ahnung, als ob die zwei nicht mehr wiederkommen werden und ich glaube, dass das gut so ist. Was meinst du?«, unsicher, mit fragender Miene sah Herta ihre Freundin an.
Anne entgegnete entwaffnend ehrlich: »Ich hatte heute Nacht einen Traum, in dem sie mir genau das mitgeteilt haben. Ich glaube auch, dass das gut so ist.«
Und damit ließen sie die Sache auf sich beruhen.
Neben dem Traumwandeln bei Lucinda hatten sie inzwischen parallel auch schon mit eigener Verwandlung bei Querin begonnen.
Wie immer war der Anfang kompliziert und Querin

zerbrach sich den Kopf, wie er seinen Schülern die Angelegenheit noch effektiver erklären könnte. Nachdem ihm nichts mehr einfallen wollte, ließ er ganz nebenbei die Information fallen, dass ab nächster Woche Soholit und Quiskan den Unterricht wieder übernehmen würden und er hoffe, dass diese eine bessere Idee hätten, wie man den Zwillingen die Verwandlung beibringen könne.
Plötzlich trat eine Stille ein, die man hätte schneiden können.
»Was hast du da gerade gesagt?«, fragte Lia.
Panik war in ihrer Stimme zu hören. Es war nicht so, dass sie den Unterricht bei Soholit und Quiskan nicht mochte, sie wollte nur nicht Lucinda, ihre einzige Lehrerin verlieren.
Lia schmollte und Querin ließ ratlos seine Hände herunterhängen.
»Aber wir waren doch nur die Vertretung«, äußerte er etwas hilflos.
»Ich möchte aber unbedingt auch bei Lucinda weiterlernen«, stieß Lia etwas bockig hervor.
»Gut, ich werde mal fragen, ob Lucinda vielleicht bei euren beiden Lehrern als dritte im Bunde mitmachen darf«, entgegnete Querin.
»Und ich will auch weiterhin von dir Unterricht bekommen. Bei dir ist das irgendwie viel moderner als bei den beiden anderen«, warf Finnbar jetzt, ziemlich ungnädig gegenüber Soholit und Quiskan, ebenfalls noch ein.
»Oje, ich sehe schon, wir haben da ein waschechtes

Problem«, stellte Querin fest.
»Am besten wir treffen uns am Montag hier zu sechst und gehen die Sache gemeinsam an. Wir werden schon eine Lösung finden, die für alle gut ist.
So Finnbar und jetzt zeig mir bitte auch mal, dass mein ganzes Tun hier nicht völlig umsonst ist und modifiziere wenigstens einmal deine Haarfarbe.«
Finnbar tat wirklich alles, was er konnte, aber am Ende hatte er lediglich und für sich selbst auch völlig überraschend, ein paar ganz andere Stiefel an.
Kopfschüttelnd trat Querin zu Lia und forderte sie auf, ihre Augenfarbe zu verändern.
Nachdem dann als einziges Ergebnis ein, nahe auf dem Tisch stehender Krug in tausend Einzelteile zersprang, raufte sich Querin die Haare und meinte nur trocken:
»Das war genau das, was ich anfangs meinte.«
Am Montag waren, wie vereinbart, alle vier Lehrer und die beiden Zwillinge am Platz angekommen.
Zuerst herrschte eine sehr angespannte Stimmung.
Es schien, als hätte jeder etwas Unangenehmes zu sagen.
Quiskan ließ die Katze als Erster aus dem Sack:
»Ich muss euch leider etwas, eventuell für euch Unerfreuliches, mitteilen.
Es ist so«, er stand recht unruhig auf, strich sich über seinen langen, weißen Bart und druckste ein wenig herum.
»Ähm, es ist so, ich sehe mich nicht mehr in der Lage, den Unterricht hier weiter fortzuführen. Ich fühle mich dafür einfach zu alt.«

Querin war vollkommen verblüfft und dies war in seinem Gesicht wirklich für niemanden zu übersehen.
»Schau mal etwas intelligenter drein, mein lieber Sohn, sonst überlege ich es mir doch noch anders, dir die Schüler weiterhin anzuvertrauen.«
Alle schwiegen erstaunt und ließen die Neuigkeit erst einmal sacken.
Dann meldete sich als nächster Soholit zu Wort.
»Ich wollte noch fragen, natürlich nur, falls es nicht zu viel wird, schließlich seid ihr ja noch so jung und habt das Ganze nur zur Aushilfe angeboten«, stammelte er verlegen.
»Ähm, ich wollte also anfragen, da die Zwillinge so grandiose Fortschritte bei euch gemacht haben, ob ihr nicht weiterhin noch einen Part bei den Lernaufgaben übernehmen würdet, lieber Querin und liebe Lucinda?«
Die Stimmung verbesserte sich von einem Moment auf den anderen schlagartig.
Querin und Lucinda sahen sich kurz in die Augen und dann trat Lucinda vor: »Wir würden wirklich ungeheuer gerne noch am Unterricht der beiden beteiligt sein.
Wir freuen uns aber auch sehr, dass du, Soholit, jetzt wieder da bist, denn deine großen Erfahrungen haben wir längst nicht. Wir respektieren natürlich, dass du, lieber Quiskan, in Zukunft etwas kürzertreten möchtest, wären aber ebenfalls sehr froh, wenn du immer mal wieder vorbeischauen und uns beratend zur Seite stehen könntest.«

Lia und Finnbar klatschten freudig in die Hände.
»Das ist eine exzellente Lösung«, rief Finnbar aus und Lia nickte eifrig dazu.
»Nachdem wir uns so gut und schnell zur weiteren Lehrtätigkeit einigen konnten, habe ich euch noch etwas anderes mitzuteilen«, hob Quiskan erneut an zu sprechen.
»Es geht um den Überfall, als Soholit und ich gefangengenommen wurden.
Bei mir ist das nicht so wie bei Soholit, dass ich mich nicht mehr daran erinnern kann.
Ich weiß noch alles ganz genau und das ist für mich so schlimm gewesen, dass ich eigentlich gar nicht mehr in diese Welt zurückkommen wollte, wie ihr sicher alle bemerkt habt. Ich würde euch sehr gerne davon erzählen, dann können wir diese Bürde vielleicht in Zukunft gemeinsam tragen.
Ich wage nicht zu glauben, dass uns eine Idee kommt, was wir dagegen unternehmen könnten. Aber einen Versuch wäre es wert.«
Alle nickten zum Zeichen, dass sie Quiskans Geschichte hören wollten.
Quiskan nahm wieder bequem Platz, sammelte sich kurz und begann dann zu berichten:
»Es fing, wie ihr ja wisst, damit an, dass wir morgens eine vermeintliche Nachricht der Inuit erhielten.
Auch das war schon sehr ungewöhnlich, denn die Nachricht erschien und verschwand zeitgleich in Soholits und meinem Geist und es gab keinerlei Möglichkeit der Nachfrage für uns.

Es war am späten Nachmittag jenes Tages, als wir uns ein paar Schritte vom Ausbildungsplatz entfernt hatten, um uns wegen der bevorstehenden Reise nochmals zu besprechen, als ich plötzlich eine übermächtige Präsenz bemerkte.
So etwas hatte ich noch nie zuvor erlebt.
Die Kraft erschien vollkommen körperlos, war aber trotzdem in der Lage, uns sofort und allumfassend zu lähmen. Es war inzwischen unendlich hell ringsum geworden.
Kurz darauf dröhnte in meinem Kopf ein schauriges Gelächter und ich vernahm die Worte: „Ihr werdet niemals meine Pläne durchkreuzen."
Dann fühlte ich einen fürchterlichen Druck auf meiner Brust und wäre ich ein atmendes Geschöpf gewesen, so wäre ich wahrscheinlich daran alsbald jämmerlich erstickt.
Der Druck ließ aber kurz darauf wieder nach, woraufhin erneut die körperlose Stimme in mir ertönen: „Damit ihr noch ein wenig vom Sterben habt ..." Und dann hörte ich wiederum schreckliches Gelächter.
Jetzt wurden wir mit einer Leichtigkeit in die Luft gehoben, als wären wir nur vertrocknete Herbstblätter im Wind und dort oben, ich kann nicht sagen, wie so etwas möglich war, wurden wir dann fest in der Luft verankert.
Danach fühlte sich mein Körper an, als ob er in eiskaltes Wasser getaucht worden wäre und ich konnte plötzlich meine eigenen Körperteile nicht mehr

sehen.
Daraufhin dröhnte mein Kopf so, als würde er in tausend Stücke zerbrechen.
Ich vernahm noch die gemeinen Worte: „Frohes Sterben“ und dann war auf einmal alles vorbei.
Ich brauchte eine Weile, um zu realisieren, dass wir auch für alle anderen nicht mehr sichtbar waren.
Es war eine schreckliche Folter, dort so lange zu hängen und nichts tun zu können.
Irgendwann bemächtigte sich meiner eine tiefe Trostlosigkeit und auch die Gewissheit, dass wir gegen diese gewaltige Macht überhaupt nichts zu tun vermögen.
Und in der Angst um die meinen und unseren wundervollen Planeten, verlor ich nach und nach jeglichen Lebenswillen.
Allein durch Lias Gesang dort unten am Grenzfluss zum Land der Schatten, konnte ich den immensen Schmerz darüber aushalten und dadurch wieder zu euch zurückkehren.
Ich kann mir nicht vorstellen, wie man sich so einer Macht entgegenstellen könnte.«
Langes Schweigen breitete sich aus.
»Aber was haben wir zu verlieren?«, fragte Soholit anschließend. »Auch wenn wir gar nichts unternehmen, steuert dieser Planet mit all seinen Bewohnern in den sicheren Untergang. Ich würde es zumindest versuchen.
Sind wir nicht alle noch am Leben, obwohl für Finnbar und Lia am Wald-Teich und für mich und Quiskan hier

vor Ort der sichere Tod geplant war?
Ganz so übermächtig kann diese Kraft dann doch nicht sein, sonst ständen wir jetzt nicht mehr so gesund hier beisammen. Außerdem haben auch wir einflussreiche Hilfe.«
Quiskan nickte bedächtig. »Da hast du wirklich recht, so habe ich das Ganze noch gar nicht betrachtet.
Was schlägst du denn vor, was wir tun könnten, Soholit?«, wandte er sich fragend an seinen Freund.
Interessiert und gespannt rückten alle näher zusammen.
Soholit blickte lange in die Runde.
Dann begann er besonnen zu erzählen:
»Ich habe mich entschieden, euch demnächst in ein großes, seit Äonen gut gehütetes Geheimnis einzuweihen.
Ihr müsst wissen, dass ich seit Langem durch höhere Wesen weise geführt sowie unterstützt wurde.
Von ihnen erfuhr ich auch vom Brunnen der Zeit.
Dort, auf die Gefahr des Untergangs der Erde hingewiesen, bekam ich jedoch auch gleichzeitig die Information, dass dies noch verhindert werden kann.
Ich entschied mich deshalb, nach anderen Wesen zu suchen, die mich bei dieser wichtigen Mission unterstützen könnten.
In meiner damaligen Gegenwart und Umgebung konnte ich jedoch nicht die richtigen Kameraden finden.
Deshalb begab ich mich auf eine lange, ungewöhnliche und abenteuerliche Reise.
Ich wanderte durch die Zeit, wie andere im Wald

spazieren gehen.
Um unbemerkt zu bleiben, nahm ich des Öfteren die Gestalt von Tieren an.
Eine meiner Lieblingsrollen war eine kleine, weiße Eule.«
Lächelnd sahen sich Finnbar und Soholit an.
»Ich habe unterwegs wirklich sehr viel Schreckliches gesehen.
Es würde Jahre dauern, euch von all dem Elend und Leid, dessen Zeuge ich wurde, im Einzelnen zu berichten.
Daher werde ich euch stellvertretend nur von einigen, besonders schlimmen und wichtigen Ereignissen erzählen.
Es gab immer wieder sehr, düstere Zeiten in der Geschichte dieses Planeten, von denen ich mich schäme, sie heute vor euch auch nur zu erwähnen, denn ich gehöre ebenfalls zur Spezies Mensch, die dafür verantwortlich war.
Zum Beispiel wurden in der Zeit bis etwa 1500 im Rahmen der Inquisition der christlichen Kirche unzählige weise Frauen und Männer bei lebendigem Leibe verbrannt, nur weil sie über Dinge Bescheid wussten, die die Kirche aus den Köpfen der Menschen unbedingt vertreiben wollte.
Die Christen schafften es in dem Zeitraum, fast alles geheime Wissen über die Zusammenhänge der Erdmagie und der wichtigen Erdkreisläufe zu vernichten.
Diese Verfolgungen haben auch hier und heute schon

längst begonnen und deshalb wurde ich ja auch vom kleinen Volk aufgenommen, um mich verstecken zu können.
Dann war da auch noch der furchtbare Brauch, andere Völker zu versklaven.
So gab es beispielsweise unendliches Leid bei der schwarzen Bevölkerung aus Afrika, die von weißen Menschen aus Amerika wie Vieh gehalten und zu unmenschlich schwerer Arbeit gezwungen wurden.
Das dauerte fast vierhundert Jahre, das muss man sich einmal vorstellen.
Immer wieder gab es schlimme Kriege auf der ganzen Welt.
Niemand gönnte dem anderen etwas und man stritt sich um Land, um Bodenschätze, Ansichten in der Religion und vieles mehr.
Je weiter die Zeit voranschritt, desto schrecklichere Waffen wurden entwickelt.
1914-1918 zum Beispiel war nahezu die gesamte Welt miteinander im Krieg.
Dabei töteten sich etwa 17 Millionen Menschen gegenseitig.
Daraus wurde offenbar gar nichts gelernt, denn 1939 bis 1945 wurde das Ganze nochmals so ähnlich wiederholt.
Nur dass dieses Mal mit noch viel wirkungsvolleren Waffen etwa 70 Millionen Menschen den Tod fanden.
Dabei vernichteten sie sich nicht nur einander, sie zerstörten auch die Behausungen und die ganze schöne Infrastruktur der jeweiligen Gegner.

Was ich aber als mindestens genauso schlimm empfand, war, was in all der Zeit der Mutter Natur angetan wurde.
Abermillionen Pflanzen und Tiere verloren bei Kriegen sowie durch Umweltverschmutzung oder durch invasives Wachstum von Städten und Dörfern ihr Leben.
Die Wälder, die wir heute kennen, wurden mit allem, was darin war, vernichtet. Das Wasser wurde verseucht, die Luft verpestet und das Meer mit Müll übersät. Es war eine Schande!
Ich glaube, ich habe bei meinen Reisen auch nicht nur einmal einen Zeitpunkt erwischt, währenddessen es nicht irgendwo auf der Erde einen Krieg gab.
Die Menschen zerstörten die Natur jedoch nicht nur während der Kriege, sondern ihr ganzes Leben war darauf aufgebaut, die Erde auszubeuten und zu verschmutzen.
Es war üblich, sich stets mehr zu nehmen, als man brauchte.
Ich kann mir so viel Dummheit einfach gar nicht vorstellen.
Wie kann man nur den einzigen Ast absägen, auf dem man sitzt?
Was ich auch sehr tragisch finde, ist, dass sich die Menschen mit dem Voranschreiten der Zeit für immer klüger hielten und nicht erkannten, dass sie von Jahrhundert zu Jahrhundert eigentlich immer unwissender wurden.
Die Weisen ihres Volkes, die sie wieder hätten lehren

können, hatten sie inzwischen fast alle ausgerottet und von der Natur, die ebenfalls in der Lage ist, wahres Wissen zu vermitteln, entfernten sie sich immer weiter.
Sie verwechseln offenbar den technischen Fortschritt mit wirklicher Weisheit.
Es ist ein Jammer!
Sie kannten irgendwann die einfachsten Gesetze nicht mehr.
Ihnen ist zum Beispiel nicht klar, dass sie sich genau zu dem entwickeln werden, was sie in sich hineinlassen.
Nehmen wir mal ihre Nahrung. Sie essen arme, gequälte und mit Medikamenten und schlechtem Futter vergiftete Tiere.
Sie nennen das „effektive Massentierhaltung".
Ihr macht euch keinen Begriff, wie schlimm diese Tiere leben und später auch sterben.«
Soholit hatte sich erhoben und schritt in tiefer Betroffenheit auf dem Platz hin und her, um sich zu beruhigen und die schrecklichen Bilder abzuschütteln.
Nach einer Weile hatte er sich wieder gefasst und konnte weitersprechen:
»Auch die Pflanzen, die sie zu sich nehmen, sind durch sogenannte Pflanzenschutzmittel vergiftet und manche sind sogar noch niemals mit echter Erde oder Sonnenlicht in Berührung gekommen. Diese wachsen lediglich auf Nährlösungen in abgeschotteten Treibhäusern.
Da müssen sich die Menschen nicht wundern, wenn auch sie krank an Leib und Seele werden.

Ihnen fehlt mehr und mehr die Verbindung zu ihren Wurzeln in der Natur und sie betrachten sich nicht mehr als das, was sie in diesem Kreislauf sind: nämlich nur ein kleines, noch dazu für das Große und Ganze recht unwichtiges, Puzzleteil in der Schöpfung der Erde beziehungsweise des Universums.
Im Gegenteil, sie denken offenbar, sie seien die Krone dieser Schöpfung und dadurch etwas Besseres als die anderen Wesen.
Sie erkennen nicht, wie verwoben alles miteinander zusammenhängt und dass niemand vom anderen wirklich getrennt ist.
Das ist sehr traurig, wenn ihr mich fragt.
Aber ich fand in allen Zeiten auch immer noch gute und weisere Menschen, die diesen Irrsinn erkannten.
Allerdings war deren Anzahl zu gering und die Zeit zu früh, um sich gemeinsam mit ihnen gegen die Vernichtung der Erde wirksam aufzulehnen.
Als ich aber im Jahr 2000 ankam, veränderte sich dies stetig.
Ab diesem Zeitpunkt wurde langsam, aber sicher eine Generation geboren, die bereit war, wirklich etwas zu ändern und das machte mir Hoffnung.
Diese braucht aber Beistand. Die jungen Leute benötigen jemanden, der ihnen hilft, sich das alte Wissen wieder zugänglich zu machen.
Daher war es seit Langem mein Plan, eine geeignete Gruppe von Menschen zu finden und dann genau in jene Zeit und zu diesem Zweck, dorthin zu reisen.
Auf der Suche nach diesen Menschen habe ich euch,

die ihr heute beisammen seid, nach und nach gefunden.
Ich möchte der neuen Generation ab dem Jahr 2000 helfen, dass sie es schafft, aus eigener Kraft, den Untergang der Erde abzuwenden.
Wir reisen zunächst in unserer kleinen Gruppe dorthin.
Sollten wir Verstärkung benötigen, kämen auch noch einige andere unserer Verbündeten nach.
Ich meine, es wäre sinnvoll, noch zu warten, bis aus den kleinen Kindern junge Erwachsene geworden sind.
Also schlage ich das Jahr 2018 als unseren Ausgangspunkt vor.
Ich möchte euch nicht verschweigen, dass mir Folgendes unterwegs auffiel: Je stärker die Kräfte für die Erhaltung der Erde wurden, desto stärker und einfallsreicher wurden auch die Gegenkräfte dazu.
Es ist also keineswegs sicher, dass die Rettung unseres Planeten erreicht werden kann.
Aber es gibt eine sehr reale Chance und die möchte ich nicht ungenutzt verstreichen lassen.
Als wir gelähmt in der Luft hingen und ich mein Ende nah wähnte, wurde mir bewusst, dass ich euch, unbedingt in das gut gehütete Geheimnis, welches ich vorhin bereits erwähnte, einweihen muss.
Zu schnell kann ein Leben enden.
Es wäre unsagbar traurig, wenn damit auch das Geheimnis in Vergessenheit geraten würde.
Mir wurde dieses vor vielen Jahren von meinem scheidenden Lehrer anvertraut, welcher noch kurz vor seinem Tod meine Einweihung durch das gütigste

Wesen, das mir je begegnet ist, möglich machte.
Ich sollte dieses Wissen ebenfalls erst an meinem Lebensende weitergeben.
Nun möchte ich dem jedoch vorgreifen, denn wir gehen gefährlichen Zeiten entgegen.
Ich halte es für besser, dass das besondere Vermächtnis ab jetzt von mehreren Menschen gemeinsam getragen wird.
Es handelt sich um das Mysterium der „Hüter der siebten Wahrheit", zu denen seit Jahrhunderten der Älteste unseres Druidenordens gehörte.
Ich möchte es euch und auch noch einigen Vertretern anderer Völker morgen anvertrauen.«
Damit war Soholit am Ende seiner Ausführungen angelangt und schwieg.
Wäre jetzt eine Nadel zu Boden gefallen, man hätte ihren Aufprall sicher deutlich gehört, so intensiv war die nun folgende Stille.
Finnbar brach als Erster das Schweigen:
»Ich, für meinen Teil, möchte unbedingt bei dieser Gemeinschaft dabei sein, das Geheimnis hüten und mit euch reisen.
Aber ich glaube«, und er blickte dabei fragend zu Lia, »für mich und auch für Lia sagen zu können, dass wir für das Reisen ins Jahr 2018 noch nicht ganz so weit sind. Allermindestens beim eigenen Verwandeln haben wir noch einige Steigerungsmöglichkeiten.«
Er sah Querin jetzt grinsend auf seine Schuhe blicken und errötete leicht.

»Finnbar hat recht. Die Angelegenheit ist zu wichtig, als dass wir uns erlauben könnten, mit nicht völlig ausgebildeten Mitgliedern loszuziehen«, sprach nun auch Lia.
»Das stimmt«, entgegnete Soholit.
»Aber ihr seid schon viel näher am Ziel, als ihr es selbst denkt.
Ich meine, in etwa sechs Monaten könnte es losgehen.«
Lia und Finnbar war ein wenig schlecht in der Magengegend, aber sie nickten bestätigend.
Auch die anderen Anwesenden verkündeten ihre Bereitschaft.
Jeder von ihnen wartete innerlich bereits gespannt darauf, was Soholit ihnen morgen offenbaren würde.
»Da muss ich aber sehen, dass ich schnell wieder in Form komme«, murmelte Quiskan und machte sich sofort und ohne ein weiteres Wort in Richtung der Elben auf.
Finnbar fragte sich, ob dieser sich wohl dort eine Waffe schmieden lassen wollte, denn er konnte nicht verstehen, warum Quiskan sofort und ausgerechnet in jene Richtung verschwand.
»So und wir anderen machen uns jetzt am besten einmal daran, euch Verwandlung beizubringen«, sprach Soholit in Richtung der Zwillinge.
Der Druide wandte dabei tatsächlich völlig andere Methoden an als die, mit denen es Querin zuvor bei seinen Schülern versucht hatte.
Er war überzeugt, dass die eigene Erfahrung immer

über der Theorie stünde.
Schließlich hätten die zwei ja auch das astrale Reisen erfolgreich durch einen Tandem-Versuch erlernt.
Daher nahm er sich die Freiheit, Lia und Finnbar kurzerhand in zwei Rehe zu verwandeln.
Finnbar erkannte man jetzt an seinem kleinen Geweih.
Man muss dazusagen, dass bei den Tierverwandlungen der verwandelte Mensch sein menschliches Bewusstsein immer behalten konnte.
Da die Zwillinge bereits genügend Theorie bei Querin gelernt hatten und hier niemand Tiere jagte, wollte Soholit so lange warten, bis die Geschwister sich von selbst wieder zurückverwandeln würden. Er jedenfalls hatte Zeit.
Lächelnd stand er am Platz und unterhielt sich leise mit Querin und Lucinda.
Die Rehe trippelten unentschlossen hin und her und stupsten sich gegenseitig an.
Soholit verkündetet jetzt laut und deutlich: »Wir gehen besser mal schnell zum Mittagessen, sonst verpassen wir noch das köstliche Mahl.«
Dann gingen sie auch schon in Richtung Elbengebiet los.
Querin achtete unauffällig darauf, dass die beiden Rehe stets mithielten.
Die Elben hatten sich heute wieder einmal selbst übertroffen und freudig nahmen die drei Lehrer an der reichlich gedeckten Tafel Platz.
Hatte Soholit es sich eingebildet oder hatte sich die Fellfarbe des Rehbocks gerade ein wenig verändert?

Schmunzelnd bestrich sich Soholit eine Scheibe Brot dick mit einem herzhaften Getreideaufstrich und biss voller Genuss hinein.
Jetzt war er sich sicher, das Fell des Böckchens war deutlich noch heller als zuvor geworden.
Soholit ließ sich nichts anmerken und plauderte, während er mit viel Genuss weiter aß, angeregt mit zwei Elbendamen, die rechts und links von ihm Platz genommen hatten.
Jetzt kam auch Karlao freudestrahlend zu den Dreien angehüpft.
»Schaut mal, was ich hier Tolles habe.« Er zog gerade wieder einmal Lias goldene Haarspange hervor.
»Wer von euch möchte sie denn geschenkt bekommen?«, erwartungsvoll blickte er zu den wunderschönen Elbenfrauen.
Beide Damen hoben amüsiert die Hand.
»Oh«, Karlao war kurz etwas verlegen.
Er trat von einem Fuß auf den anderen.
Dann hatte er einen Geistesblitz: »Ja natürlich, ich breche sie einfach durch und dann kann ich jeder von euch die Hälfte der Spange schenken.«
Er machte sich gerade daran, den Haarschmuck in zwei gleiche Teile zu zerbrechen und gab sich dabei alle Mühe, der Gerechtigkeit halber, auch genau die Mitte zu erwischen.
Plötzlich gab es einen lauten Knall und Lia tauchte, zum Erstaunen aller, unweit von Karlao auf.
Eilig hatte sie ihn mit einigen Schritten erreicht und nahm ihm die Spange mit den Worten aus der Hand:

»Weißt du was, wir drei werden die Haarspange einfach abwechselnd tragen, dann brauchen wir sie nicht zu zerstören.«
Karlao war sehr erfreut. »Das ist ja eine wahrhaft famose Idee, aber schau mal, was ich auch noch Wunderbares dabeihabe.«
Er zog ein Mobile aus Federn und getrockneten Blumen heraus und hielt es Lia vor die Nase.
»Wie schön«, antwortete diese und quetschte sich noch neben eine der Elbendamen mit an den Tisch. Hungrig zog sie sich eine große Puddingschüssel heran und begann die Süßspeise schnell in sich hineinzuschaufeln.
»Das ist die letzte Schüssel, oder?«, fragte sie in die Menge und verbarg dabei ein spitzbübisches Grinsen.
Wumm, Finnbar tauchte, wie aus dem Nichts, mit einem lauten Plopp auf, nahm Lia freundlich, aber bestimmt, die Puddingschüssel aus der Hand und begann ohne Worte neben seiner Schwester, diese schnell und mit Appetit auszulöffeln.
Soholit und Lia brachen in schallendes Gelächter aus.
»Seht ihr, ich habe es euch doch gesagt, es geht alles schneller, als ihr dachtet«, hörten sie ihren, sehr erfreuten, Lehrer sagen.

Die Hüter der siebten Wahrheit

Am nächsten Morgen hatte sich auf Soholits Einladung hin eine größere Abordnung der »Krieger des Lichts« am Ausbildungsplatz eingefunden.
Es herrschte eine erwartungsvolle, erregte Stimmung unter den Anwesenden.
Außer Lia, Finnbar, Querin, Quiskan, Lucinda und Soholit waren auch noch Kelo, Soholits Druiden-Stellvertreter, Karlao, sowie die Elben: Selma, Angar, Jeora und Mandavar gekommen.
Soholit räusperte sich mehrmals.
Dann begann er langsam und überlegt, mit deutlicher Stimme, vollkommen zentriert und in sich gekehrt zu sprechen. Er schien in diesem Moment wie in einer anderen Welt zu verweilen.
»Liebe Freunde, ich habe schon gestern angedeutet, dass es an der Zeit ist, den genauen Inhalt eines wichtigen Geheimnisses auf mehr Schultern zu verteilen als nur auf die meinigen.
Mein verstorbener Lehrer und ehemaliger Ältester unseres Druidenordens hatte mir noch auf seinem Sterbebett erstmals davon berichtet.
Er war es, der daraufhin meine offizielle Einweihung durch höhere Mächte eigenhändig, kurz vor seinem Ableben in Gang setzte.
Das war das gewaltigste Erlebnis, welches ich je in meinem Leben gehabt hatte und lässt sich nicht in Worte fassen. Ich kann nur versuchen, es euch fühlen

zu lassen.«
Soholit hielt kurz inne, sodass jeder die Gelegenheit bekam, die gerade herrschenden Energie zu erfassen. Es fühlte sich fast so an, als wäre die Zeit stehen geblieben. Die Stille, die sich gerade im Raum ausbreitete, war schier materiell.
Mit bislang unbekannter Intensität erfüllte daraufhin Freude und Zuversicht die, bis ins Mark tief berührten Kameraden.
Nach einer Weile fuhr der weise Druide mit seinem Bericht fort.
»Ich sollte das Geheimnis vor meinem Tod ebenfalls an eine würdige Person, bislang war das stets der neue Oberste des Druiden-Ordens, weitergeben.
Während unserer kürzlichen Gefangenschaft wurde mir jedoch klar, dass der Tod ganz plötzlich und vor allem völlig unvorhergesehen kommen kann.
Daher habe ich mich, auch in Absprache mit einigen, um welche es in dem Geheimnis geht, entschieden, das Mysterium jetzt schon und auch nicht nur an einen einzelnen Menschen weiterzugeben.«
Soholit setzte sich auf einen Baumstumpf und begann nach einer kurzen Pause wiederum weiterzuerzählen:
»In jenem besonderen Geheimnis geht es um die „Hüter der siebten Wahrheit".
Die Anfänge dieses Mysteriums liegen mehr als vier Milliarden Jahre zurück.
Also bis in eine Zeit, von der uns stets überliefert wurde, dass es überhaupt noch kein Leben auf der Erde gegeben hätte.

Dem war aber gar nicht so, denn bereits lange vor den ersten einzelligen Lebewesen, welche auf der Erde etwa vor dreieinhalb Milliarden Jahren, als Anfänge unserer heutigen Schöpfung entstanden waren, gab es auf unserem Planeten schon einmal eine vollkommen entwickelte Flora und Fauna.
Dazu gehörten auch intelligente Wesen, die uns Menschen von heute gar nicht so unähnlich waren.
Wie seit je her, so war auch in diesen Tagen schon ein stetes Gleichgewicht von Aufbau und Vergehen im Universum zugange.
Ihr kennt ja alle die Geschichte der „Drei magischen Sterne".
Ich nehme an, dass an einem bestimmten Punkt jener früheren Erdgeschichte ein Untergang aller, damals lebenden Wesen kurz bevorstand.
Die, ich möchte sie einfach mal „Vormenschen" nennen, befanden sich zu der Zeit auf einem sehr hohen Entwicklungsniveau.
Einige, dieser Wesen hatten das leider nur dafür genutzt, um die Pläne des „Herrn der Finsternis", nämlich die Zerstörung der frühen Populationen der Erde voranzutreiben.
Die anderen hingegen hatten eine spirituell hohe und sehr gütige Entwicklungsstufe erreicht und sahen die Vorgänge auf ihrem Planeten mit großer Sorge.
Wie gerne wären sie unter die Schutzherrschaft der „Einen, der Dienerin der Liebe" gelangt.
So etwas wäre allerdings nur möglich gewesen, wenn fast alle Individuen des Himmelskörpers die nötige

Reife erreicht hätten.
Das war auf der damaligen Erde bedauerlicherweise noch längst nicht so.
Daher begannen sie, die vorhandenen drei Dimensionen, in denen sie lebten, bis auf sieben Stück auszudehnen.
Zu eurer Erklärung:
Auf der heutigen Erde leben wir, genauso wie es auch vor mehr als vier Milliarden Jahren schon der Fall war, in einer für alle sichtbaren dreidimensionalen Welt.
Diese Dimensionen sind Höhe, Breite und Tiefe.
Ein Wissenschaftler, namens Albert Einstein, der später im zwanzigsten Jahrhundert leben wird, hatte, als einer von Wenigen, auch bereits die vierte Dimension erfasst.
Man nennt jene Dimensionen auch die sogenannten „Wahrheiten".
Unsere Erde ist aktuell von sieben Dimensionen, also vier Wahrheiten mehr als die sichtbaren drei, umgeben.
Es gibt im Universum, außerhalb unseres Sonnensystems, jedoch noch weit mehr dieser Dimensionen.
Wir Menschen, befinden uns im normalen Alltagsbewusstsein in Wahrheit eins bis drei, einige sehr sensitive Mitbürger auch in vier.
Im Übrigen erstreckt sich auch die Anderswelt bis in jene vierte Dimension.
Bestimmte Wesen der Dunkelheit und des Lichts agieren häufig in den Dimensionen drei bis sechs.

Sie sind im Grunde nichts anderes als materialisierte Gedanken der Vormenschen.
Daran sieht man einmal mehr, wie mächtig Gedanken sind.
Daher ist es stets ratsam, seinen Geist bewusst zu lenken und im Zaum zu halten.
Wenn nun in der heutigen Zeit Menschen mit jenen Kräften in tiefe Resonanz kommen, so besteht die Möglichkeit, dass die Geschöpfe der vierten bis sechsten Dimension so stark werden, dass sie mit einem materiellen Körper in unserer Welt erscheinen können.
In der Wahrheit vier bis sechs befinden sich auch echsenartige Wesen. Man könnte sie auch als Drachen bezeichnen.
Unter diesen gibt es gütige und boshafte, je nach dem aus welchen Gedanken sie dereinst entstanden sind.
Von dort muss auch das monströse Ungeheuer gekommen sein, welches damals am Waldteich den Auftrag hatte, Lia und Finnbar während der Zwischenprüfung zu töten.
Allerdings muss es vorher ganz bewusst in unsere Welt gerufen worden sein.
Das ist auf jeden Fall einer unserer unbekannten Feinde gewesen, da bin ich mir sicher.
In der siebten Dimension jedoch, welche die höchste bei uns ist, wirken ausschließlich Kräfte, die der Erde und den Menschen sehr zugetan sind.
Diese positiven Energien gehören allein zu den höher entwickelten, gütigen Vormenschen, die ich zuvor

bereits erwähnt habe.
Die „Eine“, die Dienerin der Liebe, steht im Übrigen noch über allen Dimensionen im Universum und dient direkt dem großen, unendlichen Ursprung.
Es ist mir nicht genau bekannt, ob jene, gutherzigen Wesen der siebten Dimension sich inzwischen bereits direkt unter der Schirmherrschaft der „Dienerin der Liebe“, der Beschützerin der höher entwickelten Planeten, befinden oder ob sie ganz eigenständig sind.
Wahrscheinlich ist es ungefähr so, dass in dieser, für uns unsichtbaren siebten Wahrheit, lediglich die Essenzen der früheren liebevollen Vormenschen als eine Art Abbild gespeichert sind.«
»Wie meinst du das?«, mischte sich Finnbar, der bereits seit einiger Zeit sehr unruhig auf seinem Sitz-Baumstumpf herumgerutscht war, in die Ausführungen seines Lehrers ein.
»Ich verstehe das nicht. Drei Dimensionen, ok, das leuchtet mir noch ein.
Aber was soll ich mir unter der siebten sowie deren Bewohnern vorstellen?«
»Mein verstorbener Meister hatte mir dazu eine Geschichte erzählt«, antwortete Soholit geduldig.
»Sie handelte von einem Käfer, der nur zwei Dimensionen erfassen konnte.
Somit krabbelte er stets auf einer Ebene immer von links nach rechts oder kreuz und quer herum.
Nie im Leben wäre er darauf gekommen, sich nach oben oder unten, in eine weitere Dimension zu begeben.

Dafür war sein Intellekt einfach zu klein.
So ähnlich ist dies auch für uns.
Wir müssen uns über unseren Verstand erheben, um insbesondere die vierte Dimension oder noch höhere zu erahnen.
Dabei geht es um Intuition, um Visualisierung, Glaube und dergleichen.
Es ist auch für mich unmöglich, das mit meinen normalen Sinnen zu begreifen oder zu erfassen.
Aber in einfachen Worten gesagt, haben die hoch entwickelten Vormenschen sich vor dem völligen Untergang allen Lebens auf der Erde in diese siebte Dimension retten können.
Allem Anschein nach konnten sie dabei ihren physischen Körper nicht mitnehmen.
Es scheint ihnen aber gelungen zu sein, ihr persönliches Bewusstsein, welches früher zu diesen Körpern gehört hatte, in jener siebten Dimension zu bewahren.
Das bedeutet, dass ihre Seelen und ihr Geist nach dem Tod des physischen Körpers nicht auf Nimmerwiedersehen mit all ihren Erinnerungen und Wissen ins große einheitliche Bewusstsein eingegangen sind.
Sie haben sich also nicht, wie das sonst früher oder später nach dem physischen Tod jedes Körpers geschieht, komplett im Licht aufgelöst.
Dort verliert nämlich ein jedes einzelnes Lebewesen das Gefühl für sein kleines „Ich".
Das Sterben eines physischen Wesens, beispielsweise eines Menschen, ist normalerweise ein steter Übergang

von: „Ich bin dies oder jenes“, über: „Ich bin“ zu letztlich einfachem körperlosen „Sein“.
Dieses „Sein“ gehört zu keinem speziellen Wesen mehr und gleichzeitig doch auch zu jedem.
Dass ihnen dies passieren würde, wussten jene Vormenschen zu verhindern.
Sie haben zwar dort, wo sie jetzt sind, einen guten Draht zum "All-Eins-Sein" –, also dem großen „Ich“, heißt sie können sich stets bewusst im großen „Sein“ auflösen. Die Wesen der siebten Wahrheit sind aber trotzdem noch in der Lage, wenn sie sich dazu entscheiden, als kleine Individuen zu denken und zu handeln.
Ich wiederhole: Das bedeutet, dass sie wohl genau verinnerlicht haben, was reines Sein bedeutet, aber trotzdem noch als Individuen agieren können.
Sie sind dabei so gnadenvoll erhaben und allen Wesen von Herzen liebevoll zugetan, dass ich es gar nicht in Worten ausdrücken kann.
Die siebte Wahrheit ist daher die Ebene, von wo aus die meiste Hilfe für die heutigen Erdbewohner auf den Weg gebracht wird.
Sie waren es auch, die mir schützend zur Seite standen, als Quiskan und ich so lange Zeit gefangen gehalten wurden. Sie bewahrten nicht nur meinen Körper, sondern auch meine Seele vor ernsthaftem Schaden.
Die Macht dieser Wesen hat aber auch Grenzen, denn ich hätte ohne die Rettung durch Karlao, Finnbar sowie Lia, selbst mit jener mächtigen Hilfe, nicht mehr lange überleben können.

Leider befindet sich zurzeit auf unserem Erdball niemand, welcher eine geeignete hoch schwingende Resonanz zu den Bewohnern der siebten Dimension aufbauen könnte. Daher sind diese guten Wesen nicht in der Lage, in einem echten, materiellen Körper zu erscheinen. Sie wirken aus dem Grund lediglich als Geistwesen.
Alle anderen, noch höheren Dimensionen im Universum sind momentan nicht so relevant für die Erde wie die sieben Wahrheiten, von welchen ich euch soeben berichtet habe.
In der Nacht meiner Einweihung in das Geheimnis der „Hüter der siebten Wahrheit" hatte ich zum ersten Mal Kontakt mit dem fremdartigen, beeindruckend gnädigen Wesen, namens Asrielos.
Dieses war plötzlich in jeder meiner Zellen zugegeben. Dort erfüllte es mich mit Liebe und einer Gewissheit, deren Inhalt ich ebenfalls in Worten nicht wiederzugeben vermag.
Jedenfalls war das Wesen voller Güte sowie Weisheit. Seither hat es mir über Visionen oder Träume kluge Lenkung zuteilwerden lassen.
Ich meine, dass die meisten Visionen aus dieser siebten Wahrheit stammen.
Es gibt aber auch welche, die aus höheren Wahrheiten oder von der „Einen" höchst persönlich kommen.«
»Offen gestanden, ist mir das gerade zu hoch«, mischte sich jetzt auch Lia leicht frustriert in die Ausführungen ihres Lehrers ein. »Soll ich mir das so vorstellen, dass die Wahrheiten wie Ringe um den Erdball gelegt sind.

Die Siebte wäre dann am weitesten entfernt?«, fragte das Mädchen recht verwirrt.
»Du musst dich vollkommen von dem üblichen räumlichen Denken lösen.
Es geht über die drei Dimensionen hinaus.
Auch wenn die siebte Wahrheit weit weg wäre, so waren die Wesen von dort dennoch in der Lage direkt mit mir über die kleinste Zelle meines Körpers zu kommunizieren.
Sie sind im Prinzip gleichzeitig meilenweit entfernt und dennoch direkt in allem.
Ich hatte tatsächlich das Gefühl, dass sie überall wären und vor allem ganz nah.
Versuche nicht, mit deinem Verstand etwas zu verstehen, das dieser nicht begreifen kann.
Ich kann dich im Augenblick nur darum zu bitten, mir vorerst zu glauben.
Vielleicht wirst du recht bald aus eigener Erfahrung wissen, wovon ich versuche zu sprechen.
Möglicherweise hilft dir folgendes Beispiel:
Stell dir vor, du möchtest jemandem erklären, wie sich Wasser anfühlt. Jedoch all die Adjektive, die du verwendest, um Wasser zu beschreiben, nützen deinem Gegenüber gar nichts.
Ihm sagt weder „nass, feucht, belebend, noch kaltes oder warmes Wasser“ irgendetwas.
Sobald es aber selbst einmal das Wasser gespürt hat, ist ihm ganz klar, was du sagen wolltest.
Doch nun zurück zur Geschichte.
Die Wesen aus der siebten Wahrheit wollen unbedingt

im Verborgenen bleiben und auch die anderen aus den Dimensionen vier bis sechs, die zum Teil gegen das Leben auf der Erde wirken, wollen keinesfalls, dass das bekannt wird.
So wurde zum Schutz der Wissenden, den sogenannten „Hütern der siebten Wahrheit“, bislang alles streng geheim gehalten, denn ansonsten könnte ihnen der gewaltsame Tod drohen.
Besonders aggressiv sind die Wesen, die in Dimension drei bis sechs dem „Herrn der Finsternis“ treu ergeben sind.
Sie würden jeden, der ihr Geheimnis kennt, ohne zu zögern, sofort eliminieren.
Das sind wohlgemerkt nicht seine sechzehn Diener, sondern eigenständige negative sowie äußerst bösartige Wesenheiten. Dadurch sind sie auch nicht an die ehernen Gesetze der „Drei magischen Sterne“ gebunden, was bedeutet, dass sie besonders heimtückisch Schaden über ihre Gegner bringen könnten. Diese Bewohner der dritten bis sechsten Dimension würden, wie schon erwähnt, nicht lange damit fackeln, jeden Mitwisser auf der Stelle zu vernichten.
Ich bin mir sicher, dass außer dem jeweiligen Ältesten unseres Druidenordens bestimmt auch noch andere weise Menschen auf der Welt von den sieben Wahrheiten Kenntnis haben.
Mein ehemaliger Lehrer hatte angedeutet, dass er vermutet, dass es auch bei den Inuit, den Aborigines oder verschiedenen weiteren indigenen Völkern

sogenannte Eingeweihte geben könnte.
Durch das absolute Schweigegebot war jedoch bis heute keine Vernetzung mit diesen möglich.
Die Wesen aus der siebten Wahrheit offenbaren sich nicht nur in Visionen oder Träumen.
Sie spielen uns manchmal sogar direkt ihre Vorstellungen in unseren Geist.
Diese Wesen sind es auch, die entscheiden, wann etwa eine Erfindung reif ist, auf die Erde zu gelangen.
Sie erschaffen dafür dann ein bestimmtes energetisches Feld für diese Entdeckung in der Atmosphäre.
Wenn das der Fall ist, so kann es vorkommen, dass diese Neuheit dann an mehreren Stellen der Erde gleichzeitig entdeckt wird. Je nachdem, wie viele Menschen offen für die neue Entdeckung sind.
Für mich war die Begegnung mit dem besonderen Wesen Asrielos aus der siebten Wahrheit ein einschneidender Wendepunkt in meinem Leben.
Dies war das größte Geschenk, welches mir jemals zuteilgeworden war.«
»Es muss doch irgendwie möglich sein, uns mindestens ein wenig mehr zu erklären, wie man sich weitere Dimensionen oder Wahrheiten vorstellen kann.
Wenn man zum Beispiel an ein Atom denkt, wo wirken sie dann?«, fragte Finnbar nochmals seinen Lehrer und sah dabei ein wenig verlegen aus, weil er das Ganze offenbar noch immer nicht verstanden hatte. Soholit überlegte eine Weile.
Dabei ging er langsam, tief grübelnd hin und her.
»Also, wenn wir das Bild eines Atoms nehmen, dann

würde es am ehesten passen, wenn wir uns nicht auf die Teilchen in seinem Inneren konzentrieren.
Es geht mehr um die Welle, zu der ein Elementarteilchen ja werden kann, wenn wir es nicht beobachten.
Auf ebendieser Wellenebene agieren die Wesen höherer Dimensionen.
In jedem Geschöpf sind natürlich solche Schwingungen vorhanden, welche dann unbewusst auch in höheren Dimensionen ankommen oder wahrgenommen werden.
Diese Schwingungen wirken stets verstärkend im Resonanz-Prinzip in den leeren Zwischenräumen der Atome.
Bekanntlich sind in einem Atom ja mehr als 99 % des Raumes leer. Deshalb gibt es sehr viel Platz für die Resonanz.
Auch daher sind jene Schwingungen so mächtig.
Außerdem gilt, dass je kleiner etwas ist, desto mehr Kraft kann es entfesseln.
Denkt dabei an die Gewalt einer Atomspaltung, von der ich euch im Fach Zukunftsgeschichte erzählt habe.
Jedes Wesen hat also eine eigene Schwingung.
Bei den Pflanzen kann man sich diese Schwingungen auch zum Heilen nutzbar machen.
Solche Heilkräfte, man nennt sie auch Blütenessenzen, sind dann tatsächlich weit machtvoller als die physischen Teile der Pflanze es je sein könnten.
Einer, der bekanntesten Menschen, welcher diese Form der Heilung entdeckt hatte, hieß, nebenbei

bemerkt, Dr. Edward Bach.
Man nannte diese ersten Essenzen daher später Bachblüten.
Man kann aber auch mit den Schwingungen von Steinen, Tieren, Planeten und vielem mehr heilen.
Ihr Lieben, ich denke, wir haben jetzt jedoch genug über Dinge gesprochen, die nicht zu sprechen sind.
Ich werde nun erbitten, dass euch die gleiche Einweihung direkt zuteilwerden wird, wie sie mir in der Sterbenacht meines Meisters geschenkt wurde.
Bitte setzt euch gerade hin und lehrt euren Geist.«

Lia hatte plötzlich den Eindruck, dass ihre äußere Hülle abfallen würde.
Es schien, als hätte sie sich als Mensch vollkommen aufgelöst und würde jetzt körperlos im ganzen Universum verteilt sein.
Dann spürte sie es, das mächtige Wesen Asrielos, von dem Soholit ihnen zuvor berichtet hatte.
Lia war sofort wunschlos glücklich.
Sie gab sich vertrauensvoll in dessen Hände, wissend, dass sie von ihm nur Gutes zu erwarten hatte.
Es kam ihr wie eine Tiefenreinigung all ihrer Zellen vor.
Später erwischte sie einige Bilder, die wie Fetzen eines fernen Films an ihr vorbeizogen.
Auf einem der Szenen sah sie einen unbekannten jungen, aufrechten Mann, der sie voller inniger Liebe ansah.
Sie sog tief die Luft ein.

Kurz darauf war es so schnell, wie es begonnen hatte, auch schon vorüber.
Lia hatte jedes Gefühl für Ort und Zeit verloren.
Von weit her hörte sie nun die Stimme Soholits an ihr Ohr dringen.
»Bewegt langsam eure Hände und Füße, streckt euch ein wenig und wenn es für euch stimmt, dann öffnet im Hier und Jetzt eure Augen …
Es besteht kein Grund, weiter über diese Dinge zu sprechen. Lasst sie einfach sinken.
Gehen wir zurück zum Lager.
Wir müssen uns nun weiterhin auf unsere kommende, wichtige Mission konzentrieren.«

Vorbereitungen auf eine große Reise

In den nächsten Monaten bereiteten sich sowohl die Schüler als auch die Lehrer gleichermaßen auf das kommende Abenteuer vor.
Emsig feilten sie an ihren Kampfkünsten sowie ihrer inneren Haltung, um als wahre »Krieger des Lichts« im Jahre 2018 die Mission zur Rettung der Erde aufzunehmen.
Die Zwillinge verfeinerten die Kenntnisse in eigener Verwandlung bis ins Allerkleinste.
Sie lernten auch, wie man unbelebten Gegenständen Leben einhauchte oder diese mit bestimmten Eigenschaften ausstattete.
Das hatte ein wenig Ähnlichkeit damit, wie Lia und Finnbar damals ihre Talismane präpariert hatten.
War dies seinerzeit jedoch rein instinktiv geschehen, so wussten sie heute ganz genau und präzise, wie so etwas zu bewerkstelligen war.
Dazu kamen noch bestimmte Defensiv-Techniken, wie beispielsweise sich oder andere, mit einem unsichtbaren Schutzschild zu versehen oder ganz ausgeklügelte Möglichkeiten, sich gegenseitig geheime Nachrichten zu überbringen.
Außerdem war es unabdinglich, sich detailgetreu mit der Geschichte der Menschheit bis ins 21. Jahrhundert zu befassen und mit den neuesten Erfindungen und wissenschaftlichen Erkenntnissen vertraut zu sein.
Als sie in dem Zusammenhang den sogenannten

Fernseher gezeigt bekamen, wollte Finnbar andauernd die Kochsendungen, die in den Programmen der Menschen recht häufig vorkamen, anschauen.
Lia wiederum war sprachlos über die zweckmäßige Kleidung, die es für Frauen dort zu kaufen gab und konnte sich an bestimmten Werbekatalogen einfach nicht sattsehen.
Lange hatten sie alle gerätselt, was wohl Quiskan trieb, denn er war oft über längere Zeit spurlos verschwunden gewesen.
Finnbar war es, der es herausfand.
Er hatte rein zufällig gesehen, wie Quiskan in einem abgelegenen Waldstück mit einem riesigen Hammer komplizierte Übungen absolvierte.
Als Quiskan ihn bemerkte, winkte er ihn zu sich und sprach verstohlen:
»Das ist der Hammer meines verstorbenen Vaters.
Orlana hatte ihn mir schon vor vielen, vielen Jahren zu meiner Volljährigkeit vererbt.
Er besitzt zahlreiche magische Eigenschaften.
Bisher konnte ich nie viel damit anfangen, aber jetzt dachte ich, er könnte bestimmt hilfreich sein.
Allerdings bin ich wahrscheinlich bislang nur hinter einen Bruchteil seiner Fähigkeiten gekommen.«
Finnbar war beeindruckt.
»Darf ich ihn einmal kurz festhalten?«, fragte er sehr interessiert.
Quiskan reichte dem Jungen bereitwillig den Hammer.
Dieser knickte kurz unter dem immensen Gewicht der Waffe ein.

Voller Achtung schaute er nun zu seinem Urgroßvater.
Es war kaum zu glauben, wie dieser es mit seiner kleinen Körpergröße schaffte, solche schwierigen Übungen mit der ungewöhnlichen und so schweren Waffe zu vollführen.
Auch Finnbar wollte den Hammer einmal schwingen, fiel aber dabei direkt auf seine Nase, welche sogleich heftig zu bluten anfing.
Er versuchte danach, gemeinsam mit der Waffe aufzustehen und berührte dabei versehentlich kurz den Hammerkopf mit seinem ramponierten Gesicht.
Wie durch ein Wunder hörte seine Nase sofort auf zu bluten und tat auch auf der Stelle gar nicht mehr weh.
Perplex schaute Finnbar abwechselnd vom Hammer auf seinen Urgroßvater.
Dieser war nicht minder überrascht.
»Ich glaube, du bist da gerade auf eine neue, wundervolle Eigenschaft dieses magischen Gegenstandes gestoßen.
Wer weiß, vielleicht werden wir eines Tages noch sehr froh über das Ergebnis deines kleinen Missgeschicks von heute sein.«
Nachdenklich gingen die beiden zusammen zum Gemeinschaftsareal, wo bereits alle anderen versammelt waren.
Quiskan hatte sich entschlossen, dass nun alle von seinem Geheimnis um den alten magischen Hammer wissen durften, und trug ihn deshalb ganz sichtbar bei sich.
Es war ihm eine große Lehre gewesen, dass Finnbar

etwas entdeckt hatte, was ihm vorher verborgen geblieben war.
»Viele Augen sehen mehr als zwei«, murmelte er leise vor sich hin.
Aufgeregt berichtete Finnbar am Tisch sein Erlebnis und alle blickten voller Respekt zu Quiskan mit seinem wundersamen Hammer.
Fünf Monate waren seit Soholits langem Bericht über seine Zeitreise und der wunderbaren Einweihung in das Mysterium der „Hüter der siebten Wahrheit" vergangen.
Langsam rückte also die geplante Mission immer näher. Sie hatten jetzt nur noch einen Monat Zeit, sich fertig vorzubereiten.
Das war aber noch immer ein Zeitpunkt, der in relativ weiter Ferne lag und niemand war daher in Eile.
»Bitte bereitet euch auf ein baldiges Fortgehen vor«, wandte sich Soholit, für alle vollkommen unerwartet, schon an diesem Tag an die kleine Gemeinschaft.
»Ich möchte, dass ihr euch einen Rucksack mit allem Nötigen schon jetzt bereithaltet und innerlich auf eine sehr kurzfristige Abreise vorbereitet seid.
Ich bitte darum, dass ihr diese Sachen und auch eure Waffen künftig stets in eurer unmittelbaren Nähe habt.
Wenn es noch wichtige Dinge zu erledigen gibt, dann tut das bitte sofort.
Schiebt nichts mehr auf, denn es könnte ansonsten zu spät dafür sein.
Es mag so kommen, dass wir von einer Minute auf die andere losziehen müssen.

Ich habe geheime Berichte erhalten, die das nötig machen könnten.«
Erschrocken blickten die Zwillinge zu ihrem Lehrer.
Auch die anderen waren sehr überrascht.
Jeder hing kurz seinen eigenen Gedanken nach.
Wie viele Abschiede waren doch noch zu nehmen und wie viele Dinge zu klären.
Bisher hatte das alles noch so weit weg ausgesehen.
Nun war es in greifbare Nähe gerückt.
»Was für Berichte sind das genau, die dich glauben lassen, dass wir schon bald losziehen müssen?«, fragte Querin, nachdem Soholit offensichtlich mit seinen Ausführungen zu Ende gekommen war.
»Ihr müsst wissen, dass auch ich in der letzten Zeit nicht untätig war.
Meine Bruderschaft, also die anderen Druiden, die ebenfalls bei den Elben und dem kleinen Volk im Exil leben und ich haben es geschafft, von hier aus einen Zeittunnel zu errichten.
Dieser führt genau in das Jahr 2018 an die gleiche Stelle nach Irland, wo wir uns gerade befinden.
An der anderen Seite des Tunnels haben wir ein unterirdisches Lager in einer Felsengrotte errichtet.
Dieses ist immer besetzt.
Wir unterhalten auch noch weitere Zweigstellen an vielen anderen Plätzen in versteckten Höhlen auf der gesamten Erde verteilt.
Von dort aus senden wir regelmäßig Späher in Tiergestalt aus, um über die Machenschaften unserer

Gegenspieler informiert zu sein.«
»Wer sind denn unsere Gegenspieler?«, fragte Finnbar.
»Das ist eine hervorragende Frage«, entgegnete Soholit.
»Wir denken, dass dies wahrscheinlich hauptsächlich der „Herr der Finsternis“ mit seinen sechzehn untergebenen Geistern und deren Helfershelfer sein müssen.
Das wäre nur logisch, denn die Erde ist gerade in seiner Hand.
Er will sie zugrunde richten.
Das ist sozusagen sein liebster Daseinszweck und auch seine Aufgabe.
Dabei hat er aber normalerweise keine Eile, er kostet jeden Moment bis zum Ende aus.
Er ist ein echter Genießer, mit sehr viel Zeit.
Da er nicht direkt eingreifen darf, begnügt er sich an und für sich damit, immer wieder nur Gier und Finsternis in den Geist der Menschen zu bringen.
Dann muss er sich nur noch zurücklehnen und beobachtend den Untergang abwarten.
Alles andere, sprich sein geplantes Zerstörungswerk, geschieht dann später wie von selbst.
Er hat zwar auch schon gegen die ehernen Gesetze verstoßen, was unsere liebe Lucinda damals leider zu einem Waisenkind gemacht hatte, aber wir hatten gehofft, dass die schwere Rüge, die er dafür von seiner Mutter, „Der Einen“ erhalten hatte, ihn von solchen weiteren Taten zurückhalten würde.

Die direkte Einmischung am Tag der Zwischenprüfung der Zwillinge und dann der Überfall auf mich und Querin waren daher mehr als ungewöhnlich.
Sie lässt vermuten, dass hier entweder gerade wieder etwas Ähnliches geschieht, wie damals mit Lucindas Familie oder aber etwas anderes Unerfreuliches.
Unsere Späher hatten schon eine Weile ein finsteres Geschöpf, namens Shay im Visier.
Er wurde stets von seinem grausigen Herren Patros entsendet, um die Zerstörung von bestimmten Dingen enorm zu beschleunigen.
Diese zwei beherrschen ebenfalls die Kunst des Zeitreisens.
So haben wir zum Beispiel beobachtet, dass sie ein weiträumiges Waldstück, das ohnehin in den nächsten zwanzig Jahren wegen einer kommenden Dürre abgestorben wäre, angezündet haben und dadurch die Vernichtung viel schneller als geplant vonstattenging.
Vieles in dieser Art wurde uns inzwischen von den beiden finsteren Gestalten berichtet.
Diese Eile ist für den „Herrn der Finsternis“ nicht typisch. Und dann auch noch das direkte Eingreifen.
Das wurde von uns schon lange nicht mehr beobachtet und wir sind sicher, dass das auch wieder gegen die kosmischen Regeln verstößt.
Wer genau dies aber anordnete, ist uns leider nicht klar.
Möglicherweise gibt es also neben dem „Herrn der Finsternis“ noch einen oder mehrere unbekannte Gegner, die sehr überstürzt vorgehen.

Gerade erst geschah etwas, das uns sehr zu denken gibt:
Patros und Shay lebten mit noch einigen anderen zwielichtigen Bösewichtern in einer weit abgelegenen Burg.
Diese Burg stand etwa zehn Tagesritte von hier entfernt und war hauptsächlich, während unserer Zeit, im neunten Jahrhundert bewohnt.
Jenes Anwesen wurde nun, wie uns gestern berichtet wurde, vor zwei Tagen von unbekannten Feinden dem Erdboden gleichgemacht. Es gab keinen einzigen Überlebenden.
Wir nehmen an, dass es sich um eine Art Bestrafung handelte.
Immerhin hatten die Bewohner der Burg ihren wahrscheinlichen Auftrag, Quiskan und mich sowie Lia und Finnbar zu töten, nicht erfüllt.
Wir haben großen Grund zur Annahme, dass Patros und Shay auch hinter der Aktion mit dem Ungeheuer am Teich gestanden hatten und vorgestern für ihr ständiges Versagen mit dem Tode bestraft wurden.
Ich glaube, dass, wer immer auch der Auftraggeber dafür gewesen ist, sich jetzt bereits neue, bessere Diener gesucht hat, die eventuell effektiver versuchen werden, uns zu blockieren und zu töten sowie die Zerstörung aller Spezies des Planeten Erde weiter zu beschleunigen.
Wir alle hier sind diesem unbekannten Feind mit Sicherheit ein großer Dorn im Auge, da wir ja ebendiese Vernichtung verhindern möchten.

Der „Herr der Finsternis“ hat es aus unerklärlichen Gründen plötzlich sehr eilig mit der Zerstörung der Erde.
Oder aber es gibt, wie zuvor erwähnt, noch eine weitere Kraft, die uns bislang noch völlig unbekannt ist und die ebenfalls die Eliminierung der gesamten Schöpfung unseres Planeten mit Macht sowie Schnelligkeit vorwärtstreibt.‘
Derjenige jedenfalls, der das so rasch vorhat, scheint sich offenbar so klug und so sicher zu fühlen, dass er sich ohne Weiteres getraut, einfach die ehernen kosmischen Gesetze zu übergehen.
Dass es sich dabei vielleicht um Menschen handelt, haben wir inzwischen vollkommen ausgeschlossen.
Niemand von diesen verfügt über solche enormen Fähigkeiten, wie wir sie hier bei dem Überfall auf mich und Quiskan erlebt haben.
Die wenigen Menschen, die über bestimmte magische Begabungen verfügen, sind mit Sicherheit auf unserer Seite.
Daher müssen wir ab sofort bereit sein.
Die eventuell neuen Diener unseres unbekannten Gegenspielers werden vielleicht keine Zeit mehr verlieren wollen. Alles ist möglich.«
Er sah seine engsten Freunde eindringlich an:
»Ich bekam auch in einer Vision eine eindringliche Warnung ...«

Der letzte Abend

Lia und Finnbar kehrten alsbald zu ihrem Wohnbaum zurück und packten gemeinsam und sehr aufmerksam ihre Sachen.
Viel konnte davon abhängen, dass sie jetzt nichts Wichtiges vergaßen.
Sie hatten einige ihrer persönlichen Gegenstände und Kleidungsstücke besonders präpariert, damit diese ihren Schutz gewährleisten würden oder als eine überraschende Waffe dienen konnten.
Schon wieder stand den Zwillingen ein bitterer Abschied bevor.
Ihnen war sehr schwer ums Herz.
Mit wem wollten sie vor der Abreise noch reden?
Sie einigten sich, zuerst Selma und Angar, den beiden freundlichen Elben und gleichzeitig ihren Lehrern im Bogenschießen zu danken.
Dann wollten sie unbedingt noch Karlao besuchen und Lia wollte sich auch noch von der weisen Orlana verabschieden.
Die Elben hatten schon von den neuen Umständen gehört.
Offenbar waren sie weit mehr in die ganze Geschichte involviert, als die Geschwister es wussten.
Lia und Finnbar bekamen von dem Elbenpaar jeweils einen wunderschönen Bogen, der genau auf ihre Größe abgestimmt war, geschenkt.
Da beide noch im Wachstum waren, war in die Bögen

sogar eine verstellbare Vorrichtung eingebaut, mit deren Hilfe die Waffen mit den Jugendlichen mitwachsen konnten.
Die Zwillinge waren sehr ergriffen und wussten gar nicht, wie sie sich bei den zweien bedanken sollten. Sie nahmen sie daher einfach nur ganz fest in die Arme und mit Tränen in den Augen sagten sie ihnen Danke und Lebewohl.
Dann machten sie sich auf die Suche nach Karlao.
Sie fanden ihn auf einer duftenden Blumenwiese, umgeben von Hunderten kleiner Feen.
Er sah, wie immer sehr glücklich aus.
»Schaut mal, wer mich heute alles besucht.« Fröhlich deutete er auf die Feenschar. »Das sind alles meine Freundinnen.«
Als Finnbar dann nach einem langen, unbekümmerten Wortschwall auch einmal zu Wort kommen konnte, sprach er zu Karlao:
»Schau mal, was ich hier Tolles habe, möchtest du es geschenkt bekommen?«
Mit einem Ausdruck im Gesicht, den er sich von Karlao abgeschaut hatte, überreichte er sein wertvolles Amulett mit strahlender Miene an den gemeinsamen Freund.
Dieser reagierte überraschenderweise sehr nachdenklich.
»Das ist ein Abschied, oder?«, fragte er traurig.
Lia nickte ihm mit Tränen in den Augen bejahend zu.
Karlao hängte sich die Kette feierlich um den Hals und sprach: »Ich werde das Amulett in Ehren behalten und

wenn es mir irgendwie möglich sein wird, dann gebe ich es dir dereinst zurück.«

Und damit schlang er seine kurzen Arme erst um Lias und dann um Finnbars Bauch, um sich zu verabschieden.

»Ich wünschte, ich könnte euch begleiten, aber Kämpfen, das ist einfach nicht meine Sache.

Möge alles Glück der Welt mit euch sein.

Bleibt gesund und fröhlich und passt gut aufeinander auf.

Ich muss jetzt leider weiter, da drüben warten noch einige andere Freunde auf mich.«

Er zeigte vage auf eine Ansammlung von riesigen grün glitzernden Käfern und machte sich dann schnell auf den Weg.

Die Geschwister meinten zu bemerken, dass Karlaos Gang ein bisschen weniger beschwingt war als sonst.

Mit blutendem Herzen gingen Lia und Finnbar nun noch in Richtung des Wohnbereiches der weisen Orlana.

Diese saß draußen in einem großen Sessel unter einer mächtigen Eiche, so als hätte sie die Zwillinge schon erwartet.

Von Weitem hörten sie eine muntere Quelle plätschern.

»Heute ist der Tag des Abschieds gekommen, liebe Lia und lieber Finnbar.

Bedenkt bitte noch eines: Nur der kann glücklich und erfolgreich sein, der immer wieder loslässt und sich den äußeren Begebenheiten anpasst.

Merkt euch, dass man in jeder Situation immer auch gute Dinge erkennen kann und gewöhnt euch an, diese am Abend eines jeden Tages aufzuzählen.
Dann werden andere gute Dinge wie Magnete zu euch angezogen werden.
Hütet euch aber vor Pessimismus und dem ständigen Nachdenken über die schlimmen Dinge im Leben, denn dadurch vermehrt ihr dann diese.
Es werden große Prüfungen auf euch zu kommen, aber ich bin sicher, dass ihr das beste Fundament habt, um diese zu bestehen.
Vergesst nie, was davon abhängt.
Es geht um die Zukunft unseres Planeten in seiner jetzigen Form.
Sie stand auf und umarmte die beiden, einen nach dem anderen.
Dann überreichte sie jedem ein kleines Fläschchen, welches an einer starken Lederschnur befestigt war und an dem jeweils eine kleine Eichel hing.
Dieser Trank ist für den Tiefpunkt eurer Reise vorgesehen.
Trinkt ihn nur, wenn größter Kummer oder Not sich eurer bemächtigt hat.
Die Eicheln pflanzt ein, wenn ihr dereinst dringend Bäume benötigt.
Sie werden die Kinder dieser alten Eiche hier sein.
Sie stammt noch von unserer guten alten Platana.«
Die Geschwister nahmen die kostbaren Geschenke dankend entgegen und hingen sich die Lederbänder samt dem Fläschchen sogleich um den Hals.

»Ich werde gelegentlich im Geiste nach euch sehen und versuche, so gut ich kann, über euch zu wachen, solange mir das noch möglich ist.
Auf Wiedersehen und gehabt euch wohl«, und damit verblasste Orlana vor den Geschwistern und verhinderte damit, dass sich diese traurige Abschiedsszene noch endlos hinziehen konnte.
Die nächste Station für die Zwillinge war nun noch der allgemeine Aufenthaltsbereich, an dem es jetzt ein Abendessen gab.
Dort herrschte zum ersten Mal, seit die beiden sich erinnern konnten, eine recht melancholische und auch sehr angespannte Stimmung.
Außerdem sahen sie heute dort nur noch bewaffnete Krieger an der Essens-Tafel und auf dem Areal verteilt.
Keine einzige Elbendame war, wie gewöhnlich, schön gewandet anwesend und es gab auch nicht, wie sonst jeden Abend, etwas entfernt vom Tisch, Musik und Tanz.
Als die Zwillinge jedoch genauer hinsahen, erkannten sie die beiden Elbendamen von dem Tag, als sie sich zum ersten Mal allein von einem Reh in einen Menschen verwandelt hatten und Lia gerade noch hatte verhindern können, dass Karlao wegen der zwei Elbenfrauen ihre goldene Haarspange zerbrach.
Nicht nur diese Elbendamen waren gekommen.
Es waren alle Elben, genau wie an jedem Tag erschienen.
Jedoch war jede und jeder wie ein Krieger gekleidet und hatte seine Waffen bei sich.

Die Geschwister hatten ganz vergessen, dass bei den Elben Männer, wie auch Frauen gleichermaßen im Kampf ausgebildet waren.
Trotz alledem langte Finnbar auch heute beim Essen kräftig zu, denn er war, wie immer, sehr hungrig.
Lia packte für beide noch sicherheitshalber etwas Wegzehrung und Wasser zum Trinken in ihre Rucksäcke.
Die Zwei löffelten gerade nachdenklich und still ihren Nachtisch, als sich der Himmel ganz plötzlich verdunkelte.
Gleichzeitig hörten die Anwesenden einen fürchterlichen Lärm.
Alle schauten in Alarmbereitschaft nach oben.
Soholit war aufgesprungen und hatte bereits einen magischen Spruch auf den Lippen.
Auch er hatte seinen Reisebeutel dabei und neuerdings begleitete ihn stets auch ein großer Eichenstock, den er präpariert und als seinen Kampfstab erkoren hatte.
Quiskan, Querin und Lucinda hatten sich ebenfalls schnell zu ihnen gesellt.
Die Zwillinge sahen, wie Selma und Angar mit gespannten Bögen und Nerven in ihrer Nähe standen.
Langsam konnte man am Himmel große schwarze fliegende Objekte erkennen.
Soholit schrie: »Das sind ja Kriegsmaschinen der Menschen.
Wie kann das sein, sie können doch nicht in die Anderswelt eindringen? Hier sind definitiv mächtige Kräfte im Spiel, ansonsten wäre das hier keinesfalls

möglich. Wissend und besorgt sahen sich die Kameraden den Bruchteil einer Sekunde an.«
Sofort danach wirkte der Druide einen starken Schutzschild um alle Anwesenden.
Aus den Maschinen wurde nun das Feuer eröffnet.
Das waren keine Waffen, wie die Anwesenden sie kannten oder erwartet hatten.
Eiserne, kleine und große Kugeln prallten plötzlich überall von Soholits Schutzschild ab.
Die Maschinen waren jetzt so nah, dass man ins Innere blicken konnte.
Mit Entsetzen nahmen die Freunde wahr, dass überhaupt niemand darin saß.
Die Situation war gespenstisch.
»Das erklärt uns, warum sie hier eindringen konnten. Diejenigen, die sie aus der Ferne lenken, sind definitiv keine Menschen«, rief Soholit gegen den Lärm an.
»Ich kann überhaupt kein Wesen darin erkennen«, rief gerade auch Lucinda, die eben erst in Rufweite kam und sich sehr bemühte, den Schrecken aus ihrer Stimme herauszuhalten.
»Ich kann sie spüren, das sind Teile der Präsenz, die mich und Quiskan damals überfallen haben«, rief Soholit nun noch mehr beunruhigt.
Quiskan nickte bestätigend und umschloss seinen Hammer mit fester Hand.
»Wir müssen auf alles gefasst sein, wappnet euch gut«, schrie Soholit noch und dann fiel als Erstes der Schutzwall.
Scharfe Munition traf in die Menge und einige der

Elben-Krieger, die darauf nicht vorbereitet gewesen waren, sanken, zu Tode getroffen, zu Boden.
Lia und Finnbar hatten ihre Wäsche, die sie trugen, so präpariert, dass sie wie kugelsicheren Panzerhemden wirkten. Genauso geschützt waren auch ihre Hüte.
Soholits, Lucindas, Querins sowie Quiskans Kleidung war ebenfalls auf diese Weise behandelt worden.
Somit war die kleine Schar fürs Erste in Sicherheit.
Auch die Elben hatten sich inzwischen in Deckung begeben und boten dem Feind keine so leichte Angriffsfläche mehr.
Schwieriger war es, sich zu wehren, denn es war kein Gegner zu sehen, den man hätte angreifen können.
Und dann spürten sie den Lähm-Zauber.
Noch waren sie nicht vollkommen davon überwältigt, aber es fehlte nicht mehr viel.
»Rückzug«, brüllte Soholit aus Leibeskräften.
Alle Elben verschwanden auf der Stelle.
»Verwandelt euch in Bienen und fliegt mir hinterher«, schrie Soholit gegen den Motorenlärm an.
Da Bienen selbst voller Gift sind, das ihre Opfer zum Teil auch lähmen kann, hatte der böse Zauber des Feindes nun kaum noch Macht über die sechs Freunde.
Wie im Unterricht für den Notfall verabredet, trafen sie sich jetzt in einer kleinen, nahegelegenen, aber gut versteckten Höhle.
Dort verwandelten sie sich zurück.
Angstvoll sahen sich alle um. Sie waren noch vollzählig und unversehrt.
Offenbar hatte auch jeder seine Reiseutensilien und die

Waffen mitnehmen können.
»Wir müssen jetzt auf der Stelle losgehen, wir können nicht mehr zu den Elben zurück.
Unsere Mission beginnt sofort und hier.
Uns ist leider der Weg zum Zeittunnel meiner Bruderschaft abgeschnitten.
Daher müssen wir jetzt jeder allein auf eine Zeitreise gehen.
Wir treffen uns genau an diesem Ort im Jahr 2018.
Von hier aus ist es nicht so weit, bis zu dem Stützpunkt, an dem die Unsrigen uns dann weiterhelfen können.
Ich werde uns später dorthin führen.
Ist so weit alles klar?« Alle nickten.
Lia schlang im letzten Moment noch ein Seil um sich und Finnbar, denn das hatten sie sich ausgedacht, um unterwegs nicht getrennt zu werden.
»Wir müssen eilends los, auf drei«, schrie Soholit, der offenbar durch etwas Neues alarmiert war, aus Leibes Kräften.
»Eins, zwei, drei«.
Lia und Finnbar hielten sich jetzt zusätzlich noch an den Händen.
Alles verschwand und drehte sich.
An und für sich hatten sie das astrale Reisen in der Zeit schon vielfach geübt und normalerweise war man binnen Augenblicken am gewünschten Ort.
Aber dieses Mal war es anders.
Die Zwillinge fühlten zunächst ein Ziehen, das sich dann in einen Sog, ähnlich einem Strudel, verwandelte.

Schnell hatten sie vollkommen die Kontrolle über ihre Reise verloren und waren jetzt hilflos einer unbekannten, mächtigen Kraft ausgeliefert.
Krampfhaft hielten die Geschwister sich gegenseitig fest und waren sehr froh, dass ihnen das Seil dabei behilflich war.
Lia war schon immer ein sehr vorsichtiger und vorausschauender Mensch gewesen und hatte das Seil daher so präpariert, dass es niemals reißen konnte.
Der Sog versuchte aber mit aller Macht, die beiden zu trennen.
Lia bekam kaum noch Luft, so sehr schnitt ihr der Strick in die Hüfte. Finnbar erging es ähnlich.
Außerdem hatte er in dem Tumult den wunderschönen Bogen der Elben verloren.
Plötzlich schien es, als hätte es sich der Sog anders überlegt.
Das Seil erschlaffte.
Dafür wurden die Geschwister nun gemeinsam in Richtung eines strahlend hellen Lichts gezogen.
Lia verkrampfte sich vor Angst.
Genau das hatte sie dereinst vor ihrer ersten Tandem-Astralreise mit Orlana geträumt.
Und da erblickte sie auch schon das, von ihr so sehr gefürchtete Spinnennetz.
Mit aller Kraft versuchte sie, sich dem gigantischen Mahlstrom entgegenzustemmen, der sie mit aller Kraft in Richtung des Spinnennetzes zog und schrie Finnbar zu, das Gleiche zu tun.
Genauso gut hätten sie aber auch versuchen können,

den Mond vom Himmel zu pflücken.
Sie hatten nicht die geringste Chance.
Näher und näher kamen sie dem gefährlichen Netz.
Finnbar schrie, er war schon gefangen.
Kurz darauf ging es Lia genauso.
Hektisch sah sie sich um und erblickte, wie auch schon zuvor im Traum die riesengroße Albino-Spinne.
Das Untier machte sich sofort auf den Weg zu den Geschwistern, um diese zu töten.
Lia war glücklicherweise in der Lage, ihre Arme so weit zu befreien, sodass sie gerade noch ihren Bogen spannen konnte.
Sie zielte genau auf die Augen der Spinne.
Ihr war, als hörte sie in ihrem Bewusstsein ein schauriges Gelächter.
Der Sog zerbrach daraufhin Lias abgeschossene Pfeile einfach wie Streichhölzer.
Lia war verzweifelt.
Die Spinne kam jetzt immer dichter an das Mädchen heran.
Sie war inzwischen kaum mehr einen halben Meter von ihr entfernt.
Angstvoll sahen die Zwillinge die Mundwerkzeuge der gigantischen Spinne arbeiten.
Weißer Schaum lief daraus hervor.
In dem Moment, als das Untier Lia mit einem Biss lähmen wollte, zog Finnbar sein Schwert und hieb ihr die beiden Mundwerkzeuge ab.
Die Spinne schrie in einem schrecklichen hohen Ton ihren Schmerz heraus.

Es war schier nicht zum Aushalten.
Daraufhin erschienen alsbald zwei weitere weiße Spinnen auf der Bildfläche.
Diese näherten sich von rechts und links den Geschwistern.
Lia war wie gelähmt vor Schreck.
Auch Finnbar hatte nun allen Mut verloren, denn beide sahen, dass zusätzlich etwa zehn, noch viel größere Spinnen auf dem Weg zu ihnen waren.
Lia schloss in Erwartung des Todes die Augen.
Sie drückte die Hand ihres Bruders noch einmal ganz fest zum Abschied und ergab sich in ihr unausweichliches Schicksal.
Sie roch einen schrecklich fauligen Gestank, der aus dem Spinnenmaul kam und schon fühlte sie die Mundwerkzeuge auf ihrer Brust.
Da hörte sie plötzlich eine strenge und Ehrfurcht gebietende Stimme.
»Jetzt ist es aber genug!!«
Lia und Finnbar spürten im selben Augenblick, wie der mächtige Sog nachließ, sie aus den Spinnennetzen gezogen wurden und sie sich wieder um sich selbst drehten, so wie es bei einer Zeitreise üblich war.
Nur dauerte die Prozedur dieses Mal um einiges länger.
Lia hatte inzwischen auch den guten Bogen der Elben verloren.
Die Zwillinge waren zwar immer noch durch das starke Seil miteinander verbunden, hatten sich aber nicht mehr an den Händen halten können.

Finnbar war es schon ganz übel von dem stetigen Drehen und nach einer gefühlten Ewigkeit begannen sie plötzlich zu fallen.
Irgendwann stürzten sie hart auf einen steinigen Boden.
Lia hatte sich dabei arg an ihrem Ellenbogen gestoßen und rieb sich diesen vor Schmerz.
»Wo in Gottes Namen sind wir denn jetzt hier gelandet?«, rief sie laut aus.
Als sie sich verstört umblickte, sah sie viele verschiedene und sehr erstaunte Augenpaare auf sich gerichtet.
»Cerafine, weißt du, wer das ist?«, hörte sie jemanden verwundert rufen.

Cerafine aus Aquarius

Weit entfernt, auf dem hoch entwickelten Planeten Aquarius - etwa dreizehn Jahre zuvor:

Ein Dutzend Kleinkinder von etwa zwei Jahren tummelten sich gerade vergnügt auf einer frühlingshaften Wiese im Sonnenschein.
Viel gab es dort für sie zu tun und zu entdecken: einen Sandkasten, ein Kletterbäumchen, eine Wanne mit Lehm zum Kneten, sogar ein kleines, natürliches Wasserbecken zum Spielen war vorhanden.
Genau da war momentan der Andrang am größten. Munter bespritzten sich die Kinder gegenseitig und zusammen mit den lehmbeschmierten Händchen ergab das eine wunderbare Matscherei.
Glücklich blickten einige der Kleinen zu Tante Lisa, die ihre heutige Betreuerin war.
Sie stand etwas abseits mit einem Grüppchen von Eltern, die an diesem Tag dazugekommen waren. Immer mal wieder schauten die Eltern ihren Kindern hingerissen und freudig zu, dann aber drehten sie sich auch wieder in eine andere Richtung.
Die Kinder waren hier absolut sicher und gut aufgehoben und zu viel Aufmerksamkeit war bekanntlich auch nicht gut für die Kleinen.
Nach einer Weile wandte sich Arsentos an seine Gefährtin Saphira: »Schau doch mal, was Cerafine da Merkwürdiges tut.«

In seinem Gesicht spiegelte sich eine Mischung aus leichter Besorgnis und Belustigung wider.
Auch Saphira blickte nun zu ihrer gemeinsamen Tochter.
Diese hatte begonnen oder versuchte es zumindest, die anderen Kinder in einer Reihe hinter sich aufzustellen.
Dann ging sie leicht in die Knie und hob und senkte die Ärmchen schnell auf und ab.
Sie blickte sich um und stellte verärgert fest, dass die anderen Kinder es ihr nicht gleichtaten.
Daher drehte sich um und machte das Ganze nochmals vor.
»Noch mal«, kommandierte sie mit ihrem Kinderstimmchen und wedelte wieder recht hektisch wie ein Vögelchen, das Fliegen lernt, mit den Armen hoch und wieder herunter.
Tatsächlich standen da jetzt insgesamt zwölf Zweijährige noch etwas unbeholfen hintereinander und hoben und senkten ziemlich schnell im Takt ihre Ärmchen.
Tante Lisa war die Überraschung von Cerafines Eltern aufgefallen.
Sie trat zu ihnen und erklärte leise:
»So etwas Ähnliches habe ich schon öfter bei Cerafine beobachtet.
Gestern war doch das große Thai-Chi-Fest.
Ich glaube, Cerafine hat sozusagen gerade eine eigene „Thai-Chi Übung“ angeleitet.
Nur an dem Drosseln der Geschwindigkeit und der

Motorik im Allgemeinen sollte sie noch etwas arbeiten, würde ich sagen.«
Leise lachend wandten sich die drei Erwachsenen dezent von dem Geschehen auf der Spielwiese ab.
Kurz darauf hakte Arsentos noch einmal nach.
»Du hast so etwas schon öfter beobachtet?«, wandte er sich leise fragend an die Betreuerin.
»Es scheint, als würde Cerafine es mögen, andere mit diesem oder jenem anzuleiten.
Vor ein paar Tagen hat sie zum Beispiel versucht, die große Ratsversammlung mit den anderen nachzuahmen.
Sie muss wohl sehr beeindruckt von dem letzten Besuch bei der Versammlung gewesen sein«, antwortete Tante Lisa freundlich.
Saphira und Arsentos nahmen diese Information ohne weitere Bemerkungen auf und schauten wieder zu dem Treiben der Kleinen.
Die Kinder hatten die Thai-Chi-Übungen schon längst wieder vergessen und waren gerade eifrig damit beschäftigt, den Lehm im Wasserbecken zu waschen.

Cerafines erste Erinnerung

war ein fürsorgliches Gesicht, welches sie staunend betrachtete und warme verlässliche Arme, die sie hielten und wiegten.
Saphira, ihre Mutter, war eine wunderschöne, gutmütige und weise Frau. Langes, rehbraunes Haar fiel ihr locker über die ebenmäßigen Schultern. Ihre graublauen Augen ruhten liebevoll auf ihrem kleinen Töchterchen.
Des Mädchens Eltern hatten ihr nach der Geburt liebevoll den Namen »Cerafine« gegeben.
Wenn sie so weit zurückdachte, wie sie nur konnte, dann erblicke sie immer die umsorgenden Augen ihrer Mutter und ihr tiefes, bezauberndes Gesicht.
An ihrem kleinen Körper spürte sie ihre haltenden Hände und fühlte sich sicher.
Das war ihr absolutes Fundament, auf das sie stets in ihrem Leben zurückgreifen konnte.
Regelmäßig lagen Tochter und Mutter draußen in der Sonne in der Nähe eines kleinen Weihers und die Mutter legte sie unbekleidet auf ihren nackten Bauch.
So sog Cerafine mit jeder Zelle die Gewissheit ein, dass sie immer geborgen und umsorgt und dass alles verfügbar ist, was sie je benötigen könnte.
Saphira sang ihr viele wundersame Melodien vor und für die Kleine war sie dann immer die schönste und beste Frau der Welt.
Ganz am Anfang drehte sich ihr ganzes Universum nur

um die Mutter.
Sehr früh schon zeigte sie Cerafine, zu deren Entzücken, auch die Pflanzen und kleinen Tiere, die den Wald bevölkerten, in dem sie lebten.
Cerafine liebte diese Spiele von ganzem Herzen.
Ihre Mutter hatte praktisch alle Zeit der Welt für sie, denn einen Lebensabschnitt wie diesen, konnte sie nur einmal in ihrem Dasein so direkt erleben.
Auf Aquarius kann nämlich jede Familie immer nur ein Kind bekommen, denn die Bewohner werden sehr, sehr alt und würden sonst zu viele Wesen auf ihrem Planeten werden.
Damit dieses eine Kind kein Einzelkind sein muss, erwarten immer so circa zehn bis zwölf Familien zur ziemlich ähnlichen Zeit ein Baby.
Diese Gruppe von Kindern wächst zusammen auf, spielt gemeinsam und wird auch später in einer Klasse unterwiesen.
Erst nach frühestens sieben oder vierzehn Jahren ist dann wieder ein neues Kinderjahr für weitere zehn bis zwölf Familien möglich.
Es wird auch immer darauf geachtet, dass zumindest innerhalb von 49 Jahren die gleiche Anzahl von Mädchen und Jungen geboren werden. Dies wird, wie alles auf dem Planeten Aquarius, nur durch die reine und gerichtete Konzentration des Geistes in der Gegenwart erreicht.
In der ersten Zeit treffen sich die Mütter oft zusammen mit ihren kleinen Kindern, damit diese sich kennenlernen und zusammenspielen können.

Später sind dann nur noch einige Mütter dabei und irgendwann nur noch eine Unterweiserin.
Auf diesem hoch entwickelten Planeten werden die Kinder am Anfang, wenn sie noch nicht laufen können, immer getragen und sind stets am Körper der Mutter.
Den Vater nehmen die Kinder zu Beginn als eine liebevolle Präsenz und schützende Kraft hinter der Mutter wahr.
Nach und nach kommt er dann mehr ins Spiel.
Ab dem achten bis zum vierzehnten Lebensjahr des Kindes beschäftigt er sich mit dem Heranwachsenden dann sehr viel öfter.
Arsentos, Cerafines Vater, war auch damals schon ein hochgewachsener, stattlicher Mann und man sagte ihm nach, dass er ganz besonders stabil im ewigen Gleichgewicht ruhte.
Er war absolut verlässlich und gerecht.
Daher ist er, so wie Cerafines Mutter, noch immer Mitglied im »Großen Rat des Planeten«.
Das Leben wird auf Aquarius in Sieben-Jahresabschnitten eingeteilt.
In den ersten sieben Jahren leben die Kinder einfach komplett ihr kleines »Ich« und zeigen dadurch ganz intuitiv, was sie in dieses Leben an Eigenschaften und Besonderheiten mitgebracht haben.
Man kann dadurch so nach und nach erkennen, was ihnen in ihrem neuen Körper an Talenten und auch Fähigkeiten mit auf den Weg gegeben wurde.
Dabei ist praktisch alles erlaubt, was nicht dem Kind oder jemand anderem Schaden zufügen würde.

Die Kleinen können sich auf diese Weise ganz frei entfalten und sich den Erwachsenen genauso offenbaren, wie sie sind.
Ihre Eltern nehmen ohne jegliche Wertung einfach nur liebevoll wahr, was für ein neues Wesen sich in ihrem Kind hier und jetzt offenbaren möchte.
Die Kleinen lernen spielerisch und vor allem durch das Vorbild ihrer Eltern.
Sie dürfen so gut wie überall dabei sein.
Wenn die Erwachsenen gemeinsam in der Stille Kraft und Reinheit tanken oder der Große Rat tagt – dann sind die Kinder ganz natürlich auch mit an dem Ort.
So tauchen sie wie selbstverständlich in die Schwingung der friedlichen und wertungsfreien Liebe, die auf jenem friedlichen Planeten vorherrscht, ein.
Diese Grundeinstellung aller Wesen drückt sich in der Sprache auch in der »Ode der Weisheit« aus.
Diese Ode hören die Kinder und Erwachsenen zu den verschiedensten Ereignissen und an allen möglichen Orten wieder und wieder.
Die frühe Kindheit Cerafines und ihrer Mitgeschwister war genau das, was sie sein sollte, ein abenteuerliches Paradies für die Kleinen und eine große Freude für die Erwachsenen.

Die anfänglichen Unterweisungen

Vom achten bis zum vierzehnten Lebensjahr werden alle gleichaltrigen zusammen in einer Klasse in den verschiedensten Fächern und Bereichen unterwiesen. Im Gegensatz zu den ersten sieben Jahren, in denen es mehr um die Intuition geht, wird jetzt der Verstand der Heranwachsenden mehr gefördert und hat auch einen sehr wichtigen Platz.

Vom 15. bis zum 21. Lebensjahr gibt es, jeweils in kleineren Gruppen von Jugendlichen, die ähnliche Interessen auf bestimmten Gebieten haben, eine intensivere Ausbildung.

Jeder darf nun stets genau das lernen, was ihm liegt und wozu er am meisten Lust hat.

Es ist die Zeit des Ausprobierens und des »Sich Findens«.

In dieser dritten Phase wird der Verstand wieder unwichtiger.

Er wird dann sozusagen an den Platz des willigen Dieners verwiesen, wofür er jedem im Leben ja auch mitgegeben wurde.

Er soll jetzt nur noch ein Werkzeug sein, um Dinge intelligent tun und gestalten zu können.

Nicht aber der Herrscher, der ständig bewertet und rein rationale Entscheidungen ohne Liebe vorschlägt.

Nach und nach wird durch Übungen der Zentrierung im Moment dann auch das Verweilen im Großen »Ich« zwar noch spielerisch, aber viel intensiver als früher,

geübt.
Es ist nicht so, als ob die Bewohner das nicht ohnehin schon seit der Geburt, wie mit der Muttermilch eingesogen hätten.
Aber es wird jedem jetzt klargemacht, wie wirklich viel wichtiger das »Wir« vor dem »Kleinen Ich« ist.
Bei diesem »Wir«, welches auch das »Große Ich« genannt wird, ist rein gar nichts ausgeschlossen.
Weder Gut noch Böse, Hell oder Dunkel, Laut oder Leise, jegliches Wesen, Element oder auch gar nichts sind vom »Großen Ich« ausgenommen.
Die Heranwachsenden lernen also in dieser letzten Ausbildungsphase, was für den Bestand ihres Planeten total überlebenswichtig ist, nämlich wirklich intelligente Entscheidungen zu treffen. Nur solche Handlungen sind wirklich klug, die zum Wohle aller gefällt werden.
Eigentlich ist es einfach, man braucht nur auf sein Herz zu hören und sich von der Liebe lenken zu lassen.
Alles andere mag für einen bestimmten Zeitraum dem ein oder anderen allein nutzen, wird sich jedoch stets am Ende gegen die eigene Spezies richten. So etwas mag man clever nennen, intelligent ist es aber keinesfalls.
Nach dem 21. Lebensjahr ist dann für alle genau sichtbar geworden, was für Lebensaufgaben für den jungen Menschen möglich sind und sie werden dann langsam erwachsen.
In den folgenden sieben Jahren sammeln sie weitere Erfahrungen, in dem Gebiet, auf das sie sich spezialisiert haben.

Mit 28 Jahren wird man dann auf Aquarius in den Kreis der Erwachsenen aufgenommen.
Dafür gibt es wunderschöne Rituale.
Cerafines Jahrgang konnte das schon einmal miterleben, als sie sieben Jahre alt waren.
Besonders feierlich wurde von den Kindern empfunden, als alle zusammen die »Ode der Weisheit« gesungen hatten und dann später jeder neue Erwachsene sie nochmals für sich gesprochen hatte.
Natürlich endet mit dem Erwachsenwerden dann nicht das Lernen für die jungen Menschen, das hört nämlich niemals auf.

Frühe Kindheit und das zweite Jahrsiebt

Aber, nun der Reihe nach:
Bei Cerafine drängte sich als Erstes ihre Schnelligkeit und Ungeduld in den Vordergrund. Sie war von klein auf bei allem viel früher dran als die anderen und konnte auch schwer etwas abwarten.
Kein Wunder, dass sie in dem Ritual, währenddessen die Krafttiere der Kinder bestimmt wurden, den Otter hatte.
Das ist ziemlich selten für Aquarius und auch nicht unbedingt das, was man sich freiwillig aussuchen würde.
Aber ein Gesetz auf Aquarius ist: »Wenn etwas von selbst geschieht, dann ist es heilig«. Also wurde das bei ihr freundlich akzeptiert.
Auf Aquarius wird immer alles, was ohnehin schon da ist und sich nicht mehr ändern lässt, wohlwollend akzeptiert, denn es geht stets darum, im inneren Gleichgewicht zu sein.
Nur so können die Bewohner dieses Planeten durch reine Konzentration immer wieder alles so erschaffen, wie sie es sich wünschen.
Wenn die Unterweisungen im achten Lebensjahr beginnen, lernen die Kinder zuallererst, ganz still und in innerer Aufmerksamkeit zu sein.
Dadurch können sie die Identifikation von dem »Kleinen Ich«, also der eigenen Persönlichkeit, langsam in Richtung des »Großen Ich«, also dem, das zu allen

gleichermaßen gehört, verschieben.
Dabei erleben sie dann ganz direkt in sich selbst, dass alle Wesen im Ursprung gleich sind.
Das gilt nicht nur auf dem Planeten Aquarius, sondern einfach überall. Die Kinder erfahren so am eigenen Leib, dass alle Wesen im Universum sozusagen ein gemeinsames großes »Ich«, also den gleichen Ursprung haben.
Deshalb versteht es sich von selbst, dass man stets auch an alle anderen denkt.
Cerafine allerdings hielt diese Dinge für ziemlich langweilig.
Aber offenbar, so hatte man es ihr erklärt, sollte das die absolute Grundlage für eine höher entwickelte Zivilisation, in der steter Friede herrscht, sein.
Die Kinder lernten aber auch Mathematik, lesen und schreiben, Geschichte und vieles mehr.
Dabei wird der Kopf ganz schön angestrengt.
Damit das den jungen Schülern nicht zu viel wurde, konnten sie dazwischen immer wieder auch handwerkliche oder künstlerische Dinge tun.
Sport spielte auch eine große Rolle.
Es gab aber keine Bewertungen darüber, ob jemand etwas gut oder schnell begriffen hatte.
Es ging auf Aquarius eher um das Team und um die Freude.
Eigenschaften, wie hilfsbereit zu sein oder zu teilen, wurden eher honoriert als alleiniges Vorpreschen bei einer bestimmten Aufgabe.
Es war auch ganz egal, wer zum Beispiel am weitesten

springt.
Wichtig war einfach nur zu springen und dabei Spaß zu haben.
Zu Cerafines erweiterter Familie, nämlich der kleinen Gruppe von gleichaltrigen Jahrgangs-Geschwistern, mit denen sie zusammen aufwuchs, gehörten insgesamt zwölf Heranwachsende.
Das waren die Mädchen: Basilica, Senta, Seline, Paula, Andaria und Cerafine sowie Siegmund, Thalion, Leander, Danton, Distiros und Andor, die Jungen.
Sie kannten sich schon von klein an und hatten wie selbstverständlich gelernt, sich gegenseitig mit den verschiedenen Fähigkeiten und äußeren Erscheinungen komplett hinzunehmen, wie sie eben so waren.
Nach und nach liebten sie sich so sehr, wie Geschwister oder gar Zwillinge es tun und wurden eine verschworene kleine Gemeinschaft.
Nach den Unterweisungen verbrachten sie ihre freie Zeit stets zusammen.
Mal trafen sie sich bei der einen oder anderen Familie zum Spielen oder sie gingen an ganz andere Orte, wie an den Strand oder in den Wald.
Zum Schlafen ging, zumindest in den ersten zehn Lebensjahren, dann jeder wieder in seine kleine Ursprungsfamilie zurück.
Die Unterweisungen fanden stets draußen in der Natur statt.
Heute hatten sie beispielsweise zuerst »Naturgesetze«.
Die Unterweiserin sprach gerade darüber, wie materielle Dinge erschaffen werden können.

»Materielle Dinge können durch folgendes Gesetz erschaffen werden: Aus einem Gedanken wird ein Wort, daraus eine Tat und dann daraus später die Materie, die erschaffen werden soll.
Es geht einfacher, wenn möglichst viele Wesen dabei mitwirken und wenn diese materielle Sache dem Großen und Ganzen dient, also von der universellen Liebe auch so gewünscht wird«, sprach sie weiter.
Auf Aquarius wurde ohnehin alles durch reine Konzentration aus dem inneren Gleichgewicht immer wieder neu erschaffen.
Das folgte dann genau dem oben gerade behandelten Gesetz.
Dadurch ist auf Aquarius zum Beispiel stets tolles Wetter und kein Wesen muss ein anderes verstoffwechseln, also aufessen, um leben zu können.
Ihre Energie beziehen alle aus dem ovalen Kristall.
Das ist ein weiß strahlender, durchsichtiger, riesiger Stein, dessen größtes Stück in der Mitte vom heiligen Platz steht.
Es reicht, kurz in die Nähe zu gehen, um für mindestens einen Monat lang, gut ernährt zu sein.
Am heiligen Platz in der Nähe des Kristalls gibt es Orte für die Zweibeiner, also für Aquarianer, für Tiere und für alle anderen Wesen, die voneinander geschützt sind.
Es sind aber auch Mischplätze, auf denen Begegnungen zwischen den Spezies stattfinden können, vorhanden.
Der Kristall gehört niemandem speziell, aber doch allen zusammen.

Das ist eine weitere Grundlage für den Frieden, welcher im Inneren und Äußeren auf dem Planeten herrscht.
Die alte Geschichte besagt, dass den ursprünglichen Bewohnern auf Aquarius der Kristall als ein Geschenk aus dem Universum übergeben wurde.
Die ersten Bewohner waren auch gleichzeitig die letzten, die nach einer schlimmen Naturkatastrophe – einer großen Überschwemmung – übrig geblieben waren.
Es heißt, dass die ganz frühen Vorfahren den Planeten durch Gier fast komplett zugrunde gerichtet hatten.
Nur ganz wenige der Bewohner von Aquarius, nämlich die, welche sich schon lange zuvor auf einen kleinen, völlig unbekannten, hohen Inselberg mitten im Meer zurückgezogen hatten, ertranken bei der großen Überschwemmung nicht.
Auf diesem Berg lebten schon etwa tausend Jahre vor der Katastrophe viele weise Lebewesen zusammen in völliger Eintracht mit der Natur.
Sie waren auch sehr eng mit der großen Liebe im Himmel verbunden.
Diese letzten Einwohner fanden eines Morgens den großen weißen Kristall am Strand.
Alsbald hatten sie auch die Bedeutung herausgefunden.
Sie teilten den Stein in mehrere Stücke und einige ausgewählte Vertreter machten sich daraufhin über das Meer auf, um auch der restlichen Bevölkerung etwas von dem großen Schatz abzugeben.
Sie waren sehr betrübt, als sie die Spuren der

Verwüstung an Land sehen mussten.
Das Wasser hatte sich zwar schon längst wieder zurückgezogen, aber es gab dort keinen einzigen überlebenden Aquarianer mehr.
Nur einige wenige Tiere und Pflanzen waren noch zu finden.
Die weisesten der Weisen der Insel versenkten sich nun tagelang nach innen und brachten dann einstimmig die Botschaft zu den verbliebenen Aquarianern, dass sie alle die Möglichkeit erhalten hätten, auf Probe einen höher entwickelten Planeten zu bewohnen.
Das ist inzwischen schon tausende Äonen von Jahren her und die Aquarianer haben daher die Probe längst bestanden.
Vom ovalen Kristall gibt es jetzt überall auf dem Planeten einige Exemplare, denn nicht alle Lebewesen möchten oder können zu dem oben beschriebenen und recht bevölkerten Platz kommen.
Auch im Meer sind mehrere Stellen vorhanden, wo dessen Geschöpfe Energie tanken können.
Ebenfalls jeder See oder Teich, wie klein oder groß er auch sein mag, hat einen solchen Ort für seine Wasserbewohner, die ihr Umfeld ja nicht verlassen können.
In der großen Bibliothek werden auch noch zusätzlich eine große Anzahl kleinerer Kristalle aufbewahrt, die sich Reisende ausleihen dürfen, um länger unterwegs sein zu können.
Es heißt auch weiterhin, dass sich der Kristall durch die Liebe, die auf Aquarius herrscht, immer wieder von

selbst auflädt.
Somit ist das Ganze ein perfekter Kreislauf.
Das Wichtigste für jeden Bewohner des Planeten ist stets, das »Sich nach innen Besinnen« auf das »Große Ich«.
Daher praktizieren alle Kinder das natürlich auch täglich immer wieder während der Unterweisungen.
Für Cerafine als »Otter-Kind« war dieses lange Besinnen eine ziemliche Quälerei. Sie konnte es nämlich nicht leiden, ewig stillzusitzen oder sich ganz, ganz langsam zu bewegen.
Heute waren sie während des Unterrichts gerade auf einer großen Blumenwiese mit schönen alten Bäumen dazwischen, in der Ferne war ein herrlicher Wald zu sehen.
Cerafine wollte jetzt am liebsten rennen, was das Zeug hält und in diesen Wald laufen.
Ihr durchtrainierter Körper verlangte dringend nach Bewegung. Mühsam versuchte das junge Mädchen dem Drang zu widerstehen, wobei sie sich mehrfach nervös mit ihrer filigranen Hand durch die langen dunkelblonden Haare fuhr. Cerafine war jetzt dreizehn Jahre alt, mittelgroß und von ebenmäßiger Statur. Ihr rechter Fuß wippte immer wieder hin und her, der linke folgte. Genervt riss sich das Mädchen zusammen.
»Halte durch, nur noch dreißig Minuten«, flüsterte sie sich selbst fast unhörbar zu.
Nachdem das Zappeln endlich ein Ende hatte, konzentrierte sie sich wieder mit aller Kraft auf die nähere Umgebung und setzte ein möglichst

interessiertes Gesicht auf.
Cerafine liebte den Wald, denn dort wohnte sie auch mit ihrer Familie.
Sie lebten in einem natürlich gewachsenen Baum, der freiwillig zu ihrem Haus wurde.
Offenbar hatten ihre Eltern lange gesucht, bis sie einen Baum fanden, bei dem alles stimmte: Er gefiel ihnen, er liebte sie und er war bereit, so zu wachsen, wie ihre Eltern es ihm durch ihre innere Aufmerksamkeit zeigten.
Selbst die Möbel waren aus dem Baum geformt.
Die Natur hatte ihnen alles freiwillig gegeben, was sie für ihre Behaglichkeit benötigen.
Müll gab es nicht.
Woher Cerafine das Wort Müll dann überhaupt kannte?
Das lernten sie in Planetenkunde. »Langweilig!«, dachte Cerafine gerade.
In dem Fach nahmen sie heute auch andere Planeten durch.
Es existieren offenbar mehrere Sorten:
»Es gibt erstens einige Himmelskörper, die so ähnlich sind wie Aquarius.
Die nennt man höher entwickelt. Dort leben die Wesen einträchtig in Frieden miteinander und der Planet kann sehr, sehr lange Bestand haben.
Aber es gibt auch zweitens viele, völlig unterentwickelte Zivilisationen im Universum.
Manche von diesen haben sich schon zugrunde gerichtet und manche sind gerade noch dabei.

Die dritte Sorte der Planeten sind noch in einem frühen Stadium des Aufbaus, da kann man noch nicht genau sagen, wohin sie sich einmal entwickeln werden. Leider zeigt die Geschichte, dass viele Himmelskörper durch die Gier ihrer Bewohner nach und nach zerstört werden, also zur zweiten Sorte gehören.
Zum Beispiel die Erde, die gibt es zwar noch, aber die Menschen, die dort leben, haben bereits mit ihrer eigenen Vernichtung begonnen. Sie zerstören die Umwelt und überhäufen sie mit sogenanntem Müll ...«, sprach die Unterweiserin gerade zu den Kindern.
»Wie kann man nur so blöd sein??«, dachte sich Cerafine missmutig und sah auf eine Projektion in der Luft, die die Unterweiserin entstehen lassen hatte.
Dort standen links die unterentwickelten Zivilisationen, die sich schon zerstört hatten und rechts die, die noch dabei waren.
Ein Blick von Cerafine und sie hatte bereits den ganzen Inhalt erfasst.
So war das immer. Sie war viel schneller als die anderen und musste dann auf diese warten und schon langweile sie sich.
Deshalb hatte sie sich seit Kurzem das Träumen ausgedacht.
Sie erwecke dann im Äußeren den Anschein, konzentriert mit der jeweiligen Aufgabe beschäftigt zu sein und im Inneren flog sie in Gedanken beispielsweise gerade zur Erde.
Sie stellte sich vor, wie es dort wohl aussehen würde. Blöderweise drängten sich andauernd die Bilder in den

Vordergrund, die die Unterweiserin ihnen neulich gezeigt hatte:
Zugemüllte Meere, eine Atombombendetonation, verhungernde Kinder und im Gegensatz dazu viel zu fette und daran erkrankte Menschen in einem anderen Teil der Erde.
Cerafine verscheuchte diese Impressionen aus ihrem Geist und versuchte, sich Jugendliche vorzustellen, die auch gerade dreizehn Jahre alt waren.
Ob sie wohl auch träumten?
»Cerafine«. Sie zuckte kurz zusammen. »Könntest du mal bitte den anderen erklären, was du durch diese Projektion gelernt hast?«, fragte die Unterweiserin das Mädchen nun freundlich, aber bestimmt.
Das konnte sie und eifrig erzählte die Heranwachsende alles, was sie behalten hatte.
Am Ende ließ sie noch einfließen, dass sie doch versuchen könnten, die Planeten von der rechten Seite davor zu bewahren, auch auf die linke zu rutschen, sich also selbst zu zerstören.
Die Unterweiserin sah Cerafine merkwürdig prüfend an.
»Cerafine, das tun wir doch, wir senden täglich gute Energie in ihre Richtung.«
»Aber das reicht doch nicht, wir müssten hingehen und direkt helfen«, entgegnete sie.
»Das wurde mehr als einmal versucht, ist aber nie gut gegangen. Diejenigen, die sich gierig an den anderen bereichern wollen, sei es an anderen Wesen oder am Planeten selbst, würden versuchen, dich zu zerstören.

Die Bewohner müssen das selbst schaffen.«
»So wie hier?«, fragte sie.
Immerhin waren auch die Aquarianer vor langer Zeit nahe an der vollkommenen Zerstörung gewesen und hatten aus dem Universum Hilfe bekommen.
»Ja so wie bei uns, Cerafine. Man kann nur Lebewesen helfen, die auch Hilfe empfangen möchten.
Die Bewohner auf dem Inselberg waren damals vollkommen bereit dafür.
Die Menschen auf der Erde sind es jedoch bislang nicht.«
»Aber das glaube ich nicht.
Du hast doch gesagt, dass es immer und überall Wesen gibt, die der großen Liebe dienen, unabhängig vom Lebensort oder der religiösen Einstellung.«
»Ach Cerafine, wir reden beim nächsten Mal darüber.
Für heute ist es genug.«
Die Heranwachsenden hielten noch kurz inne (Cerafine war in Gedanken schon am Rennen), bedankten sich bei der Unterweiserin und beim Universum für alles, was sie heute erhalten hatten, und dann waren die Unterweisungen für diesen Tag auch bereits vorüber.
Toll, morgen würden sie Fliegen haben, Cerafines Lieblingsfach.
Jetzt aber erst mal spielen.
Die Jugendlichen hatten viele Wettbewerbe.
Dabei ging es, wie zuvor erwähnt, aber nie ums Gewinnen. Es ging immer nur um Freude, darum Gutes zu tun oder, und das war meistens so, beides

zusammen zu vereinen.
Jetzt rannten sie erst mal gemeinsam ausgelassen zum Meer. Gelegentlich konnte man dort die Selkies sehen. Das waren Wesen, die vor langer, langer Zeit von der Erde nach Aquarius ausgewandert waren, weil es für sie dort keine Zukunft mehr gegeben hatte.
Sie waren halb Seehund und halb Mensch.
Sie konnten sich nach Wunsch in das eine oder andere verwandeln. Je nachdem, wie sie erscheinen wollten.
Heute wünschte sich Cerafine sehnlichst, sie wieder einmal zu sehen, denn es dauerte ihr entschieden zu lange, bis übermorgen auf die Antwort der Unterweiserin bezüglich der Erde zu warten.
Die Selkies könnten das ja aus erster Hand wissen, wie es genau auf der Erde so läuft, dachte sie sich.
Sie tollten eine Weile fröhlich am Meer herum, von Selkies leider keine Spur, dann ließen sie sich nieder.
Cerafine sprach das Thema noch einmal in der Gruppe an.
»Was, wenn wir auf die Erde reisen und dort so einen Planeten gründen könnten wie hier?
Das wäre doch voll cool.«
Sie lachten und planten noch eine Zeit lang ihre »Rettungs-Mission-Erde« und dann wollten sie nach Hause.

Begegnung mit dem Meer

Freudig erwachte Cerafine am nächsten Morgen.
Ihr erster Gedanke war: »Heute haben wir „Fliegen“.«
Mit Elan sprang sie aus dem Bett und dann in den kleinen Weiher neben dem Wohnbaum.
Während sie schwamm, ging sie in Gedanken noch mal den Stoff der letzten Flugstunden durch.
Fliegen hatte man ab dem dreizehnten Lebensjahr und beim letzten Mal durften sie es endlich in der Praxis versuchen.
Cerafine war in ihrem Element.
Man musste sich nur abstoßen und fest vorstellen, dass man flog und dann passierte es.
Es war das mit Abstand schönste Gefühl, das sie jemals gehabt hatte. Sie beschloss, es gleich nochmals für sich allein auszuprobieren.
Aber zuerst brachte sie dem Wohnbaum etwas Wasser aus dem Weiher, denn das mochte er.
Sie umarmte und dankte ihm, rief ihren Eltern zu, dass sie zur Flug-Unterweisung gehen würde und dann flog sie los.
Es war ein unendliches Gefühl der Freiheit und sie konnte nicht verstehen, wie sie früher ohne das Fliegen hatte leben können.
Sie fühlte sich leicht und sehr, sehr glücklich.
Von oben konnte man gut erkennen, auf was für einem wunderschönen Planeten sie lebten.
Er sah so unglaublich perfekt aus in seiner Vielfältigkeit.

Schon war sie am Unterweisungsplatz angelangt.
Natürlich wieder mal als Erste und das hieß Warten.
Da kam auch schon Brenda, ihre Unterweiserin im Fliegen. Strahlend begrüßte Cerafine sie.
Brenda war cool.
Sie war erst 27 Jahre alt.
Das ist sehr jung für eine Unterweiserin.
»Hi Brenda, wir haben noch dreißig Minuten Zeit, wollen wir mal zu zweit fliegen?
Ich möchte dir etwas Beeindruckendes über dem Meer zeigen.«
Brenda zog die Augenbrauen hoch.
»Übers Meer, das kommt doch erst übernächstes Jahr dran, das ist noch nichts für Anfänger.« Ihr verschmitztes Lächeln ermutigte Cerafine jedoch, nicht gleich aufzugeben.
»Ach komm schon, du bist doch dabei, es ist ja nicht so, als ob ich allein fliegen würde. Und außerdem habe ich extrem viel geübt.«
»Also dann, ausnahmsweise, aber nur fünfzehn Minuten.
Dann zeig mir mal, was da so Tolles über dem Meer ist.
Und vergiss nicht, zentrieren und vertrauensvoll im inneren Gleichgewicht bleiben, das ist das A und O.«
Die warnenden Worte flogen durch Cerafine hindurch, ohne dass sie sie verstanden hätte.
Dazu war sie viel zu aufgeregt.
Was sollte sie Brenda denn zeigen?
Eigentlich wollte sie nur mal über das Meer fliegen.

Sie hatte nicht ganz die Wahrheit gesagt, das war nicht in Ordnung.
Ach, sei's drum.
Sie stieß sich kräftig ab und schon flogen beide in Richtung Meer.
Wieder überkam sie dieses riesengroße Glücksgefühl von unendlicher Freiheit und Leichtigkeit.
Da vorn war schon das Meer.
Cerafines Herz klopfte so laut, dass sie es bis in die Fingerspitzen fühlen konnte.
Brenda war dicht neben ihr. Je weiter sie flogen, desto mehr fiel Cerafine der enorme Wind über der See auf.
So war das an Land nicht gewesen.
Weit unten sah sie einen Wal auftauchen, er grüßte sie mit einer Wasserfontäne. Super, darauf konnte sie Brenda hinweisen.
»Schau mal da unten der Wal, ist das nicht wunderschön?«
Sie zeigte mit den Fingern zum Meer.
Brenda nickte und rief ihr etwas zu, sie sah besorgt aus.
Cerafine konnte bei dem Höllenlärm aber überhaupt nichts verstehen.
Plötzlich fühlte sie sich von einer starken Windböe nach unten gedrückt.
Das machte ihr große Angst.
Sie nahm aus dem Augenwinkel wahr, wie Brenda vergeblich versuchte, sich ihr zu nähern. Sie schrie fortwährend etwas in ihre Richtung und gestikulierte wie wild.

Cerafine konnte aber weiterhin weder etwas hören, noch verstand sie, was ihre Unterweiserin ihr mitteilen wollte.
Ein unheilvoller und beängstigender Gedanke durchzuckte sie und setzte sich in dem Kind fest:
»Was, wenn ich jetzt ins Meer falle?«
Kaum war der zweifelnde Gedanke in ihr, da wurde er auch schon Wirklichkeit und sie begann, tatsächlich zu fallen.
Sie konnte einfach nicht mehr fliegen.
Brenda war offenbar vom Wind zu weit abgedrängt, um ihr zu Hilfe zu eilen.
Cerafine konnte sie jedenfalls nicht mehr sehen.
Hart und schmerzhaft tauchte sie ins Wasser ein, welches sofort kalt und unnachgiebig über ihrem Kopf zusammenfiel.
Das entsetzte Mädchen konnte auf der Stelle nicht mehr atmen.
Panik und Angst überkamen sie in ungeahnter Heftigkeit, denn so etwas hatte sie bisher noch niemals erlebt.
Fühlte sich so sterben an?
Sie hatten gelernt, dass dann Loslassen angesagt ist und nicht kämpfen.
Aber wie soll das gehen, wenn die Lungen nach Luft schreien und man noch so jung ist?
Also kämpfte sie wie verrückt ums Überleben.
Sie paddelte mit Armen und Beinen und bekam dadurch stellenweise in dem, wie verrückt schäumenden Meer, den Kopf kurz über Wasser, um

hektisch zu atmen.
Dann kamen aber auch schon die nächsten Wellen und der verzweifelte Kampf um etwas Sauerstoff begann wieder von vorn.
Die Wogen wurden immer stärker und höher. Das Meer glich jetzt einem wild gewordenen Ungeheuer, das ihren Tod unbedingt zu wollen schien.
In dem Moment schlug ihr eine, noch viel heftigere Welle brutal gegen den Kopf.
Augenblicklich verlor Cerafine das Bewusstsein.
Alles wurde dunkel und sie sank langsam, aber sicher, in Richtung Meeresboden.
Brenda sah mit großem Entsetzen, was ihrem Schützling geschehen war und erkannte, dass sie dem Tosen, des hemmungslos brausenden Wassers nun nichts mehr entgegenzusetzen hatte.
Überall hatten sich unter ihr tiefe und Unheil verkündende Strudel aufgetan, die es hier früher niemals gegeben hatte.
Das Meer dröhnte wie in ein riesiger Mahlstrom.
Es musste dringend Hilfe her, denn sie allein konnte nichts mehr tun.
Daher zentrierte sie sich mit aller Kraft und formierte den Wunsch: »Hilfe an alle Wesen, Hilfe.«
Dieser Hilferuf tauchte jetzt zeitgleich im Geist aller Bewohner von Aquarius auf und sie erfuhren durch Brendas Bewusstsein auch sofort bis ins kleinste Detail, was geschehen war.
Saphira und Arsentos, Cerafines Eltern, traf die Nachricht wie ein Schlag.

Sie begaben sich auf der Stelle mittels des astralen Reisens ans Meeresufer, an dem sich auch schon andere Mitbewohner versammelt hatten.
Es war ein noch heftigerer Sturm aufgekommen.
Fliegen war jetzt unmöglich.
Auch daran, ein Boot zu Wasser zu lassen, war absolut nicht mehr zu denken.
Brenda rannte zitternd und aufgelöst am Ufer auf und ab und formulierte nun den Hilferuf direkt an die Bewohner des Meeres.
Tränen rannen ihr über die Wangen.
Verstört murmelnd fragten sich die Bewohner, wo der Sturm so plötzlich hergekommen war.
Niemand konnte sich an so etwas erinnern.
Normalerweise war das Wetter immer herrlich, auch über dem Meer.
Saphira und Arsentos verneigten sich in Richtung des Meeres.
Vor Sorge bebend sprachen sie: »So wie es geschieht, ist es heilig.
Aber wenn unsere Tochter irgendwie noch zu retten ist, dann bitte, oh bitte, bitte, rettet sie.«
Danach fielen sie demütig auf die Knie, denn es gab hier nichts anderes mehr für sie zu tun, als zu beten.
Alle anderen taten es ihnen gleich.
Einer ging und holte Brenda dazu.
Liebevoll den Arm um sie gelegt, kehrte er mit ihr zu den anderen zurück.
Brenda aber konnte nicht aufhören, ihren verzweifelten Ruf nach Unterstützung auszusenden.

Kam denn keiner zu Hilfe?
Das konnte doch nicht sein.
Etwa fünfzehn Minuten waren vergangen, »so lange kann doch niemand in Cerafines Alter ohne Luft auskommen«, dachte sie laut.
Die Zeit verging unendlich langsam und doch zu schnell, dreißig Minuten, jetzt schon 45.
Brendas Hoffnung sank.
Keine Sekunde beschäftigte sie sich damit, welche Folgen das vielleicht für ihre weitere Berufsausübung als Flug-Unterweiserin haben könnte.
Sie dachte immer nur: »Hilfe, oh bitte, bitte, Hilfe, rettet Cerafine!«
Sechzig Minuten jetzt schon …
Langsam erhoben sich die Ersten und gingen zu Saphira und Arsentos, um ihnen in dieser schwierigen und schmerzhaften Situation, von Herzen Trost zu spenden.
Da plötzlich tauchte von weit hinter dem Horizont im Wasser ein Selkie auf.
Er hielt etwas in den Armen und näherte sich schwimmend dem Ufer.
Alle, doch besonders Saphira und Brenda, schauten, wie hypnotisiert auf den ankommenden Robben-Mann.
Sollte er vielleicht Cerafine gerettet haben oder hatte er sie nur noch tot geborgen?
Arsentos und Saphira war es bisher nicht möglich gewesen, ihre Tochter über den Geist zu erreichen.
War sie wahrhaftig nicht mehr am Leben?
Saphira rannen die Tränen in Strömen über die

Wangen.
Der Schmerz um ihr geliebtes Kind erschien ihr fast unerträglich.
Nichts konnte sie jetzt mehr halten.
Sie musste wissen, ob ihr Kind lebte oder gestorben war.
Mit wehenden Haaren lief sie atemlos dem Selkie in Richtung Meer entgegen.
Dieser dachte gerade nochmals daran, was auf dem Meer soeben geschehen war.
Er hatte hautnah Cerafines Gedanken, Erlebnisse und Gefühle miterlebt:
Er hielt Cerafine fest in seinen Armen, als diese noch mitten im Meer die Augen aufschlug und hustend nach Luft schnappte.
Cerafines Lungen schmerzten.
Wo war sie, was war geschehen?
Das Mädchen konnte sich an nichts mehr erinnern.
Dann fühlte sie die Wellen, die inzwischen fast wieder normal geworden waren, an ihren Körper klatschen.
Mit Macht kam nun die Erinnerung zurück und der Überlebenskampf spielte sich erneut in ihrem Gedächtnis ab.
Sie begann wie wild zu zittern und blickte sich panisch um.
Jemand hielt sie offenbar sicher über Wasser.
Es war ein Selkie. Er hatte ein wunderschönes Gesicht mit glühenden, braunen Augen.
Mit wohlklingender Stimme sprach er: »Hallo Cerafine, mein Name ist Atlantus.

Heute habe ich dich gerettet, aber wir werden uns bald an einer ganz anderen Stelle in weiter Ferne wiedersehen.
Dann wird es an dir sein, mir zu helfen. Bis dahin achte gut auf dich. Gott segne dich.«
Cerafine fiel hierauf in seinen Armen erschöpft zurück und glitt erneut in die Schatten einer Ohnmacht.
Die Sätze des jungen Selkies jedoch sanken tief in ihr Unterbewusstsein ein.
Mit angehaltenem Atem sahen Cerafines Eltern und die anderen Bewohner von Aquarius, die inzwischen ebenfalls den Meeresrand erreicht hatten, den Selkie in Menschengestalt aus dem Meer steigen und das Mädchen vorsichtig am Strand ablegen.
»Sie lebt.«
Von Geist zu Geist wurde Atlantus' Nachricht zu den anderen übertragen.
Cerafines Eltern nahmen ihre Tochter liebevoll in die Arme.
Diese schlug nun die Augen auf und schmiegte sich weinend und zitternd an ihre Mutter, die außer sich vor Freude über die Rückkehr ihrer Tochter war.
»Hab tausend Dank, Atlantus«, sprach Arsentos.
»Wir werden auf immer in deiner Schuld stehen und dir zu danken haben.«
Der Selkie verbeugte sich ehrfürchtig und lächelte freundlich.
»Das habe ich von Herzen gerne getan.
Achtet fortan gut auf sie.«
Er verneigte sich nochmals vor allen Anwesenden.

Dann ging er zurück in die See und wenig später sah man dort nur noch die Flosse eines Seehunds, wie zum Abschied winkend, aus dem Meer ragen.

Atlantus

»Was hast du getan?«

Kedir richtete seine grünen Augen streng auf Atlantus und zog fragend die Augenbrauen weit nach oben.

Atlantus verneigte sich demütig vor dem »Ältesten der Selkies«.

»Vater, ich hatte nichts Böses im Sinn. Ich will nur helfen. Ich ertrage die flehentlichen Rufe der Meeresbewohner auf der Erde nicht mehr, ohne etwas zu tun.

Du hast die Rufe doch sicherlich auch gehört, ich kann das doch nicht einfach so geschehen lassen, ohne etwas dagegen zu unternehmen!

Ich höre die Hilferufe unserer Wal-Verwandten von der fernen Erde sogar nachts im Traum.

Sie werden sterben, wenn ihnen keiner zu Hilfe eilt.

Daher war die Aktion heute dringend notwendig.«

Atlantus hob den Kopf und sein Vater, der auch gleichzeitig das Oberhaupt der Selkies war, blickte nun in Augen, wie er sie noch nie zuvor gesehen hatte.

Es standen zwar Tränen darin, aber tiefer war dort eine wilde Entschlossenheit, die fast an Fanatismus grenzte, zu sehen.

Mit großer Trauer im Herzen erkannte Kedir, dass sein Sohn nicht mehr aufzuhalten war.

Er musste bereits einen konkreten Plan haben.

»Atlantus, was genau hast du vor?«

Der Vater legte alle Entschlossenheit und Stärke, die

er aufbringen konnte, in seine Stimme.
Atlantus presste die Lippen fest aufeinander und blickte schweigend wieder zu Boden.
Doch dann brach es aus ihm heraus:
»Vater, es muss gelingen, es darf nicht verdorben werden.
Jeder Mitwisser ist eine Gefahr für meine Mission.«
Kedir traf innerlich eine Entscheidung:
»Sohn, ich liebe dich und ja, ich höre diese Rufe von der Erde auch.
Ich werde deine Mission niemandem verraten, außer deiner Mutter. Du kannst uns beiden vertrauen und vielleicht haben wir noch den einen oder anderen Rat für dich.
Dieses Versprechen gilt aber nur, wenn du nicht mutwillig ein anderes Wesen damit ins Unglück bringst, dann schweige lieber. Falls du heute tatsächlich mit dem Sturm etwas zu tun hattest, war das mehr als dicht daran, würde ich sagen.«
Atlantus nahm langsam neben seinem Vater Platz und begann leise zu erzählen:
»Ich träume andauernd von der Erde, Papa und dann sehe ich die Meere, wie sie heute sind und auch wie sie in naher Zukunft noch sein werden.
Es wird dort immer schlimmer.
Es gibt im Meer bald keinen Lebensraum mehr – nicht nur so, wie es einst bloß für uns Selkies keinen geeigneten Lebensraum mehr gab und wir nach Aquarius ins Exil gehen mussten.
Sondern heute gilt das für alle Bewohner des Meeres.

Unsere weisen Verwandten, die Wale und auch unsere Brüder, die Seehunde und Robben, sie leiden und sie rufen stetig nach Hilfe ins All.
Ich war in der geheimen Bibliothek von Aquarius, man ließ mich gewähren.
Ich habe dort in die Zukunft der Erde geschaut.
Wenn niemand bald etwas unternimmt, sind die Meere und auch alle Spezies dem sicheren Untergang geweiht.
Ich habe darüber auch mit den Schildkröten, die die ältesten Wesen in unserem Heimat-Ozean sind, geredet.
Jene haben mir einen gangbaren, wenn auch beschwerlichen und gefährlichen Weg aufgezeigt.
Ich bin bereit, diesen zu gehen und mein Leben, der Rettung der irdischen Meere und der gesamten Erde zu widmen.
Cerafine wird in irgendeiner Form, die ich dir nicht näher erläutern möchte, auch darin verwickelt sein.
Das wird mir dereinst helfen, unterwegs eine Verbündete zu haben, wenn ich mit meiner Aktion beginnen werde.
Ich habe daher heute tatsächlich den Sturm absichtlich heraufbeschworen, um mich mit Cerafine durch das Retten ihres Lebens fest und unabänderlich zu verbinden.
Niemand kam zu Schaden, Vater«, floss es aus Atlantus, dem der erschrockene Blick seines Vaters nicht entgangen war.
»Man wird auch Brenda vergeben, denn sie hat sich vorbildlich verhalten.

Ich hätte nichts gewagt, was Brenda oder Cerafine ernstlich gefährdet hätte. Das musst du mir glauben!
Du weißt, wie sehr ich Brenda schätze.
Wir waren im gleichen Kinderjahr.
Sie ist wie eine Schwester für mich.
Und du kannst mir vertrauen, auch für Cerafine wird das heutige Ereignis eher ein Segen als ein Fluch sein, denn auch ich werde ihr in der Fremde sehr von Nutzen sein können.
Ich muss mich ab jetzt sehr intensiv in bestimmten, sehr anspruchsvollen und fortgeschrittenen Techniken des astralen Reisens üben, denn es wird nicht mehr lange dauern, bis ich mich auf den Weg machen werde.
Mithilfe der alten Schildkröte wurde mir das Geheimnis offenbart, wie ich zur Erde kommen könnte. Es gibt zwei Möglichkeiten und ich bin mir noch nicht ganz sicher, welche ich wählen werde …
Vater, mein derzeitiger Körper wird möglicherweise hier zurückbleiben müssen, bis mein Lebenskreis auf der Erde sich wieder schließen wird.
Dann hoffe ich, dass ich die Stärke und die notwendigen Kenntnisse besitzen werde, hierher in diesen Körper zurückzukehren.
Ich bitte dich darum, bis dahin dafür Sorge zu tragen, dass es meinem Körper, der zwar leben, aber trotzdem ohne Lebenszeichen sein wird, gut gehen wird.«
Kedir erhob sich zu Atlantus und schloss ihn fest in seine Arme.
»So wird es geschehen, mein Sohn.

Bitte pass auf dich auf!«
Nachdenklich und auch bedrückt, kehrte Kedir allein in sein Heimatriff zurück.
Der 27-jährige Atlantus hatte bereits seinen eigenen Wohnplatz im Meer gefunden und entfernte sich langsam in die entgegengesetzte Richtung.
Kedir wollte nur noch bei Undine, seiner Frau, sein und mit ihr gemeinsam durch Akzeptanz des Unvermeidlichen, endlich wieder Frieden finden.
Er hatte ihr schon unterwegs seinen Geist offenbart und sie fiel ihm in die Arme, sobald er in ihr gemeinsames Wohnriff eintrat.
Tränen glitzerten in ihren grünen Augen, aber er konnte dort auch ganz tiefes Vertrauen erkennen.
»Liebster, wir wissen, dass das Universum gütig ist und die absolute Wahrheit sich keinem Sterblichen jemals in seiner Gänze zeigen kann.
Ich glaube, dass Atlantus gerufen wurde und sich nicht verweigern darf.
Er muss sein Schicksal erfüllen und wir müssen einfach ins Leben vertrauen.
Komm, lass uns mit dem Zentrieren beginnen.«
Sie legte ihren Arm um ihn und er merkte, wie sich langsam liebliche und heilende, friedliche Glückseligkeit in seinem Geist ausbreitete.

Das vierzehnte Jahr

Arsentos und Saphira brachten Cerafine dankbar so schnell wie möglich zum Wohnbaum zurück und betteten sie sanft auf ihren Schlafplatz.
Saphira streichelte Cerafine liebevoll, während sie dabei leise und beruhigend ein Schlaflied summte. Sie strich ihr noch so lange zärtlich über das Haar, bis ihre Tochter erschöpft eingeschlafen war.
Dann trat sie erleichtert in den weiteren Wohnbereich zu ihrem Partner.
Arsentos legte seinen Arm um Saphira und sprach: »Der große Rat muss umgehend tagen, das war keine Kleinigkeit.
Der Sturm kann nur mit Absicht heraufbeschworen worden sein. Anders wäre ein solches Wetter bei uns niemals möglich gewesen. Ich verstehe das nicht.
Wir haben doch die Mächte der Finsternis und des Lichtes liebevoll in unser Dasein integriert.«
Saphira schüttelte den Kopf: »Ich glaube nicht, dass hierfür die Kräfte der Finsternis verantwortlich sind.
Es kam ja niemand zu Schaden.
Hinter der Sache steckt mehr.
Vielleicht sollten wir, bevor der große Rat tagt, noch in die Bibliothek der Zeit gehen und die Geschichten durchsehen.
Vielleicht finden wir die Antwort in der nahen Vergangenheit oder in der Zukunft. Was meinst du?«
Arsentos schwieg lange und suchte zunächst in der

Stille nach Antworten.
Aber er erhielt keine Hinweise.
Endlich sprach er: »Ich denke, wir sollten zuerst morgen früh mit dem großen Rat tagen und auch Brenda, sowie Cerafines Großeltern Amma und Artasan dazu bitten.«
Als er seine Frau zustimmend nicken sah, verfasste er schon von Geist zu Geist die Einladung an alle Beteiligten.
Cerafine erwachte sehr früh am Morgen. Schlagartig kam die Erinnerung an das gestrige Erlebnis zurück.
Sie war nur ein klein wenig erschüttert, denn das optimale Fundament ihrer unbeschwerten Kindheit behütete sie vor allzu schweren seelischen Verletzungen.
Aber trotzdem, es war einem ziemlich aufgeschlagenen und schmerzenden Knie sehr ähnlich und auch so etwas hatte Cerafine bisher noch nie erlebt.
Saphira kam gleich nach dem Erwachen zu ihrer Tochter und verkündete ihr, dass die heutigen Unterweisungen in zwei Stunden hier in der Nähe des Wohnbaums stattfinden würden.
Cerafine war froh, nicht irgendwohin zu müssen, und freute sich auch sehr auf ihre Kameraden.
Nachdem sich Saphira davon überzeugt hatte, dass Cerafine so weit in einem guten Zustand war, zog sie sich taktvoll zurück und überließ ihre Tochter für die zwei, noch folgenden Stunden, einfach sich selbst.
Cerafine überlegte, was sie tun könnte.
Fliegen wollte sie nicht und baden im Weiher schon

gar nicht.
Also legte sie sich einfach in die Sonne und blickte in den friedlichen, blauen Himmel.
Kleine weiße Wölkchen zogen bisweilen in den unterschiedlichsten Formationen friedlich vorbei und langsam, aber sicher erlangte Cerafine das innere Gleichgewicht zurück.
Alsbald hörte sie auch schon von Weitem fröhliches Lachen.
Die Gruppe war also im Anmarsch.
Cerafine erhob sich, um die Teenager zu begrüßen.
»Toll, dass ihr da seid.« Die Kameraden umarmten Cerafine stürmisch. Dann sahen sie sie neugierig sowie abwartend an.
Natürlich hatte sich der Vorfall schon längst herumgesprochen, vor allem, weil gestern deshalb die Flugunterweisungen ausgefallen waren.
Cerafine blickte fragend zur Unterweiserin, die nun ebenfalls eingetroffenen war.
Diese nickte ihr freundlich aus ihrem rundlichen und gutmütigen Gesicht zu.
»Wir haben noch fünfzehn Minuten Kinder, dann geht's los mit Körperkunde.«
Tante Lisa war die älteste Unterweiserin überhaupt.
Es hieß, dass sie schon die Eltern vieler Mitglieder dieser Gruppe unterwiesen hatte.
Sie begleitete die Jugendlichen bereits, seit sie ganz klein gewesen waren. Zurzeit war sie für Körperkunde zuständig.
Sie lehrte die Schüler, dass man sorgsam mit seinem

Körper umgehen soll und der Körper wie ein Tempel ist, in dem die eigene Seele wohnt.
Dabei wurde genau behandelt, was dem Körper alles so guttut.
Dazu gehörten unter anderem ausreichend Bewegung, genügend Schlaf, glückliche Erlebnisse, gute Freunde, eine liebe Familie, intakte Natur, Lachen, die Seele baumeln lassen und auch viel gedankenlose Zeit.
Tante Lisa hatte zwei dicke rötliche Bäckchen in ihrem Gesicht, vertrauensvolle Augen und war einfach nur das Abbild einer ganz lieben Oma oder Tante.
Für eigene Kinder hatte sie sich nie entscheiden können, denn dann hätte sie ihre Arbeit mit den Kindergruppen für eine Weile an den Nagel hängen müssen, was sie sich einfach nicht vorstellen konnte.
Alle liebten Tante Lisa abgöttisch, obwohl sie keineswegs so cool war, wie zum Beispiel Brenda, die Flug-Unterweiserin.
Aber sie war eben einfach »ihre Tante Lisa« und das sagte alles aus.
Die Jugendlichen bildeten einen Kreis und Cerafine erzählte ihnen alles, woran sie sich bei ihrem gestrigen Erlebnis noch erinnern konnte.
Danach herrschte Schweigen.
Es gab einfach nichts zu sagen oder zu fragen.
Nach einer Weile fragte Basilica doch noch: »Wie geht es dir denn jetzt, Cerafine?«
»Es geht mir wieder gut«, antwortete Cerafine schlicht und damit war die Angelegenheit erledigt.
Tante Lisa kam wie aufs Stichwort dazu und begann

mit ihren Unterweisungen.
Die Zeit verging wie im Fluge.
Am Ende des Unterrichts sagte Tante Lisa noch zu den Teenagern: »Ihr werdet jetzt bald vierzehn Jahre alt. Das ist das letzte Jahr im zweiten Lebens-Jahrsiebt. Ihr solltet wissen, dass das eine spezielle Zeit ist. Ihr müsst dann ganz besonders sorgsam mit eurem Körper umgehen, weil ihr bis jetzt nicht über die erforderliche Reife des inneren Zentrierens verfügt. Also bitte keinerlei übereilten Entscheidungen in diesem Jahr.
Wir sehen uns nächste Woche zur gleichen Zeit, macht's gut ihr Lieben«.
»Tschüss Tante Lisa«, riefen die Heranwachsenden, wie in frühen Jahren im Chor.
Irgendwie wollten sie sich dieses kindliche Ritual nicht abgewöhnen. Gutmütig ließ die freundliche Betreuerin sie gewähren.
Tante Lisas guter Rat wurde von den Jugendlichen wie bei allen Teenagern aufgenommen.
Kaum war die Tante gegangen, war er auch schon wieder vergessen.
Thalion rief: »Kommt, lasst uns zum Meer laufen, vielleicht sehen wir ja heute einen Selkie.«
Cerafine fühlte kurz ein Zurückschrecken, aber binnen Sekunden war es auch schon verflogen und die Freunde rannten gemeinsam, fröhlich lachend zum Strand, um dort zu spielen.
Der große Rat tagte auf einem speziell dafür vorgesehenen Platz in der Nähe des ovalen Kristalls.

Als alle Mitglieder und auch die drei Gäste eingetroffen waren, versenkten sich alle gemeinsam in eine tiefe Meditation, um in der Stille Kraft zu finden.
Etwa dreißig Minuten später ergriff Arsentos, leise, aber bestimmt, das Wort.
»Der Vorfall gestern, das war kein Zufall.
Unser Wetter ändert sich nicht in dieser Weise, ohne dass es von jemandem beeinflusst wurde.
Saphira und ich hatten überlegt, ob man die Bibliothek der Zeit zurate ziehen sollte?«
Es kam keine schnelle Antwort, denn alle ließen zunächst die Frage tief in sich sinken, dann diese wieder gehen und lauschten danach in sich hinein, was für eine Botschaft aus der Stille auftauchen würde.
Nach einiger Zeit erhob sich Amma, Cerafines Großmutter.
Sie und ihr Gefährte Artasan waren heute die Ältesten am Platz.
Ammas Haar war schon schneeweiß, ihre Erscheinung wirkte erhaben.
»Du hast recht, Arsentos, ich glaube auch, dass diese Aktion geplant war.
Ich kann aber keine böse Absicht dahinter spüren, eher einen edlen Plan.
Ich meine, wir sollten dem Schicksal einfach seinen Lauf lassen und darauf vertrauen, dass Gutes daraus erwachsen wird.«
Mit einem gütigen Blick zu ihrer Tochter Saphira, fügte sie noch hinzu: »Ich werde an deiner Seite sein, denn Cerafine scheint mir in diese Angelegenheit sehr tief

verwickelt.«
Nun erhob sich Saphira. »Ihr wisst, dass Cerafine kurz vor dem vierzehnten Jahr steht.
Das ist eine komplizierte Zeit.
Ihr Verstand ist praktisch auf dem Höhepunkt seiner Macht und sie ist noch nicht gestärkt genug, um wirklich die innere Balance zu halten.
Noch dazu ist sie immer so schnell, ein echtes „Otterkind“ eben. Was, wenn sie ernstlich gefährdet ist?« Brenda nickte ihr zustimmend zu und lächelte schüchtern.
Abermals senkte sich minutenlanges Schweigen über die Gruppe.
Man ließ Saphiras Einwand wirken.
Nach einer Weile erhob sich Glen, Saphiras Freundin aus der Kinderzeit. Sie waren im gleichen Kinderjahr geboren und ebenfalls wie Geschwister zusammen aufgewachsen. Glen begann zu sprechen: »Ich glaube nicht, dass wir in die Bibliothek der Zeit gehen sollten. Die Gefahr unseren Willen über das Schicksal zu stellen wäre dadurch zu groß.
Ich fühle, dass es hier um sehr gewaltige Dinge geht, die aber nicht direkt die Unseren sind.
Letztlich scheint es mir aber wichtig zu sein, dass es so geschieht, wie es geschehen soll.«
Alle in der Runde nickten zustimmend und damit war die Sache beschlossen.
Arsentos wandte sich noch an Brenda und dankte ihr für ihren Einsatz und ließ sie wissen, wie froh sie alle waren, dass Brenda in diesem Jahrgang die Jugendlichen

im Fliegen unterrichtete, obwohl sie noch nicht einmal bei den Erwachsenen aufgenommen war.
Brenda errötete daraufhin vor Freude.
Dann war die Versammlung beendet.
Amma nahm ihre Tochter, Saphira, in die Arme. Dabei sprach sie ihr Mut zu.
Arsentos und Artasan unterhielten in der Nähe leise noch für eine Weile.
Anschließend gingen auch sie nach Hause.

Eine unerwartete Ankunft

Das Leben verlief wieder in ganz normalen Bahnen. Da auf Aquarius stets versucht wird, immer im gegenwärtigen Moment zu leben und sich daher praktisch nie mit der Vergangenheit oder der Zukunft zu beschäftigen, war der Vorfall mit Cerafines Flugabenteuer über dem Meer recht schnell in Vergessenheit geraten.
Lediglich ihre Mutter, Saphira, hatte sie noch einige Male zur Seite genommen und ihr ans Herz gelegt, in diesem, speziellen Jahr sehr vorsichtig zu sein.
Sie meinte, dass der Unfall durch den Sturm nur der Anfang für etwas Größeres, das ihr eventuell zustoßen könnte, gewesen sein könnte.
Sie bat Cerafine inständig darum, ihr alles Ungewöhnliche sofort zu erzählen.
Da aber nichts weiter Besonderes passierte, reduzierte sie irgendwann ihre Kontrollen nur noch auf einen prüfenden Blick, den das Mädchen gelegentlich auf sich spürte.
Als eines Tages etwas wirklich sehr Spektakuläres geschah, geriet dann Cerafines damaliges Abenteuer komplett in Vergessenheit.
Einmal im Monat hatten die Jugendlichen auch Kristallkunde. Die Unterweisung fand dann immer auf dem Platz der Begegnung am ovalen Kristall statt.
Das war dieses Mal an einem Dienstag.
Sie hatten gerade am frühen Morgen mit dem

Unterricht angefangen, als sich plötzlich dort, direkt neben dem ovalen Kristall, ein schon älterer, sehr großer Mann wie aus dem Nichts materialisierte.
Er hatte längere graue Haare, die zu zwei Zöpfen geflochten waren, mandelförmige Augen, sowie eine rötliche braune Haut.
Langsam stand er auf und erhob seine Hände zum Zeichen des Friedens. Er wartete lächelnd und gelassen auf das, was nun geschehen würde.
Zuerst war das mal gar nichts, denn die umliegenden Wesen, verdauten das soeben Geschehene für einen Moment.
Dann löste sich Sigar, welcher ebenfalls zum großen Rat gehörte und der zufällig gerade in der Nähe gewesen war, aus der verblüfften Menge und trat auf den Besucher zu.
»Sei gegrüßt, guter Mann. Wer bist du, wo kommst du her und was ist dein Begehr?«
Der Angekommene ließ langsam seine Hände nach unten fallen und verstärkte sein Lächeln.
»Mein Name ist Pix Hunter Quick Deer.
Ich gehöre zum Volk der Lakota und ich komme vom fernen Planeten Erde aus dem Jahr 2002.
Ich habe euren wunderschönen Himmelskörper bereits vor einiger Zeit in meinen Träumen entdeckt und ich bitte euch, hier leben zu dürfen.«
Sigar sandte einen telepathischen Ruf an alle Mitglieder des großen Rates, die sich daraufhin binnen kürzester Zeit am ovalen Kristall materialisierten.
Es folgte eine recht kurze Zeit des gemeinsamen

Besinnens und des stillen sich Abstimmens, dann wandte sich Sigar nochmals an Pix Hunter.
»Warum möchtest du denn die Erde verlassen?«
»Ich habe mir schon immer gewünscht, an einem ähnlichen Ort zu leben, wie dem euren.
Eure weisen Ansichten und Lebensgewohnheiten, so wie ich sie beim Träumen und in meinen Visionen gesehen habe, sind mir sehr vertraut.
Auf der Erde jedoch ist es nicht möglich, so zu leben.
Ich habe es dort einfach nicht mehr ausgehalten.
Dann habe ich lange gefastet und gebetet. Wie durch ein Wunder durfte ich mich beim Traumwandeln heute bei euch in meinem physischen Körper materialisieren«, entgegnete Pix.
Sigar und seine Gefährtin Alore traten jetzt mit vorgestreckten Händen und einem freundlichen Lächeln vor, um Pix Hunter zu umarmen und herzlich willkommen zu heißen.
Alle Anwesenden und auch die Heranwachsenden klatschen begeistert Beifall.
Pix Hunter freute sich augenscheinlich.
Sein Lächeln wurde noch breiter und die dunkelbraunen Augen in seinem rötlich braunen, vom Wetter gegerbten Gesicht wurden noch ein wenig schmaler.
Alore und Sigar, die als Paar beide zum großen Rat gehörten, waren dort auch für die Integration von Auswärtigen zuständig.
Daher entfernten sich nun einträchtig plaudernd mit unserem neuen Mitbürger.

In Gesprächen würden sie sehr bald herausfinden, was dieser Bewohner für Ansprüche an seinen Lebensraum stellte und dann für ihn eine passende Bleibe finden.
Sie würden ihm später auch dabei behilflich sein, sollte er sich in das soziale Gefüge von Aquarius eingliedern wollen.
Das war nicht selbstverständlich, denn sie hatten auch schon Auswärtige aufgenommen, die einfach irgendwo als Eremit ganz allein leben wollten.
Auch das wurde auf Aquarius vorbehaltlos respektiert.
Die Aquarianer waren also durchaus auf solche Ereignisse, wie das heutige Erscheinen von Pix Hunter, dem Lakota von der Erde, vorbereitet.
Aber alles in allem passierte so eine Ankunft doch recht selten.
Deshalb wurde es auch heute wieder als ganz besondere Begebenheit wahrgenommen.
Umso spektakulärer war es, als kaum, dass Sigur, Alore, Pix und alle anderen Ratsmitglieder den Platz am ovalen Kristall wieder verlassen hatten, plötzlich zwei, etwa dreizehn Jahre alte Teenager, ein Mädchen und ein Junge, ziemlich ungeschmeidig auf den gleichen Ort purzelten.
Die noch Anwesenden hielten den Atem an.
Das hatte es noch nie gegeben.
Die beiden Neuen schauten genauso verdutzt drein, wie alle anderen sich fühlten.
Das Ganze sah auf den ersten Blick nicht wie eine beabsichtigte und gut geplante Reise aus.
Das Mädchen, welches mit einem dicken Seil an den

etwas größeren Jungen gebunden war, rieb sich den schmerzenden Ellenbogen und sah sich verwirrt um: »Wo in Gottes Namen sind wir denn jetzt hier gelandet?«, hörten wir sie überrascht ausrufen.
»Cerafine, weißt du, wer das ist?«, fragte Basilica vollkommen verwundert und riss ihre Augen vor Erstaunen ganz weit auf.
Die Anwesenden waren allesamt komplett fasziniert und da niemand mehr vom großen Rat vor Ort und die Angekommenen noch so jung waren, fühlte sich irgendwie Tante Lisa, die die heutige Unterweiserin war, verantwortlich und trat hervor.
»Guten Tag, meine Lieben.
Wer seid ihr, wo kommt ihr her und was möchtet ihr hier?«, fragte sie in ihrer freundlichen und vertrauenerweckenden Art.
Die Geschwister standen langsam auf und sahen sich ein wenig ängstlich um. Sie sahen ziemlich mitgenommen aus.
Der Junge fasste sich ein Herz und sprach:
»Mein Name ist Finnbar und das ist meine Zwillingsschwester Lia.«
Er deutete auf das Mädchen neben ihm.
»Wir waren in das Jahr 2018 unterwegs, hatten während der Reise Probleme und haben dann wohl einen Fehler gemacht.
Das hier sieht nicht nach dem Ort aus, wo wir ursprünglich hinwollten.«
Soholit hatte den beiden eigentlich eingeschärft, bloß nicht die Wahrheit über das Zeitreisen zu verraten,

schon gar nicht im Mittelalter. Sie würden ansonsten große Gefahr laufen, als Ketzer verbrannt zu werden. Diese Frau jedoch, die sie eben angesprochen hatte, sah so gar nicht böse aus, sodass Finnbar bereit war, das Risiko der Wahrheit einzugehen.
Tante Lisa war kurz etwas verwirrt und konnte mit der Jahreszahl 2018 überhaupt nichts anfangen.
Da hörten sie plötzlich von Weitem ein unverwechselbares Stimmchen:
»Lia, Finnbar, was macht ihr denn hier?«
Karlao rannte die beiden beinahe vor Freude um. Völlig außer Atem drehte er sich in Richtung, der immer mehr überraschten Zuschauer und verkündete, während dabei Finnbars Amulett munter an seinem Hals hin und her baumelte, in seiner strahlenden Art:
»Das hier sind meine beiden besten Freunde.
Wir haben uns vor langer Zeit auf der Erde kennengelernt.
Sie sind absolut vertrauenswürdig.
Allerdings kann ich mir gerade gar nicht erklären, was sie hier wollen könnten.«
Nachdenklich drehte er sich zu den Zwillingen um.
»Was wollt ihr denn auf Aquarius, solltet ihr nicht die Welt retten?«
»Wir sind heute Morgen nach dem Angriff mit allen zusammen in Richtung 2018 aufgebrochen, wurden unterwegs überfallen und sind dann hier gelandet.
Aber was hast du denn hier zu suchen?«, antwortete Finnbar.
»Also ich bin schon seit etwa 1000 Erd-Jahren auf

Aquarius.
Kurz nach dem Angriff im Jahr 822 entschieden sich einige der Elben und manch einer vom kleinen Volk, sowie auch ich, die Erde zu verlassen.
Wir fühlten uns dort nicht mehr sicher.
Orlana hatte da etwas über „eine alte Freundin“ eingefädelt, wohin wir sicher umsiedeln konnten.
Sie selbst ist dann aber gar nicht mit hierhergekommen.
Im letzten Moment erklärte sie, dass sie doch ein anderes Ziel hätte.
Jedenfalls wurden wir hier ganz prima empfangen.
Das ist ein wirklich toller Ort, wenn du willst, kann ich dir alles zeigen?«
Karlao zog Finnbar am Ärmel und wollte mit ihm den Platz verlassen.
»Moment mal, ihr beiden.« Lia war nun auch nähergetreten.
»So schnell geht das nicht, Karlao, wir müssen vorher noch einiges klären.
Sind Soholit, Quiskan, Lucinda und Querin auch hier?«
Jetzt war es an der Zeit für Karlao, verwirrt zu schauen.
»Wieso fragst du das, die sind doch mit euch zusammen los? Hier sind sie jedenfalls nicht.«
»Das ist aber schlimm.« Lia ließ traurig den Kopf hängen.
Tante Lisa hielt inzwischen den Zeitpunkt für gekommen, sich auch einmal wieder zu Wort zu melden.

»Ich fasse einmal kurz zusammen: Ihr seid also heute Morgen auf dem Planeten Erde im Jahr 822 überfallen worden und habt euch danach mit vier weiteren Freunden in Richtung des Jahres 2018 auf eurem Himmelskörper aufgemacht.
Ich nehme an durch astrales Reisen?«, fragend sah sie zu den Zwillingen.
Lia und Finnbar nickten bejahend.
»Dann wurdet ihr unterwegs während der astralen Reise wiederum überfallen, seid von euren Freunden getrennt worden und dann hier in dieser Zeit bei uns auf Aquarius gelandet, ja?«
»Ja genau, so war es in groben Zügen«, bestätigte Finnbar.
»Das ist eine höchst ungewöhnliche Geschichte.
Es kommt selten vor, dass man von einem auf den anderen Planeten gelangt und dann auch noch in eurem Alter.« Tante Lisa sah aufmerksam von einem zum anderen.
»Das ist wirklich sehr, sehr außergewöhnlich«, fügte sie noch nachdenklich hinzu.
»Wo und was ist denn eigentlich Aquarius, sind wir denn nicht mehr auf der Erde?«, warf Lia ängstlich fragend ein, während sie noch immer ihren schmerzenden Ellenbogen rieb.
»Nein, mein liebes Kind, ihr seid unvorstellbar weit weg von der Erde.
Ich fürchte, dass es für euch auch keine Möglichkeit der Rückkehr mehr gibt.
Diese Art von astralem Reisen von Planeten zu

Planeten ist hier schon ganz lange in Vergessenheit geraten und wahrscheinlich für junge Leute in eurem Alter auch noch nicht erlernbar.
Aber diese Angelegenheit sollte dringend vor dem großen Rat besprochen werden. Ich werde diesen jetzt benachrichtigen.«
Tante Lisa, der gerade die ängstlichen Mienen der Zwillinge auffielen, fügte noch gutmütig hinzu:
»Ihr braucht euch nicht zu fürchten, wir werden unser Bestmögliches für euch tun.
Aber jetzt rufe ich erst einmal die Mitglieder des großen Rates hierher.«
Es war eine ziemlich große Sache.
Tante Lisa hatte bereits die gesamte Angelegenheit im Geiste übermittelt und binnen weniger Sekunden materialisierten sich alle außer Sigur und Aloe, die noch mit Pix Hunter beschäftigt waren, wiederum beim ovalen Kristall.
Tante Lisa, die nun weiter die Führung übernahm, wandte sich an meine Mutter:
»Liebe Saphira, diese beiden haben einiges durchgemacht und sind deshalb sehr verstört.
Ihr wohnt doch ganz nahe an einem unserer Gäste-Wohnbäume. Könntet ihr nicht vorübergehend die Schirmherrschaft über die beiden außerhalb der Unterweisungszeiten übernehmen?
Ich schlage vor, da sie im gleichen Alter wie eure Tochter, Cerafine und die anderen dieses Jahrganges sind, dass wir sie erst einmal bis auf Weiteres der Jugendgruppe zugesellen.

Wäret ihr damit einverstanden?«
Die Mitglieder des Rates verständigten sich kurz miteinander und man kam überein, dass Tante Lisas Vorschlag optimal war.
Jene wandte sich dann an die Geschwister und fragte:
»Wäre das denn in eurem Sinne?«
»Ja, ich denke schon, oder?«, fragend blickte Lia ihren Bruder an.
Dieser war zwar gerade gar nicht hungrig, meinte aber, vor seiner Antwort, eine wichtige Sache noch vorher abklären zu müssen.
»Ähm, wann und wo finden denn hier die gemeinsamen Mahlzeiten statt?«
Jetzt schlug sich Karlao lachend auf die Knie, »Mensch Finnbar, hier gibt es nichts zu essen.
Die ernähren sich auf Aquarius nur von Licht.«
Die Jahrgangs-Geschwister hatten sich im Laufe des Gesprächs immer näher an die beiden Neuen herangewagt.
Cerafine fasste sich jetzt ein Herz und sprach:
»Hallo, mein Name ist Cerafine und das ist unsere Jahrgangs-Gruppe.
Das sind: Basilica, Senta, Seline, Paula, Andaria, Siegmund, Thalion, Andor, Leander, Danton und Distiros«, stellte sie kurz alle namentlich vor.
Da die zwei ja bei Cerafines Familie wohnen sollten und sie annahm, dass die Unterweisungen für heute beendet waren, ergriff Cerafine nun beherzt die Leitung der Aktion.
»Kommt, wir gehen erst einmal nach Hause, dann

können wir in Ruhe über alles reden.«
Ihre Mutter sah sie nachdenklich an und folgte den Jugendlichen zusammen mit Tante Lisa.
Die beiden flüsterten unterwegs leise miteinander. Dabei machte Saphira ein sehr besorgtes Gesicht.
Cerafine waren Finnbar und Lia von Anfang an sehr sympathisch gewesen.
Daher wagte sie jetzt auch noch den Einwand: »Wollt ihr nicht mal das komische Seil zwischen euch lösen? Hier werdet ihr bestimmt nicht auseinander geweht.«
Die Zwillinge lachten und verstauten das Seil in Lias Rucksack.
Dann gingen Cerafines Eltern, Tante Lisa sowie die Jugendgruppe, die inzwischen aus vierzehn Teenagern bestand, zu Cerafines Wohnbaum.

Untschi Ta

Nachdem Lia und Finnbar ihren Wohnbereich gezeigt bekommen sowie sich dort ein wenig gemacht hatten, verbrachten die Jugendlichen alle zusammen einen wunderbaren Nachmittag an Cerafines Weiher.
Es war eigentlich sofort so, als ob die Zwillinge schon immer zu der Gruppe gehört hätten.
Tante Lisa verabschiedete sich jetzt und versprach, morgen wieder hierherzukommen.
Eine Woche lang sollten, in Anbetracht der neuen Lage, die Unterweisungen am gleichen Ort stattfinden und zu Anfang wollte Tante Lisa diese allein weiterführen.
»Tschüss, Tante Lisa«, riefen alle wie immer im Chor.
Finnbar und Lia sahen sich heimlich grinsend an.
Hatte Lia auch noch die Augenbrauen hochgezogen?
Das konnte Cerafine nicht auf der Gruppe sitzen lassen und erklärte ihnen kurz die Lage.
»Wir haben auch noch coolere Unterweiser, zum Beispiel Brenda, die gibt Fliegen, aber Tante Lisa ist und bleibt unsere liebe Tante Lisa.«
»Ihr lernt fliegen?«, warf Finnbar sofort überrascht ein.
»Ja klar«, kurz flog Cerafine zum Beweis einmal recht übermütig um den Weiher.
Beeindruckt und auch ein wenig neidisch schauten die Geschwister zu dem Mädchen.
»Für mein Leben gerne würde ich das auch erlernen«, sprach Finnbar und Lia nickte stürmisch dazu.

»Tja, vielleicht wird Brenda es euch erklären, soll ich sie gleich mal fragen?«
»Warte mal kurz Cerafine, das wird mir für einen Tag alles ein wenig zu viel.
Diese letzten 24 Stunden waren für uns mehr als anstrengend«, wandte Lia ein.
»Aber eine kurze Nachfrage noch dazu«, hakte Lia nach. »Wolltest du die Brenda gerade über den Geist fragen, könnt ihr das auch?
Bei uns auf der Erde, unter den Menschen, gibt es nur sehr, sehr wenige, die diese Art der Kommunikation beherrschen.«
»Ja, das wollte ich. In Aquarius ist das ganz normal, sich über den Geist zu verständigen«, antwortete Cerafine.
»Ähm und Entschuldigung, ich habe nicht daran, gedacht, dass ihr vielleicht zu müde sein könntet.
Ich bin immer ziemlich schnell mit allem, mein Krafttier ist nämlich der Otter.«
Cerafine nahm an, dass damit alles gesagt wäre, aber Lia und Finnbar sahen jetzt recht verständnislos in die Runde.
»Jeder von uns bekommt in einem Ritual, wenn wir noch ganz klein sind, mitgeteilt, welches Krafttier er oder sie hat.
Diese sind der Grund für viele unserer Eigenschaften.
Mein Krafttier zum Beispiel ist der Widder«, erklärte Basilica den Zwillingen jetzt lächelnd.
Als sich wiederum auf den Gesichtern der Zwillinge nur Fragezeichen und kein Verstehen abzeichnete, ließ sich Basilica noch zu weiteren Erklärungen herab.

»Also der Widder ist eine Art Schafbock, er hat zwei große gebogene Hörner ...«
»Ähm, wir wissen durchaus, was ein Widder ist«, warf Lia ein klein wenig beleidigt dazwischen.
»Ach so, natürlich, ja klar«, jetzt war Basilica etwas unsicher geworden.
Cerafine ging das mal wieder alles viel zu langsam und so beschloss sie, die Sache jetzt besser selbst in die Hand zu nehmen.
Was würden die nur alle ohne sie machen?
»Es geht um die Haupteigenschaften der Tiere«, sprach sie laut und deutlich, um sicherzugehen, auch verstanden zu werden.
»Der Widder ist mit seinen Hörnern sehr dickköpfig. Was dieser sich in den Kopf setzt, das bringt er ohne Rücksicht auf Verluste auch durch.
Er rennt immer wieder so lange mit den Hörnern gegen einen Widerstand, bis er diesen erledigt hat.
Diese Eigenschaft hat so ähnlich auch unsere Basilica. Böse Zungen würden das auch als "stur" bezeichnen.«
Cerafine lächelte Basilica liebevoll an.
Sie wusste, sie wäre nicht beleidigt, denn die Kameraden lehnten sich gegenseitig niemals ab und bewerteten auch nichts als besser oder schlechter.
»Der Otter wiederum ist ein schneller und quirliger Gesell.
Regelmäßig schießt er deshalb auch über sein Ziel heraus.
Das macht ihm aber nichts aus, dann versucht er es einfach nochmals. Diese Schnelligkeit ist es, die bei mir

sehr ausgeprägt ist.
Jeder von uns verfügt über den ein oder anderen, besonders prägnanten Wesenszug, der sich dann in unserem Krafttier widerspiegelt.
Alle zusammen ergänzen wir uns daher optimal.
Nichts ist besser oder schlechter. Alles wird benötigt, damit wir hier ein schönes Leben zum Wohle aller führen können.
Ich nehme mal an, dass man euch euer Krafttier bislang nicht offenbart hat, oder?
Ich könnte gleich Tante Lisa mal fragen …«
Basilica räusperte sich laut hörbar.
»Ach so, ja ähm, stimmt«, jetzt war es an Cerafine herumzustottern.
»Ich erinnere mich, ihr wart ja schon müde.
Aber vielleicht könnte ich Tante Lisa für morgen danach fragen?«
Lia lachte, »danke Cerafine, wir haben jetzt verstanden, worum es hier geht. Aber bitte lass uns noch ein wenig Zeit, auf Aquarius richtig anzukommen.
Wir sagen es euch rechtzeitig, wenn wir unser Krafttier wissen wollen.«
Jetzt meldete sich noch Finnbar zu Wort, »es gäbe da noch etwas, dass ich heute noch unbedingt wissen möchte: Habt ihr denn nie Hunger?
Vermisst ihr es denn gar nicht, dass ihr nichts zu essen bekommt?
Ich liebe es, recht viel zu essen, sodass ich mir kaum vorstellen kann, wie ich ohne das leben soll.«
»Ich glaube, ich weiß jetzt, welches Finnbars Krafttier

ist: der Vielfraß«, rief Lia herzlich lachend aus.
Bald waren alle, inklusive Finnbar, von der herzlichen Heiterkeit angesteckt und kugelten sich vor lauter Übermut und Freude auf der Wiese herum.
Einige machten sich einen Spaß daraus, ihr Krafttier nachzuahmen und zu hören, ob Lia und Finnbar es erkennen konnten.
Am lustigsten aber war Leanders Auftritt, der die Schlange zum inneren tierischen Begleiter hatte.
Es dauerte ewig, bis die beiden Neuen darauf kamen, denn Leander, der sich zwar redlich bemühte, hatte so gar kein Talent, eine Schlange nachzuahmen.
Die Jugendlichen konnten sich nicht mehr halten vor Lachen als Lia und Finnbar mit ihren Rate-Versuchen, wie zum Beispiel: Wal, Aal oder Regenwurm andauernd völlig daneben lagen.
Es war schon spät geworden und deshalb erschien nun Saphira, um der ausgelassenen Schar mitzuteilen, dass es für heute Zeit zum Schlafen wäre.
Der Abend war ein wirklich schöner Ausklang für einen unglaublich ereignisreichen Tag gewesen.
Die Zwillinge waren sehr froh und nun wirklich auch restlos erschöpft.
Sie fielen wie Steine in die Betten und versanken sofort in einen tiefen, traumlosen Schlaf.
Die erste Woche mit Lia und Finnbar verging so schnell wie im Flug.
Mit Tante Lisa zusammen herrschte stets eine sehr harmonische Stimmung.
Lia und Finnbar hatten inzwischen fast ihre gesamte

Geschichte erzählt und die Heranwachsenden von Aquarius hatten ihrerseits den Zwillingen auch schon eine ganze Menge berichtet. Allerdings hatten die Geschwister das Geheimnis »Der Hüter der siebten Wahrheit« sicherheitshalber ausgespart.
Cerafine hatte natürlich bereits Brenda eingeladen, um ihr von Lias und Finnbars Flugwünschen zu berichten. Brenda versprach, ihr bestmögliches dafür zu tun.
Sehr enttäuscht waren Lia und Finnbar über die Aussicht, niemals mehr auf die Erde zurückkehren zu können.
Sie brannten regelrecht für ihre Mission, den Planeten mit all seinen Bewohnern vor dem Untergang zu bewahren.
Aber jeder Erwachsene, den sie befragten, antwortete immer das Gleiche.
Es war bisher nicht bekannt, dass in der Neuzeit jemals jemand eine Möglichkeit gefunden hatte, bewusst zwischen den Planeten hin- und herzureisen.
Morgen sollten nun die normalen Unterweisungen wieder beginnen und natürlich waren Finnbar und Lia jetzt mit von der Partie.
Als es so weit war, machte sich Cerafine mit den Zwillingen gemeinsam auf den Weg.
Selbstverständlich verkniff sie sich zu fliegen, was sie normalerweise getan hätte.
Die drei jungen Leute streiften gerade recht gut gelaunt durch den Wald, da hörten sie von Weitem einen wunderschönen Gesang in einer, ihnen unbekannten, Sprache.

Neugierig traten sie näher und sahen Pix Hunter Quick Deer, der mit gebeugtem Haupt unter einer großen Eiche stand und diese wunderbare Weise sang.
Den dreien wurde dabei ganz wohl ums Herz.
Freundlich drehte er sich um und lächelte sie an.
»Mein Name ist Quick Deer«, er streckte den Dreien seine riesige Pranke, die zu einem Mann, so groß wie ein Bär gehörte, freundlich entgegen.
»Guten Tag, wir sind Lia, Finnbar und ich bin Cerafine«, antwortete Cerafine sogleich für alle.
»Wir sind gerade auf dem Weg zu unseren Unterweisungen, aber ich glaube, wir würden dich gerne näher kennenlernen.«
Zu Lia und Finnbar gewandt, ließ sie noch kurz fallen:
»Das ist der andere Mensch von der Erde, welcher nur einige Minuten vor euch bei uns eingetroffen war.«
Finnbar hob sehr interessiert den Kopf und wandte sich nochmals selbst an Quick Deer.
»Wir sind auch von der Erde, wir kommen aus Irland aus dem Jahr 822 und du?«
»Ich komme aus Amerika aus dem Jahr 2002.
Das ist ja sehr erstaunlich, dass ihr schon in so einem Alter den Planeten wechseln konntet.
Das würde mich wirklich sehr interessieren.
Was haltet ihr davon, wenn wir uns hier nach euren Unterweisungen wieder treffen und dann mit etwas mehr Zeit über alles in Ruhe reden können?
Gerne könnt ihr auch all eure Kameraden mitbringen.
Ich liebe die Gesellschaft von jungen Menschen.
Und ihr könnt mich gerne Pix nennen, das ist

einfacher.«
Die drei berieten sich kurz und dann sprach Finnbar.
»Ja sehr gerne, also dann bis nachher, Pix.«
Daraufhin beeilten sie sich, noch rechtzeitig zur Unterweisung zu erscheinen.
In der Pause besprachen sie die Einladung durch ihre neue Bekanntschaft mit den anderen.
Sie konnten es kaum erwarten, später zur Verabredung eilen zu können.
Kaum war die Unterweisung vorbei, machten sie sich auch schon auf dem Weg dorthin, wieder zu Fuß …
Cerafine wäre gerne schneller da gewesen, aber was kann man machen?
Es war den Jugendlichen untersagt worden, allein das astrale Reisen und noch dazu mit Finnbar und Lia zu praktizieren.
Man wollte erst genauer herausfinden, ob keine weiteren Überfälle während des astralen Reisens zu erwarten waren.
Na ja und fliegen wäre auch nicht gerade die sozialste Lösung gewesen, also ruhig Blut, kleiner Otter, dachte Cerafine sich.
Als sie in die Nähe des vereinbarten Platzes kamen, hörten sie Pix wieder singen. Der Gesang war wunderschön.
Der Lakota-Mann saß inzwischen auf einem ziemlich bequem aussehenden Sessel unter der Eiche von vorhin und war gerade mit seinem Lied fertig geworden.
Freundlich winkte er ihnen zu.

Die Heranwachsenden setzten sich im Halbkreis um ihn herum und warteten.
Pix ergriff dann auch das Wort und fragte die Zwillinge ganz genau nach ihren Erlebnissen aus.
Dann erzählte auch er, wie es in den letzten Lebensjahren auf der Erde bei ihm gewesen war.
Mit Tränen in den Augen berichtete er von den Umweltsünden der Menschen und den unmöglichen Zuständen auf dem Planeten.
Betroffen sagte eine Weile keiner mehr ein Wort.
Bis Finnbar es nicht mehr aushielt und Pix frei heraus fragte, wie genau er es geschafft habe, mit Absicht nach Aquarius zu kommen.
Er gab zu, dass er und Lia unbedingt wieder zurück, und zwar in das Jahr 2018 müssten, um den Untergang der Lebensräume auf der Erde noch aufhalten zu können. Pix lehnte sich zurück und erwiderte:
»Ich habe diesen wunderschönen Planeten hier zuerst in einer Vision und in Träumen gesehen. Ich war sehr ergriffen davon.
Dann suchte ich ihn aktiv in meinen Träumen auf und sah ihn mir genauer an.
Ich musste aber immer in meinen Körper auf der Erde bleiben, so wie die Gesetze beim Traumwandeln oder auch beim einfachen Träumen eben sind.«
Wissend nickten die Jugendlichen eifrig mit dem Kopf.
»Eines Tages hatte ich das Gefühl, es nicht mehr auf der Erde aushalten zu können und ich betete während einer Fastenperiode im Wald sehr lange zu Wakan Tranka, das ist unsere Verbindung zum höheren Selbst.

Ich bat den großen Geist mit ganzem Herzen darum, auf Aquarius leben zu dürfen.
Dann traumwandelte ich wieder dorthin und es klappte.
Offen gesagt weiß ich auch nicht ganz genau, wie ich das letztendlich bewerkstelligt habe.
Ich nehme an, dass dies nicht ich vollbracht habe.
Es war wohl eher ein Geschenk.«
»Kennst du eine Möglichkeit, wie man von hier aus auf der Erde etwas nachsehen kann?«, fragte Finnbar weiter.
»Wir vermissen nämlich vier von unseren Freunden und sind darüber sehr in Sorge.«
»Bisher weiß ich das auch noch nicht so genau, aber wir könnten ja daran arbeiten und das als ein gemeinsames Projekt starten.
Wie wäre es, wenn wir uns dafür täglich am Nachmittag hier treffen würden?«
Das wurde sofort mit großem Enthusiasmus beschlossen. Sogleich meldetet Cerafine sich zu Wort und hatte einen weiteren tollen Vorschlag:
»Dann sind wir ja so etwas wie eine Gemeinschaft, die sich für das Wohl des Planeten Erde einsetzt.
Wie wäre es, wenn wir uns einen guten Namen für uns ausdenken?«
Diese Idee stieß ebenfalls auf allgemeinen Anklang und alle hatten sehr viel Spaß mit den Namen, die jeder so vorschlug.
Lia und Finnbar waren für »die Erdlinge«, Basilica schlug »die unbesiegbaren Kämpfer für den Planeten

Erde« vor, typisch Widder, dachte Cerafine sich dabei schmunzelnd.
Cerafine selbst wollte irgendwie überhaupt nichts Vernünftiges einfallen.
Den Namen »die schnelle Hilfe« vorzuschlagen, verkniff sie sich noch rechtzeitig.
Sie wollte ja nicht mit dem Otter aufgezogen werden.
Cerafine hörte noch »Planetenretter«, den Namen könnte man doch gleich noch für andere Planeten benutzen, wenn die Erde dann gerettet wäre.
Der lustigste Vorschlag war, »Geheime Mission der edlen Retter«.
Die Freunde lachten sich halb tot über solche geschwollenen Einfälle.
Lia sprach dann Quick Deer an: »Hast du nicht eine Idee, vielleicht etwas in der Lakota-Sprache?«
Quick Deer, der gerade Tränen in den Augen hatte vor lauter Lachen, wurde wieder ein wenig ernster und dachte eine Weile nach.
»Was haltet ihr denn von „Untschi Ta“? Das heißt so viel wie „zur Erde hin"«, fragte Pix nach einer kurzen Zeit. »
Das Wort „Untschi“ bedeutet in unserer alten Sprache nämlich Erde oder auch Großmutter.«
Das fanden alle vollkommen passend, vor allem auch, weil sie der Klang der Lakota-Sprache so faszinierte.
Jetzt hatten sie endlich einen echt coolen Namen für ihre verschworene Gemeinschaft.
Und so entstand langsam, aber sicher, eine feste Freundschaft zwischen der Teenager-Gruppe und

Quick Deer. Sie rätselten nicht nur darüber, wie sie Neuigkeiten von der Erde erfahren oder diese retten könnten, Pix erzählte ihnen auch ganz viel über seine Arbeit, die er auf der Erde früher geleistet hatte.
Er hatte dort junge Menschen in die alten Traditionen seines Volkes eingeführt.
Er war ja bekanntlich ein Lakota aus dem Gebiet Dakota.
Diese gehörten zu den Ureinwohnern von Amerika und hatten dort früher stets im Einklang mit der Natur gelebt.
Der weiße Mann, der als Einwanderer irgendwann das Land einfach unberechtigterweise nur für sich selbst beanspruchte, hatte die Lakota Anfang des 19. Jahrhunderts aus ihren ursprünglichen Gebieten vertrieben. Sie durften fortan nur noch in sogenannten kleinen Reservaten, die zumeist auf minderwertigem Land lagen, leben.
Danach beuteten die Invasoren gnadenlos die Erde aus.
»Kennst du eigentlich schon Karlao?«, fragte Lia ein wenig später.
»Der kommt vom Planeten Osiria und gehörte dort auch zu den Ureinwohnern.
Seinem Volk ist so etwas Ähnliches wie euch passiert.
Osiria gibt es jetzt nicht mehr, die sogenannten Herren-Elben haben ihn damals vollkommen zerstört«, erwähnte Lia.
Nachdem sie die versteinerte Miene von Pix gesehen hatte, fügte sie noch schnell hinzu: »Das muss ja jetzt nicht heißen, dass es auf der Erde nicht auch besser

laufen könnte.«
Dieser hatte sich aber schon wieder gefangen und meinte, dass das jetzt nicht zu den Dingen gehörte, die sie gerade ändern könnten und schlug deshalb vor, dass sie sich besser wieder etwas Schönerem zuwenden sollten.
Pix war sehr lustig. Er erzählte ständig Witze, wovon manche auch recht derb waren.
Das war ziemlich neu und auch recht gewöhnungsbedürftig für die Jugendlichen.
Dies war dann aber nur noch lustiger für ihn.
Pix lachte einfach über alles und jeden und sein Lachen war extrem ansteckend.
Zum Beispiel zeigte er zum Himmel und behauptete, dort steif und fest einen Adler zu sehen und konnte sich dann nicht mehr einkriegen, wenn wir alle vergeblich den Himmel nach dem Tier absuchten.
Solche Art von Humor war den Teenagern völlig fremd.
Wenn auf Aquarius jemand etwas sagte, dann stimmte das in der Regel auch.
Pix jedoch wurde nicht müde, die Jahrgangs-Geschwister andauernd auf die Schippe zu nehmen und sich dann krumm und schief über sie zu lachen.
Die Gruppe wurde mit der Zeit immer mehr zusammengeschweißt.
Lia und Finnbar waren derweil genauso zu einem Teil davon geworden, als wären sie schon von Geburt an bei ihnen gewesen. Auch Pix war inzwischen nicht mehr wegzudenken.

Cerafine konnte sich gar nicht vorstellen, wie es wohl sein müsste, wenn man ganz allein wäre, ohne eine solche Truppe, wie sie es waren, um sich haben zu können.
Pix hatte in der Gruppe eher so eine Funktion wie ein Lehrer.
Jedenfalls sagte er das immer wieder und verglich sie mit den jungen Menschen, die er auf der Erde früher unterrichtet hatte.
Regelmäßig kam es vor, dass er nur von der guten alten Zeit, als er noch ein Kind war und frei in der Prärie mit seinem Großvater gelebt hatte, schwärmte.
Sein Großvater hatte ihn vieles gelehrt.
Zum Beispiel, wie man in der Natur überlebt, also was man essen konnte und was nicht oder welche Pflanzen heilen konnten und welche giftig waren.
Von dem Punkt an war es nie weit zu der Geschichte, wie sehr er das Büffelfleisch geliebt hatte.
Der gute alte Büffel, Tatranka, wie er in seiner alten Sprache genannt wurde, war für die Lakota einfach alles gewesen.
Er war ihre Nahrung oder gab ihnen Dinge für den täglichen Bedarf, wie Gefäße, Werkzeuge und Ähnliches.
Aber auch Bekleidung sowie die Behausungen wurden aus seinem Fell gemacht.
Heutzutage hatten die Weißen ihn fast ausgerottet, so hörten wir. Aber es gab noch einige Exemplare des Büffels, die sich wieder vermehren konnten, Gott sei Dank.

Pix sprach sehr viel über das Essen.
Den meisten sagte das überhaupt nichts, aber Finnbar hing dann schier wie gebannt, mit leuchtenden Augen an seinen Lippen.
Er war es auch, der immer wieder davon anfing, dass man die Natur und damit die Lebensräume aller Spezies auf der Erde retten muss und sie daher dringend auf ihren Planeten zurückmüssten.
Die Jugendlichen hatten den Zwillingen schon längst von ihrem Ausflug am Meer berichtet, während dem auch sie die Idee gehabt hatten, helfend bei dem Planeten Erde einzugreifen.
Und wieder einmal rätselten sie über Möglichkeiten, dorthin zu gelangen und wieder einmal kam nichts dabei heraus.
Sie drehten sich immer nur im Kreis.
Daher brauchten sie dringend frischen Wind.
»Wir müssen eben mal noch jemand anderen fragen, wenn wir es nicht allein herausbekommen«, warf Cerafine deshalb eines Nachmittags in die Runde.
»Gibt es denn nicht noch irgendeinen, der ebenfalls von der Erde gekommen ist?«, fragte Lia.
»Nicht, dass ich wüsste«, antwortete Basilica.
Die letzten 1000 Jahre oder so gab es nur Pix, euch und Karlao mit seiner Truppe.«
»Hört mal, die Elben hatten uns doch damals ihre Geschichte erzählt, wie sie von der Osiria auf die Erde ausgewandert waren.
Wir könnten sie doch noch mal aushorchen, vielleicht kommt dabei etwas Nützliches heraus«, schlug Finnbar

den anderen vor.
»Die Elben habe ich schon gefragt«, antwortete Pix.
»Bei denen hatte das damals auch über das Beten funktioniert und sie waren dann über Visionen angeleitet worden, was sie zu tun hätten.
Und kürzlich, als sie nach Aquarius kamen, hatte wohl die weise Orlana die Hand mit im Spiel.
Leider weiß niemand genau, wie sie das bewerkstelligen konnte und ihr derzeitiger Aufenthaltsort ist bedauerlicherweise auch unbekannt.
Wir können sie also gerade leider nicht danach fragen.«
Ratlos verstummte die Gemeinschaft.
»Kommt meine Lieben, ich bringe euch ein Lakota-Lied bei.
Das Büffellied, das kennt ihr noch nicht«, wechselte der optimistische Pix nun abrupt das Thema.
»Tatranka wamanie«, fing Pix an zu singen und nach und nach vergaßen sie die Enttäuschung von eben wieder.
Am Ende eines Liedes betete er dann immer auf Lakota:
»Ate, ate Wanka, Tranka, untschimalaja ...«
Die Teenager mochten die Melodie seiner Sprache und auch was dazwischen noch so zu ihnen transportiert wurde.
Die ersehnte Hilfe kam dann doch schneller, als sie es gedacht hatten.
Sie waren gerade nach der Unterweisung wieder zum Treffpunkt mit Quick Deer unterwegs, da blieb Finnbar

plötzlich ganz ruckartig stehen.
»Lia, Lia! Soholit ruft nach mir, was soll ich machen?«
Lia war mit einigen Schritten bei ihrem Bruder.
Energisch erwiderte sie: »Das, was man dann eben so tut. Antworte ihm, und zwar schnell, Finnbar. Antworte ihm über den Geist, so wie er dich auch angesprochen hat, rasch, bevor du ihn wieder verlierst.«
Finnbar war so aufgeregt, dass ihm Lia jedes Wort vorsagen musste, denn er konnte keinen klaren Gedanken mehr fassen.
»Sag ihm Folgendes: Wir sind beide gesund, wir wurden auf der astralen Reise angegriffen und sind auf einem anderen Planeten gelandet, auf Aquarius. Wieso wissen wir auch nicht. Und jetzt frag ihn sofort, wie es den anderen dreien und ihm geht.«
Finnbar tat, wie ihm geheißen.
Wie gebannt warteten alle auf die Antwort.
Aber es kam keine.
»Lia, ich habe ihn wieder verloren, so ein Mist. Ich kann nicht einmal sagen, ob er meine Antwort überhaupt gehört hat.«
Finnbar sprach jetzt mit tränenerstickter Stimme.
Lia konzentrierte sich mit aller Macht nun selbst darauf, Soholit im Geiste zu erreichen.
Sie rief und später schrie sie sogar nach ihm, sofern man bei so einer Sprache überhaupt von Schreien sprechen konnte.
Aber alles blieb ohne jeglichen Erfolg, auch Finnbar probierte es vergeblich immer weiter.

Dann hatte Lia eine Idee.
Sie stellte sich ganz fest Quiskan vor und begann im Geiste das alte Wiegenlied zu singen, womit sie ihren Lehrer einst vom Fluss der Schatten zurückgeholt hatte.
Nach etwa fünf Minuten hatte sie das Gefühl, nicht mehr allein im Äther zu sein.
»Lia, Lia, wo bist du«, konnte sie Quiskan sehr leise, aber deutlich hören.
»Wir sind beide wohlauf, wir wurden überfallen und sind dann auf einem Planeten, namens Aquarius, gelandet.
Dort ist man sehr freundlich zu uns, aber wir kommen hier leider nicht mehr weg, denn niemand weiß, wie das gehen könnte.
Wie geht es euch?«
Lia bebte, in Erwartung, der doch auch so sehr gefürchteten Antwort.
Was, wenn einer oder gar mehrere von ihrem Anfangsteam umgekommen wären?
Sie bemerkte das Zögern Quiskans und ihre Sorgen wurden immer größer.
Lia hatte Finnbar und die anderen schon über die Situation informiert.
Alle warteten nun gemeinsam auf die Antwort und starrten gebannt auf Lia, um vielleicht aus ihrer Miene schon die eine oder andere Antwort abzulesen.
Diese wandte sich nun nochmals an Quiskan.
»Bitte sag uns, wie es euch geht, sind alle am Leben?«
Es war, als würde sie Quiskans Tränen über den Geist

fühlen können und dann meldete sich plötzlich Soholit statt seiner.
»Lia, mein Mädchen, wie froh ich bin, zu hören, dass es euch so weit gut geht.
Am besten erzähle ich dir der Reihe nach, wie es uns ergangen ist.
Ich mache immer von Zeit zu Zeit eine kleine Pause, dann kannst du es Finnbar gleich weitererzählen. Ist das gut so?«
Lia warf die neue Information kurz laut in den Raum und wandte sich dann, nachdem sie ihm ihr »Ja« übermittelt hatte, wieder aufmerksam Soholit zu.
Alle nahmen auf dem Waldboden Platz, denn es schien eine längere Geschichte zu werden.
Dann begann Soholit mit seinem Bericht:
»Wir haben uns von der Höhle aus, genauso wie ihr per Astralreise auf den Weg nach 2018 gemacht.
Kaum waren wir im Zeitstrudel, da bemerkten wir auch wieder genau die gleiche, gewaltige Präsenz, die uns damals unsichtbar so lange in der Nähe des Ausbildungsplatzes gefangen gehalten hatte.
Diese Macht stoppte abrupt unsere Reise und wir landeten alle zusammen auf einer Art Zwischen-Zeitebene.
Dort kamen dann plötzlich vollkommen leere Rüstungen mit riesengroßen schwarzen Schwertern auf uns zu und griffen uns an.
Wir wehrten uns mit allen Mitteln.
Jedoch der Feind war nicht verwundbar, denn er war

ja praktisch nicht vorhanden.
Es war zwar schon möglich, eine Rüstung zu zerstören. Da aber in ihr augenscheinlich niemand war, spielte das jedoch keine Rolle für den Feind.
Binnen kürzester Zeit reparierten sich die Rüstungen, wie von selbst, wieder und griffen dann erneut an.
Ich hatte eher den Eindruck, dass es immer mehr, statt weniger Feinde wurden.
Das Schlimme war auch, dass wir langsam ermüdeten, die gespenstischen Rüstungen aber nicht.
Sie kämpften mit unerschütterlicher Härte weiter gegen uns und obwohl wir wie die Berserker dagegenhielten, so war es nur noch eine Frage der Zeit, bis jemand von uns erwischt werden würde.
So war es dann auch.«
Soholit legte eine erste Pause ein, damit Lia die anderen mit den ersten Nachrichten versorgen konnte.
Sie beeilte sich damit, so schnell sie konnte und wandte sich dann wieder, bis aufs Äußerste gespannt und sehr nervös, Soholit zu.
Dieser fuhr fort: »Als Erster wurde Quiskan schwer am Bein verletzt. Wir mussten ihn stark blutend aus dem Kampfgeschehen holen und Lucinda versuchte ihn, so gut sie konnte, ein wenig abseits zu versorgen.
Dadurch brannte bei Querin eine Sicherung durch.
Ohne Rücksicht auf das eigene Leben bekämpfte er die leeren Eisenhüllen so sehr, dass es kurz so aussah, als ob diese sogar besiegt werden könnten.
Dann aber hörten wir plötzlich von Lucinda einen

schrillen, verzweifelten Schrei.
Mehrere Rüstungen hatten die junge Frau, welche sich mit allen Mitteln, wie eine wild gewordene Katze gegen den übermächtigen Feind wehrte, gefangengenommen. Ihr blieb nicht die geringste Chance, denn die Bestien hatten sie ohne ihre Waffe erwischt und waren in der Überzahl.
Sie schlugen sie ohnmächtig und verschwanden dann mit ihr von einem auf den anderen Moment unsichtbar in der Luft.
Querin schrie wie ein Tier, das in einer Falle die schlimmsten Qualen erleidet und versuchte, die Geflohenen zu verfolgen. Aber das war ihm unmöglich. Er drehte sich immer wieder verzweifelt kämpfend im Kreis und blickte dabei suchend nach oben.
Es war nun ein Leichtes für die verbliebenen Feinde, Querin jetzt tödlich zu verletzen.
Sie hieben ihm zuerst eine beträchtliche Wunde in den rechten Arm, was Querin sofort kampfunfähig machte und schlugen ihn dann anschließend so brutal nieder, dass ihn nun der sichere Tod erwartete.
Danach sahen sie sich nach mir um.
Es waren etwa fünfzig Rüstungen gegen einen.
Ich umschloss meinen Eichenstab und machte mich und die beiden verbliebenen und schwer verletzten Freunde in Windeseile unsichtbar.
Mit klopfendem Herzen wartete ich jetzt das weitere Geschehen ab.
Nachdem sie uns nicht mehr finden konnten, schienen sie sich zu beraten und hielten dann die Arme weit

nach oben in die Luft.
Von dort kam dann eine Art weißes Licht in die Rüstungen geflossen, so als ob diese wie Antennen dafür wären.
Das dauerte einen Moment, dann bündelte sich das gesamte Licht und sammelte sich zu einem gewaltigen Strom.
Dieser wehte noch eine Weile suchend auf dem Platz umher und verfehlte mich mehr als einmal nur um Haaresbreite.
Dann verschwand er in die Richtung, wo er hergekommen war.
Kaum war das Licht verschwunden, fielen die Rüstungen in sich zusammen, so wie es sich für eine leere Rüstung normalerweise auch gehören würde.
Wir waren wieder allein.«
Erneut legte Soholit eine Pause für Lia und die anderen ein.
Lia gab schnell das Geschilderte wieder und wartete gespannt auf die Fortsetzung.
»Quiskan und Querin waren beide, wie zuvor erwähnt, lebensgefährlich verwundet«, fuhr der Druide fort.
»Ihr könnt euch kaum vorstellen, wie es für mich war, als einziger unserer Gruppe unverletzt übrig geblieben zu sein und nichts mehr für die anderen tun zu können.
Ich gab innerlich unsere Mission als gescheitert auf und fühlte, dass unsere Gruppe nun tödlich geschlagen war.
Quiskan versuchte immerzu, mir etwas zu sagen.
Erst als ich ganz nahe an sein Gesicht kam, vernahm ich immer wieder die Worte: „Mein Hammer."

Ich brachte ihm seine Waffe und dachte, er wolle mit der Waffe in der Hand dahinscheiden.
Er zeigte aber immer wieder in Richtung seines, stark blutenden Beines.
Ich legte also den Hammer darauf und dann geschah etwas Wundervolles.
Die Wunde begann sich langsam von außen nach innen zu schließen.
Am Ende war dort, wo kurz vorher die schlimme Verletzung gewesen war, nur noch ganz gesunde Haut zu sehen.
Quiskan war noch sehr schwach und flüsterte mir leise zu: „Schnell geh und tue das Gleiche bei Querin.
Heile bitte, so rasch wie möglich, auch die Wunde an Querins Arm und vor allem an dessen Kopf."
Ich tat, wie mir geheißen.
Panisch nahm ich den Hammer und führte ganz genau aus, was mir Quiskan aufgetragen hatte.
Auch hier geschah die Wunderheilung wie zuvor bei Quiskan, sowohl an dem Arm als auch an Querins Haupt. Quiskan konnte inzwischen wieder ganz unsicher auf seinen Beinen stehen und bewegte sich auf seinen Sohn zu.
Dieser war nun zwar körperlich wieder vollkommen intakt, aber es musste etwas Schreckliches mit seiner Seele geschehen sein.
Er erkannte uns nicht mehr und er hatte auch keinerlei Antrieb, sich wieder vom Erdboden zu erheben.
Er lag immerzu, ohne jegliche Zeichen davon, dass er irgendetwas von seiner Umwelt wahrnahm, lethargisch

auf seinem Lager.
Des Nachts quälten ihn schlimme Albträume.
Manchmal konnte man hören, wie er nach seiner geliebten Partnerin, Lucinda, rief.
Das war das einzig klare Wort, das wir seit dem Kampf und der Entführung Lucindas von Querin jemals wieder gehört hatten.
Es war furchtbar, dabei zusehen zu müssen und nicht helfen zu können.
Viel schlimmer ist das noch für Quiskan.
Er leidet sehr darunter, was seinen Familienmitgliedern passiert ist und er sieht sehr, miserabel aus.«
Soholit hielt inne, um kurz Atem zu schöpfen und Lia Zeit zum Erzählen zu geben.
»Wenn ich das Gefühl hatte, die beiden einmal kurz allein lassen zu können, habe ich verzweifelt nach Lucinda gesucht.
Ich hatte bisher jedoch keinen Erfolg.
An dem Platz, an dem wir zurzeit sind, habe ich versucht, so hoch ich eben nur gelangen konnte, die Luft mit meinen Händen überall zu prüfen, um auszuschließen, dass sie nicht auch hier irgendwo, so wie wir damals, unsichtbar aufgehängt wurde.
Aber ich konnte nichts entdecken.
Auf die Rufe von Geist zu Geist reagiert sie nicht.
Ich war auch schon in verschiedenen Zeiten und Orten, um nach ihr zu suchen.
Weder war sie in ihrem alten zu Hause im Jahre 822 in Irland noch irgendwo an unseren Stützpunkten im Jahre 2018.

Ich habe natürlich auch noch andere gebeten, nach ihr zu fahnden.
Bisher leider ohne Erfolg.
Ich bin am Ende meiner Kräfte und weiß gerade nicht mehr, was wir noch tun könnten.
Vor allem muss ich dafür sorgen, dass wir drei erst einmal von dieser merkwürdigen Zwischenebene wegkommen.
Das scheint mir kein guter Ort zu sein.
Querin ist jedoch gar nicht reisefähig und sein Zustand verbessert sich auch nicht.
Morgen möchte ich nochmals ins Jahr 822 und dann mit einigen Helfern hierher zurückkehren.
Vielleicht können wir ihn mit einer gut organisierten Tandemreise nach Hause bringen.
Unser Zuhause ist leider auch nicht mehr so, wie wir es nach dem Überfall verlassen haben.
Viele sind inzwischen von der Erde fortgegangen.
Darunter auch Orlana.
Selbst Karlao ist verschwunden.
Niemand weiß, wohin sie gezogen sein könnten.
Die wenigen, die noch bleiben wollten, haben sich tief in den Wald zurückgezogen.
Ich glaube, dass wir aufgeben müssen.«
Soholit war mit seinen Ausführungen am Ende und schwieg nun.
Lia informierte in Windes Eile die anderen, während sie selbst kreidebleich im Gesicht aussah. Sie bemühte sich jedoch, sich schnell wieder zu fassen und erwiderte dann sofort:

»Das sind wirklich sehr, sehr schlimme Nachrichten und ich kann mir kaum vorstellen, wie schrecklich das alles für dich und euch gewesen sein muss.
Doch bei allem Respekt vor dem, was ihr durchgemacht habt, möchte ich sagen, es ist jetzt noch nicht an der Zeit zu kapitulieren, denn ich habe auch einige gute Nachrichten für euch.
Die Elben, die die Erde verlassen haben, leben inzwischen auf Aquarius und es geht ihnen hier ausgezeichnet.
Auch Karlao ist hier und unversehrt.
Es heißt, Orlana hätte sich in letzter Minute um entschlossen und wäre noch woandershin gereist.
Sie sei aber bei der letzten Begegnung ganz und gar wohlauf gewesen.
Wir sind außerdem auf diesem Planeten eine größere Gruppe von Personen, die momentan intensiv genau damit beschäftigt sind, der Erde zu helfen.
Wir wissen zwar noch nicht im Einzelnen wie, aber wir arbeiten täglich hart daran.
Wir werden hier auch von einem heiligen Mann der Lakota aus dem Jahr 2002 der Erde unterstützt, dem die Zukunft unseres Planeten ebenfalls sehr am Herzen liegt.
Er heißt Pix Hunter Quick Deer und lebt hier schon ganz genauso lange wie wir.
Er hatte es geschafft, absichtlich von der Erde nach Aquarius zu reisen, um fortan hier zu leben.
Du siehst also, du bist nicht allein und wir alle sind noch längst nicht am Ende angelangt.

Das Scheitern unserer Mission ist also keinesfalls sicher.
Und weißt du was, Orlana hat uns einmal gesagt, dass es wichtig ist, immer die guten Dinge aufzuzählen, weil diese dann wie ein Magnet für andere gute Dinge wirken.
Gute Nachrichten sind auch, dass Finnbar, du sowie ich wohlauf sind und Quiskan nebst Querin aufgrund der wundervollen Eigenschaften des Hammers zumindest wieder körperlich gesunden konnten.
Selbst, dass Lucinda noch nicht gefunden wurde, ist besser, als wenn wir bereits sicher sein würden, dass sie getötet wurde.«
Lia endete nun ganz plötzlich.
Sie hatte diese Worte sowohl von Geist zu Geist zu Soholit, der es sofort Quiskan weitererzählt hatte, als auch sogleich laut in die Runde im Wald gesprochen.
Das war recht anstrengend gewesen und deshalb musste sie sich erst einmal kurz erholen.
Auch Soholit hatte einen Moment geschwiegen.
Bedächtig wählte er nun seine Antwort:
»Du kannst es dir nicht vorstellen, wie froh ich über deine guten Nachrichten bin. Das erfüllt mich mit neuem Mut.
Wir sollten uns ab sofort regelmäßig austauschen und unseren Wissensstand vergleichen.
Vielleicht finden wir ja gemeinsam einen Weg, Lucinda aufzuspüren, was möglicherweise auch die Gesundung Querins nach sich ziehen könnte.

Und es mag sein, dass wir auch zusammen herausfinden werden, wie es möglich ist, doch willentlich von Planeten zu Planeten zu reisen. Auch ich hatte dazu schon einiges an altem Wissen zusammengetragen.
Dann könnten wir unsere Mission weiter fortführen und haben noch größere Chancen als zuvor.«
Cerafine war vollkommen begeistert.
Aufgeregt hüpfte sie auf und ab und kaum, dass Lia mit ihren letzten Ausführungen geendet hatte, warf sie auch schon ein:
»Wir könnten doch täglich am Nachmittag, wenn wir unser „Untschti Ta"-Treffen zusammen mit Quick Deer haben, Kontakt zu euren Freunden aufnehmen.
Jetzt geht es richtig los, wir fangen am besten sofort an, praktisch zu üben, wie man auf einen anderen Planeten kommen kann.
Irgendwann werden wir die verschollene Lösung dafür schon finden.
Du lieber Himmel, bin ich aufgeregt«, ließ sie die anderen unnötigerweise noch wissen.
»Wenn wir nur so viele Varianten wie möglich ausprobieren, wer weiß, eventuell landen wir irgendwann einen Treffer und entdecken aus Versehen das Geheimnis wieder, sich gezielt im Universum bewegen zu können. Das muss doch gehen, ich bin mir sicher.
Darf ich auch mal probieren, mit Soholit zu sprechen?«, fragte sie ganz ungeduldig.
Lia sah sie überrascht an.

»Na ja, ich weiß ja nicht genau, wie ihr das auf Aquarius mit dem „von Geist zu Geist sprechen“ macht.
Aber wir müssen uns zuerst unser Gegenüber ganz fest vorstellen, nur so ist ein Kontakt über den Äther möglich.
Du und Soholit, ihr habt euch doch noch nie gesehen.«
Cerafine schwieg und sah maßlos enttäuscht aus.
Jedenfalls beeilte sich Lia daraufhin zu sagen, dass sie das gerade mal Soholit mitteilen wolle, mal schauen, ob der erfahrene Druide eine Möglichkeit sähe.
Cerafine schöpfte neuen Mut.
»Und, was hat er gesagt?«, warf sie sogleich ein.
»Ach, du …«, Lia lachte, »liebes Otter-Cerafinchen, ich bin noch gar nicht dazu gekommen ihn zu fragen.
Bitte gedulde dich nur einen kleinen Moment länger.«
Ungeduldig scharrte Cerafine mit den Hufen und blickte mehr als gespannt auf Lias Gesicht, als könnte sie sich die Informationen selbst daraus hervorziehen.
Nach „gefühlt hundert Jahren", drehte sich Lia endlich um und sprach:
»Soholit hat gesagt, dass er schon einmal davon gehört hat, dass es auch möglich sein kann, miteinander über den Äther zu kommunizieren, ohne, dass man sich je zuvor von Angesicht zu Angesicht gesehen hat.«
Lia hob kurz die Hand, um Cerafine aufzuhalten.
Diese war bereits erwartungsvoll aufgesprungen und schon fast bei ihr angelangt.
»Noch nicht heute Cerafine, er muss sein Wissen darüber erst noch auffrischen.

Es könnte gefährlich sein, wenn wir nicht wirklich sicher wären, wie es genau funktioniert.
Es bestünde die Gefahr, dass der Feind mithören kann.«
»Ach, ja na klar«, Cerafine nickte Lia zu, das leuchtete ihr ein. Sie fragte sich im Stillen, wieso sie darauf nicht selbst gekommen war?
»Aber Soholit lässt fragen, ob du nicht über mich kurz mitteilen könntest, was du zu sagen hast«, ließ Lia ihre Freundin wissen.
Dreizehn Augenpaare waren neugierig auf Cerafine gerichtet und jene wusste auf einmal gar nicht mehr, was sie überhaupt hatte sagen wollen.
»Nimm dich zusammen, Cerafine, konzentriere dich.« ermahnte sich, leise flüsternd, selbst.
»Ja, also, das ist sehr aufmerksam von Soholit«, erwiderte sie altklug.
»Ich schlage vor, ich spreche einige Sätze und du gibst sie dann weiter und wenn ich fertig bin, kann dann ja Soholit etwas dazusagen.
Sollte es wichtige Zwischenfragen geben, kann er diese natürlich auch vorher stellen«, fügte sie gnädigerweise noch hinzu. »Ja?«
Lia nickte. Cerafine begann mit ihrem Monolog:
»Guten Tag, ehrwürdiger Soholit.« Sie hoffte inständig, dass die Anrede angemessen war.
»Ich habe vorhin nicht hören können, was Lia dir alles mitgeteilt hat und hoffe, dass ich jetzt nicht zu viel wiederhole.
Mein Name ist Cerafine und ich lebe mit meinen elf

gleichaltrigen Kameraden auf Aquarius.
Wir sind alle dreizehn Jahre alt und werden hier zusammen unterwiesen.
In diesem Jahr haben wir das astrale Reisen zu lernen begonnen. Traumwandeln haben wir schon seit etwa fünf Jahren.
Wir werden auch in Planetenkunde und Geschichte unterrichtet und haben in dem Zusammenhang schon viel über den Planeten Erde gehört.
Schon länger, auch bevor Lia und Finnbar hier angekommen waren, hatten wir uns mit der Absicht getragen, die Erde vor ihrem Untergang zu bewahren«, stellte sie an dieser Stelle zwar wahrheitsgetreu fest, dachte aber, dass das bestimmt etwas übertrieben war, denn die Pläne in dieser Richtung waren ja noch mehr als recht vage gewesen.
Aber trotzdem, irgendwie stimmte es doch.
»Allerdings wurde uns von den Erwachsenen gesagt«, fuhr sie weiter, etwas atemlos fort, »dass wir uns als Bewohner eines höher entwickelten Planeten immer neutral verhalten müssten.
Es wäre allerdings in Ordnung und sogar wünschenswert, stets gute Energie in Richtung der Erde zu senden.
Wir hatten uns eigentlich mehr vorgestellt und als Lia und Finnbar sowie am selben Tag auch Quick Deer von der Erde bei uns eintrafen, wurde das Ganze viel aktueller.
Wir treffen uns schon länger täglich mit Quick Deer, um gemeinsam zu überlegen, was wir für die Erde tun

könnten.
Unsere Gemeinschaft hat auch einen Namen.
Wir heißen „Untschi Ta“, was in der Lakota-Sprache so viel wie „zur Erde hin“ bedeutet.
Zurzeit versuchen wir herauszufinden, wie wir willentlich ins Jahr 2018 auf die Erde kommen könnten.
Das ist ja das Datum, welches du für eure Mission vorgeschlagen hattest. Wir möchten gerne bei der Mission mitmachen.
Ich jedenfalls und ich glaube sagen zu können, dass das für uns alle genauso ist, werde alles tun, um euch zu helfen.«
Lia endete mit ihren Ausführungen kurz nach Cerafine und gespannt wie Flitzebögen warteten alle auf die Antwort des Druiden.
Dieser ließ sich für Cerafines Begriffe reichlich Zeit, etwas dazu zu sagen.
Endlich öffnete Lia ihren Mund, um die anderen zu informieren:
»Also Soholit sagt, er sei sehr ergriffen von der großen Unterstützung, die es hier auf Aquarius für die Erde gibt und dankt euch allen ganz herzlich dafür.
Er findet den Vorschlag, dass wir täglich kommunizieren, hervorragend.«
»Am besten, wir beginnen schon morgen damit.
Er wird sich weiter umhören, was das astrale Reisen von Planeten zu Planeten und die Kommunikation im Äther von, sich unbekannten Wesen untereinander betrifft.
Für jetzt verabschiedet er sich von uns. Er muss noch

los, um Querin sicher von der Zwischenebene wegzutransportieren.«
Lia war fertig und sah sich in der Runde der Teenager um.
Alle hatten vor Aufregung gerötete Wangen und brachen dann in einen kräftigen Beifall aus.
Es war fast so, als hätten sie die Mission schon erfolgreich beendet.
Cerafine meldete mich wieder zu Wort:
»Ich fliege schon mal vor und berichte Pix, was sich eben ereignet hat. Dann weiß er schon alles, wenn ihr auch ankommt und wir sparen Zeit.«
Sie ließ den anderen keine Zeit mehr zum Antworten und flog sofort los. Oh, wie sie das Fliegen vermisst hatte! Sehr aufgeregt sprudelte sie bei Pix alles heraus, was sich vorhin zugetragen hatte.
Aufmerksam hörte dieser ihr zu und stellte hier und dort noch eine kleine Rückfrage.
Als er vollständig informiert war, trafen auch schon die anderen zu Fuß an dem Treffpunkt ein.
Alle nahmen Platz und blickten erwartungsvoll zu Pix.
Dieser blieb gelassen und stimmte in aller Ruhe erst mal ein Lied an.
Irgendwann hatten auch die Jugendlichen wieder einen klaren Kopf bekommen und es gab keine Eile mehr, dass Pix endlich etwas sagen würde.
Anscheinend hielt dieser jetzt erst den Zeitpunkt für gekommen, über alles zu reden.
»Ich denke, das Vordringlichste ist, dass Soholit, Quiskan und Querin in Sicherheit gebracht werden.

Das wird, wie ich verstanden habe, gerade unternommen. Das Zweitwichtigste ist die Suche nach Lucinda.
Je länger wir damit warten, desto größer ist die Gefahr, sie nicht mehr lebend finden zu können.
Dazu habe ich eine gute Idee. Darüber möchte ich aber erst morgen berichten. Ich benötige vorher noch mehr Informationen. Außerdem empfehle ich euch überhaupt nicht, dass ihr sofort mit ziellosen Versuchen des astralen Reisens im Universum beginnt.
Das wäre viel zu gefährlich.
Lasst uns das erst in Ruhe und mit Bedacht vorbereiten. Wer weiß, mit welchen finsteren Mächten wir es zu tun haben.
Aber wie wäre es mit einem wunderschönen indianischen Märchen?«
Ohne eine Antwort abzuwarten, begann er eine Geschichte über Inyan, das Steinkind, zu erzählen.
Am Ende waren die Teenager allesamt sehr ruhig.
Inzwischen war es Zeit, nach Hause zu gehen.
Eine Weile gingen alle gemeinsam und dann marschierte jeder in Richtung seines Wohnplatzes allein weiter.
Cerafine lief mit Lia und Finnbar zusammen.
Morgen sollte die erste Flugstunde mit Brenda sein.
Cerafine brachte das Thema auf.
Angeregt unterhielten sie sich darüber.
Schon bald waren sie zu Hause angekommen.
»Dann bis morgen, ihr beiden«, verabschiedete sich Cerafine, denn sie war sehr, sehr müde.

Die Tragödie

Als Cerafine am Morgen die Augen aufschlug, freute sie sich zuerst auf die kommenden Flug-Unterweisungen. Außerdem war sie auch ziemlich gespannt darauf, wie Brenda wohl den Zwillingen das Fliegen beibringen würde.
Das Mädchen lümmelte noch ein wenig in ihrem Bett herum, denn sie war heute wirklich sehr früh aufgewacht und hatte deshalb alle Zeit der Welt.
Erst jetzt bemerkte sie, dass in ihrer Schlafkammer eine merkwürdige Atmosphäre herrschte. Irgendwie war ihr plötzlich ganz schön mulmig zumute. So ein Gefühl kannte sie bislang gar nicht. Dieses war noch am ehesten mit der Angst verwandt, welche sie bei dem Unglück im Meer gehabt hatte. Cerafine erschauderte. Es lief ihr eiskalt den Rücken herunter. Auf einmal hatte sie den Eindruck, von etwas grundlegend Bösem berührt worden zu sein. Auf der Stelle bekam sie eine Gänsehaut und die Härchen ihrer Arme und Beine stellten sich am ganzen Körper kerzengerade auf.
Die Heranwachsende hatte keinerlei Erklärung für diese befremdliche Stimmung in ihr und suchte deshalb instinktiv nach ihrem Lieblings-Teddy Susana, an den sie schon lange nicht mehr gedacht hatte.
Der musste doch hier irgendwo unter der Decke sein. Komisch, der war einfach nicht zu finden.
Von Weitem hörte Cerafine ihre Mutter näher

kommen.
Dem Mädchen fiel ein, wie wenig Zeit sie während der letzten Wochen mit ihr verbracht hatte und voller, unerklärlicher Sehnsucht bat sie ihre Mama, zu ihr ins Bett zu kommen, um mit ihr zu schmusen.
Hocherfreut kam diese Cerafines Bitte auf der Stelle nach und legte sich ganz dicht zu ihrer Tochter.
Cerafine kuschelte sich in ihre Arme und trank regelrecht die Liebe, die auch durch das stetige Streicheln, in sie hineinfloss. Ein wenig beruhigte sie sich nun. Allerdings klopfte ihr Herz noch immer vor Angst stürmisch. Sollte sie ihrer Mutter alles erzählen? Etwas in ihr hielt sie jedoch mit aller Kraft davon ab. Sie entschied sich daher kurzerhand dagegen, da sie selbst nicht genau wusste, was mit ihr los war. »Ich vermisse dich, Mama«, gestand sie ihr allerdings und war selbst darüber verwundert, dass ihr das bisher noch gar nicht aufgefallen war.
»Ich vermisse dich auch«, sprach Saphira leise in das Ohr ihrer Tochter.
»Du bist so schnell, so groß geworden.
Wenn du möchtest, dann komme ich jetzt jeden Morgen vor den Unterweisungen her und wir wiederholen das Ganze.«
»Ja, Mama«, schnurrte die Tochter zufrieden und war froh, dass es noch so früh war und sie daher diese Situation noch eine ganze Weile genießen durfte.
»Was macht ihr denn immer dort bei dem Pix Hunter?«, fragte ihre Mutter leise. »Gefällt es dir da?«
»Ja, Mama, dort ist es echt toll.«

Cerafine erzählte ihr, während sie sich ausgiebig dabei schmusen ließ und die Mutterliebe währenddessen genießerisch, wie ein trockener Schwamm in sich aufsaugte, von »Untschi Ta«, von den Geschichten und den Liedern und vielem mehr.
Allerdings ließ sie instinktiv die Pläne mit dem astralen Reisen auf Verdacht und auch die neuesten Nachrichten von Soholit aus. Es war, als würde sie eine fremde Macht davon abhalten, sich komplett ihrer Mama anzuvertrauen.
Saphira lauschte gespannt und sprach: »Ich freue mich, dass ihr so viel Spaß habt. Seid aber bitte vorsichtig. Du erinnerst dich doch noch, was ich dir nach dem Unfall auf dem Meer gesagt habe, oder?«
»Klar, Mama«, antwortete Cerafine, versteifte sich jedoch kurz, denn böse Vorahnungen bemächtigen sich ihrer wie eine bedrohliche, dunkle Wolke über ihr. Noch gab es Zeit, alles zu verhindern. Das spürte sie genau. Cerafine wollte gerade ihrer Mutter atemlos die vollständige Geschichte erzählen, als wiederum etwas ungeheuer Mächtiges von außen Cerafines Gedanken unwiederbringlich auf etwas vollkommen anderes lenkte. Cerafine schwieg. Die Chance war vertan.
»Bitte sei vorsichtig, mein liebes Kind und lass mich unbedingt wissen, wenn etwas Unvorhergesehenes von außerhalb unseres Planeten auf dich zukommt.«
Die Tochter horchte zwar kurz auf, nickte aber danach bloß noch gehorsam vor sich hin.
Leider war es nun langsam, aber sicher Zeit zum Aufstehen geworden.

Wenn Cerafine gewusst hätte, dass dies heute ihre letzte Begegnung mit ihrer geliebten Mama für eine sehr, sehr lange Zeit oder vielleicht sogar für immer, gewesen wäre und was ihr in Zukunft alles zustoßen würde, so hätte sie bestimmt die heutigen Unterweisungen sausen lassen und wäre den ganzen Tag mit ihr hier kuschelnd liegen geblieben.
Fliegen hin oder her.
Aber so freute sie sich auf die Flug-Unterweisungen und auch wieder auf morgen früh vor dem Aufstehen, da sie die Prozedur ja wiederholen wollten.
Cerafine küsste ihre Mama stürmisch ab.
»Du bist die beste und allerliebste Mama von der ganzen Welt und ich habe dich so, so sehr lieb.«
Während sie sprach, war sie schon wieder fast fertig damit, in ihre Hosen zu schlüpfen und sich schnell ein T-Shirt überzuwerfen.
»Bis später, Mama.«
»Bis später, mein Liebes, mein Augenstern, ich habe dich auch, sehr, sehr lieb.«
Noch ein kurzer Kuss und schon war sie unterwegs und winkte, ohne es zu wissen, ihrer geliebten Mama für eine sehr lange Zeit das letzte Mal zum Abschied zu.
Cerafine schlenderte mit Finnbar und Lia in Richtung Ausbildungsplatz.
Ihr Erlebnis von heute Morgen mit der Mama behielt sie, noch beseelt davon, als großen Schatz ganz allein für sich. Die ungewöhnlichen Ängste von eben waren jedoch wie von Zauberhand plötzlich bis auf den

letzten Rest aus ihrem Gedächtnis gelöscht worden, sodass sie auch über diese nicht mit ihren Freunden sprach. Das Mädchen spürte auch nichts davon, dass von nun an gigantische Mächte verschiedenster Lager darum rangen, Cerafine in die eine oder andere Richtung zu bewegen, um sie für ihre Vorhaben zu benutzen.

»Freut ihr euch auf die Flugstunden?«, fragte sie Lia und Finnbar gerade munter und völlig ahnungslos.

»Na ja, ich kann mir nicht vorstellen, dass wir das jemals lernen können«, meinte Lia verdrossen.

»Mit so einer Einstellung wird das sowieso nichts«, erwiderte Cerafine altklug.

Jeder für sich, mit seinen eigenen Dingen im Kopf beschäftigt, gingen sie sehr langsam weiter.

Trotzdem waren sie schneller am Platz als erwartet. Brenda war schon vor Ort und begrüßte sie freundlich. Nachdem alle anderen angekommen waren, konnte es losgehen. Sie begannen, wie immer, mit dem Besinnen auf die innere Mitte.

Als alle im Gleichgewicht und ganz friedlich waren, ging es los.

Brenda erklärte etwa fünfzehn Minuten extra für Lia und Finnbar nochmals die Grundlagen des Fliegens und bat dann Cerafine, immer praktisch vorzuführen, was sie gerade erklärte.

»Also als Erstes zentriert ihr euch.« Cerafine versuchte ein ganz besonders zentriertes Gesicht zu machen und hörte beschämt wie Leander leise kicherte.

Dann stellt ihr euch innerlich vor, dass ihr fliegen könnt, und zwar ohne jeden Zweifel.
Auch hier wusste das Mädchen nicht genau, wie das auszusehen hatte und versuchte, wie jemand dreinzublicken, der auf jeden Fall fliegen kann und zwinkerte dann Lia kurz vertraulich zu.
Leander und auch Distiros prusteten jetzt so laut los, dass sie sich sofort einen mahnenden Blick von Brenda einfingen.
Daraufhin wurden alle drei, jeder aus seinen eigenen Gründen, scharlachrot
»Und jetzt«, fuhr Brenda weiter fort, »stoßt ihr euch ganz fest vom Boden ab und beginnt zu fliegen.
Die Arme sind dabei vollkommen frei und können tun und lassen, was sie wollen.
Nur die Beine müsst ihr, so ähnlich wie beim Brustschwimmen, immer wieder zum Abstoßen benutzen, solltet ihr an Höhe verlieren.«
Inzwischen flog Cerafine, dabei recht übertrieben mit den Beinen arbeitend, gut sichtbar um das Ausbildungsgelände herum.
»Danke, Cerafine, das genügt.
Du kannst dich gerne wieder zu den anderen setzen.
Habt ihr noch eine Frage?«, wandte sie sich jetzt an Lia und Finnbar.
Diese verneinten. Man sah ihnen aber ganz genau an, dass sie recht pessimistisch in dieser Angelegenheit waren.
»Gut, dann dürft ihr nun ein wenig umherfliegen, aber bleibt unbedingt in Sichtweite.

Ach so, und das Meer ist absolut tabu.«
Hatte sie es sich eingebildet oder hatte Brenda Cerafine gerade einen beunruhigten Seitenblick zugeworfen?
Wie schon befürchtet, kamen die Zwillinge tatsächlich nicht vom Boden.
Brenda nahm sich dann einen nach dem anderen vor und flog zumindest einmal mit ihnen zusammen herum.
Danach sahen die zwei schon viel glücklicher aus.
»Wenn ihr wollt, dann kann ich euch am Nachmittag ein paar extra Stunden erteilen«, bot Brenda an?
»Das wäre doch gelacht, wenn ihr das nicht auch erlernen würdet.«
Brenda sah die Geschwister fragend an.
Es entstand eine unangenehme Stille, die Cerafine besser schnell überbrückte.
»Das ist ja ein tolles Angebot von dir Brenda, es ist nur so, dass wir heute Nachmittag schon eine Verabredung mit Quick Deer haben.
Aber ich denke, Lia und Finnbar könnten etwas früher gehen und danach noch Stunden bei dir nehmen.
Wie wäre das?«, fragte sie in die Runde.
Der Vorschlag wurde mit Freude aufgenommen.
Nun hielten sie, wie jeden Tag, ihre tägliche Dank-Zeremonie ab und dann machten sich die Heranwachsenden gut gelaunt auf den Weg zu Pix.
Dieser saß schon auf seinem Sessel und hatte daneben allerlei Utensilien liegen.
Cerafine konnte eine große Decke und verschiedene Seile ausmachen.

Neugierig sah sie in die Runde.
Jetzt fiel ihr auch auf, dass unweit eine kleine Kammer aus Decken entstanden war.
»Setzt euch, setzt euch.«
War Pix heute nicht etwas aufgeregt, fragte sich Cerafine im Stillen ein wenig besorgt?
»Also, ich komme gleich zur Sache. Wir wollten doch herausfinden, wo sich Lucinda befindet.
Bei unserem Volk gibt es eine heilige Zeremonie namens Yuwipi oder übersetzt in etwa „Finde-Stein-Träumer".
Ich hatte euch ja erzählt, dass mein Leben auf der Erde, neben dem Heilen, vor allem der Inipi-Zeremonie, also der Schwitzhütte und auch der Hanbletschia-Zeremonie, der sogenannten Visionssuche, gewidmet war.
Mein Vater war auch ein geübter Yuwipi-Mann. Ich hingegen nutzte diese Zeremonie bisher nur sehr selten. Kurz bevor mein Vater starb, übertrug er auf mich all seine Kraft und sein Wissen.
Ich hoffe nun, dass auch ich die Yuwipi-Zeremonie so gut wie er durchführen kann, wenn ich es versuche.
Das Ganze ist allerdings eine Art Experiment.
Ich muss leider umständehalber hier und heute die Zeremonie sehr vereinfacht und verkürzt abhalten.
Jedenfalls kann man bei einer Yuwipi-Zeremonie unter anderem auch nach verschwundenen Personen suchen.
Und genau das habe ich vor.
Vielleicht kann ich auf diese Weise Lucindas Aufenthaltsort herausfinden.

Ich habe dort hinten eine kleine Kammer aus Decken vorbereitet, die wir ganz verdunkeln können.
Es ist wichtig, dass es stockdunkel während der Zeremonie ist, hört ihr!
Dort gibt es vorn einen Altar, auf den muss ich später gelegt werden.
Alles, was ich brauchen werde, habe ich schon in meinen Kleidertaschen verstaut.
Zuerst muss ich von euch gebunden und danach ganz fest in eine Stern-Decke gewickelt werden.
Danach muss ich nochmals gefesselt werden, sodass ich mich gar nicht mehr bewegen kann.
Dann bringt ihr mich auf den Altar, verdunkelt den Raum und lasst euch um mich nieder.
Haltet bitte einen stillen und heiligen Raum für die Zeremonie.
Betet und singt das eine Lakota-Lied, das ihr schon gelernt habt, immer wieder. Es wäre mir lieber, wir könnten noch mehr und vor allem ganz bestimmte Lieder singen, aber ihr könnt ja bislang nur das eine.
Ich werde daher im Geiste das Nötige, was noch fehlt, allein veranlassen.
Normalerweise müssten wir auch vorher noch eine Schwitzhüttenzeremonie durchführen und uns alle zusammen viel mehr darauf vorbereiten.
Aber erstens habe ich ein ganz dringendes Gefühl, dass Lucinda in schlimmster Gefahr schwebt und es höchste Eisenbahn ist, sie zu retten und zweitens sind wir hier alle von Herzen recht rein.
Es muss jetzt einfach so gehen.

Bitte betet unbedingt ganz intensiv und helft mir dabei, denn ich werde alle Hilfe benötigen, die ihr geben könnt.
Das Ganze dauert gewöhnlich recht lange und deshalb habe ich auch noch an der Zeit moduliert.
Ich sollte daher bereits nach etwa dreißig Minuten mich selbst entfesselt, alles Nötige absolviert haben und hoffentlich dann auch über die gesuchten Informationen verfügen.
Ihr müsst diese im Anschluss sofort an Soholit übermitteln.
Er wird weiterwissen, was zu tun ist.
Mir wird es nach der Zeremonie wahrscheinlich nicht so gut gehen, denn das Ritual wird alle meine Kräfte verzehren. Daher werde ich mich danach sofort in meinen Wohnbereich zurückziehen, um mich ein wenig auszuruhen.
Deshalb werden wir heute hier früher fertig sein als sonst.
Ihr könnt ja dann ohne mich noch etwas anderes unternehmen.
Wir sehen uns morgen um die gleiche Zeit am gleichen Ort und können dann alles in Ruhe besprechen.
Denkt bitte daran, keine gefährlichen Experimente, wenn ihr allein seid!
Ist so weit alles klar?«
Alle nickten möglichst verständig, obwohl sie tatsächlich nur die Hälfte von dem begriffen hatten, was Pix ihnen eben so rasant erklärt hatte.
»Na dann los, macht schnell, wir haben es sehr eilig.«

Also gingen sie hin und banden Pix die Hände hinter dem Rücken zusammen.
Dann legte er sich zu Boden, sodass sie ihn von Kopf bis Fuß mit der Decke einwickeln konnten.
Dann verschnürten die Jugendlichen das Quick-Deer-Bündel nochmals ordentlich und legten ihn unter Aufbringung aller Kräfte sanft auf den Altar.
Danach verdunkeln und beten und singen.
Schneller ging es wirklich nicht.
Cerafine konzentrierte mich mit aller Kraft darauf, dass Pix Lucinda finden und sich auch wieder selbst befreien konnte.
Als alle gemeinsam das Büffel-Lied immer wieder sangen, entstand eine ganz besonders heilige Atmosphäre in der stockdunklen Kammer.
Die Heranwachsenden hielten nun inne und warteten.
Kurz darauf hörten sie Quick Deer ächzen.
»Öffnet die Tür, rasch und hört mir zu.«
Er erhob sich, inzwischen auf wundersame Weise völlig entfesselt und sprach:
»Lucinda ist an einem Platz, auf dem früher einmal eine sehr finstere Burg gestanden hatte.
Körperlose Rüstungen haben sie dorthin geschleppt und planen, sie an diesem Ort in Kürze zu ermorden.
Ich habe sie gerade sagen hören, dass sie Lucinda bald genauso töten würden, wie sie es vor Tagen mit Patros an der gleichen Stelle gemacht hatten.
Ich hoffe, Soholit kann mit diesen Informationen etwas anfangen.

Noch ein Wort zu den gespenstischen Rüstungen.
Sie sind unbesiegbar, wenn man gegen sie kämpft.
Wenn man sie jedoch einfach nicht beachtet, dann werden sie genau zu dem, was sie ursprünglich waren, nämlich einer Illusion.
Es geht darum, an ihnen vorbeizugehen, als wären sie Luft.
Sie können nur verletzen oder töten, wenn man an sie glaubt.«
Damit brach Pix kurz ohnmächtig zusammen.
Basilica ließ sich neben ihm nieder und sah, was sie für ihn tun konnte.
»Lia, schnell, rufe Soholit und lasst uns alle beten, dass er verfügbar und sofort einsatzfähig ist.
Schildere ihm rasch das Gehörte«, sprach Cerafine und blickte dabei sehr besorgt drein.
Lia konzentrierte sich mit aller Kraft und suchte nach dem Druiden im Äther.
»Ich habe ihn, rief sie bald darauf.«
Dann verging noch eine kurze Zeit des inneren Dialogs und danach wandte sich Lia wieder an ihre Kameraden:
»Er wusste sofort, wo der Ort ist.
Das muss die Burg gewesen sein, die kürzlich mitsamt den zwielichtigen Bewohnern, wovon einer tatsächlich Patros hieß, dem Erdboden gleichgemacht wurde.
Davon hatte er uns noch kurz vor dem Angriff auf der Erde im Jahr 822 erzählt.
Soholit hat sich auf der Stelle mit Quiskan, der seinen heilenden Hammer dabeihat, zu dem Ort aufgemacht.

Gott sei Dank, war Querin schon gestern sicher nach Hause gebracht worden.
Er will sich morgen wieder um die gleiche Zeit bei uns melden, um zu berichten, ob alles gut gegangen ist.«
Gerade war auch Pix wieder erwacht und nahm dankbar einen Schluck Wasser an, den Basilica ihm gereicht hatte.
»Ich gehe jetzt nach Hause, denn ich brauche dringend Ruhe.
Wart ihr erfolgreich?«, fragte er.
Lia antwortete: »Ja, Soholit wusste genau, wovon du sprichst.
Sie haben sich gleich auf den Weg begeben und danken dir für alles von Herzen.
Vor allem über den Tipp, wie man mit den leeren Rüstungen umgehen muss, waren sie sehr froh.«
»Das freut mich mehr, als ich es euch sagen kann.
Dann bis morgen, ihr Lieben.«
Mit diesen Worten verschwand Pix müde in Richtung seiner Wohnstätte.
Die Freunde waren alle noch sehr erfüllt von der eben erlebten Yuwipi-Zeremonie.
Sie hatten das Gefühl, wie elektrisiert zu sein und dass im Moment einfach alles möglich wäre.
»Wollen wir nicht in unsere alte Grotte gehen?«, fragte Cerafine wie aus heiterem Himmel die anderen.
In ihrem regen Geist hatte sich plötzlich eine unglaubliche Idee materialisiert.
Darauf, dass diese nicht ihre eigene war, kam das aufgeregte Mädchen nicht.

Lia und Finnbar allerdings verabschiedeten sich, um sich in die entgegengesetzte Richtung zu begeben, denn sie hatten ja noch die extra Flug-Stunden mit Brenda vor sich.
Der Rest folgte Cerafine willig und gut gelaunt zur alten Grotte.
Die alte Grotte war ein wirklich zauberhafter Ort.
Ein moosbewachsener, alter Felsen bot von außen eine kleine, zunächst recht unscheinbare Höhle an.
Trat man aber ein, dann erkannte man innen ein hohes, geräumiges Gewölbe aus hell glitzerndem Gestein.
In der Mitte gab es einen kleinen, klaren Teich.
Rings um den Teich waren noch die alten Lager, die die Teenager bis vor Kurzem hier immer benutzt hatten.
Denn früher, bevor »Untschi Ta« sie komplett in Beschlag genommen hatte, hatten sie hier öfter gespielt.
Jeder von ihnen setzte sich auf das kleine, mit einer Bastmatte belegte Podest, das zu ihm gehörte.
Dann begann Cerafine „ihre“ ungeheuerliche Idee zu erzählen.

Soholit und Quiskan machten sich augenblicklich nach Lias wertvollen Hinweisen auf den Weg zu der alten, inzwischen nicht mehr existenten Burg.
Sie hofften inständig, dass die jetzige Zeit genau die Richtige sein würde, um Lucinda dort noch rechtzeitig zu finden und befreien zu können.

In dem Moment, als sie dort ankamen, hörten sie auch schon die schrecklichen Schreie ihrer gemeinsamen Freundin.
Umsichtig versuchten sie schnell den Ort des Geschehens zu erreichen.
Als sie um die Ecke bogen, bot sich ihnen ein Anblick des Grauens.
Lucinda war an einen schweren Pfahl gebunden und von etwa fünfzig der leeren Rüstungen umgeben.
Diese machten sich einen Spaß daraus eine, auf Lucindas Bein gemalte Zielscheibe, mit ihren Messern zu treffen.
Jedes Mal, wenn Lucinda getroffen wurde, ertönte wieder dieser schreckliche Schrei.
Was genau die grausame Schar weiter vorhatte, wollten sich die beiden Gefährten keinesfalls vorstellen.
Soholit wandte sich an Quiskan: »Und vergiss nicht, wir gehen da jetzt einfach hin, als ob niemand da wäre, holen uns Lucinda und reisen sofort wieder mit ihr zusammen über den Äther nach Hause.
Wir dürfen keine Angst haben und kein Erkennen zeigen.
Das darf auch nicht nur für einen Moment vergessen werden.«
Quiskan nickte ihm verstehend zu.
»Was machen wir, wenn Lucinda Angst hat, das wird, nachdem, was sie gerade durchmacht, denke ich, nicht zu ändern sein?«, fragte Quiskan seinen Begleiter.

Dieser dachte kurz nach. »Du hast vollkommen recht.
Das habe ich überhaupt nicht bedacht.
Wir müssen sie dann notgedrungen betäuben.
Aber komm jetzt, es eilt.
Es ist nur noch eine Frage der Zeit, bis sie tödlich getroffen wird.«
Wieder erklang ein Schrei, der den beiden durch Mark und Bein ging.
Vollkommen aufrecht und sichtbar gingen die zwei Gefährten nun auf die leeren Rüstungen zu.
Diese ließen von Lucinda, die soeben das Bewusstsein verloren hatte, ab und stürzten sich auf Soholit und Quiskan.
Die beiden Kameraden zuckten nicht mit der Wimper und gingen mutig voran.
Die erste Rüstung erhob ihr Schwert und versuchte, Soholit vom Kopf beginnend in zwei Teile zu spalten.
Soholit nahm alle Willenskraft zusammen und ging unbeirrt weiter.
Schon schnellte das Schwert ungebremst auf seinen Kopf hernieder.
Es ging durch ihn hindurch wie Luft.
Soholit blieb unversehrt und die betreffende Rüstung fiel sofort in sich zusammen und wurde zu einem leblosen Häufchen Metall.
Eine Rüstung nach der anderen nahm das gleiche Schicksal.
Die letzte Verbliebene jedoch rannte zu Lucinda und hielt der ohnmächtigen Frau vom kleinen Volk sein Schwert an die Kehle. »Noch einen Schritt weiter und

eure kleine Freundin hier stirbt«, zischte es aus der Rüstung.
Quiskan schreckte alarmiert zurück.
Sofort begannen sich, die bereits erledigten Rüstungen wieder zu regen.
»Ruhig Blut mein Freund, selbst wenn er Lucinda für jetzt tötet, wir haben doch den Hammer.
Ich bin sicher, dieser kann auch das heilen. Bleib standhaft, Bruder, sprach Soholit.«
Quiskan gab sich einen Ruck und ging sicheren Schrittes weiter. Gemeinsam erreichten sie Lucinda und beachteten die letzte Rüstung nicht.
Wie die anderen fiel diese, nun ebenfalls nutzlos geworden, in sich zusammen.
Soholit ergriff ihre gemeinsame Freundin und machte sich mit einem letzten Blick auf Quiskan, welcher signalisierte, dass auch er bereit war, mit Lucinda auf die Tandemreise in Richtung zu Hause auf.
Kurz darauf kamen sie gemeinsam am Ausgangsort an.
Sie wurden schon von den Heilern erwartet.
Quiskan nahm als Erstes den Hammer und heilte damit die sichtbaren Wunden seiner Schwiegertochter.
Dabei hoffte er inständig, dass es keine schweren seelischen Verletzungen gegeben hatte, denn das konnte, wie man an Querin gesehen hatte, mit dem Hammer nicht geheilt werden.
Man hatte sich inzwischen darauf geeinigt, Lucinda an den gleichen Ort im Genesungsbereich zu bringen, an dem auch schon ihr Gefährte, Querin lag. Sie stellten ihr Bett ganz dicht neben dessen Lager.

Dann warteten alle gespannt.
Ein Heiler schickte sich an, Lucinda, die ganz aufgesprungenen Lippen hatte, denn offenbar war sie halb verdurstet, einige Tropfen Wasser zu verabreichen.
In das Wasser hatten sie eine Tinktur zum Heilen von seelischen Schocks gegeben.
Lucinda schluckte gierig und nach einer kurzen Zeit öffnete sie ihre Augen.
Panisch und voller Angst sah sie sich um.
Als sie Soholit, Quiskan und neben sich Querin äußerlich unversehrt erblickte, verzog sich ihr Mund zu einem breiten Lächeln.
Das war für alle Anwesenden der schönste Moment seit Langem.
Als sich Lucinda ein wenig erhob, um Querin einen Hauch von einem Kuss auf die Wange zu geben und leise: »Mein Liebster, mein Liebster«, zu flüstern, öffnete auch Querin seine Augen.
Er blickte sich verständig um und griff nach Lucindas Hand.
Quiskan liefen Tränen der Freude in Strömen über die Wangen. Dankbar ließ er es einfach geschehen.
Er sann währenddessen im Stillen nochmals über ihr bestandenes Abenteuer nach.
Dabei wurde ihm klar, dass das Phänomen, welches sie mit den leeren Rüstungen erlebt hatten, eigentlich auch für alle anderen Vorgänge im Leben galt.
Nur das, womit man sich eindringlich beschäftigte und woran man glaubte, konnte Macht über einen erlangen.

Dinge, die man nicht beachtete, fielen einfach irgendwann von selbst in sich zusammen.
Er beschloss, bei Gelegenheit mit Soholit über seine diesbezüglichen Gedanken zu sprechen.
Jetzt jedoch erlaubte er sich weiterhin die Freude über den glücklichen Ausgang der letzten Aktion.

Zur gleichen Zeit saßen die zwölf Teenager aus Aquarius in der alten Grotte im Kreis und blickten gespannt auf Cerafine.
Diese war gerade dabei, ihre Idee zu erläutern.
»Ich dachte mir, wir legen uns hier auf unsere Lager. Wir starten dann nur zum Testen eine gemeinsame, kurze astrale Zeitreise. Dabei stellen wir uns ganz fest vor, auf der Erde im Jahr, sagen wir mal 2004, in Dänemark in Skagen zu landen (diesen Ort hatte die Unterweiserin kürzlich erst wegen der tollen Lichtspiele in der Natur einmal erwähnt und den Jugendlichen ein wundervolles Bild davon gezeigt, welches sie sich jetzt alle gemeinsam vorstellen konnten). Dann bleiben wir kurz da und kommen nach etwa fünf Minuten wieder hierher zurück.
So was in der Art wollten wir doch schon länger einmal üben und heute bietet es sich an, weil wir noch so viel Zeit haben.
Wir sind außerdem gerade komplett mit Energie aufgeladen, da muss uns einfach alles gelingen. Was meint ihr?«
Alle nickten zustimmend und Basilica sprach: »Super Einfall, das machen wir Cerafine.

Was meinst du, wie die anderen staunen werden, wenn wir dann eine Möglichkeit gefunden haben, auf andere Planeten zu reisen.
Heute ist bestimmt unser Glückstag!«
»Gut, dann legt euch alle hin und stellt euch ganz fest die Erde und das Jahr 2004 in Skagen vor.
Wenn ihr so weit seid, hebt kurz die Hand.
Dann gehen wir auf drei los.
Ich werde vorausgehen, in Ordnung?«
Alle nickten und legten sich still hin.
Cerafine beobachtete ihre Mitgeschwister genau.
Einer nach dem anderen hob etwas seine Hand.
Dann legte auch sie sich nieder, dachte ganz fest an die Erde, an das Jahr 2004 und dass sie ja vorausgehen sollte.
Dabei fiel ihr lästigerweise andauernd eine bestimmte Burg ein, weil Finnbar gestern so viel von seiner Heimat-Burg erzählt hatte.
Burg Eichenstein oder wie hatte die gleich noch geheißen?
Cerafine schweifte ab. Sie konnte sich einfach nicht mehr konzentrieren.
Es war ihr, als würden mächtige Kräfte von verschiedenen Seiten an ihr ziehen. Sie fühlte sich hin und hergerissen, wie ein hilfloses Blatt im Wind.
Aber so etwas konnte ja wohl kaum sein.
»So geht das aber nicht!«, sprach sie daher ärgerlich zu sich selbst und riss sich mit aller Macht wieder zusammen. Sie sollte sich doch auf den Ort Skagen im Jahr 2004 besinnen. »Eins, zwei, drei, los geht's!«, rief

sie den anderen laut zu.
Cerafine nahm augenblicklich die gewohnten Drehungen einer astralen Reise wahr.
- Ach du meine Güte -, was aber, war das denn?
Hier schien etwas schief zu laufen. So hatte sich eine astrale Reise noch nie zuvor angefühlt.
Sie fühlte sich plötzlich, wie durch einen riesigen Staubsauger in einen unendlich erscheinenden Tunnel gezogen.
Sie konnte sich dem Sog nicht widersetzen.
Unheimlich schnell flog sie.
Es war jetzt ziemlich hell dort, besonders am Ende des Tunnels.
Sollte ihr jetzt schlecht werden oder konnte sie das erstaunliche Erlebnis genießen?
Das Ganze erinnerte inzwischen an eine riesige Rutschbahn.
Nun sah sie so etwas wie eine große Burg-Festung unter ihr.
Es war, als ob sie dort in ein kleineres Gebäude von oben hineingezogen würde.
Dann wurde die Geschwindigkeit langsamer und langsamer und es wurde auch wieder dunkler.
Nach und nach wurde sie abgebremst, bis sie zuletzt in einer Art dunkler Höhle ganz stillstand.
Wo war sie denn hier bloß gelandet?
War aber eigentlich auch egal, denn das Mädchen war jetzt sehr, sehr müde und schlief ein.
Als sie wieder erwachte, sah sie ein rötliches Dämmerlicht und hörte vertraute und beruhigende

Geräusche.
Es gluckert überall und eine Art Pumpe wiederholte immer wieder in gleichen Zeitabständen: Bumm-Bumm, Bumm-Bumm, Bumm-Bumm.
Es ging ihr gut.
Sanft gewiegt schlief Cerafine sicher und behütet als ein gerade entstehender Fötus in dem neuen Mutterleib wieder ein und wuchs buchstäblich einer weiteren Inkarnation, ihrem neuen Dasein als Mensch, auf dem Planeten Erde entgegen.
Das stetige und restlose Vergessen ihres vorherigen Lebens auf Aquarius begann …

Zeit der Trauer

Lia und Finnbar waren am Ende eines langen Tages nicht so recht zufrieden mit sich.
Die extra Flug-Unterweisungen mit Brenda hätten sie sich auch sparen können.
Na gut, sie waren noch einige Male mit ihr zusammen über den Wald geflogen, aber ansonsten gab es keinerlei Fortschritte.
»Gut ihr Lieben, für heute reicht es. Wir werden es schon noch schaffen«, versuchte Brenda möglichst aufmunternd, ein geeignetes Abschiedswort für die Zwillinge zu finden.
»Wir sehen uns dann nächste Woche hier wie gewohnt wieder.
Vielleicht hilft es ja, wenn ihr abends vor dem Schlafen noch ein wenig im Geiste das Fliegen übt.
Dann einen schönen Abend noch euch beiden, Tschüss.«
Optimistisch lächelnd sowie freundlich winkend hatte sich Brenda auf den Heimweg gemacht.
Finnbar und Lia gingen nun auch langsam in Richtung ihres Wohnbaumes zurück.
»Irgendwie nicht dasselbe, wenn Cerafine nicht dabei ist«, meinte Finnbar verdrossen und ließ dabei seine Schultern ein wenig pessimistisch nach unten hängen.
»Sollen wir vor dem Schlafen gehen noch einmal kurz bei ihr vorbeischauen?«, fragte Finnbar, während er

weiterhin bedrückt vor sich hin schlurfte, seine Schwester.
Diese nickte zwar sofort, klang aber bei ihrer Antwort ebenfalls nicht gerade enthusiastisch: »Ja klar, ich hätte auch Lust.«
An Cerafines Wohnplatz angekommen, klopften die Zwillinge höflich an den Baum-Eingang.
Weiter oben schaute bald darauf freundlich Saphira aus einer der Öffnungen des Baumes.
»Was gibt's denn, meine Lieben?«, fragte sie die Geschwister wohlwollend.
»Wir wollten nur eben mal noch Cerafine besuchen«, antwortete Lia.
»Na so was, ich dachte, ihr wäret gemeinsam unterwegs.
Sie ist noch gar nicht heimgekommen.«
Saphira schaute jetzt ein klein wenig besorgt drein.
»Keine Sorge, liebe Saphira, wir hatten heute extra Flugstunden bei Brenda und Cerafine wollte mit den anderen der Gruppe noch ein wenig in die alte Grotte zum Spielen gehen.
Wahrscheinlich sind sie noch dort«, versuchte Finnbar, die inzwischen sichtlich beunruhigt aussehende Mutter zu beruhigen.
»Wisst ihr was, lasst uns doch geschwind zusammen astral zur Grotte reisen.
Dann könnt ihr das auch mal wieder üben.
Ich werde gut auf euch achten«, schlug Saphira vor.
Lia und Finnbar waren einverstanden und alle drei machten sich gemeinsam auf die Reise.

Sie waren binnen weniger Sekunden am äußeren Eingang der alten Grotte angelangt.
Als Saphira eilig hineinsah, hörten die Zwillinge sie hörbar aufatmen.
»Schaut euch das an, die schlafen da friedlich auf ihren Lagern, die kleinen Racker. Na, so was!«
Saphira trat als Erste ein und ging ohne Umschweife auf Cerafine zu.
»Aufwachen mein lieber Schatz, es ist Zeit nach Hause zu gehen«, flüsterte sie ihrer Tochter liebevoll ins Ohr.
Keine Reaktion -, Saphira rüttelte Cerafine zunächst ganz sanft am Arm und dann immer stärker.
Alarmiert legte sie ihren Kopf auf die Brust des geliebten Kindes.
Kein Herzschlag, keine Atmung.
Ein Blick in die Runde zeigte ihr, dass es bei allen anderen Jahrgangs-Geschwistern offenbar genauso war.
Sofort benachrichtigte sie, aufs Äußerste besorgt, alle Mütter und Väter, den großen Rat, sowie auch ihre eigenen Eltern über den Geist.
Nur Sekunden später war die Grotte mit vielen Personen bevölkert.
Lia und Finnbar waren, um Platz zu machen, leise nach draußen gegangen.
Auch sie waren zutiefst beunruhigt und verstört.
Laut hörten sie jetzt Stimmen nach draußen dringen:
»Sie sind tot!«
Nun vernahmen sie auch das herzzerreißende Weinen der Mütter.
Es war einfach nur schrecklich.

Vorsichtig und schüchtern schauten sie in die Höhle, ob sie irgendwie helfen könnten.
Niemand beachtete die beiden.
Sie sahen, dass Amma ihre schluchzende Tochter Saphira tröstend in den Armen hielt, während ihr selbst die Tränen in Strömen über die Wangen flossen.
Viele Mütter und Väter waren verstört am Boden über ihre Kinder gebeugt und versuchten noch immer verzweifelt, von diesen ein Lebenszeichen zu bekommen.
Es war eines der traurigsten Bilder, die Finnbar und Lia jemals gesehen hatten.
So viel Trauer und noch dazu auf dem harmonischen Planeten Aquarius.
Die Tatsache, dass so etwas hier normalerweise niemals vorkam, machte die bittere Situation noch viel schlimmer.
Unschlüssig traten sie von einem Fuß auf den anderen und beratschlagten, ob sie sich jetzt nicht doch lieber taktvoll zurückziehen sollten.
Lia hatte die Idee, Quick Deer noch vorher zu benachrichtigen. Sie hoffte inständig, dass dieser sich schon ein wenig von der Yuwipi-Zeremonie erholt hatte und sie auch hören würde.
Pix antwortete jedoch auf der Stelle.
»Diese dummen Kinder. Ich hatte ihnen doch ausdrücklich gesagt, dass sie nicht allein mit dem astralen Reisen experimentieren sollen.
Ich komme sofort, nur einen kleinen Moment noch.«
Wenige Minuten später erschien er vor den Augen der

Geschwister.
Er trug ein mysteriöses Lederbündel bei sich, das er ehrfürchtig an seine Brust drückte.
»Lasst mich bitte mal schnell durch.«
Er drückte sich an den Zwillingen vorbei und eilte in das Innere der Grotte.
Gleich darauf fand er Cerafine und ließ sich an deren leblosen Körper nieder.
Er packte das Lederbündel aus. Es kam eine mittelgroße, schon sehr alt wirkende, indianische Pfeife daraus hervor.
Die Stimmung in der Höhle änderte sich schlagartig. Jäh wurde es stiller. Die jammervollen Schluchzer, der zutiefst traurigen Eltern verstummten nach und nach.
Es schien, als ob von der Pfeife eine heilige sowie tröstende Atmosphäre ausging.
Quick Deer fing an, auf Lakota zu beten: »Großer Geist, ich stehe hier demütig mit der heiligen Pfeife vor dir und bitte dich um Verzeihung dafür, dass ich in meiner begrenzten Form immer wieder so viele Fehler begehe.
Ich erflehe deinen Segen für alle Wesen des Universums.
Insbesondere trete ich heute mit der Bitte vor dich, für diese zwölf Heranwachsenden dein Allerbestes zu tun, um ihre noch so jungen Leben zu behüten, zu beschützen und sie wieder gesund zu uns zurückzubringen.«
Dann zündete er die heilige Pfeife an und rauchte sie schweigend.

Ein aromatischer Duft, wie nicht von dieser Welt, entfaltete sich in seinem Umkreis.
Der Rauch der Pfeife stieg in den Äther und nach einer Weile kam auf dem gleichen Weg offenbar eine Antwort zu dem weisen Mann zurück.
Quick Deer erhob sich bedächtig, während er sich sogleich an die Eltern wandte:
»Liebe Anwesende, ich bin zutiefst erschüttert von dem, was heute hier vorgefallen ist.
Ich nehme an, dass die Jugendlichen mit dem astralen Reisen experimentiert haben.
Sie wollten schon länger in das 21. Jahrhundert auf der Erde gelangen, um dort den Planeten vor seinem sicheren Untergang zu bewahren.
Ich hatte sie gestern noch eindringlich davor gewarnt, einfach dahin gehend, ohne Aufsicht zu experimentieren.
Leider haben sie sich wohl darüber hinweggesetzt.«
Ein leises Raunen war in der Grotte zu hören.
Quick Deer hob seine Hand.
»Hört mir bitte noch weiter zu.
Die Jugendlichen sind nicht tot.
Ihre Körper leben, sie sind noch warm und werden es auch bleiben, obwohl es keine weiteren sichtbaren Lebenszeichen, wie Atmung, Herzschlag oder Reaktionen mehr gibt.
Ich habe soeben vom großen Geist erfahren, dass die Jahrgangs-Geschwister sich auf der Erde in neuen, menschlichen Körpern inkarniert haben.
Es ist mir ein Rätsel, wie das passieren konnte, denn

das bringen nur die allergrößten Heiligen unter hohem Kraftaufwand fertig.
Es besteht, wie ich hörte, offenbar die Möglichkeit, dass sie dereinst, wenn sich ihr Lebenskreis auf der Erde wieder geschlossen hat, in ihren Leib auf Aquarius zurückkehren könnten.
Daher müssen die Körper hier in der Grotte gut gehütet und gepflegt werden.
Sie dürfen auch keinesfalls an einen anderen Ort gebracht werden, denn ansonsten kann die Seele später ihre alte Hülle nicht mehr finden.
Die jungen Leute können aber nur dann hierher zurückkommen, wenn sie während ihres neuen Lebens auf der Erde gelernt haben, wie das astrale Reisen dieser besonderen Art funktioniert und wenn sie außerdem noch an ihre frühere Zeit auf Aquarius erinnert wurden.
Mit der neuen Inkarnation werden die Kinder bei ihrer Geburt auf der Erde zunächst einmal alles über ihr letztes Leben vergessen haben.
Das Einzige, was passieren kann, ist, dass sie auch in ihre neuen Menschenkörper einige ihrer alten prägnanten Eigenschaften von der Zeit auf Aquarius mitbringen könnten.
Wo und wann die Geburten stattfinden werden, wurde mir nicht genau mitgeteilt.
Es hieß aber, dass ihr das in der Bibliothek der Zeit in Erfahrung bringen könntet.
Und eins noch: Ein Tag auf Aquarius entspricht etwa einem halben Jahr auf der Erde.

Aus irgendeinem Grund ist der heutige Tag hier dem Jahr 1963 auf der Erde zuzuordnen.
Theoretisch könnten wir wohl schon ab morgen mit den ersten Geburten eurer Kinder rechnen.
Wenn wir von einer maximalen Lebensdauer von etwa 90 Erdjahren ausgehen, sollten in unserer Zeit ungefähr 180 Tage, also circa sechs Monate vergehen, bis die Lebenszeit der ersten Kinder auf der Erde wieder zu Ende ist und sie hierher zurückkommen könnten.
Das geht aber, wie zuvor erwähnt, nur, wenn sie an ihre alte Inkarnation auf Aquarius erinnert werden und das besondere astrale Reisen von einem Planeten, zu dem anderen bis dahin erlernt haben.
So etwas ist auf der Erde sehr ungewöhnlich, gibt es aber auch dort in seltenen Fällen, wie ihr ja an meinem Beispiel seht.
Ich möchte euch noch sagen, dass ihr mit meiner Hilfe definitiv rechnen könnt.
Ich werde alles, wirklich alles, in meiner Macht Stehende tun, um dabei zu helfen, dass eure Kinder dereinst heil nach Aquarius zurückkommen können.
Mir erscheint es vollkommen sicher, dass sich heimlich jemand Mächtiges von außerhalb in die unüberlegten Experimente unserer Jugendlichen eingemischt hat.
Ansonsten wäre dieser „Unfall" niemals möglich gewesen.
Wollen wir hoffen, dass es die richtigen Kräfte waren und sich dadurch alles zum Guten wenden wird.
Vielleicht gehört dies ja alles zu einem höheren, edlen

Plan.
Sollten es jedoch bösartige Geschöpfe der Dunkelheit gewesen sein, die die Heranwachsenden in eine Falle gelockt und verschleppt haben, dann gnade uns allen Gott.«

Ende von Teil 1

Fortsetzung folgt in:

»DIE HÜTER DER SIEBTEN WAHRHEIT«
Teil 2: »DAS SCHICKSAL DES SELKIES«

Die »ODE der Weisheit«:

Leitlinien eines höher entwickelten Planeten und ein Versprechen an die Liebe

»Ich bin …

Ich bin Bestandteil des namenlosen, heiligen Momentes der ewigen Liebe und tauche aus diesem, mal in jener und mal in einer anderen Form als Lebewesen auf und später wieder unter.
Jedes Geschöpf, das aus diesem erscheint, ist gleichwertig.
Alle Formen, die gleichzeitig auftauchen, achten und schützen einander.
Ich ehre das Dunkle genauso wie das Licht sowie das Gute und das Böse. Dabei vereine ich beides wertungsfrei im Gleichgewicht in mir und verwandele so alles zu tiefer Liebe.
Ich ehre die Liebe, indem ich regelmäßig still in ihr verweile.
Und diese Liebe ist es, die mich stets zum Wohle aller lenkt und leitet.«

Danksagung

Dieses Buch ist als Erstes meinen beiden Söhnen gewidmet, die von mir allzeit sehr geachtet und geliebt werden. Des Weiteren gilt es den Menschen, die sich schon lange für unseren Heimatplaneten einsetzen und denen ich mit diesem Werk meine größte Hochachtung zolle. Verneigen möchte ich mich vor allem vor unserer gemeinsamen Mutter Erde, samt ihrer ganzen Schöpfung. Danke sagen möchte ich meinem Gefährten, der mir stets den Rücken freigehalten hat, damit ich schreiben konnte, und welcher mir immer wieder wertvolle Hinweise sowie technische Hilfen gab. Ebenfalls danke an die Freunde, die mein Buch zuerst gelesen und mich beraten haben. Merci an Florian für seine stete und uneigennützige Unterstützung vor allem bei allen PC-Angelegenheiten. Und noch ganz besonderen Dank an Marie Luise für ihre unerschütterliche Hilfe. Sämtliche Namen und manches Ereignis in dem Band sind vollkommen frei erfunden. Die wahren Stellen und die tieferen Weisheiten im Buch zu entdecken, überlasse ich der Intelligenz und der Intuition des geschätzten Lesers. Helft bitte mit, die Erde als lebendigen Organismus zu erkennen, sie zu achten, zu heilen und samt ihrer so wundervollen Schöpfung zu bewahren. Dann hätte das Buch seinen höheren Zweck erfüllt.

Möge die Liebe uns stets leiten …

Amanda Gruenschild

Die Hüter der siebten Wahrheit

Das Schicksal des Selkies

(Teil 2 der Reihe)

ISBN 978-3-910717-13-8

Vorschau

Die Hüter der siebten Wahrheit
Das Schicksal des Selkies
(Teil 2 der Reihe)

Aus fernen Zeiten und Orten haben sich verschiedenste, furchtlose Geschöpfe im 21. Jahrhundert auf dem Planeten Erde materialisiert, um dessen Schöpfung gemeinsam mit mutigen Menschen vor der endgültigen Zerstörung zu bewahren.
Dabei erleben sie hautnah, was Wesen einander antun können, wenn sie nicht von der Liebe geleitet werden.
Mächtige, dunkle Kräfte trachten nach ihrem sowie aller Lebewesen Tod.
Unterstützung kommt nicht nur vom Volk der Baum-Menschen, sondern ebenfalls von den geheimnisvollen Kräften der siebten Wahrheit.
Auch »Die Krieger des Lichts« sind zu allem bereit.
Doch wird das am Ende genügen?
Die Geschichte um Soholit, den weisen Druiden, mit seinen treuen und selbstlosen Gefährten geht spannend weiter. Fantasy trifft auf Realität.
Ein unterhaltsamer, packender Roman, der so manche Weisheit für jedermann bereithält.

ISBN 978-3-910717-13-8
Das Taschenbuch erscheint circa im Dez. 2023.

Untschi-Verlag Wofür wir stehen:

»Untschi« ist ein Wort aus der Lakota-Sprache und bedeutet so viel wie »Mutter Erde«.
Mit der Arbeit beim Untschi-Verlag wollen wir einen Beitrag dazu leisten, dass unser Heimatplanet mit seiner gesamten Schöpfung geschützt wird und so für all seine Bewohner noch auf eine lange Zeit als intakter Lebensraum erhalten bleibt.
Auch bei den Inhalten unserer Produkte spielt dieses Anliegen eine große Rolle.
Wir unterstützen zum Beispiel alternative Klimaprojekte in Indien oder geben direkt einen Teil des Verkaufspreises an indigene Völker weiter.
Von der Serie: „Die Hüter der siebten Wahrheit" werden zeitnah insgesamt vier Teile erscheinen.